05.12 €1,5

PHILIP SHELBY

Mit allen Ehren

Buch

Der hochdekorierte afro-amerikanische General Griffin North, Ikone der US-Armee, stirbt bei einem Flugzeugabsturz. Ein tragischer Unfall, so die Untersuchungskommission, verursacht durch einen Fehler des Autopiloten. Mollie Smith, Major der Militärpolizei, macht diese Auskunft skeptisch. Daß der einflußreiche General Neider hatte, wundert sie nicht. Doch einigen Inhabern hoher Ämter traut Mollie alles zu, um einen Schwarzen am Aufstieg ins Weiße Haus zu hindern. Der Verdacht erhärtet sich, als Mollies Mitarbeiterin und Freundin Rachel Collins ihr eine folgenschwere Mitteilung macht: Charlie Dunn, ein korrupter Sergeant, hat kurz vor seinem Tod behauptet: »Ich habe geholfen, den schwarzen Bastard zu erledigen.« Mollie schwört sich, die ganze Wahrheit ans Licht zu bringen. Bald darauf wird Mollie tot aufgefunden. Nun ist es allein an Rachel, die Morde aufzuklären …

Autor

Philip Shelby lebt in Los Angeles und arbeitet dort gerade an seinem neuen Roman. Mit seinem Erstlingswerk *Die Stunde der Trommeln* gelang ihm der internationale Durchbruch.

Außerdem bei Goldmann erschienen:

Die Stunde der Trommeln (43155)

Philip Shelby

Mit allen Ehren

Roman

Aus dem Amerikanischen
von Jacqueline Klein

GOLDMANN

Die Originalausgabe erschien unter dem Titel
»Last Rights«
bei Simon & Schuster, New York

Umwelthinweis:
Alle bedruckten Materialien dieses Taschenbuches
sind chlorfrei und umweltschonend.

Taschenbuchausgabe 3/99

Umschlaggestaltung: Design Team München
Umschlagfoto: G + J/Photonica
Satz: IBV Satz- und Datentechnik GmbH, Berlin
Druck: Elsnerdruck, Berlin
Titelnummer: 43894
BH · Herstellung: Heidrun Nawrot
Made in Germany
ISBN: 3-442-43894-2

1 3 5 7 9 10 8 6 4 2

Erster Teil

1

Rachel Collins, Warrant Officer zweiten Grades, verlagerte ihre Haltung. Ihre Stiefelabsätze kratzten über das heiße Wellblechdach des Schuppens, auf dem sie ausgestreckt Stellung bezogen hatte. Die Ausläufer der Wirbelstürme, die North und South Carolina Mitte September heimsuchten, brachten normalerweise so hoch im Norden Regen mit sich. An diesem Abend jedoch knirschten und knackten die Träger und Blechwände der Lagerhäuser entlang der Industriedocks von Baltimore unter der Temperatur, die nur widerstrebend unter 30 Grad sank.

Die Stimmung des Einsatzkommandos war auf das äußerste gespannt. Rachel spürte es am nervösen Flüstern der Männer, die sich in ihren schwarzen Springeranzügen mit dicken Schutzpolstern in der Dunkelheit um sie herum verteilt hatten. Zu dem leisen Knacken der Funkgeräte waren knappe Fragen zu hören. Zu viele Fragen, denen lange Pausen und manchmal gar keine Antworten folgten.

»*Jafo,* alles in Ordnung?«

Die Worte von Robert Burns, Commander der Einsatztruppe QRT, drangen mit einem Hauch pfefferminzfrischen Atems zu ihr.

»Ich bin okay.«

»Wir haben den Empfänger jetzt präpariert. Sobald wir ein Schwätzchen hören, gebe ich Befehl zum Stürmen.«

Eigentlich sollte ein defekter Empfänger kein Problem sein, da die QRT-Leute stets ein Ersatzgerät mitführten. Aber auch dieser Apparat erwies sich als defekt, so daß der Kommunikationstechniker eine Behelfslösung finden mußte. Noch eine Nervenprobe ...

Rachel wußte genau, was das eigentliche Problem war: Das Ego der Polizei von Baltimore und ihr Bestreben, in ihrem Zuständigkeitsbereich alles selbst in die Hand zu nehmen. Der diensthabende Commander hatte einen anonymen Tip erhalten. Der Informant sprach von einem Sergeant der Versorgungseinheit namens Charlie Dunn, der Zugang zu dem von der Army angemieteten städtischen Lagerhaus am Dock hatte. Dunn mache angeblich eigene Geschäfte. In dieser Nacht werde er einige Kisten mit M-16ern verkaufen, dazu ein Dutzend Raketenwerfer und so viele Schützenminen, wie er zu fassen kriegen könne. Der Käufer sei ein reicher Typ aus dem Westen, der örtliche Befehlshaber der Weißen Garde. Es wurde zwar kein Name genannt, aber offenbar habe Dunn bereits früher mit der Garde Geschäfte gemacht – jedenfalls sei er ein Mitglied der Organisation. Als der anonyme Anrufer Oklahoma City und Ruby Ridge erwähnte, wurde die Polizei in Baltimore plötzlich hellwach.

Diese Informationen wurden jedoch an keine andere Behörde weitergegeben, weder an eine staatliche oder bundesstaatliche noch an eine örtliche. Der Stellvertretende Bezirksstaatsanwalt entschied, daß dies nicht nötig sei. Schließlich gehörte der Lagerhauskomplex der Stadt, und die Army war nur der Pächter. Es gab keinen Grund zu der Annahme, der Anruf sei von außerhalb des Staates Maryland erfolgt, und somit stand die Benachrichtigung anderer Behörden über ein mögliches Kapitalverbrechen nicht zur Debatte. Lediglich aufgrund der notwendigen Bestätigung der Existenz und des Einsatzortes von Sergeant Charlie Dunn war man gezwungen gewesen, über die Grenzen des eigenen Amtes hinauszugehen. Der Weg hatte über das zentrale Militärregister in Alexandria, Virginia, schließlich zur CID, der Kriminalpolizeibehörde der Army, in Fort Belvoir geführt.

Rachel erinnerte sich, wie es Jessup, der in Fort Belvoir diensthabende Officer, ihr gegenüber formuliert hatte:

»Die Polizei in Baltimore ist ganz scharf drauf, Dunn in die Mangel zu nehmen. Unsere Berichte zeigen, daß er sauber ist. Wissen Sie, was ich denke? Entweder ihr Informant verarscht sie, oder er schwärzt den Falschen an. Fahren Sie nach Baltimore, Collins, und finden Sie heraus, was die Jungs tatsächlich wissen. Falls Armyangehörige betroffen sind, geben Sie mir Bescheid, aber pronto.«

»In welcher Position bin ich gegenüber der Polizei in Baltimore, Sir?«

»Sie sind ein *Jafo,* Collins, sonst nichts.«

»Und wenn die Situation ... heikel werden sollte, Sir?«

»Dann sind Sie ein *Jafo,* der mich gerade anruft.«

»Ja, Sir.«

Rachel hatte geahnt, daß die örtlichen Kräfte von ihrer Ankunft nicht sonderlich begeistert waren. Vielleicht hatten sie einen kräftigen, strammen Kerl mit Truppenabzeichen erwartet und nicht diese einsfünfundsiebzig große kalifornische Strandblondine mit blauen Augen und Sommersprossen auf der Nase. Rachel hatte die taxierenden Blicke registriert, als sie auf dem Parkplatz des QRT-Kommandopostens aus der Army-Limousine ausstieg. Das leise Gelächter, die abschätzigen Bemerkungen über »Zitadellenküken« und die Mutmaßungen, wie viele Hände sie wohl zum Heben ihres schweren Seitengewehrs bräuchte, waren ihr nicht entgangen.

Der Scharfschütze der Truppe hatte ihr den Weg verstellt und sie von oben bis unten gemustert. Rachel konnte seine Gedanken lesen, hatte jedoch keine Lust, sich zu der Erklärung herabzulassen, daß sie gerade von einem zehntägigen Aufenthalt in Santa Barbara zurückgekommen war.

»Sie sind also der *Jafo*?«

Rachel hatte diese Beleidigung an sich abprallen lassen und

sofort gekontert: »Richtig, Sir ... nur so ein jämmerlicher Arsch für Observierungen.«

»Passen Sie nur auf, daß Sie nicht in meine Schußlinie geraten, Süße.«

In diesem Moment war der Commander der QRT erschienen. Den letzten Satz des Scharfschützen mußte er gehört haben, er sagte jedoch lediglich: »Miss Collins, ich bin Commander Burns. Sind Sie soweit?«

Nun, zwei Stunden später, lag Rachel auf dem Dach wie auf einem Grill. Der mondlose Nachthimmel war bedeckt, und die Hitze kroch wie ein Ausschlag über ihre Haut. Die Stulpen ihrer Tarnjacke waren schweißnaß.

Das Zielobjekt lag etwa dreißig Meter entfernt, auf der anderen Seite der Straße, deren Kopfsteinpflaster von dem Maschinenöl glänzte, das aus den riesigen Hebeanlagen tropfte. Das Blechlagerhaus stammte aus Zeiten des Vietnamkriegs, seine vierstöckigen Seitenwände bogen sich durch und waren mit einer Rostschicht überzogen. Die Laderampen waren leer, die Rolltore geschlossen. Links von den Rampen befand sich eine kleinere, mit einem Vorhängeschloß gesicherte Tür von der Größe eines Garagentors, darüber eine Reihe schmutziger Fenster, in deren Glas Maschendraht eingearbeitet war. Hinter den Fenstern war es völlig dunkel, nicht einmal das verräterische Glimmen einer in der Finsternis gerauchten Zigarette war zu sehen.

»Wann soll Dunn denn laut Ihrem Informanten eintreffen?«

Burns, der ausgestreckt neben ihr lag, schnaubte, sein Atem hing in der heißen, stickigen Luft wie ein schlaffer Ballon. Er hielt sein Nachtsichtgerät dicht vor die Augen gepreßt. »Irgendwann vor Mitternacht. Solche Sachen laufen nicht nach Termin, *Jafo*. Man muß sie aussitzen.«

Rachel kannte sich mit Überwachungen besser aus, als sie mitzuteilen gedachte. Im Juli hatte sie bei unerträglichen 45

Grad einen zweiundzwanzig Stunden dauernden Observierungseinsatz gehabt.

Bis jetzt hatte die QRT sich exakt an die Vorschriften gehalten. Der Einstiegsspezialist war als erster in Aktion getreten, hatte das Schloß der Garagentür geknackt und war im Inneren verschwunden. In weniger als zwei Minuten hatte er den Alarm überbrückt, die Mikrofone und Sender installiert und somit seine Aufgabe beendet. Auf dem Weg nach draußen hatte er die Tür wieder verschlossen. Zu diesem Zeitpunkt hatte der Rest des acht Mann starken Teams Stellung bezogen: Zwei Scharfschützen auf den anderen Dächern nahmen die Fenster ins Visier, während der Rest des Teams sich hinter Müllcontainern und abgeschlossenen Peterbilt-Anlagen verteilte. Burns, ein kleiner, drahtiger Mann mit einem nervösen Muskelzucken im rechten Mundwinkel, hatte Rachel nicht aus den Augen gelassen. Er hatte das Dach des Schuppens für die Einrichtung des Kommando- und Kontrollpostens ausgewählt. Einmal hatte er ihren Arm fest gepackt und ihr so zu verstehen gegeben, daß sie sich nicht rühren solle.

Der neben ihr aufgestellte Empfänger aus dem Lagerhaus zischte wie eine Schlange auf Beutesuche. Als einzig anderes Geräusch drang das Tropfen von Wasser aus den fünf Zentimeter kleinen Doppellautsprechern. Rachel hatte keine Ahnung, wo die Mikrofone versteckt waren. Entweder reagierten sie äußerst empfindlich oder befanden sich in der Nähe eines Waschbeckens oder Abflusses.

»Strawberry Four.«

Burns drückte auf das Ohrstück seines Kopfhörers. »Sprechen Sie, Four.«

»Ein Fahrzeug kommt aus westlicher Richtung die Straße entlang. Ein Chevy Suburban, so ein schwerer Wagen für Großtransporte. Männlicher Fahrer ... der Beifahrer ... der Beifahrer ist eine Frau. Ich wiederhole, eine Frau.«

»Roger, Four. Habe verstanden. Kühlen Kopf behalten. Mal sehen, was er vorhat.«

Rachel beobachtete, wie das Fahrzeug schwankend und langsam die Straße hinunterfuhr, dann wendete und rückwärts vor das mit dem Vorhängeschloß gesicherte Tor des Lagerhauses fuhr. Das Licht der Lampen über den Laderampen reichte aus, um das Gesicht des Fahrers beim Aussteigen zu beleuchten.

»Sieht meiner Meinung nach aus wie Dunn«, murmelte Burns.

Das Gesicht, das das eines drittklassigen Boxers hätte sein können, stimmte mit dem Foto überein, das Rachel sich aus Dunns Akte eingeprägt hatte, nur, daß der Sergeant jetzt mit Arbeitsstiefeln, Jeans und einem fleckigen T-Shirt bekleidet war.

Die Beifahrertür öffnete sich, und der Kopf einer Frau erschien. Sie hatte ein schmales, verhärmtes Gesicht, eines von denen, die man sonst hinter den mit Fliegendreck verschmutzten Fenstern in Wohnwagenkolonien sah.

Rachel hörte Dunn knurren: »Ich hab dir doch gesagt, du sollst im Wagen bleiben, verdammt noch mal.«

Die Frau zog sich zurück und schloß die Beifahrertür leise und vorsichtig. Rachel beobachtete, wie sich Charlie Dunn an dem Schloß zu schaffen machte. Wenige Sekunden später schob er das Garagentor hoch und gab schnell die Alarmcodes ein.

Danach stieg er wieder in den Suburban und fuhr ihn langsam in das Lagerhaus. Er kam zurück, um das Tor wieder zu schließen; kurz darauf schimmerte ein fahler Lichtschein durch die Fenster des Gebäudes.

»In den Lastwagen kriegt er die Geschütze, die er angeblich stehlen will, nicht rein«, flüsterte Rachel. »Und die Frau …«

»Dunn wird die Sachen nicht selbst wegschaffen«, ließ sich

Burns vernehmen und schnitt ihr das Wort ab. »Der Käufer ist noch nicht da.«

»Aber würde er seine Frau oder Freundin zu dem Treffen mitbringen?«

»Das ist kein großer Deal.« Er zuckte mit den Schultern. »Wahrscheinlich hat er das schon hundertmal gemacht. Sie bleibt im Wagen, er macht den Deal, und nach zwanzig Minuten ist alles vorbei.«

Rachel war anderer Ansicht. Die Anwesenheit der Frau ließ alles in einem anderen Licht erscheinen. In diesem Moment übermittelte der Empfänger die Konversation aus dem Lagerhaus.

»Ich hab dir doch gesagt, du sollst in dem gottverdammten Wagen bleiben!«

Das widerwärtige Geräusch einer klatschenden Ohrfeige war zu vernehmen. Die Frau schrie kurz auf, dann noch einmal; das folgende Geräusch klang wie der Schlag eines Baseballschlägers auf ein abgehangenes Rindsstück.

Es folgte ein dritter Schrei ... und Jammern.

Rachel fuhr herum. »Er hat *Kinder* dabei!«

Burns starrte sie an und hob langsam das Fernglas. Rachel hörte Fragen durch das Funkgerät dringen.

»Alle sollen Ruhe bewahren. Häusliche Gewalt ist nicht unsere Sache. Cool bleiben, der Käufer muß jeden Moment aufkreuzen ...«

Er wandte sich an Rachel. »Sobald wir Dunn rausgeholt haben, können Sie ihm Manieren beibringen, wenn Sie Wert darauf legen.«

Die Schreie und das Gebrüll verebbten zu Schluchzern und dem Wimmern eines Kindes. Die Frau atmete schwer. Rachel stellte sich vor, wie sie völlig verängstigt über die Sitze in den Wagen zurückkroch, das Kind beschützend in ihre Arme schloß und versuchte, es zu beruhigen.

»Laß den blöden Balg und komm her!«

Das war Dunns Stimme, dann rastete die Heckklappe des Lastwagens ein. Er atmete heftig, während er sich offenbar mit einer schweren Last abmühte. Anschließend war ein dumpfer Schlag zu hören, so, als ließe man eine Holzkiste auf Metall fallen.

Rachel warf einen Blick auf Burns und registrierte sein unkontrolliertes Muskelzucken. Sie hörte, wie sich die Fahrzeugtür öffnete, und fuhr zusammen, als die Frau erneut aufschrie, nun resignierend und um Mitleid bittend. Das Kind weinte, als seine Mutter aus dem Lkw gezogen wurde. Rachel konnte nahezu spüren, wie Dunn die Frau voranstieß, und wappnete sich gegen einen erneuten Gewaltausbruch. Sie nahm eine leichte Undeutlichkeit in Dunns Worten wahr; offensichtlich hatte der Sergeant getrunken. Er hatte es eilig, und er brauchte die Hilfe der Frau, um den Lkw zu beladen.

»Es gibt keinen Käufer«, murmelte Rachel. »Er stiehlt die Geschütze selbst …«

»Collins …«

»Vielleicht will er sie später weiterverkaufen. Ich weiß es nicht. Und es ist mir auch völlig egal. Er ist Unteroffizier der Army und verübt gerade einen Diebstahl. Und somit bin ich für ihn zuständig.«

»Collins, versauen Sie mir bloß nicht dieses Ding!«

Burns sprang auf, um sie zu packen, aber er war zu langsam. Rachel saß bereits an der Dachkante.

»Möchten Sie das mit meinem Vorgesetzten klären, Burns? Gut. Wir werden ein paar Fotos von der Frau und dem Kind machen, also überlegen Sie sich schon einmal, warum Sie tatenlos zusahen, als er sie verprügelte.«

Rachel sprang hinunter und kam härter auf, als sie gedacht hatte. Ihre Beine rutschten auf dem ölverschmierten Boden weg. Sie drückte sich an das Garagentor und atmete tief durch, um sich zu beruhigen. Ihre geladene Waffe hatte sie gezogen.

Während sie reglos verharrte, spürte sie, wie sich die Härchen auf ihren Unterarmen unter ihrer Tarnjacke aufstellten. Irgendwo dort draußen waren acht Gewehrläufe auf sie gerichtet, die Finger der Schützen um den Abzug gelegt. Irgend jemand in Fort Belvoir hatte ihr einmal erzählt, daß die QRT von Baltimore ein professionelles Team und keine Cowboy-Truppe sei. Das konnte sie nur hoffen.

Das Tor des Lagerhauses hochzuschieben würde zu lange dauern und zuviel Lärm verursachen. Dunn verfügte dort drinnen über ein Waffenarsenal, das er gegen sie richten konnte.

Also blieben nur die Fenster.

Rachel sprang auf die Laderampe und packte den ersten der Eisengriffe, die an die Seite des Lagerhauses geschweißt waren. Sie zog sich daran hoch und kletterte auf diese Weise zehn Meter in die Höhe bis zu dem Sims unterhalb der Fensterreihe.

Nun konnte sie alles durch die verdreckte Fensterscheibe sehen. Es schien ihr, als blicke sie in dickem Nebel durch eine Windschutzscheibe.

Der Suburban stand in der Mitte eines leeren, durch Palettenstapel abgegrenzten Rechtecks. Sowohl die Fahrer- als auch die Beifahrertür standen offen, und die Heckklappe war heruntergelassen.

Der kleine Junge, der auf dem Beifahrersitz kauerte, war höchstens sechs oder sieben Jahre alt und trug einen blauen Jeansanzug. Seine Hände umklammerten eine Baseballmütze der Orioles. Rachel sah, daß sich seine Lippen bewegten. Vielleicht singt er vor sich hin, dachte sie, so wie viele Kinder es tun, um sich gegen Gewalt zu schützen, der sie nicht entkommen können.

Charlie Dunn zerrte schweißüberströmt und mit angespannten Muskeln eine weitere Kiste über den glatten Betonboden. Dunn schien eine gute Kondition zu haben, keine überflüssigen Pfunde. Rachel war klar, daß sie ihn schnell und entschlossen hochnehmen mußte.

Dunn schaffte die Holzkiste bis zur Heckklappe und blaffte seine Frau an. Sie beugte sich vor und packte den Seilgriff mit beiden Händen. Dunn tat das gleiche, hob seine Seite mit scheinbarer Leichtigkeit an und fluchte, als sie auf ihrer Seite Mühe hatte. Dann machte er den Fehler, sein Ende mit einem Schwung auf die Heckklappe zu heben. Die Frau hatte nicht einmal annähernd die Kraft, es Dunn gleichzutun. Für den Bruchteil einer Sekunde mußte sie die Kiste alleine halten. Als der Seilgriff in ihre Handflächen schnitt, schrie sie auf und sprang zurück, wobei sie ihre Seite losließ. Die Kiste krachte zu Boden. Der Deckel platzte weg, und ölglänzende M-16-Gewehre rutschten über den Beton. Dunn stürzte sich auf sie und schlug mit den Fäusten auf ihre Unterarme ein, mit denen sie ihr Gesicht zu schützen versuchte; dann zielte er auf ihren ungeschützten Brustkorb und schlug zu, bis sie keine Luft mehr bekam.

Er tobte noch immer, als die Fenster hoch über ihm zersplitterten.

Das Glas war so alt und brüchig, daß es in tausend Stückchen zerbarst, klein wie Schneeflocken. Die Arme schützend vor das Gesicht gelegt, sprang Rachel hinunter und landete etwa neun Meter tiefer mit beiden Füßen auf einem Palettenstapel. Trotz des brennenden Schmerzes, der ihr durch die Knöchel bis hoch in die Schenkel fuhr, rollte sie sich mit gekrümmtem Oberkörper über die Schultern ab. Ihre Hände, mit denen sie ihr Seitengewehr umklammert hielt, waren blutverschmiert.

Charlie Dunn hatte den ersten Schock überwunden und riß das Öltuch von dem Schaft eines funkelnagelneuen M-16. Er war offenbar bestens trainiert und wandte seinen Blick nicht von dem Eindringling ab, während er mit den Händen hastig das Gewehr zusammensetzte.

Rachel schüttelte sich, so daß kleine Glasscherben rings um sie herum zu Boden fielen, und sprang dann auf den Gabelstapler, der neben den Paletten abgestellt war. Sie landete auf dem Sitz und überwand von dort aus die verbleibende Distanz bis zum Boden, wo sie hinter dem breiten stählernen Motorgehäuse der Maschine Deckung suchte.

»CID, Dunn! Ergeben Sie sich! Sofort!«

Mit dem Echo ihrer Worte hörte Rachel ein vielsagendes Klicken und kauerte sich hinter den einen Meter hohen Hinterreifen des Gabelstaplers. Keine Sekunde später erzitterte das Lagerhaus unter dem Donner automatischen Geschützfeuers. Streifen harten Reifengummis prallten von Rachels Rücken und Schultern ab.

»Du Schlampe! Falls du's nicht gemerkt haben solltest, ich bin nicht allein!«

Dunns Stimme hallte durch den mit Korditschwaden gefüllten Raum. Rachel spähte an dem zerfetzten Reifen vorbei und sah, daß Dunn seinen Unterarm um den Hals der Frau gelegt hatte und sie als lebendiges Schutzschild vor sich herschob.

»Ach ja?« schrie Rachel zurück. »Draußen wartet die QRT. Sie wissen, was das heißt, Dunn!«

Sie biß sich auf die Lippe, um ihr Zittern zu unterdrücken. Wenn er ihre Angst spürte, würde er sie abschlachten wie ein Lamm.

»Vielleicht ja, aber vielleicht verarschst du mich auch nur, Mädchen«, rief Dunn zurück. »Ich kann mir nämlich nicht vorstellen, daß die QRT so ein Küken wie dich vorschicken würde!«

Rachel hörte das Quietschen von Gummisohlen auf glattem Beton.

»Deswegen komm ich jetzt rüber und blas dir deinen verdammten Schädel weg. Es sei denn, deine Freunde von der QRT wollen mich dran hindern.«

Die zweite Salve krachte und erfüllte die Luft mit Rauchschwaden und Betonsplittern. In Sekunden schoß Dunn das gesamte Magazin leer, setzte hastig ein neues ein und feuerte weiter. Der Kugelhagel ließ Rachel keine andere Wahl, als sich eng an den Gabelstapler zu drücken, unfähig, zurückzufeuern. Dunn würde so weitermachen, bis er bei ihr war.

Rachel hörte den Schuß des Scharfschützen nicht. Aber sie wußte, daß irgend etwas nicht stimmte, als Kugeln von dem Wellblechdach abprallten. Sie tauchte aus ihrer Deckung auf, rollte sich über den Boden und sah Dunn auf die Knie fallen, das kugelspeiende M-16 gegen die Decke gerichtet. In diesem Moment feuerte sie zwei Salven ihrer Sig-Sauer in seine Brust. Eine dritte traf den Schaft des M-16 und schleuderte es aus Dunns Hand.

Rachel lag flach auf dem Bauch, die Arme weit vor sich, und zielte mit ihrer Sig auf Charlie Dunns ausgestreckten Körper. Als das Sausen in ihren Ohren nachließ, hörte sie ein tiefes, röchelndes Geräusch.

Ich habe ihn in die Brust getroffen. Er lebt noch.

Vorsichtig prüfte sie jeden ihrer Muskeln, sprang dann auf die Füße und warf einen schnellen Blick in den Suburban. Der Junge wiegte sich auf dem Vordersitz vor und zurück und bewegte stumm die Lippen. Die Frau lag zusammengekauert hinter Dunn. Um sie herum war kein Blut. Rachel vermutete, daß sie ohnmächtig war.

Als sie sich Dunn näherte, hörte sie, wie das Garagentor hochgeschoben wurde. Die QRT stürmte herein.

Sie kümmerte sich nicht darum, sondern kniete neben Dunn nieder, hob seinen Kopf an und konnte sein qualvolles Atmen hören, während er verzweifelt um sein Leben rang. Agonie verschleierte seinen Blick.

»Scheiß CID«, keuchte er, wobei sich auf seinen Lippen hellrote Bläschen bildeten. »Habt das mit North rausgefunden, was …?«

Rachel erstarrte. Sie glaubte zu wissen, von wem Dunn sprach, aber die Bemerkung ergab keinen Sinn. Dunn zitterte heftig in ihren Armen und stöhnte. *Er ist verrückt vor Schmerzen, panisch* ... Dennoch brachen Fragen aus ihr heraus.

»Was ist mit North? Was meinen Sie?«

Dunn hustete röchelnd und spuckte blutigen Schleim auf seine Brust. Sein Kopf fiel zurück, und sein Mund verzog sich zum Anflug eines Lächelns. Ein feuchtes Glucksen bahnte sich den Weg durch seine Kehle.

»Hey, Kleine«, flüsterte er, »ich werd als glücklicher Mann sterben ... glücklicher Mann ... geholfen, den schwarzen Bastard zu erledigen.«

Männer schrien ihr etwas zu, und Rachel wollte sie anbrüllen, leise zu sein. Sie stand unter dem Eindruck von Dunns Worten und bemühte sich zu hören, was auch immer noch aus seinem Mund dringen mochte.

Es kam nur ein leises Gurgeln. Dunn versteifte sich, als er den letzten Atemzug wie einen Seufzer der Erleichterung ausstieß und mit weit aufgerissenen Augen in die Ewigkeit starrte.

Rachel wußte nicht, wie lange sie ihn so festhielt. Schließlich richtete sie ihren Blick auf die Stiefel von QRT-Commander Burns, in dessen Worten geheucheltes Bedauern mitschwang.

»Collins, Sie *ahnen* gar nicht, wie groß der Hammer ist, der Sie treffen wird.«

Außerhalb des Gebäudes, wo der Gestank des Geschützfeuers die Nachtluft erfüllte, beobachtete ein Mann, den sie den Techniker nannten, den Ausgang der Operation.

Seine Position auf dem Dach des höchsten Lagerhauses im Komplex war günstig, etwa fünfzig Meter von dem Punkt entfernt, wo der nächste QRT-Scharfschütze Stellung bezogen hatte. Von dort aus ermöglichte ihm sein Magna-Lite-Visier eine deutliche Sicht durch die zerbrochenen Fenster ins Innere des Gebäudes.

Der Techniker hatte mit einem Bilderbuch-Einsatz der QRT gerechnet: Schnelles Stürmen mit Blend- und Lärmgranaten. Nicht, daß dies allein Dunn überwältigt hätte. Er war erfahren und äußerst clever. Schließlich stand ihm eine große Auswahl an Waffen zur Verfügung, mit denen er zurückschlagen konnte und bestens umzugehen verstand. Früher oder später jedoch hätte ihn der Beschuß durch die QRT in eine Position gedrängt, auf welche die Scharfschützen freie Schußbahn gehabt hätten.

Für den unwahrscheinlichen Fall, daß dies *nicht* passiert wäre, hatte sich der Techniker darauf vorbereitet, Dunn eigenhändig zu erledigen. Ein kaltblütiger Schuß aus einer Entfernung von etwa hundert Metern stellte selbst bei Dunkelheit keine Herausforderung dar.

Aber dann kam das Problem: die junge Frau.

Der Techniker hatte keine Ahnung gehabt, daß sie dort sein würde oder wer sie war. Keine von der QRT. Aber wer dann? Augenscheinlich gut ausgebildet, aus der Art und Weise zu schließen, wie sie das Fenster durchbrochen und Dunn gestellt hatte. Aber eine Einzelgängerin. Der QRT-Commander mußte stinksauer gewesen sein, als sie ihm die Sache aus der Hand genommen hatte.

Beunruhigend war die Tatsache, daß sie bei Dunn gewesen war, als der noch lebte. Der Techniker hatte beobachtet, wie sie ihn gestützt und ihren Kopf nah über seine Lippen gebeugt hatte, so, als nehme sie ihm eine letzte Beichte auf dem Sterbebett ab.

Was hast du gesagt, Charlie? Hast du ein bißchen damit geprahlt, was du gemacht hast? Du hättest doch einfach sterben sollen.

Der Techniker beobachtete, wie Nachschubeinheiten der

Polizei von Baltimore und EMR-Laster am Schauplatz eintrafen. Aus dem Lagerhaus drangen Blitzlichter, als die QRT die Szene fotografierte. Burns hatte die junge Blondine zu Dunns Lastwagen geführt und machte ihr die Hölle heiß. Im Fahrzeuginneren drückte die Frau, die der Techniker als Dunns Ehefrau kannte, ihren Sohn an sich.

Der Techniker steckte das Visier wieder auf den Gewehrlauf und legte in Richtung der zersplitterten Fenster an. Das Fadenkreuz fiel auf blondes Haar, dann weiter unten auf die Mitte der Stirn. Die Schußbahn war frei, aber er konnte es nicht riskieren. Nicht die Bodeneinheiten bereiteten ihm Sorgen, sondern der Helikopter mit dem Flutlicht, das wie ein Finger die Gegend abtastete.

Wie lange hast du mit ihr gesprochen, Charlie? Sechs, sieben Sekunden? Hat sie verstanden, was du sagtest?

Der Techniker traf seine Entscheidung: Die Frau sollte leben, wenigstens jetzt noch. Er wußte, wie er herausfinden konnte, was, wenn überhaupt, Dunn ihr erzählt hatte. Außerdem mußte er sie überprüfen, herausfinden, wer sie war und warum sie dort war. Sollten die Umstände es erfordern, würde er ihr einen Besuch abstatten.

Der Techniker sammelte seine Ausrüstung ein und stahl sich über das Dach davon. Er verspürte den Ärger eines Profis, dem die Beseitigung eines Störfaktors im letzten Moment verdorben worden war. Dieser Störfaktor war Dunn gewesen. Aber jetzt gab es möglicherweise noch einen anderen.

2

Es war Mord, und sie wußte es. Aber sie würden es anders bezeichnen. Irgendwie, nur nicht so.

Major Mollie Smith, leitender Special Agent des CID,

saß in der letzten Reihe des Anhörungssaales im Dirksen-Senatsgebäude. Die Stätte, an der die Wahrheit regieren sollte, wirkte kühl mit ihren Wänden aus buntem Tennessee-Marmor und den klaren Rotholzstrukturen. Über dem Podium für die prüfenden Senatsmitglieder und dem langen Tisch aus Walnußholz für die Zeugen schwebten Kristallkronleuchter. Normalerweise war dieser Raum Senatsanhörungen vorbehalten, in denen es um die Bestätigung von Präsidentschaftskandidaten ging. Heute jedoch würde es keine Fragen, keine Antworten und keine Diskussion geben. Heute diente der Raum lediglich dazu, die Bedeutung dieses Verfahrens zu betonen.

Was für ein Witz ...

Mollie saß halb versteckt hinter einer Säule, aber ihr Blickfeld war frei. Die Presse hatte sich vor dem Podium versammelt und dicke schwarze Kabel und dreibeinige Kamerastative auf dem grünen Teppich verteilt. Das Publikum bestand aus weniger als zwanzig Personen: Vertretern des Verteidigungsministeriums und des Nationalen Ausschusses für Transportsicherheit, dem stellvertretenden nationalen Sicherheitsberater, der vom Oval Office abgesandt war, und drei Officern der JAG, der obersten militärischen Justizbehörde.

Vor ihrem Eintreffen hatte Mollie die Namensliste überprüft, um sicherzugehen, daß keiner der JAG-Leute sie erkannte. Da man nicht von einem Verbrechen ausging, wäre die Anwesenheit eines höheren Untersuchungsbeamten der Kriminalpolizei der Army hinterfragt worden.

Die Tür auf der linken Seite hinter dem Podium öffnete sich, und fünf Mitglieder des Untersuchungsausschusses betraten den Raum. Kameraschieber und Motoren begannen wie Zikaden in der Dämmerung zu summen.

Mollie konzentrierte sich auf den Mann, der den Platz in der Mitte einnahm: Richter Simon Esterhaus, der derzeit sein Amt am Bundesberufungsgericht des elften Bezirks ausübte. Der Vorsitzende der Kommission erinnerte Mollie ein wenig an General Schwarzkopf: Er hatte die gleiche untersetzte Figur und ein Gesicht, dessen ausgeprägte Züge von der Entschlossenheit einer Bulldogge und von Unbestechlichkeit zeugten.

In den letzten Wochen hatte Mollie alles in Erfahrung gebracht, was es über Esterhaus zu wissen gab. Der Richter war eine Art Nationalidol und hatte sich, ähnlich wie Lincoln, von seiner bescheidenen Herkunft aus einer kleinen Farmergemeinde in Ohio direkt durch das nationale Rechtssystem nach oben gearbeitet. Nach einem brillanten Studienabschluß war Esterhaus als Sekretär für einen Richter des Obersten Gerichtshofs tätig gewesen und war dann der jüngste Partner aller Zeiten bei *Bell and Robertson*, der ersten Adresse in Washington, geworden. Von dort aus übernahm er ein staatliches Richteramt in Maryland, anschließend einen Bundesrichterstuhl. Zudem hatte er in zahlreichen Regierungs- und Präsidentschaftskomitees gesessen. In sieben Tagen würde Simon Esterhaus den Gipfel seiner beruflichen Karriere erklimmen. Der Präsident hatte ihn für einen Sitz im Obersten Gerichtshof vorgeschlagen, und Insider aus Washington betrachteten die bevorstehende Senatsanhörung als reine Formalität.

Eine Formalität ...

Esterhaus klopfte mit seinem Hammer auf den Tisch, um Ruhe in den Saal zu bringen, und ließ den Blick über seine Zuhörerschaft schweifen. Seine Stimme erinnerte Mollie an rauschendes Wasser in einem Kiesbett.

»Der Ausschuß hat die Beweise und die sachdienlichen Informationen überprüft und ist bereit, eine Entscheidung zu treffen. Zunächst jedoch möchte ich den Gerichtsdiener bitten, das Video abzuspielen.«

Das Licht verdunkelte sich von Gelb auf Orange und erlosch dann gänzlich. Von der Decke wurde ein weißleuchtender Bildschirm an der linken Wand herabgelassen. Mollie schloß die Augen. Sie hatte diese Bilder schon tausendmal gesehen, sowohl in der Abgeschiedenheit ihres Büros als auch in der höllischen Einsamkeit ihrer Alpträume. Es gab kein Detail, das sie nicht bereits kannte. Sie preßte sich eng an die Säule und lehnte ihre Wange dagegen. Das Salz ihrer Tränen floß heiß über den kalten Marmor.

Als erstes Bild erscheint das Flugzeug, die Militärversion eines Lear-Jets C-12, auf der Rollbahn der Andrews Air Force Base. Die große, schlanke Gestalt von General Griffin North bewegt sich mit raschen Schritten, dem Salut keinerlei Beachtung schenkend, auf das Flugzeug zu. Er dreht sich um und spricht einige Worte zu seinen Adjutanten, scheint sich dann an die Kameras zu erinnern. Sein Gesichtsausdruck wird weicher, so, als habe er jemanden gesehen, den er liebt und umarmen möchte. Die Sonne tanzt über seine dunklen Brillengläser und wirft einen Schimmer auf seine glatte schwarze Haut. Er zögert, dreht sich um, marschiert die Rampe hinauf und verschwindet, den Kopf eingezogen, durch die Luke.

Hier wird der Film unterbrochen, zu sehen ist nur ein weißes Bild.

Jetzt wieder das Flugzeug kurz vor der Landung, eine Silhouette vor den Bergen von Santa Rosa östlich von Palm Springs, Kalifornien. Eine anmutige, fragile Gestalt, die auf die Rollbahn zuschwebt.

Jedesmal, wenn Mollie sich das Band anschaute, kam ihr derselbe Gedanke: Der Kameramann der Army, der Norths Ankunft im Film festhalten sollte, hatte sehr gut und professionell gearbeitet. Er hatte die Landung perfekt eingefangen und kein einziges Mal geschwankt, auch dann nicht, als die Nase des Flugzeugs auf den harten Beton aufprallte und sich der Jet in einen riesigen Feuerball verwandelte.

Eine zweite Kamera zeigte das Flugzeug in Nahaufnahme. In dem Video war nun eine Abfolge von Standbildern zu sehen. In Zeitlupe zerbrach die Verstrebung des Bugfahrwerks und segelte davon. Im riesigen Schatten des Flugzeugs rollte ein Reifen schwankend die Rollbahn hinunter.

Mollie war dankbar, daß man die Tonspur bei dieser Kopie entfernt hatte. Auf ihrer Version des Bands war der Ton zu hören. Einige Male hatte sie beim Anschauen aufgeschrien, um ihre Vorstellung der Schreie zu bekämpfen, die durch die brennende Maschine gehallt sein mußten.

Die Lichter gingen wieder an. Esterhaus mußte seinen Hammer nicht benutzen. Mollie blickte durch den totenstillen Raum und registrierte einen Stapel dicker gebundener Dokumente, der auf das Podium neben Esterhaus gelegt worden war. Der Bericht der Kommission.

Jetzt kommt's.

Mollie glaubte zu sehen, wie Esterhaus seine Schultern straffte. Interessanterweise jedoch straften seine Worte diese strenge Haltung Lügen. Er sprach sanft, fast so wie ein Vater, der einem schläfrigen Kind Koseworte zuflüstert.

»Der Ausschuß ist einstimmig zu der Überzeugung gelangt, daß der Tod von General Griffin North am zweiten August dieses Jahres ein tragischer Unfall war. Wir haben alle uns vorgelegten Beweise überprüft ...«

Nicht alle, euer Ehren.

»... und stimmen den Schlußfolgerungen zu, die uns vom Nationalen Ausschuß für Transportsicherheit und von der untersuchenden Militäreinheit vor Ort vorgelegt wurden. Der Unfall des Flugzeugs von General North ist auf einen Defekt der Verstrebung des Bugfahrwerks zurückzuführen, die vor der Landung nicht in der korrekten Position einrastete. Die Tatsache, daß im Cockpit kein Defekt signalisiert worden war, zeigt, daß der Pilot nichts von einer Notfallsituation wissen konnte.

Nach Ausschluß menschlichen Versagens und in der Gewißheit, daß die Verstrebung selbst in einwandfreiem mechanischem Zustand war, bleibt uns nur noch Nachdenklichkeit angesichts des Unbegreiflichen: Warum dieser aufrechte und vielversprechende Mann von uns genommen wurde, bevor er seinem Land weitere Dienste erweisen konnte – als unser nächster Vizepräsident, der er höchstwahrscheinlich nach der Wahl geworden wäre.«

Oh ja, der wäre er geworden, dachte Mollie ... *Trotz all seiner Zweifel an der Politik und der Befürchtung, sich auf fremdem und feindlichem Boden zu befinden, sobald er seine Uniform ausgezogen hätte ...*

Sicher, das politische System hätte sich nicht geändert – es hätte alles darangesetzt, diesen Mann in eine Figur umzuformen, die es letztendlich hätte kontrollieren können. Aber Mollie glaubte nicht, daß es so weit gekommen wäre. North war sehr stark gewesen. Aber seine Stärke beruhte bei weitem nicht nur auf seinem Alter, seiner Ausbildung und seiner Weisheit; er zog sie aus Tiefen, die nur ein Farbiger kennen kann, der sich bis zur Kommandospitze emporgekämpft hat. Nach vier Jahren hätten die Parteiführer, die diesen Golfkriegshelden für eine Amtszeit als Retter ihrer Wiederwahl ansahen, vielleicht anders darüber gedacht. Aber während dieser vier Jahre hätte sich Griffin North hervorragend auf dem politischen Schlachtfeld geschlagen. Die einzige Frage wäre dann gewesen, ob Amerika im neuen Jahrtausend einen schwarzen Präsidenten akzeptiert hätte.

»Die Anhörung ist somit beendet.«

Mollie spürte Übelkeit in sich aufsteigen. Sie sprang auf und hastete zu den Saaltüren, noch bevor das Echo des Hammers verhallt war. Sie stieß sie mit solcher Gewalt auf, daß sie gegen die Gummistopper schlugen und sich die Leute, die eilig in den Raum hineinströmten, nach ihr umschauten.

Mollie zwängte sich um die Ecke in eine Nische, in der ein

Wasserbecken stand. Sie hatte sich vorgenommen, niemals in die Zukunft zu schauen. Sämtliche Gedanken und Erinnerungen, die sie dorthin zu bringen drohten, wurden abgetötet durch das Bild des Sargs von Griffin North, der in die Erde hinabgelassen wurde. Sie beugte sich über den Springbrunnen, ließ das lauwarme Wasser über ihre Lippen rinnen, zog dann ein Taschentuch hervor und tupfte ihr Gesicht ab.

Als sie fertig war, richtete sie sich auf und wandte sich der Halle zu. Vor ihr rauschten Menschenmassen vorbei – Sekretäre, Botschafter, Senatsbeamte, Lobbyisten. Die Presseleute, die bei der Anhörung gewesen waren, strömten nun zu den Türen hinaus, und Mollie ließ sich von diesem Strom mittragen. Sie hatte noch einiges zu erledigen.

Mollie war eine außergewöhnlich vorsichtige und wachsame Frau. Die Ausbildung beim CID hatte ihren natürlichen Talenten lediglich den letzten Schliff gegeben. Aber diesmal versäumten ihre Augen, ihrem Bewußtsein eine offensichtliche Anomalität mitzuteilen, vielleicht, weil diese Anomalität kürzer als ein Herzschlag gedauert hatte.

Also ging Mollie an dem Mann vorüber, der sie beobachtet hatte. Er war gekleidet wie ein Kameramann oder Fotograf mit hohen Turnschuhen, Jeans und einer Redskins-Windjacke über einem leichten Sweatshirt; ein Ausweis mit Foto baumelte von einer an seinem Gürtel befestigten Klammer, und eine 35-Millimeter-Yashica hing über seiner Schulter.

Dieser Mann mit dem jungenhaften Gesicht und dem stählernen Körper reihte sich kurz hinter Mollie ein, verlangsamte seinen Schritt und hielt sich so weit rechts zurück, daß sie ihn aus den Augenwinkeln nicht wahrnehmen konnte.

Sein Blick taxierte sie. Am Ansatz hatte ihr Haar die Farbe von herbstlichen Ahornblättern, ihre festen Waden traten wohlgeformt unter ihrem Dienstrock hervor. Er rief sich ihre Augen ins Gedächtnis, die er gesehen hatte, als sie an ihm vorübergegangen war – in dem einzigen Moment, in dem sie die Beschattung hätte bemerken können. Sie waren grün, unergründlich und sehr hart. Die in ihnen stehenden Tränen schimmerten wie Quellwasser auf Smaragden.

Der Techniker erkannte die Aufrichtigkeit in Mollies Schmerz, dort, wo sie das Geheimnis bewahrte. Wäre der Schmerz nicht gewesen, hätte sie es vielleicht besser verborgen. Aber das spielte keine Rolle. Der Techniker wußte ganz genau, was in ihrer Erkenntnis lag, wie lange er es dort noch ruhen lassen und wie er es ihr entreißen würde.

Bald …

Nun jedoch würde er ihr ein Andenken hinterlassen, damit sie sich bei ihrem nächsten Zusammentreffen an ihn erinnern würde, obwohl sie das jetzt natürlich nicht wissen konnte. Der Techniker fragte sich, ob es ihr zusetzen oder gefallen würde. Bei der nächsten Gelegenheit würde er sich danach erkundigen.

Mollie bog um die Ecke, erstarrte und wirbelte herum. Ein Mann hatte sie gestreift … ein großer Mann mit lockigen Haaren in einer Footballjacke, der durch die Halle in die entgegengesetzte Richtung schlenderte.

Mollie starrte ihm nach. Sie konnte sich weder rühren noch schreien. In der Luft lag der Hauch eines Rasierwassers, dessen Duft sie sofort erkannte, da er so lange der Geruch des Lebens selbst gewesen war. Sie hatte ihn auf ihrer Haut gespürt, wenn ihr Liebhaber sie streichelte, und in seinem Atem wahrgenommen, wenn er in der Dunkelheit geflüstert hatte. Sie selbst hatte diesen sehr teuren Duft für ihn ausgesucht, um ihn von allen anderen Männern abzusetzen und ihn als ihren eigenen zu markieren.

»Mollie? Mollie Smith?«

Die Stimme klang vertraut, aber sie konnte sie nicht sofort identifizieren. Mollie war unfähig, den Blick von der sich entfernenden Gestalt abzuwenden, bis sie eine zaghafte Berührung wie von einem alten Bekannten an ihrem Ellbogen spürte.

»Mollie, Sie sind es wirklich!«

Die Frau trat in ihr Blickfeld. Sie war Anfang Vierzig und hatte ihr aschblondes Haar hinten zu einem Zopf geflochten. Ihr Gesicht war nicht so gebräunt, wie Mollie es in Erinnerung hatte, aber es zeigte den gesunden Teint eines begeisterten Wochenendseglers oder eines Rasentennisspielers. Die Kleidung – ein cremefarbener Rock mit passendem Blazer, kontrastiert mit einem bunten Halstuch – zeugte von teuerstem Understatement. Aber schließlich hatte sich Pamela Esterhaus schon immer gut gekleidet, in einer seltenen Verbindung von Geschmack und Geld.

»Pamela ... tut mir leid. Ich hätte nicht erwartet, Sie hier zu treffen.«

»Nun, für eine Minute dachte ich, *ich* hätte mich geirrt.« Pamela Esterhaus, die Ehefrau des Richters, schaute in die Richtung, in die Mollie gesehen hatte. »Warten Sie auf jemanden?«

»Nein. Ich komme gerade aus dem Sitzungssaal.«

»Von der North-Anhörung?«

»Der Chef der Militärjustiz bat mich, als Zuhörer teilzunehmen.«

»Sie wollen doch wohl nicht sagen, daß man noch immer Untersuchungen anstellt?«

»Nein. Eine reine Formalität, um irgend jemanden von der CID dabeizuhaben.«

Mollie wußte nicht, wie oder warum ihr die Lüge herausgerutscht war. Sie war ihr einfach über die Lippen gekommen.

»Ich persönlich bin froh, daß diese Sache nun beendet ist«, sagte Pamela nachdrücklich. »Ich kann Ihnen gar nicht sagen, wie angespannt Simon war.« Sie hielt inne. »Entschuldigen Sie, wenn ich das sage, aber Sie sehen auch ein wenig mitgenommen aus.«

»North war einer von uns«, erwiderte Mollie leise. »Der beste, den wir jemals hatten.«

Pamela Esterhaus wandte den Blick ab und seufzte. »Da habe ich wohl den Finger in die Wunde gelegt, oder? Tut mir leid. Ich weiß, was North für die Army bedeutete. Für uns alle.« Sie zögerte. »Kannten Sie ihn? Persönlich, meine ich.«

Die Worte ließen Mollie nahezu zusammenbrechen. »Nein. Nicht wirklich.«

Als Mollie sie wieder ansah, hielt Pamela ihr eine Visitenkarte hin. Ihre Augen blickten freundlich, schienen jedoch von einem Schleier der Besorgnis überzogen.

»Eigentlich wollte ich Sie fragen, ob Sie Lust auf einen Kaffee hätten, um ein bißchen über alte Zeiten zu plaudern. Aber das ist jetzt wohl nicht der richtige Zeitpunkt, oder?«

Mollie schüttelte den Kopf und nahm die Karte. Pamela arbeitete im Justizministerium. Es war keine Berufsbezeichnung angegeben, sondern nur ihre Abteilung: Humanvermögen. Mollie brauchte nicht zu fragen, was dies bedeutete.

»Über ein Wiedersehen würde ich mich freuen«, sagte sie und versuchte, aufrichtig zu klingen.

Sie hatte Pamela Esterhaus vor sechs Jahren während des Golfkrieges in Riad kennengelernt. Bei einigen Jack Daniel's, die sie gemeinsam auf dem Dach des Intercontinental Hotels in Riad getrunken und dabei in die arabische Morgendämmerung gestarrt hatten, während Missiles aus ihrem Heimatland irakische Flugzeuge jagten, war eine Art Zusammengehörigkeitsgefühl in Kriegszeiten entstanden. Am nächsten Morgen hatten sie, bevor jede ihres Weges ging, Adressen, Telefonnummern und das Versprechen ausgetauscht, in Verbindung zu bleiben. Wie so viele Schlachtfeldpläne blieb auch dieser wirkungslos.

»Ich bin in Belvoir stationiert«, sagte Mollie.

»Simon und ich haben ein Haus in Georgetown, auf der Cooke's Row. Nun hat keine mehr von uns eine Entschuldigung. Stimmt's?«

»So ist es.«

Mollie hastete davon. Sie mochte Pamela Esterhaus wirklich, aber in wenigen Tagen würde diese Frau jeden Grund haben, ihr die Augen auszukratzen. Es gab nichts, was Mollie tun konnte, um zu verhindern, daß Pamela das letzte Opfer ihres Ehemannes werden würde.

Pamela erwiderte Mollies kurzes Winken und begab sich dann zu den Türen des Sitzungsraums. Sie spürte die Blicke, die sie auf sich zog, von Männern, die sie auf der Skala unter »lohnenswert« einstuften, und von Frauen, die sie strenger und kritischer taxierten. Aber daran war sie seit Jahren gewöhnt, seit sie entdeckt hatte, daß ihre Schönheit ein Quell der Verlockung und des Neides war. Heute, gerade in diesem Moment, genoß sie die Aufmerksamkeit ganz besonders.

Sie ging durch den leeren Sitzungsraum und öffnete die Tür hinter dem Podium. Das Zimmer, in dem sich die Ausschußmitglieder vorbereiteten und manchmal berieten, war leer, abgesehen von dem Mann, der am Ende des langen Tisches aus Walnußholz saß.

»Hallo, Darling.«

Simon Esterhaus blickte auf, als seine Frau eintrat und die Tür hinter sich schloß.

»Pamela ... ich habe nicht erwartet, dich hier zu sehen.«

»Du meinst, du hast mich im Sitzungsraum gar nicht bemerkt? Simon, das trifft mich.«

Als er nichts erwiderte, wußte sie, daß er gelogen hatte. Er konnte absolut nichts vor ihr verbergen.

Der Richter beobachtete, wie seine Frau näher trat, während sie ihn mit einem schmollenden Lächeln herausforderte und ihre Hüften in einem Rhythmus schwang, der ihm das Blut in den Ohren rauschen ließ. Sie war schon immer so gewesen, mit dem uralten Erbgut einer Beutejägerin, deren Appetit ihn gleichzeitig abstieß und erregte. Sie setzte ihre Sexualität ein wie ein Magier seine Tricks, in ihrem Berufsleben nichts davon preisgebend. Nur, wenn sie erobern oder vernichten wollte, hob sie den Schleier.

Esterhaus kannte ihre Macht. Er hatte genug Narben davongetragen. Dennoch und trotz allem, was sie ihm angetan hatte, trotz all der Verletzungen, die sie ihm zugefügt hatte, konnte er ihr ebensowenig widerstehen oder sich von ihr abwenden, wie er den Einfluß des Mondes auf die Gezeiten ändern konnte. Sie strich mit ihren glatten Fingernägeln über seine Wange, und er wich zurück.

»Noch immer entzündet?«

»In ein paar Tagen gehe ich zum Zahnarzt. Dann wird die neue Brücke fertig sein.«

Pamela setzte sich auf die Tischkante, die Beine lässig übereinandergeschlagen. Sie musterte ihren Ehemann so forschend, wie ein Diamantenhändler einen Stein auf Fehler und Beschaffenheit prüft in der Erwartung, einen Makel zu entdecken. Sie war beeindruckt von der Weise, wie er sich während der Kommissionsanhörung behauptet hatte, auch wenn die Spuren bei genauem Hinsehen erkennbar waren: Den Hemdkragen hatte er am Hals gelockert, und sein linkes Augenlid zuckte nervös.

»Jetzt ist doch alles vorbei, nicht wahr?« fragte sie sanft. »Ich meine, es ist doch alles so gelaufen, wie es sollte.«

Esterhaus starrte unverwandt auf seine Hände, die er mit gespreizten Fingern auf die Tischplatte preßte. »Der Präsident wird morgen den Bericht bekommen, nachdem ich ihn unterschrieben habe.«

Pamela legte den Kopf in den Nacken und lachte leise. »Siehst du? Ich habe dir doch gesagt, daß die Sache problemlos über die Bühne geht. Schließlich sprachen die Fakten für sich.«

Unweigerlich mußte er sie nun ansehen, so, als hätte sie eine grobe Gotteslästerung ausgesprochen.

Sie rutschte von der Kante, ging um den Tisch herum und stellte sich hinter ihn. Mit beiden Händen fuhr sie über seine Schultern und ließ sie dann vorne über den glatten Stoff seines Hemds gleiten.

»Es ist Zeit, nach Hause zu gehen«, flüsterte sie. »Und alles hinter uns zu lassen.«

3

Der QRT-Kommandoposten befand sich im Hauptgebäude der Polizei von Baltimore, 601 East Fayette.

Gerüste und Baumaterial waren stumme Zeugen fortschreitender Renovierungsarbeiten. Auf Rachel Collins machte es den Eindruck, als fehle eine halbe Wand, da zwischen der innen liegenden Station und dem Eingangsraum ein offener Bereich war. Bis jetzt hatten sich bereits drei Obdachlose, eine verwirrte Frau und ein Lieferant hierher verirrt und waren vor dem Pult des diensthabenden Sergeants gelandet.

Rachel vermutete, daß der Sergeant an derlei Erscheinungen gewöhnt war. Er behandelte die verirrten Seelen freundlich, drehte sie um und zeigte ihnen den Weg, den sie gekommen waren.

All dies beobachtete sie durch ein breites hüfttiefes Fenster, das von der anderen Seite blind war. Der Raum, in dem sie saß, war aus Hohlziegeln gemauert, deren stumpfes Gelb Rachel recht zermürbend fand. Vermutlich war die Farbe bewußt gewählt worden, da der Raum zugleich als Verhörzimmer diente.

Auf dem im Boden verankerten Tisch lagen ein Briefblock, ein Filzstift und sechs lose Blätter, die mit ordentlicher, gut lesbarer Handschrift bedeckt waren. Commander Burns hatte Rachel angewiesen, unverzüglich ihren Bericht zu schreiben. Ihre Frage nach einem Laptop oder einem Kassettenrecorder hatte er mit einem verächtlichen Schnauben erwidert.

»Wie wäre es dann mit einer Dusche, bevor ich anfange?«

»Wir haben hier keine Waschräume für Frauen, und außerdem nur zwei Duschen. Und die sind gerade besetzt.«

Als die Duschen nach einer halben Stunde noch immer nicht frei waren, war Rachel zu der Toilette im Empfangsbereich hinübergegangen, hatte, so gut es ging, ihre Hände und ihr Gesicht geschrubbt und versucht, das Jucken ihrer Kopfhaut zu ignorieren, das die Glassplitter verursachten.

Danach hatte sie in Fort Belvoir angerufen. Jessup, der diensthabende Officer, hatte ihr mitgeteilt, daß ihre Vorgesetzte momentan nicht an ihrem Platz sei, daß Burns allerdings die Telefonleitungen zwischen Baltimore und Belvoir fast zum Qualmen gebracht habe.

»Erzählen Sie mir doch mal, was Sie verbrochen haben, um ihn so rasend zu machen, Collins.«

Rachel berichtete kurz, was geschehen war.

»Jesus, ziemlich üble Sache.« Am anderen Ende der Leitung herrschte Stille, Rachel konnte lediglich Jessups asthmatischen Atem hören. »Ich *denke,* es wird sich schon alles klären«, sagte er schließlich. »Zeigen Sie sich kooperativ, und schreiben Sie den Bericht für ihn.«

Rachel war versucht, die Geschichte mit den Duschen zu erwähnen, entschied sich aber dagegen. Sie würde diesen verdammten Bericht schreiben und anschließend jede Geschwindigkeitsbegrenzung in Maryland und Virginia mißachten. Der Gedanke an ihre Wohnung und ihr Badezimmer war Grund genug.

Jetzt jedenfalls war sie fertig, aber Burns nirgends zu finden. War er wirklich beschäftigt, fragte sie sich, oder kehrte er einfach wieder das Arschloch heraus?

Sie griff nach den Blättern und klopfte sie so auf den Tisch, daß sie exakt übereinanderlagen. An die Möglichkeit, sie noch ein letztes Mal durchzulesen, verschwendete sie keinen Gedanken. Sie konnte ihrem Bericht nichts hinzufügen, was für die Frau, die nun Witwe war, oder das Kind, das jetzt keinen Vater mehr hatte, einen Unterschied gemacht hätte. Gott sei Dank hatte die Frau keine schweren Verletzungen erlitten. Rachel war zu ihr in den Krankenwagen gestiegen, nachdem die Notärzte sie auf gebrochene Gliedmaßen untersucht und sie mit Salben und Kompressen behandelt hatten. Als Rachel ihr gesagt hatte, daß Dunn tot war, hatte Candy den Kopf gehoben, und kurz flackerte ein Funke neuen Lebens in ihrem abwesenden Blick auf. Ihr Mund verzog sich im Anflug eines Lächelns. Für Candy Dunn hatte Freiheit den Geschmack süßen, selten genossenen Nektars.

Rachel hatte sie sanft umarmt und ihr leise »Viel Glück« gewünscht. Beim Aussteigen hatte sie sich gefragt, ob es Candy Dunns Schicksal sei, solche gewalttätigen Menschen wie Dunn anzuziehen.

Rachel dachte daran, während sie noch immer mit den Blättern auf den Tisch klopfte. Sie starrte durch das Blindfenster und bemerkte, daß offensichtlich gerade die Morgenschicht abgelöst worden war, da sich rund um den Empfangsbereich zahlreiche Personen in Straßenkleidung tummelten. Der großgewachsene Mann in der *Redskins*-Jacke fiel nicht weiter auf. Es war nur die grellfarbige Darstellung eines indianischen Kriegers auf dem Rücken der braunen Lederjacke, auf der ihr Blick haftenblieb. Sie beobachtete den Mann von hinten, während er mit dem wachhabenden Sergeant sprach, der daraufhin einen kurzen Anruf tätigte. Er und der Mann unterhielten sich weiter, bis ein Auszubildender mit einem Paket herbeieilte. Der Sergeant schob ein Formular über den Tisch, und der Sportfan kritzelte unten etwas darauf.

Seinen Namen. Er ist ein Kurier.

Rachels Blick wanderte zu der großen altmodischen Uhr an der Wand über dem Tisch. Halb elf. Sie war hungrig, müde und schmutzig. Als sie wieder durch die Fensterscheibe schaute, war der Kurier verschwunden.

Die Arlington Memorial Bridge, die sich über den Potomac spannt, bietet einige der schönsten Ausblicke auf die Wahrzeichen von Washington. Sie ist zugleich eine der am stärksten befahrenen Brücken in Richtung Stadtzentrum. In Spitzenzeiten überqueren jede Minute mehr als dreihundert Autos die Brücke – und die meisten sind mit Funktelefonen ausgerüstet, von welchen vierzig Prozent benutzt werden, wenn die Wagen auf der Brücke sind.

Die dreißig Quadratzentimeter kleine Abhörvorrichtung war unterhalb der Fahrbahn am höchsten Punkt des Bogens versteckt, der der Seite von Washington D. C. am nächsten lag. Sie war in sandfarbenes Sackleinen verpackt, das unauffällig in den Farbton des Mauerwerks überging, und mit militärgeprüftem, wasserfestem Klebstoff an den Steinen befestigt. In die Oberseite waren zwei kleine Löcher von etwa einem Zentimeter Durchmesser geschnitten worden, hinter denen die Scanner arbeiteten. Von einer Lithium-Leichtbatterie betrieben, waren die Scanner so programmiert, daß sie jeweils eine Stunde lang während des morgendlichen und abendlichen Berufsverkehrs aktiviert waren. In dieser Zeit fingen die Scanner durchschnittlich 220 Mobilfunknummern und ihre entsprechenden elektronischen Seriennummern ab, wobei sich die Telefonbesitzer dieser Piraterie nicht im entferntesten bewußt waren. Der Microchip, auf dem die Nummern gespeichert wurden, reprogrammierte sie auf einen über eine Mutterkonsole erteilten Befehl und sandte die Ziffern, beginnend mit den Vorwahlcodes, an das Telefon des Technikers.

Der Techniker hatte dieses ausgeklügelte System eine Woche, nachdem er seinen jetzigen Auftrag angenommen hatte, installiert. Seitdem hatte es einwandfrei funktioniert und würde aufgrund der Lebensdauer der Batterie seinen Zweck auch noch viel länger als nötig erfüllen. Vorher würde es jedoch wie alle Werkzeuge, die der Techniker benutzte – mechanische, technische oder menschliche –, bereits entfernt und sachgerecht entsorgt worden sein.

Der Techniker trat aus dem Hauptgebäude der Polizei von Baltimore und schlenderte die Straße hinunter zu einer Reihe öffentlicher Telefone. Um diese Zeit, Mitte September, brannte die Sonne heiß, während es auf Mittag zuging, aber er spürte die Hitze auf seinem Gesicht nicht, dessen Farbe und Struktur an gegerbtes Leder erinnerten.

Er wählte seine Mutterkonsole an und wartete kurz, bevor er die Zahlen zur Aktivierung des Datensuchsystems eintippte. Er merkte sich die erste Nummer, die ihm eine computererzeugte Stimme mitteilte, hängte ein und wählte erneut. Diesmal gab er die Nummer ein, die sich der Scanner gestohlen hatte, und wartete, bis der Computer sie mit den Daten in den Listen der Bell Atlantic verglichen hatte.

Der Techniker zog eine zusammengerollte Ausgabe des *Smithsonian*-Magazins aus seiner Jackentasche und las gerade die zweite Seite eines Artikels über die Marskanäle, als sich die Stimme mit den Einzelheiten zurückmeldete. Die Nummer gehörte einem Dr. Stanley Weisberg, wohnhaft 3672 Meadow Hill Lane in Chevy Chase, Maryland. Bequemerweise besaß der Doktor auch eine Telefonkarte der AT&T.

Der Techniker brach die Verbindung ab. Jeder, der in einer Straße mit solch einem großspurigen Namen in einer Gegend wohnte, die in Wirklichkeit trockengelegtes Sumpfgebiet war, verdiente einen Dämpfer. Dr. Weisberg war der richtige Mann.

Er wählte eine Nummer der Bell Atlantic und tippte dann die Zahlenfolge von Weisbergs Telefonkarte ein. Wenige Meilen entfernt klingelte ein Telefon. Einmal.

»Hier ist der Techniker. Die Beseitigungsaktion läuft planmäßig.«

Es war bereits halb eins, als Rachel endlich nach Hause kam. In ihrer Wohnung war es stickig, da sie, bevor sie weggegangen war, sämtliche Fenster geschlossen hatte. Sie öffnete sie alle wieder, bevor sie sich auf dem Weg zum Badezimmer auszog und ihre Kleidungsstücke hinter sich auf den Boden fallen ließ.

Die Dusche besänftigte sie und wusch den ganzen Frust und die Demütigung ab, die Burns ihr beschert hatte. Nach Beendigung ihres Berichts hatte sie noch über eine Stunde warten müssen, bevor der QRT-Commander wieder erschienen war. Er hatte einen flüchtigen Blick auf die Seiten geworfen und sie dann kommentarlos entlassen. Unwillkürlich hatte sie sich an Zeiten auf der Junior High School erinnert, wenn man vom Nachsitzen erlöst wurde.

Auf ihrem Heimweg nach Alexandria versuchte sie sich einzureden, daß sie nie wieder etwas mit Burns zu tun haben müßte. Sie wußte es jedoch besser. Die Berichte über ihr Vorgehen würden sie verfolgen, bis das Kapitel Sergeant Charlie Dunn abgeschlossen war.

Eingehüllt in einen grünen Morgenrock aus teurem flauschigem Samt, den sie sich selbst zum Geburtstag geschenkt hatte, trat Rachel aus dem Badezimmer. Durch die Flügelfenster wurde der Wohnraum von Licht durchflutet, und die Bodendielen aus Ahornholz unter ihren Füßen fühlten sich warm an. Ihr Anrufbeantworter auf dem Stereomöbel in der Ecke gab rote Blinkzeichen.

Rachel spulte die Nachricht zurück und lief danach ins Schlafzimmer, um sich anzuziehen.

Sie nahm die Bundesstraße 1 südlich von Alexandria und fuhr vorbei an dem Schnellrestaurant, den Autohändlern und den kleinen Promenaden, auf welchen sich *Krispy Kreme* Doughnut-Shops und Wahrsager aneinanderreihten.

Am Ziel angelangt, bog sie in die Belvoir Road ein und fuhr durch das Pence Gate, vorbei an dem 9-Loch-Golfkurs im Süden Belvoirs. Nachdem sie an der Neunten Straße erneut abgebogen war, fuhr sie auf der Gunston Road zurück bis zur Sechsten Straße.

Rachel fuhr ihre auf die Army zugelassene Limousine vorwärts in eine Parklücke vor dem Verwaltungsgebäude, das die Kommandobehörde des CID beherbergte. Sie zückte kurz ihre Karte und ihren Dienstausweis für die Wache in der Empfangshalle. Während der Fahrstuhl zur dritten Etage ruckelte, betrachtete sie sich in dem glänzenden Metallspiegel nahe der Decke. Die blaue kurzärmelige Bluse paßte gut zu ihrer grauen Hose. Mit Ausnahme ihrer wasserfesten Uhr trug sie weder Schmuck noch Make-up. Sie fühlte sich erfrischt und sah nach ihrem Dafürhalten okay aus. Ihr Puls sagte ihr etwas anderes.

Rachel durchquerte die Halle und betrat einen verlassenen Empfangsraum. Es war Mittagspause, und sie fragte sich, ob der Befehl, zu dieser Zeit zu erscheinen, dies berücksichtigt hatte. Vor der Bürotür hielt sie kurz inne, wappnete sich und klopfte entschlossen zweimal an die Tür.

»Herein.«

In der Mitte des kleinen, engen Raums stand ein recht neuer Schreibtisch, umgeben von alten Aktenschränken aus rotem Gußmetall. Auf der Fensterbank kämpfte eine staubige Begonie um ihr Leben.

Vor dem Schreibtisch standen zwei der üblichen beigefarbenen Vinyl-Stühle. Major Mollie Smith saß vor ihrem Computer. Rachel registrierte ein Pillendöschen aus Emaille in ihrer Hand, das Mollie hastig in ihre Tasche steckte.

»Was, zum Teufel, ist in Baltimore passiert?« fragte sie anstelle einer Begrüßung.

»Ich habe meinen Bericht gefaxt«, antwortete Rachel. »Die handgeschriebenen Seiten, so wie Burns es gerne haben wollte.«

Mollie lehnte sich zurück und spielte mit einem Bleistift. Rachel fand, daß sie mehr als müde aussah. Es schien geradezu, als seien alle Lebenskräfte aus ihr gewichen.

»Setz dich, Rachel«, sagte Mollie, »und erzähl mir *ganz genau,* was in Baltimore vorgefallen ist.«

Rachel schilderte ruhig, was geschehen war. Sie ließ ihre Emotionen beiseite und hielt sich an die Fakten, auch als sie berichtete, wie Dunn seine Frau geschlagen hatte.

»Gab es keine andere Möglichkeit, ihn zu überwältigen, als ihn zu erschießen?«

»Hätte der Scharfschütze der QRT nicht in diesem Moment gefeuert, hätte Dunn mich umgebracht.«

Rachel machte eine Pause und dachte über das nach, was sie gerade gesagt hatte. Zum ersten Mal hatte sie sich selbst und anderen gegenüber eingestanden, daß sie in dieser Nacht in Baltimore beinahe gestorben wäre.

»Nach dem Schuß des Scharfschützen stand er noch auf den Beinen«, fuhr sie fort. »In diesem Moment habe ich zurückgeschossen.«

»Der Schuß war also gerechtfertigt.«

»Absolut.«

»Und Dunn lebte noch, als alles vorbei war?«

»So gerade.«

Mollie nahm einige Faxblätter zur Hand. Rachel erkannte ihre eigene Handschrift.

»Burns ist verdammt sauer wegen deiner Wildwest-Aktion, aber er scheint es nicht höher als bis zu mir vortragen zu wollen. Hast du ihm tatsächlich mit Fotos gedroht?«

»Die QRT hat die ganze Zeit das Video einer Standkamera mitlaufen lassen. Sie können Dunns Frau gar nicht verfehlt haben. Die Standbilder müssen genau zeigen, was er ihr angetan hat.«

»Und deshalb bist du in die Luft gegangen, stimmt's?«

Rachel hörte den Tadel hinter der Frage. »Ja.«

»So sehr, daß du einen Überraschungsangriff der QRT gefährdet und den Befehl von jemandem mißachtet hast, der zu diesem Zeitpunkt dein Vorgesetzter war.«

»Wenn irgend jemand gefährdet war, dann ja wohl ich!«

»Und genau das ist für Burns der springende Punkt. Aber das ist noch nicht alles, Rachel. Burns hat recht mit seiner Behauptung, daß du seine Männer einer unnötigen Gefahr ausgesetzt hast. Du hast Dunn genügend Zeit gegeben, sich hinter den Geschützen zu postieren. Und die QRT sah sich plötzlich mit weitaus mehr Feuerkraft konfrontiert, als sie erwartet hatte.«

Rachel spürte, wie eine plötzliche Gefühlswallung in ihr hochstieg. »Nicht *unnötig*. Wenn die QRT so heiß darauf war, sich zu produzieren, hätte sie Vorkehrungen für den Fall treffen müssen, daß Dunn das, was sich im Lager befand, benutzen würde.« Sie hielt inne. »Ein *Kind* war dort drin, Mollie.«

»Ich weiß. Aber hätte ich die Befehlsgewalt gehabt und du hättest so gehandelt, hätte ich dich ebenfalls die Konsequenzen spüren lassen. Dieses Mal habt ihr Glück gehabt, Rachel, du, die QRT und vor allem die Frau und das Kind. Bist du denn gar nicht auf die Idee gekommen, daß Dunn seine Waffe als Ablenkungsmanöver auch gegen sie richten konnte?«

Rachel wandte den Blick ab. »Nein.«

»Daraus solltest du lernen.«

Mollie legte die Faxblätter säuberlich übereinander und klopfte sie mit dem oberen Rand auf den Tisch. »Ich brauche eine getippte Version davon.« Sie warf Rachel einen Blick zu. »Und du hast nichts ausgelassen? Aufgrund deiner Aversion gegen Burns?«

Am besten bringe ich es sofort hinter mich. »Doch, das habe ich.«

In dem Versuch, Mollies hochgezogene Augenbrauen und den Ärger zu ignorieren, der sich in ihrer angespannten Mundpartie zeigte, griff Rachel nach den Faxpapieren und blätterte sie durch. »Hier, als ich Dunn festhalte, kurz bevor er stirbt. Er sagte etwas zu mir. Ich habe das weggelassen, weil ich mir nicht sicher war, was es zu bedeuten hatte – und ich wollte nicht, daß Burns etwas erfährt, was ihn vielleicht gar nichts angeht.«

»Und das wäre?« Mollie beobachtete sie aufmerksam.

»Dunn hat mich als ›Kleine‹ bezeichnet. Er sagte, er würde als glücklicher Mann in dem Bewußtsein sterben, dabei geholfen zu haben, den schwarzen Bastard North zu erledigen.«

Rachel zögerte. »Dunn war schwer verwundet, er hätte im Delirium sein können. Aber so von General North zu sprechen ... ich wußte nicht, was ich davon halten sollte.«

Mollie saß völlig regungslos. »Erzähl mir das noch einmal, aber genau.«

Rachel wiederholte ihre Worte und sah, daß Mollie alle Farbe aus dem Gesicht wich.

»Was ist los?«

Mollie ignorierte die Frage. »Und du bist absolut sicher, daß das Dunns Worte waren? Kein Zweifel?«

»Kein Zweifel.«

»Hat irgend jemand außer dir das gehört?«

»Nein. Die QRT kam gerade durch die Tür. Als die Männer uns erreicht hatten, war Dunn bereits tot.«

Rachel langte über den Tisch und berührte Mollies Arm, der von einer Gänsehaut überzogen war. »Was geht hier vor?«

Mollie zog ihren Arm zurück. Ihre Stimme fiel um eine Oktave ab und klang so heiser, wie Rachel es zuvor noch nie gehört hatte. Eine unangenehme Eindringlichkeit schwang darin.

»Jetzt hör mir ganz genau zu, Rachel. Du warst mit Dunn allein?«

»Ja.«

»Wo waren seine Frau und das Kind?«

»Der Junge saß im Wagen. Die Fenster waren geschlossen, deshalb kann er nichts gehört haben. Außerdem hatte er Krampfzustände.« Sie hielt inne und ließ die Szene vor ihrem inneren Auge ablaufen. »Dunns Frau war etwa fünf Meter entfernt, sie lag auf dem Boden. Bevor ich ihn unterbrochen habe, hatte er sie geschlagen. Ich bin sicher, daß sie nichts von dem gehört haben kann, was er zu mir sagte.«

»Du erwähntest, daß die QRT eine Videokamera hatte«, drängte Mollie weiter.

»Aber selbst wenn sie sie laufen gelassen hätten, während sie durch die Tür stürmten, waren sie viel zu weit weg, um irgendeinen Ton aufzunehmen.«

Mollie sprang auf, ging zum Fenster hinüber und lehnte sich gegen den Rahmen. »Nicht ›irgendeinen Ton‹«, sagte sie. »Du sagtest, die QRT hätte vor Dunns Eintreffen Mikrofone in der Lagerhalle installiert.«

»Ja. Ich kann mich an das Geräusch von tropfendem Wasser erinnern, das durch die Lautsprecher drang.«

Mollie wandte ihr den Rücken zu. »Also ist es möglich, daß die Mikrofone aufgenommen haben, was Dunn zu dir sagte.«

»Aber ich selbst konnte ihn doch kaum verstehen!«

»Aber es wäre möglich.«

»Ja.«

»Wir brauchen unbedingt dieses Tonband.«

Als Mollie zum Telefonhörer griff, umklammerte Rachel ihren Unterarm. »Nicht, bevor du mir nicht erzählst, was hier eigentlich vor sich geht«, sagte sie. »Wenn hier irgend etwas faul ist, habe ich ein Recht darauf, es zu erfahren.«

Mollie sah die Kampfbereitschaft in Rachels Augen und wußte, sie würde nicht nachgeben. Egal, ob sie die Vorgesetzte herauskehren oder zu anderen Mitteln greifen würde, nun war alles sinnlos. Rachel hatte zuviel gehört.

»In Ordnung. Aber das, was ich dir jetzt sage, bleibt unter uns, und ich will keine Kommentare oder Fragen hören, klar?«

»Ist das ein Befehl?«

»Ich kann einen daraus machen.« Mollies kalter Tonfall war scharf wie eine Glasscherbe.

»Nein. Erzähl mir einfach alles.«

Mollie sah weg. Sie war wütend, weil Rachel sie zwang, Geheimnisse preiszugeben. Gleichzeitig war ihr bewußt, daß nichts davon wirklich Rachels Schuld war. Als der diensthabende Officer angerufen hatte, war sie nicht in der Kommandostelle und unerreichbar gewesen. Rachels Name war der nächste auf der Verbindungsliste gewesen. Das Los hatte entschieden ... und Rachel hatte Pech gehabt.

»Norths Tod war kein Unfall«, hörte Mollie sich sagen. »Er wurde ermordet. Ich schütze zwei Informanten, die schwerwiegende Beweise dafür liefern können, wer hinter seiner Ermordung steckt.«

Rachel war wie gelähmt. Norths Flugzeugunfall hatte das gesamte Militär von den obersten Befehlshabern bis zu den untersten Rängen erschüttert. In den folgenden Wochen gab es kaum ein anderes Gesprächsthema als die Ermittlungen des Militärischen Sicherheitszentrums aus Fort Rucker, Alabama. Aber die Ermittler hatten ein falsches Spiel gänzlich ausgeschlossen. Ebenso wie die Kommission von Esterhaus ...

»Von welchen Beweisen sprichst du?« fragte Rachel mit gedämpfter Stimme. »Behaupten deine Informanten etwa, daß Norths Flugzeug manipuliert wurde?«

»Sie sagen, daß zumindest eine Person mit hervorragenden technischen – um genau zu sein, aeronautischen – Kenntnissen involviert war. Aber sie kennen keinen Namen.«

»Warum hältst du sie dann zurück?« fragte Rachel. »Sie müssen von Experten befragt werden ...«

Sie brach ab, als sie bemerkte, daß Mollie sie unverwandt ansah, so, als müsse sie nun den Zusammenhang begriffen haben. Und das tat sie.

»Dunn ...«, flüsterte Rachel. »Er ist dein ›Name‹.« Sie hielt inne. »Er hat mich ›Kleine‹ genannt und mir erzählt, wie er geholfen habe, North zu erledigen ... Er lag im Sterben. Ich dachte, er wäre im Delirium.«

»Vielleicht war er das. Oder er sagte es aus Bosheit, weil er sich nicht vorstellen konnte, daß es irgendeinen Sinn für dich ergeben würde.«

»Wer war er, Mollie? Ich meine, wer war Charlie Dunn wirklich?«

»Ich werde mehr wissen, sobald ich das Band habe.«

Nördlich des Dulles International Airport lag zwischen den Staatsstraßen 606 und 846 ein Gebiet mit verstreuten Industrieparks, die Namen trugen wie *Loudoun, Sterling Park, Technology Trading* et cetera.

Abseits des Sally Ridge Drives im *TransDulles Center* befand sich ein dreigeschossiges Gebäude mit grüner Fensterfront. Die Firmenbezeichnung war diskret: WUNDERLAND-SPIELZEUGE, in schwarzen an der weißen Mauerwand befestigten Blockbuchstaben.

Die Firma produzierte nichts, sondern war Verbindungsglied zwischen asiatischen Herstellern und amerikanischen Lieferanten. Auf dem Dach war eine hochmoderne Satellitenanlage montiert, und die Büros waren mit den neuesten Computern und elektronischen Einrichtungen ausgestattet. Auf dem privaten Start- und Landeplatz des National Airports stand ein Firmenjet auf Abruf bereit, und im Mount Vernon Yachtclub lag ein 15 Meter langes *Ryker*-Sportfischerboot vor Anker.

Hätte ein Fremder das Wunderland ohne Einladung betreten, wäre er von einem höflichen Empfangschef begrüßt worden, der in Wahrheit einer von vier Sicherheitsbeamten war, die unauffällig im Erdgeschoß patrouillierten.

Bevor man ihn hinausgeleitet hätte, wäre dem Besucher vielleicht aufgefallen, daß die Mehrheit der Firmenangestellten Asiaten waren. Tatsächlich handelte es sich durchweg um Chinesen aus Hongkong. Sie erledigten das tägliche Geschäft und vermieden sorgfältig jeden Kontakt mit dem Mann, der von Zeit zu Zeit eintraf und das große Eckbüro im dritten Stock in Beschlag nahm.

Alle Nachforschungen über die Geschäftstätigkeit oder die finanziellen Verhältnisse des Unternehmens wären erfolglos geblieben. Wunderland-Spielzeuge war eine private Aktiengesellschaft. Da sie der Öffentlichkeit keine Aktien anbot, fiel sie nicht unter die Rechtsprechung der Wertpapier- und Börsenkommission. Ihr Bankkonto hatte sie bei der Washingtoner Filiale der Bank von Hongkong und Kowloon eingerichtet, und die Berichte über ihre finanziellen Transaktionen waren auf Disketten im Hauptsitz der Bank in der Kolonie gespeichert.

In vielerlei Hinsicht ähnelte Wunderland-Spielzeuge einem kompakten wasserdichten Kessel. Und alles war nur Fassade.

Der Techniker saß an einem Schreibtisch mit einem Durchmesser von drei Metern, der aus dem Stamm eines indonesischen Teakbaumes geschnitzt war. In ihn eingebaut waren eine direkt mit dem Satelliten verbundene Übertragungsstation, eine Schalttafel zur Überwachung der hochtechnisierten Schutzabschirmung, die Wunderland absicherte, ein Computer mit Fax und Sprachspektrograph sowie sechs kleine mit den äußeren Überwachungskameras verbundene Fernsehmonitore.

Der Techniker betrachtete die Kassette in seiner Hand, die er wenige Minuten zuvor in dem hochmodernen Elektroniklabor im ersten Stock bekommen hatte. Er hatte keinerlei Bedenken, daß ein Ingenieur die Aufnahme auf dem Band gehört haben könnte. Der einzigartige Vorteil Wunderlands war, daß sein Strohmann gänzlich vom Wohlwollen des Technikers abhängig war. Vor einigen Jahren hatte der Techniker diesen Mann, einen der führenden Heroinhändler, nur eine Nasenlänge vor den Thais und den Agenten der amerikanischen Drogenbekämpfungsbehörde DEA aus dem Goldenen Dreieck geholt und ihn mit einer Greencard, einer neuen Identität und einem ansehnlichen Bankkonto versorgt. Nachdem der Dealer schließlich eingewilligt hatte, zukünftig das bequeme Leben eines erfolgreichen Unternehmers zu führen, hatte der Techniker auch die Familie des Mannes eingeschleust.

Der zum Strohmann mutierte Dealer vergaß nie seine Schuldigkeit gegenüber dem Techniker. Im Gegenzug verschaffte er ihm eine Operationsbasis, die faktisch nicht aufspürbar war. Die Männer und Frauen, die bei Wunderland arbeiteten, waren sorgfältig aufgrund *ihrer* Schuldigkeit gegenüber dem Dealer ausgewählt worden. Man gab ihnen zu verstehen, daß die Sicherheit und der Seelenfriede des fremden *gwailow* unmittelbar mit ihrem eigenen Wohlbefinden und dem ihrer Familien einherging.

Aus diesem Grunde machte sich der Techniker keinerlei Sorgen um den Toningenieur – dessen Arbeit selbstverständlich sehr gut war. So gut, daß sich der Techniker nun mit einem Problem konfrontiert sah, das er nur allzugern vermieden hätte.

Der Techniker schob das Band in das Kassettenlaufwerk und lauschte den Worten des sterbenden Charlie Dunn. Der Ingenieur hatte alle Hintergrundgeräusche beseitigt und den Dezibel-Pegel in den notwendigen Momenten erhöht. Nun war alles, was Dunn gesagt hatte, deutlich zu verstehen. Viel zu deutlich. Und vor allem für die falsche Person.

Mittlerweile hatte der Techniker alles über die junge Frau in Erfahrung gebracht, die Dunn die Beichte abgenommen hatte. Bereits vor langer Zeit hatte er die recht ärgerlichen Sicherheitscodes der Militärpersonalakten geknackt, die in Alexandria im Hoffman Building gegenüber dem Holiday Inn aufbewahrt wurden. Er wußte so viel über sie, daß er keine andere Wahl hatte: Er mußte sie töten.

Der Techniker betätigte eine Taste, und die Details eines ganzen Lebens erschienen auf dem Bildschirm.

Rachel Collins, Warrant Officer zweiten Grades, Agentin der Militärischen Kriminalpolizei. Neunundzwanzig Jahre alt, geboren in Oceanside, Kalifornien.

Ihr Vater hatte sich auf Lebenszeit bei der Army verpflichtet und schaffte es bis zum Colonel mit Einsatzorten quer durch die Vereinigten Staaten und in Europa. Die häufigen Umzüge hatten aus Rachel eine Militärgöre gemacht, und Collins' schwierige Ehe war daran gescheitert. Wie so viele Frauen in den siebziger Jahren, die im Zuge der »Selbstfindung« neue Wege suchten, war Penny Collins aus der erstickenden Enge ihres dem Militär verpflichteten Lebens geflohen. Sie ließ einen wütenden und verbitterten Ehemann zurück und eine verletzte Tochter, deren Wunden nicht heilen wollten.

Aber Rachel Collins war fix und clever. Mit sechzehn sprach sie fließend Französisch, Deutsch und Russisch. Als ihr Vater im Alter von zweiundvierzig Jahren nach einem Herzinfarkt starb, hatte sie gerade die High School beendet und war allein auf der Welt. Für sie war die Army keine Berufung, sondern ein Hafen.

Collins bewährte sich und bekam beste Noten während ihrer gesamten Grundausbildung. Sie war besonders gut im Umgang mit leichten Waffen und gewann Gold in den Scharfschützen-Wettkämpfen ihrer Division.

Die Militärpolizeischule in Fort McClellan, Alabama, schloß sie als Drittbeste ihrer Klasse ab. Nach Aussagen ihrer Ausbilder war sie zwar diszipliniert, hatte jedoch manchmal ein Problem mit den Regeln. Während einer Trainingsübung hatte sie einen Zwei-Sterne-General »verhaftet«, der unwissentlich ein »Observierungsobjekt« betreten hatte.

Der Officer, der dieses Fiasko ausbügeln mußte, war Major Mollie Smith gewesen.

Und an diesem Punkt trafen sich die Lebenswege der beiden Frauen. Der Techniker hatte in tiefen Gewässern zu fischen.

Smith, eine ehemalige Ermittlerin im Außendienst, die zunächst zum Warrant Officer zweiten Grades befördert worden war und dann beschlossen hatte, die Offizierslaufbahn einzuschlagen und in Fort McClellan zu bleiben, war Ausbilderin des CID in der Militärpolizeischule. Sie hatte sich Collins' nicht nur aufgrund ihrer Sprachen- und Waffenkenntnisse angenommen, sondern weil sie einen Teil ihrer selbst in der jüngeren Frau wiedererkannte – eine scharfe Intelligenz, die Fähigkeit, Probleme bis zu ihrer Lösung zu durchdenken, und ein Pflichtgefühl, das ihr im Blut lag.

Smith hatte Collins, der trotzigen, mißtrauischen Einzelgängerin und Außenseiterin, eine Welt eröffnet, die sie ihr eigen nennen konnte. Hier wurden Geheimnisse wie in einem Warenlager aufbewahrt; die logische Folge war, daß die eigenen Geheimnisse sich hinter einer bewachten Tür befanden, die kein Unbefugter passieren konnte. Es war eine Welt, die Collins ohne Uniform niemals entdeckt hätte. Alle Geheimnisse über sie waren bekannt, ebenso wie sie alles über die Personen wußte, mit denen sie zusammenarbeitete. Das CID war eine egalitäre, utopische Gesellschaft in Reinkultur.

All dies ging eindeutig aus Smiths Beurteilungen über Collins hervor.

Unter Smiths Führung wurde Collins nach einem Jahr zum Sergeant befördert. Sie absolvierte in Fort Rucker einen Kurs für Anwärter auf den Rang des Warrant Officers, den sie als Beste ihrer Klasse abschloß.

Die Beziehung der zwei Frauen war zu einer Freundschaft geworden, die, so glaubte der Techniker, ihren Rangunterschied außen vor ließ. Smiths Berichte über Collins waren zwar immer in einen distanzierten Militärjargon verpackt, aber er konnte vieles zwischen den Zeilen lesen.

Beide Frauen hatten ein paar gelegentliche Affären und einige Beziehungen gehabt. Es überraschte den Techniker nicht, daß diese in die Brüche gegangen waren. Im CID wurde Polizeiarbeit geleistet mit Schichtdienst, entsprechenden Frustrationen und einem starken Kameradschaftssinn. Ein Außenseiter, ob Mann oder Frau, mußte sich anpassen und würde selbst dann niemals voll akzeptiert werden. Ehefrauen schafften es meist besser, sich mit den Gegebenheiten und Bedingungen abzufinden, als irgendein tatsächlicher oder potentieller Ehemann dies könnte.

Sie sind Blutsschwestern, ihr Vertrauen ineinander absolut, dachte der Techniker.

Collins würde für Smith durchs Feuer gehen und sie, wenn es sein mußte, mit ihrem eigenen Leben schützen. Sie kannten die Stärken und Schwächen der anderen, teilten die Last all ihrer Geheimnisse, ihrer ...

Der Techniker unterbrach seinen Gedankengang. Nein, das stimmte nicht ganz. Er wußte Dinge über Smith, die

Collins nie vermutet hätte. Dinge, bei denen sie Smith nicht helfen konnte. Dinge, deren Kenntnis für Collins gefährlich werden konnte.

So wie Charlie Dunn ... Die simple Tatsache, daß sie für ihn den Beichtvater gespielt hatte, brachte Collins bereits in Gefahr.

Der Techniker klopfte mit der Plastikhülle der Kassette gegen seine Schneidezähne.

Wieviel würdest du preisgeben, Mollie? Collins wird mit Sicherheit auf die Wahrheit drängen und sich gekränkt und verletzt fühlen, wenn du sie ihr vorenthältst. Aber wahrscheinlich erzählst du ihr gar nichts. Ich wünschte, ich könnte mir dessen sicher sein.

Der Techniker seufzte. Nein, Smith konnte Collins das Wissen nicht abnehmen. Sie würde Rachel in ihre Pläne einbeziehen.

Der Techniker erlaubte sich ein Lächeln. Sein Job würde dadurch nur leichter werden.

4

»Ich weiß, daß du keine Fragen hören möchtest ...« – Rachel setzte ihre Worte so vorsichtig wie ein Angler eine Fliege in einen stillen Tümpel.

Sie waren den Baltimore-Washington Parkway entlanggefahren. Mollie fuhr schnell und wechselte mit dem Fuß ständig zwischen Bremse und Gaspedal hin und her. Kurz zuvor hatten sie die Ausfahrt beim Federal Reserve genommen und waren in Richtung Inner Harbor bis nach Charles gefahren.

Nun schlängelten sie sich durch die heißen Straßen von Baltimore, die Klimaanlage im Wagen arbeitete auf Hochtouren. Rachel hatte Kopfschmerzen. Zum zweiten Mal innerhalb von zwölf Stunden legte sie nun diese Strecke zurück.

Sie deutete Mollies Schweigen als Aufforderung zum Weitersprechen.

»Weiß noch irgend jemand, was du in dieser Sache mit North unternimmst?«

Mollie wandte den Blick nicht von dem FBI-Kastenwagen vor ihr, sah sein plötzliches Anhalten voraus und steuerte um ihn herum.

»Nein.«

»Hättest du dich damit nicht an Hollingsworth wenden sollen?«

Major General Richard Hollingsworth war der Befehlshaber der US-Militärkriminalpolizei. Als befehlshabender Special Agent des Distriktbüros von Fort Belvoir durfte Mollie ihn zu jeder Tages- und Nachtzeit kontaktieren.

»Das waren schon zwei Fragen.«

Sie schlitterte um eine enge Kurve und ging vom Gas. Entlang der Pratt gab es keine freien Parkplätze, also stellte Mollie den Wagen in der roten Halteverbotszone bei East Fayette ab.

»Warte hier«, sagte sie, als Rachel die Tür öffnen wollte. »Ich muß Burns erst einmal besänftigen. Wenn du dabei bist, dreht er gleich durch und sieht rot.«

Rachel beobachtete, wie Mollie über die Straße hastete. Sie rutschte auf den Fahrersitz, lehnte sich zurück und schloß die Augen. Sofort begannen Fragen in ihrem Kopf herumzuschwirren.

Jemand klopfte gegen die Fensterscheibe.

Rachel kurbelte das Fenster herunter und blickte in das pferdeähnliche Gesicht einer männlichen Politesse.

»Sie stehen im Halteverbot.«

»Ich weiß.«

Rachel klappte ihren Dienstausweis auf.

Er schnaubte verächtlich. »Das zieht bei der Stadt nicht.«

Er watschelte zum Heck der Limousine und spähte auf das Nummernschild. Im Rückspiegel sah Rachel, wie er die Spitze seines Kugelschreibers mit der Zunge befeuchtete. Sie hätte nicht gedacht, daß dies heutzutage noch jemand machte.

Zehn Minuten später rannte Mollie die Treppe der Dienststelle hinunter. Hupen und wütende Zurufe der ausweichenden Autofahrer ertönten, als sie über die verkehrsreiche Straße hetzte. Rachel fuhr bereits an, bevor Mollie die Beifahrertür zuschlug.

»Zurück ins Büro?« fragte Rachel.

»Nein. Wir fahren zu dir. Du mußt packen. Ich werde mir ein Taxi nach Belvoir nehmen, um meine Sachen zu holen.«

»Wohin soll es denn gehen?«

Mollie setzte sich aufrecht und wandte sich Rachel zu. »Hör mir jetzt bitte genau zu. Du sagtest, daß die QRT ein Mikrofon in dem Lagerhaus installiert hatte.«

»Ja.«

»Das Band dazu ist verschwunden.«

Rachel überholte einen schwerfälligen Stadtbus und raste auf die Auffahrt zum Parkway.

»Was heißt ›verschwunden‹?«

»Irgendwann zur Zeit des Schichtwechsels ist ein Kurier am Empfangspult erschienen. Die Bescheinigungen, die er dem diensthabenden Sergeant vorlegte, wiesen ihn als Boten des Polizeilabors aus. Er behauptete, das Band zur Bearbeitung ins Labor bringen zu müssen. Der Sergeant fragte bei Burns nach, und er genehmigte die Aushändigung.«

»An einen falschen Kurier«, meinte Rachel knapp.

Mollie nickte. »Das Band ist nie im Labor angekommen. Burns hat noch nicht einmal gemerkt, daß es verschwunden ist, bis ich ihn im Labor anrufen ließ. Der dort verantwortliche Mann behauptet, niemanden geschickt zu haben.«

»Kann sich der Sergeant an den Kurier erinnern?«

»Er sagt, es seien zu viele Menschen dagewesen. Er hat sich mehr mit dem Papierkram beschäftigt, und nachdem das erledigt war, hat er den Kurier vergessen.« Mollie hielt inne. »Aber er kann sich erinnern, daß der Kerl eine *Redskins*-Jacke trug.«

Rachels Finger schlossen sich fester um das Lenkrad. »Ich habe ihn gesehen. Durch das Blindfenster im Verhörzimmer.«

»Kannst du dich an sein Gesicht erinnern?« fragte Mollie schnell.

»Er hatte mir den Rücken zugewandt, deshalb ist mir die Jacke aufgefallen. Ich glaube, er hatte dunkle, lockige Haare.« Sie warf Mollie einen kurzen Blick zu. »Wer ist er? Und warum wollte er das Band haben?«

»Die gleichen Fragen hat Burns mir gestellt.« Mollie sah aus dem Fenster. »Ich habe gesagt, ich wüßte es nicht.«

»Aber du weißt es.«

»Hätte ich ein Gesicht oder einen Namen, könnte ich mich auf seine Fährte setzen.«

»Weil es zwischen ihm und Dunn eine Verbindung gibt?« Rachel sprach ihre Gedanken aus, wie sie ihr in den Sinn kamen. »Und über Dunn zu demjenigen, der North auf dem Gewissen hat ...«

»Irgend jemand – dieser angebliche Kurier – muß letzte Nacht beim Lagerhaus gewesen sein«, meinte Mollie. »Er hat den ganzen QRT-Einsatz beobachtet und gesehen, wie das Mikro installiert wurde. Er wußte, daß es zumindest eine Tonaufnahme gab ... Aber warum war er dort? Was hat er dort gewollt?«

Rachel zog zügig auf die Überholspur und hängte sich hinter einen schnellfahrenden BMW. Sie spürte, daß sie besser keine Fragen stellte. Mollie sprach mit sich selbst, während sie das Problem durchdachte. Rachel kannte das. Meistens funktionierte es. »Er wußte, daß es ein Tonband gibt, und das war ihm wichtig«, fuhr Mollie fort. »Warum? Nicht wegen der Schießerei oder des Geschreis. Und auch nicht, weil Dunn irgend etwas sagen sollte. Dunn sollte dort etwas stehlen, aber keine Rede halten.«

Sie blickte Rachel an. »Aber Dunn hat etwas zu dir gesagt. Über die Beseitigung von North.«

»Warum sollte das den Kurier interessieren?«

»Weil ...«, sagte Mollie leise, »Dunn das vielleicht *niemandem* erzählen sollte. *Niemals* ... Aber der Kurier konnte sich nicht sicher sein, ob Dunns Worte für dich irgendeinen Sinn ergeben würden.«

Mollie schloß langsam die Augen. »Ich denke nicht, daß er nur zum Beobachten dort war. Ich glaube, er wollte Dunn umbringen. Erinnerst du dich, daß Burns behauptete, die QRT habe einen anonymen Hinweis auf Dunn bekommen? Was wäre, wenn dieser Hinweis gegeben wurde, um Dunn erledigen zu können, um es zu einer Konfrontation kommen zu lassen, bei der Dunn mit hoher Wahrscheinlichkeit draufgeht?«

»Aber der Kurier – der Tipgeber – konnte doch nicht mit Sicherheit wissen, daß Dunn Widerstand leisten würde«, warf Rachel ein. »Die QRT hätte ihn ebenso einfach stellen können.«

»Und deshalb war er da und beobachtete alles ... Ich wette, daß Dunn, wäre er von der QRT aus der Lagerhalle abgeführt worden, es niemals lebend bis zum Polizeiwagen geschafft hätte.«

Sie sah Rachel an. »Verstehst du? Er weiß, was Dunn zu dir gesagt hat: Dinge, die ausreichen, ihn ins Fadenkreuz zu nehmen. Und ich denke, das ist genau die Position, die jetzt *du* einnimmst, Rachel.«

Rachel glaubte zu spüren, wie ihr ein Schauer über den Rücken lief, so ähnlich wie bei einem kalifornischen Erdbeben. Nicht so, als drehe sich einem der Magen um, sondern vielmehr dieses Gefühl beim Beben tektonischer Erdplatten, die zusammenstoßen und sich übereinanderschieben. Als Erinnerung daran, daß sich unter der Oberfläche stets alles bewegt und verändert.

Die Observierung Dunns war unter ›ferner liefen‹ eingeplant worden. Aber dann erzitterte die Erde.

»Ich werde noch heute abend alle wegschaffen«, sagte Mollie. »Einschließlich dir.«

Rachel widmete dem Verkehr wieder mehr Aufmerksamkeit, behielt Mollie aber aus den Augenwinkeln im Blick. Mollie hatte diese unglaubliche Fähigkeit, die Schwachstellen anderer Menschen zu erkennen. Dies war ihr verborgenes Talent. Da ihre Empfangsantennen äußerst sensibel waren, war sie nie über etwas überrascht, das sie herausfand.

Auch jetzt wußte Rachel, daß Mollie ihr vieles verheimlichte. Und daher konnte sie ihr keinen offiziellen Befehl geben. Sie würde Rachel bitten, Dinge aus Vertrauen und aufgrund ihrer Freundschaft zu tun, eine Art Erpressung, die feiner gesponnen war als jede filigrane Goldarbeit.

»Ich kann dir helfen«, sagte Rachel.

»Vielleicht hast du mich nicht gehört: Du wirst dich zurückziehen.«

»Du glaubst, der Kurier überlegt sich, die Informanten umzubringen – vorausgesetzt, er weiß, wer sie sind?«

»Ihre Identität kennt er nicht, da bin ich sicher. Aber ich kann nicht riskieren, daß er sie herausfindet.«

»Und der Kurier arbeitet für denjenigen – wer immer das auch sein mag –, der Norths Ermordung geplant hat. Dunn spielte dabei eine Rolle, und jetzt ist Dunn tot. Der Kurier räumt auf.« Rachel zögerte. »Und du willst nicht, daß ich dir helfe.«

»Du und ich, wir werden die Informanten aus der Stadt bringen«, erwiderte Mollie. »Ich habe einige Pläne für sie. Sobald wir sie hier weggeschafft haben, sind sie in Sicherheit.«

»Was für Pläne? Wirst du sie unter ein Zeugenschutzprogramm stellen?«

»Dazu haben wir keine Zeit.«

Es dauerte einen Moment, bis Rachel verstand.

»Sie sind nicht von hier, habe ich recht? Du schickst sie nach Hause zurück, wo immer ihre Heimat sein mag.« Sie hielt inne. »Würde der Kurier dort nicht zuerst nach ihnen suchen?«

Mollie schüttelte den Kopf. »Du kennst die Hintergründe nicht, Rachel. Diese beiden sind so offensichtlich, daß sie bereits tot wären, sollte jemand sie als Informanten verdächtigen. Ich will sie an einen Ort bringen, an dem sie einige Tage sicher sind. Mehr brauche ich nicht. Nur ein paar Tage.«

»Gut. Wir werden Begleitschutz für sie anfordern …«

»Danach fliegst du weiter nach Kalifornien. Fahr nach Carmel. Du kennst die Gegend dort. Bis ich dich anrufe, kannst du dort untertauchen.«

Rachel sah die Ausfahrt zu einem Rastplatz näher kommen, zog auf die rechte Spur und fuhr mit verringerter Geschwindigkeit in die langgezogene Kurve. Ein halbes Dutzend Autos stand vor dem quadratischen Bau aus roten Ziegeln, an dem Hinweisschilder den Weg zu den Toiletten wiesen. Junge Väter schlenderten über das verdorrte Gras, reckten sich und rauchten eine Zigarette. Rachel ließ den Wagen neben einen kleinen Lieferwagen rollen, dessen Besitzer damit beschäftigt war, die Insekten von der Windschutzscheibe zu kratzen.

Sie stellte den Motor ab und kurbelte das Fenster herunter. »Wenn du Informanten hast, Mollie, warum bringst du sie nicht zu Hollingsworth?« fragte sie.

Mollie beobachtete, wie eine Mutter ihre beiden kleinen

Kinder aus dem Toilettenraum hinausschob. Der Junge erblickte seinen Vater und rannte mit ausgestreckten Armen auf ihn zu.

»Wegen Dunn. Ich hatte nicht vermutet, daß das Militär irgend etwas damit zu tun haben könnte, was ... was North passiert ist. Aber jetzt bin ich mir da nicht mehr so sicher. Ich weiß nicht, wie hoch die Sache geht, wer sonst noch involviert ist.«

»Wer ist ›wer sonst‹, Mollie?«

Mollie starrte aus dem Fenster. »Fahr weiter, Rachel.«

Mollie sah Rachels Spiegelbild im Fenster. Mit ihrer glatten Gesichtshaut und ihrem gesunden, glänzenden Haar sah sie plötzlich sehr jung aus. Ja, Rachel war zu jung, um in solche Vertrauensangelegenheiten hineingezogen zu werden.

»Nein, das kannst du nicht«, sagte sie tonlos. Die harte Zurückweisung in ihrer Stimme tat ihr leid. »Du würdest nur im Weg stehen.«

Steven Copeland starrte in den offenstehenden Koffer auf seinem Bett. Sein Inhalt war wie üblich sortiert: Unterwäsche, Socken und die Kulturtasche auf der rechten, Hemden, Krawatten und bequeme Hosen auf der linken Seite. Hinten waren leichte Turnschuhe und ein Paar Lederschuhe verstaut. Zwei ordentlich gefaltete Anzüge, noch in der Plastikfolie der Reinigung, wurden von dem Gurtband im Deckel des Samsonite-Hartschalenkoffers gehalten.

Die gewohnte Ordentlichkeit gefiel ihm und beruhigte ihn. Seine Gedanken wanderten zurück zu Major Smiths Anruf vor einer halben Stunde und weiter zu anderen Zeiten, in welchen er auf diese Weise gepackt hatte. Damals war der Koffer größer gewesen und die Anzüge höchstens eine halbe Saison alt. Zu den Accessoires hatten goldene Manschettenknöpfe, Seidensocken und ein Reisewecker von Tiffanys gehört.

Die meisten Kleidungsstücke, die Copeland jetzt besaß,

waren drei Jahre alt. Sein scharfsichtiger Blick entdeckte winzige abgenutzte Stellen an den Manschetten und Krägen. Nur die Unterwäsche, die er regelmäßig in einem *Bethesda Kmart* kaufte, war nagelneu.

Er klappte den Koffer zu, ließ die Schlösser einschnappen und verschloß sie mit dem kleinen Schlüssel an seiner Kette. Dann blickte er sich in dem engen Schlafzimmer des kleinen Stadthauses in Georgetown um und fragte sich, ob er wohl jemals hierher zurückkommen würde. Er hoffte nicht. Das Haus war mit häßlichen Salonmöbeln aus den dreißiger Jahren eingerichtet. Außer der Bettwäsche und den Handtüchern hatte er nichts Eigenes hinzugefügt. Dies war von Beginn an eine Durchgangsstation für ihn gewesen. Und heute abend war der Anruf gekommen, auf den er so lange gewartet hatte. Er verließ das Zimmer.

Den Koffer, den er locker mit der linken Hand trug, hielt er vor sich, während er die enge Treppe hinunterstieg. Er war ein großgewachsener Mann mit harten, zähen Muskeln. Etwas abgenommen hatte er auch, obwohl das nicht nötig gewesen wäre. Er hatte ein hageres Gesicht mit hervorstehenden Kiefer- und Wangenknochen, und seine Augen erschienen weitaus größer, als sie waren. Copeland war eine angenehme Erscheinung. In der Vergangenheit hatte man ihn häufig für einen höflichen Akademiker gehalten, bis man die feine Qualität seiner Kleidung registrierte. Nun jedoch gingen ihm die Menschen aus dem Wege oder betrachteten ihn argwöhnisch, da ein Feuer in diesen dunkelbraunen Augen lag, ein Haß und ein Groll, die sich auch nicht durch ein freundliches Wort oder eine Geste verbergen ließen. Copelands Wut hatte die Halbwertzeit unendlich.

Sein blauer sechs Jahre alter VW Jetta stand direkt vor dem Stadthaus auf der Straße. Manchmal, wenn er einstieg, glaubte Copeland das feine Leder des Jaguars riechen zu können, den die Leasing-Gesellschaft wieder einkassiert hatte.

Aber ein Jaguar hätte auch nicht sehr lange auf der Olive Street überlebt, angesichts der Diebe, die die Nachbarschaft plünderten, und der Obdachlosen, die bevorzugt große Wagen aufbrachen, um sich auf der Rückbank zum Schlafen auszustrecken. Nur zwei Blocks weiter hatte Copeland einmal gesehen, wie eine junge Frau in einem ausgeschlachteten Cherokee ein Kind zur Welt brachte.

Er ließ die Türschlösser von innen einrasten, startete und schaltete die Scheinwerfer ein. Erst danach holte er sein Handy hervor, einen Luxus, den er niemals aufgeben würde, und drückte die Schnellwahltaste. Major Smith hatte ihn angewiesen, sofort und allein zum Flughafen zu fahren und niemanden anzurufen. Copeland war das egal. Er hatte nur eine Freundin auf der Welt, und die hieß nicht Major Smith.

Als sich die leise, zaghafte Stimme einer Frau meldete, sagte er: »Ich bin's. Ich bin auf dem Weg.«

Die Fahrt zur 24. Straße, an der das Park-Hyatt-Hotel lag, dauerte nur fünfzehn Minuten, aber die reichten aus, um Copeland um Jahre zurückzuversetzen ...

In besseren Zeiten, in denen er als junger Absolvent der Georgetown Law School Angebote von den Vierhundert-Kilo-Gorillas in Chicago, Washington D. C. und von der Wall Street bekommen hatte. Einige der Verführungstaktiken waren schamlos gewesen und umfaßten beispielsweise eine langbeinige vierundzwanzigjährige Assessorin, die sein ›Date‹ in New York sein sollte. Aber Copeland hatte klug gewählt. Drei Jahre in Washington hatten ihm gezeigt, wo die Macht lag. Er saß in einem Büro mit Blick auf den Potomac, und früher oder später würden schließlich alle die Wallfahrt zu seiner Türschwelle antreten. Er hatte sich für Bell and Robertson entschieden, eine traditions- und einflußreiche Sozietät, die ausschließlich Gesellschaften mit großem Vermögen vertrat. B&R verfügte über Informationsquellen in jedem Ministerium, das für ihre Klienten von Interesse war. Copeland, der auf Wertpapiergeschäfte, Fusionen und Übernahmen spezialisiert war, hatte direkten Zugang zu diesen Informationsquellen.

Er liebte seine Arbeit ebenso, wie er seine gleichgestellten Kollegen geringschätzte. Die Partner überhäuften ihn mit Arbeit, und er schwelgte im Genuß seiner Anstrengungen, genoß die Anerkennung und strebte nach wichtigeren, noch anspruchsvolleren Aufgaben.

Nachdem er drei Jahre lang jährlich zweitausendsiebenhundert Stunden in Rechnung gestellt hatte, wurde Copeland sein erster Klient anvertraut: PSX Railroads, das landesweit größte Beförderungsunternehmen für landwirtschaftliche Erzeugnisse. PSX beabsichtigte, vom Mittelwesten in die lukrativen petrochemischen Transportgebiete in Kalifornien, Texas und Louisiana zu expandieren. Das Unternehmen benötigte eine halbe Milliarde Dollar, um den Waggonbestand und die Kommunikationseinrichtungen auszubauen, und stand bereits mit den Fisher Brothers in Vertragsverhandlungen. Die Dokumente mußten in Windeseile ausgearbeitet werden, so daß B&R ihren besten und schnellsten Mann dafür einsetzten.

Copeland hatte lange genug Zeit gehabt, darüber nachzudenken, was danach geschehen war. Der bloße Umfang an Einzelheiten war das erste Problem. Es gab so viel dabei zu berücksichtigen, daß er es niemals geschafft hätte, die Gesamtstruktur dessen, was er aufbauen sollte, rückblickend zu prüfen. Vor allem nicht unter Zeitdruck ... Trotz eines ihm rund um die Uhr zuarbeitenden Teams war es ihm kaum möglich, die notwendigen Unterlagen rechtzeitig abzuliefern.

Daher hätte er nie vermutet, daß PSX Railroads am Rande des Bankrotts stand. Und auch nicht, daß dies sowohl dem Firmenvorstand, den Aufsichtsräten von Fisher Brothers als auch dreien der Seniorpartner von B&R bekannt war und sie wußten, daß die ganzen Verhandlungen nur ein Trick waren, um der Firmenleitung die Plünderung des Pensionsfonds und aller weiteren Vermögenswerte von PSX zu ermöglichen, bevor sie zurücktreten und die Gesellschaft sterben lassen würde.

Die Prüfer der Börsenaufsicht, das Finanzamt und die Justizbehörden waren die ersten, die an Copelands Tür klopften. In klammen Erdgeschoßräumen in Regierungsgebäuden entdeckte er, daß seine Unterschrift die einzige auf Dokumenten war, die schwarz auf weiß zeigten, wie PSX ausgenommen werden würde.

Copeland bat seine Chefs um Hilfe, nur um herauszufinden, daß die Seniorpartner ihn nicht nur hinausdrängten, sondern auch die Aussagen des Aufsichtsrates von PSX bestätigten, nach denen Copeland den Ruin des einst großen Eisenbahnunternehmens herbeigeführt habe, indem er versuchte, sich selbst an der Gesellschaft zu bereichern.

Während im Justizministerium Betrugsklagen anhängig waren, wurde Copeland vor die Standeskommission zitiert und aus der Anwaltschaft ausgeschlossen. Innerhalb von acht Monaten war sein Ruf ruiniert worden. Keine Firma wollte noch etwas mit ihm zu tun haben. Die Bank machte ihre Hypothekenforderungen für seine Eigentumswohnung in Watergate geltend, und sein Jaguar wurde ohne Umschweife in seinen Stall zurückgepfiffen.

Während er sich bemühte, seine Verteidigung vor dem Prüfungsausschuß vorzubereiten, war er immer noch zuversichtlich, daß seine Ehre wiederhergestellt werden würde. Ein einziger Verbündeter war ihm geblieben, ein Mann von so hohem Ansehen, daß er mit wenigen Worten alle Anschuldigungen hätte hinwegfegen können.

Dieser Mann war Copelands Mentor und Ratgeber. Als alle Türen vor ihm zugeschlagen wurden, blieb seine offen. Copeland legte ihm seine Verteidigungsstrategie dar und fügte die wenigen handfesten Dinge, die er hatte retten können – Memos, Notizen, Computerberichte –, zu einem Bild zusammen, das andere mit dem PSX-Skandal in Verbindung brachte.

Und dann, beim letzten Gong, als Copeland die Ausarbeitung zu seiner Rettung dem Prüfungsausschuß vorlegen wollte, hatte sein Mentor ihn verraten.

Die Vorhänge vor dem Fenster im Wohnzimmer von Beth Underwood standen einen kleinen Spalt offen. Dahinter versteckt, beobachtete sie, was auf der Straße vorging. Sie wußte nicht, daß ein Profi sie ohne weiteres entdeckt hätte, und es kam ihr auch gar nicht in den Sinn.

Sie war eine große, gut genährte Frau Mitte Zwanzig mit schweren Brüsten und Schenkeln, die für das herrschende Schönheitsideal zu dick waren. Im Jahrbuch ihrer High School hatte jemand geschrieben, daß sie ein »sonniges Gemüt« habe. Damals hatte Beth dies als Kompliment aufgefaßt. Aber das war gewesen, bevor sie fünf Jahre in Washington verbrachte.

Diese Stadt machte sie schwindelig. In Arizona, dem Land der Ranches, aufgewachsen, war Beth voller Träume angekommen, von denen sie noch kurze Zeit gezehrt hatte. Ihre neue Arbeit, ihre erste Wohnung, die Blicke der Männer, wenn sie durch die Straßen ging – all dies war so, wie sie es sich vorgestellt hatte. Dann hatte sie herausgefunden, daß die Karriere einer Frau in der Landeshauptstadt normalerweise in einer von zwei möglichen Bahnen verlief: Sie wird die unentbehrliche rechte Hand eines mächtigen Mannes, oder sie fickt einen mächtigen Mann so lange, bis ihm die Augäpfel rausfallen, und wird dann seine Ehefrau Nummer zwei.

Beth wußte, daß sie gut aussah, jedoch nicht auf diese

langweilige, steife Weise wie die Mädchen im Debütantinnenkreis. Auch nicht so starmäßig, wie einige Assistentinnen oder Sekretärinnen, die sich mit überzogenen Visacards auszustaffieren verstanden. Sicher, die Männer wollten mit ihr ins Bett steigen, aber sie stellten sich nie besonders geschickt dabei an, wenn sie auf sie drauf kletterten, als sei sie eine übergroße ausgestopfte Puppe. Eine Woche später riefen dann ihre Freunde an, und Beth wußte wieder einmal, daß sie in den Umkleidekabinen des Racket-Clubs oder an der Bar im J. Paul's über Wodka-Tonics mit einfältigem Grinsen und dämlicher Angeberei gehandelt worden war. Während sie auf Steven wartete, kam ihr der keineswegs überraschende Gedanke, daß sie in die Kategorie der »unentbehrlichen Assistentinnen« geraten war. Es hatte geholfen, daß sie ihren Chef bewunderte. Bis Steven in ihr Leben getreten war, ihr diese Illusionen geraubt und Angst vor dem Mann eingeflößt hatte, der immer an ihren Geburtstag dachte und sie zu Thanksgiving zu sich und seiner Frau nach Hause einlud.

Peaches, ihre Katze, rieb sich an ihren Beinen. Beth beugte sich zu der Angorakatze hinab und streichelte sie. Ob sie ihr genügend Futter und Wasser hingestellt hatte? Mollie hatte gesagt, sie solle für drei oder vier Tage packen. Und sie solle niemandem erzählen, daß sie verreiste. Dennoch hatte sie ein paar Freunde angerufen, um zu fragen, ob sie sich um Peaches kümmern könnten. Aber keiner hatte Zeit.

Steven hätte sie auch nicht anrufen sollen. Mollie hatte detaillierte Anweisungen gegeben: Nehmen Sie sich ein Taxi zum Flughafen, und nehmen Sie nur gute Sachen mit. Am Schalter der Delta-Airlines liege ein bezahltes, auf einen anderen Namen ausgestelltes Ticket für sie bereit. Die Reservierung war codiert worden, so daß der Angestellte der Fluggesellschaft nicht nach einem Bildausweis fragen würde.

Beth starrte auf ihr Gepäck, das ordentlich aufgereiht neben der Haustür stand: ein Koffer, eine Einkaufstasche und eine überdimensionale Handtasche. Sie hatte versucht, weniger einzupacken, aber es war ihr nicht gelungen. Sie war durch ihr kleines Apartment mit den kleinen bunten Teppichen auf dem alten Hartholzboden gegangen, hatte behutsam die winzigen Segelschiffe, Eier und Clowns aus Porzellan, die auf dem niedrigen Bücherregal standen, in die Hand genommen und mit der Fingerspitze den rauhen Rand der Muscheln berührt, die sie an den Sandstränden von Virginia Beach oder der Küste Floridas gesammelt hatte. Jedes Stück war mit einem besonderen Ereignis verbunden, hatte eine besondere Bedeutung, an die sie sich lächelnd erinnerte.

Sie hatte die Koffer im Schlafzimmer gepackt, wo sie sie auf der alten Steppdecke, die noch aus ihrer Zeit in Arizona stammte, ausgebreitet hatte. Sie wünschte sich, es wären Zaubertaschen ohne Boden, in die sie all die schönen und einfachen Dinge ihres Lebens hineinstopfen und sie so mitnehmen könnte.

Beth erinnerte sich noch gut an den Tag vor nicht einmal einem Monat, als Mollie Smith gesagt hatte, daß sie vielleicht für kurze Zeit fortgehen müsse, an einen Ort, den sie kannte und wo sie sich sicher fühlte. Damals war ihr die Vorstellung davonzulaufen so vage erschienen, daß sie sich weigerte, darüber nachzudenken. Aber dann war vor zwei Stunden der Anruf gekommen, mit dem sie nie gerechnet hatte. Die Instruktionen, die sie vor einem Monat in Mollies Büro bekommen und sofort wieder vergessen hatte, weil sie unwichtig schienen, wurden wiederholt. Diesmal hatte Beth mitgeschrieben, aber als sie das erwähnte, hatte Mollie ihr gesagt, sie solle sich die Einzelheiten einprägen und den Zettel verbrennen.

Beth starrte auf ihre Finger. Sie rochen noch immer nach Asche, obwohl sie ihre Hände nach dem Verbrennen des Papiers zweimal gewaschen hatte.

Der Abendverkehr auf der 24. Straße hatte nachgelassen. Beth erkannte Copelands Jetta sofort, als er vor ihrer Wohnung vorfuhr. Schnell nahm sie Peaches noch einmal auf den Arm und streichelte sie kurz, bevor sie sie wieder auf den Boden setzte.

»Sei ein braves Mädchen, bis ich wieder da bin.«

Die Katze miaute, als die Tür zugezogen und abgeschlossen wurde, sprang dann auf die Fensterbank und rieb sich mit rundem Rücken an der warmen Glasscheibe. Sie ließ sich dort nieder und beobachtete, wie der Mann ausstieg, ihr Frauchen auf ihn zuging, ihre Taschen fallen ließ und ihn küßte.

5

Gelegentlich fand Rachel es noch immer schwierig, ihre Wutanfälle zu unterdrücken. Jetzt war so ein Moment. Mollies Worte hatten sie gekränkt; sie versuchte, sich durch sinnvolle Beschäftigungen abzulenken. Zunächst stellte sie die Waschmaschine an, und als der Trockner lief, rief sie das Marinezentrum in Monterey an, um den Wetterbericht zu hören. Sie packte dementsprechend ein und stopfte Sommerklamotten, ein paar Sweatshirts und eine Jacke für die kühlen Nächte in Nordkalifornien in ihren Seesack.

Sie zog eine Jeans und ein T-Shirt an und putzte dann ihre private Waffe, eine .44er Bulldog Großkaliber mit verbreitertem Lauf zum Einsatz eines Schnellvorderladers. Nachdem sie die Pistole wieder zusammengesetzt hatte, schob sie den Nachttisch beiseite und öffnete eine dreißig Zentimeter große Klappe im Parkettboden. Aus der Aushöhlung holte sie eine Kiste mit Splittergeschossen hervor.

Die von einem Chemiker aus Alabama erfundenen Kugeln zersplitterten beim Kontakt mit Fleisch in rasiermesserscharfe Teilchen, die die inneren Organe förmlich zerfetzten. Die an Rinderhälften und kranken Schafen durchgeführten Tests zeigten ein erschreckendes Ergebnis.

Rachel saß auf ihrem Bett und setzte die Polymer-Magazine in den Lauf ein. Die Nachmittagssonne wärmte ihren Nacken. Von ihren Händen abgesehen saß sie völlig reglos, so, als forsche sie in der Luft nach Signalen oder Bewegungen, die nur sie erkennen konnte. Irgendwo dort draußen war er, dieser Kurier. In seiner *Redskins*-Lederjacke, den Kragen hochgeschlagen, um sein Profil zu verstecken ... gesichtslos am Rande ihres Bewußtseins wie ein ekliger Geruch oder ein einst bekannter und nun vergessener Name. Er bewegte sich geräuschlos und hielt sich an einen genauen Plan, der Dunn und höchstwahrscheinlich auch North eingeschlossen hatte. Jetzt zielte er auf sie, Mollie und die beiden Informanten. Zu viele Personen für einen einzigen Mann? Rachel glaubte das nicht. Nicht für jemanden, der sich in Wartestellung neben QRT-Scharfschützen legen konnte und bereit war, den Abzug zu betätigen. Sie las eine gewisse Verachtung aus dieser Pose, verbunden mit tiefer Selbstgefälligkeit.

»Ich bin unsichtbar«, schien er ihr zu sagen. »Ich kann neben dir stehen, und du weißt es nicht einmal. Ich erledige meinen Job und verschwinde wieder.«

Wie diesen Job in der QRT-Dienststelle. Spaziert cool dort hinein und verarscht den diensthabenden Sergeant, einen 120 Kilo schweren Ex-Linebacker, während er darauf wartet, daß Burns ihm das Band präsentiert.

Und aus einer Entfernung von knapp sechs Metern sieht Rachel ihn, aber erkennt ihn nicht, da er wie eine Drohne im Bienenschwarm untergeht.

Splittergeschosse ...

Auf ihrem Weg nach draußen sprach sie kurz mit dem Hauswart. Der Marineoffizier war ein Vietnam-Veteran, der während eines Überfalls im Mekong-Delta einen Arm verloren hatte. Als Rachel ihm sagte, daß sie für einige Zeit verreisen würde, versicherte er ihr, nach ihrer Post zu sehen, und wünschte ihr viel Glück. Er kannte das Leben.

Rachel warf den Seesack in den Kofferraum und setzte sich hinter das Steuer. Ohne einen Blick zurückzuwerfen, fuhr sie los. Das tat sie bei solchen Gelegenheiten nie, da sie stets davon ausging, an die sichere und vertraute Stätte zurückzukehren. Eine Art von Aberglauben.

Die nie enden wollenden Bauarbeiten am National Airport sorgten auch abends für kriechenden Verkehr. Aber das machte eine Beobachtung einfacher. Rachel wartete in ihrer Limousine, die sie neben einem Kran schräg gegenüber dem Platz geparkt hatte, der den ankommenden Passagieren vorbehalten war.

Sie war neunzig Minuten vor der planmäßigen Abflugzeit angekommen. Vierzig Minuten später fuhr Mollie in einem Taxi vor. Rachel beobachtete, wie sie sich hinter eine Säule neben einem großen Abfalleimer mit Aschenbecher stellte. Die anderen Raucher, die auf dieses lärmerfüllte Stückchen Beton verbannt worden waren, neben dem Busse und Autos ständig anfuhren, boten eine natürliche Tarnung.

Das Areal war gut beleuchtet, und Rachel entging nichts. Etwa ein Dutzend Männer von der Größe und Statur des Kuriers waren durch die Flughafentüren gegangen, alle ohne Begleitung, die meisten in Anzug und Krawatte.

In diesem Moment fuhr der blaue Jetta vor, nach dem sie laut Mollies Anweisung Ausschau halten sollte. Langsam bewegte er sich in einer Reihe von Taxis und Limousinen vorwärts. Rachel erkannte Steven Copeland und Beth Underwood aufgrund der Fotos, die Mollie ihr gezeigt hatte, und sie sah, daß die beiden bereits eine von Mollies Grundregeln gebrochen hatten: Immer getrennt kommen. Aber nun waren sie zusammen, Underwood auf dem Beifahrersitz, gut einen halben Kopf größer als Copeland. Das orangefarbene Licht einer Neonanzeige wischte jeden Ausdruck aus ihren angespannten Gesichtern.

Rachel drehte sich um und sah, daß Mollie sich abwandte, als der Jetta an ihr vorbeikroch. Sie war dabeigewesen, als Mollie Copeland und Underwood angerufen und ihnen die nötigen Einzelheiten mit so einfachen Worten durchgegeben hatte, als erkläre sie einem Kind ein Spiel. Die wichtigsten Punkte war sie zweimal durchgegangen.

»Mal sehen, ob er den nächsten Teil richtig macht«, murmelte Rachel.

Copeland steuerte den Jetta in die Abladezone. Schnell stiegen er und Underwood aus. Jetzt standen sie zusammen vor dem geöffneten Kofferraum und zogen ihre Koffer und Taschen heraus. Sie standen zu dicht nebeneinander, sprachen miteinander und berührten sich ... Ein Profi könnte vorbeigehen und sie beide erstechen, bevor sie es überhaupt merkten. Ein einziger Schuß aus einer schallgedämpften Maschinenpistole wäre ebenso einfach, allerdings würde er für schnelleres Aufsehen sorgen.

Copeland ließ Underwood in freier Schußlinie allein bei dem Gepäck stehen und setzte sich wieder hinter das Steuer. Rückwärts fädelte er sich in den Verkehr ein, fuhr zu einer Halteverbotszone, parkte und stieg aus.

Gut.

Rachel erinnerte sich daran, daß Mollie ihr diesen Trick beigebracht hatte. Um einen Wagen verschwinden zu lassen und sicherzugehen, daß sich niemand anders seiner annahm, mußte man ihn einfach in einer Halteverbotszone oder auf einem Behindertenparkplatz abstellen und dann die Polizei rufen. Nur zu gerne war diese bereit, dem Auto einen Strafzettel von 300 Dollar anzuhängen, bevor sie es in Sicherheitsbewahrung abschleppen ließ.

Rachel wendete ihren Wagen und fuhr zu einem Bereich, der Dienstfahrzeugen vorbehalten war. Sie kam gerade rechtzeitig dort an, um zu beobachten, wie Copeland das Gepäck auf einen Rollwagen packte. Dann reihten er und Underwood sich in die Menschenmassen ein, die zu den Sicherheitskontrollen hasteten, während Mollie sich hinter ihnen hielt.

Rachel schlug die entgegengesetzte Richtung ein, vorbei an der Furnierholz-Konstruktion, die die Hälfte der Terminal-Halle abdeckte, und betrat den Gang, der zu der Polizeistation des Flughafens führte.

Der Officer der Spätschicht nahm ihre Ausweispapiere und ihr Ticket in Augenschein.

»Haben wir hier ein Problem?« fragte er.

»Nicht, daß ich wüßte«, erwiderte Rachel.

Der Officer wartete einen Augenblick, bis ihm klar wurde, daß diese Militär-Lady nichts weiter herauszurücken beabsichtigte.

»Füllen Sie bitte die Papiere aus.«

Rachel reichte ihm das Formular, das sie bereits zu Hause ausgefüllt hatte. Der Officer warf ihr einen verdrießlichen Blick zu.

»Haben Sie Waffen dabei?«

Rachel öffnete den Reißverschluß ihrer weiten Windjacke und zeigte ihm die Bulldog.

»Sie kennen den Weg?«

»Wenn sich nichts geändert hat, immer geradeaus bis zur Halle, dann links durch die Tür in den Sicherheitsbereich.«

»Richtig.«

»Danke.«

Einige Köpfe fuhren herum, als Rachel die Sicherheitstür öffnete und den Check-in-Bereich betrat. Sie studierte die Gesichter der Männer, die sie ansahen, und konzentrierte sich auf ihre Augen, um zu sehen, ob sie sich für sie interessierten. Nach direktem Blickkontakt beschleunigten die Männer ihre Schritte oder wandten sich den Leuchtreklamen der Telefongesellschaften für Ferngespräche zu.

Rachel entdeckte Mollie auf einem schwarzen Plastikstuhl mit einer aufgeschlagenen Zeitschrift im Schoß. Zwei Reihen weiter links saßen Copeland und Underwood nebeneinander. Ihre Köpfe berührten sich beinahe, während sie miteinander flüsterten.

Nicht gut.

Der Flugbegleiter öffnete den Schalter vor dem Anlegerarm, und eine Stimme rief den Flug über Lautsprecher zum ersten Mal auf. Rachel hielt sich im Hintergrund, während Mollie ihre Bordkarte vorzeigte und durch die Tür verschwand. Sie würde alle Flughafenangestellten im Anlegerarm und die Kabinen selbst genauestens mustern. Besonders aufmerksam würde sie die Toiletten inspizieren, um sich davon zu überzeugen, daß keine der Türen nur angelehnt war. Während sie noch stand, würden Copeland und Underwood an ihr vorbeigehen. Die für sie reservierten Sitzplätze befanden sich auf gegenüberliegenden Seiten im Heck der Maschine. Mollie würde sich in der Nähe auf einem Platz am Gang setzen, ohne den Gurt zu schließen.

Rachel reihte sich am Ende in die Schlange ein. Sie glaubte nicht, daß der Kurier an ihr vorbeigeschlüpft war. Es hatte genügend Gelegenheiten gegeben, sich Copeland und Underwood vorzuknöpfen, aber keine war genutzt worden.

Rachel nahm auf ihrem Sitz sechs Reihen vor den Informanten Platz und kam zu dem Schluß, daß der Kurier nicht im Bilde war. Als sie hörte, wie die Kabinentüren geschlossen und verriegelt wurden, war sie sich dessen sicher.

Steven Copeland bemerkte überrascht, wie Beth die Armlehnen umklammerte und sich verkrampft in ihrem Sitz zurücklehnte, während der Jet abhob. Nie war ihm der Gedanke gekommen, sie könne vielleicht Flugangst haben.

Er legte seine Hand auf ihre.

»Ich habe so ein merkwürdiges Gefühl«, flüsterte Beth. Ihr offenes Haar strich über sein Gesicht, als das Flugzeug eine scharfe Linkskurve flog.

»Alles wird gutgehen, ganz bestimmt.«

Copeland glaubte fest daran. Nach Mollies Anruf war er erschrocken und erleichtert gewesen. Die Angst hatte sich nun weitgehend gelegt und einer wilden Entschlossenheit Platz gemacht. Was er gerade tat, bedeutete, daß die Ermittlerin der Army sich ihrem Ziel näherte. Ihrer beider Ziel. Bald würde die Bombe platzen.

Copeland hatte oft geträumt, in einem Anhörungsraum des Senats unter gleißenden Scheinwerfern zu stehen, die Luft elektrisiert durch die Kameramotoren, während die Anwesenden die Hälse reckten, um einen Blick auf ihn zu erhaschen, und verdrießlich dreinblickende Männer auf einem Podium darauf warteten, was er zu sagen hatte.

Und der Angeklagte ... er saß am Nebentisch und war weder in der Lage noch willens, Copelands festem Blick zu begegnen, während dieser keinerlei Schadenfreude zeigte, sondern sich verhielt wie ein Mann, dem Unrecht getan worden war und der nun die Wahrheit ans Licht brachte.

Der Traum würde Wirklichkeit werden, davon war er überzeugt. Ein Bestseller mußte geschrieben, Filmrechte mußten verkauft und hochbezahlte Fernsehinterviews geplant werden. Vor seinem inneren Auge hatte Copeland dies alles schon gesehen: den Ruhm, den Wohlstand, das Prestige. Er würde gerächt und noch dazu reich sein. Dann könnten er und Beth heiraten, ein großes Haus kaufen ...

Er warf Beth einen Blick zu. Noch lag ein langer Weg vor ihnen, und er mußte Ruhe bewahren.

Er mußte sich um Beth kümmern und ihr in dieser Sache

zur Seite stehen. Aus diesem Grunde waren sie gemeinsam zum Flughafen gefahren und hatten sich trotz ihrer Platzreservierungen nebeneinandergesetzt. Da nicht viele Passagiere an Bord waren, hatte die Stewardeß keine Einwände gehabt.

Die Maschine hatte ihre Flughöhe erreicht, und Copeland richtete sich auf und sah sich um. Er erblickte Mollie, lächelte ihr zu und wunderte sich, warum sie sich geringschätzig abwandte.

»Siehst du sie?« wisperte Beth.

»Major Smith? Zwei Reihen hinter uns in einem Sitz am Gang.« Copeland spürte, wie Beth seine Hand umklammerte.

»Ich habe sie sofort bemerkt, als wir im Terminal waren«, brüstete er sich, gab seinen Worten aber den Klang einer beiläufigen Bemerkung.

Er erwähnte nicht, daß er die Massen nach Mollie abgesucht und schließlich eine Frau erblickt hatte, von der er vermutete, daß sie es sein müsse.

»Ist dir sonst noch jemand aufgefallen?« fragte Beth.

»Nein. Wir sind jetzt in Sicherheit. Niemand ist uns gefolgt, und keiner weiß, wohin wir fliegen.«

Copeland klappte seinen Tisch herunter und stellte zwei Plastikbecher mit Apfelsaft darauf, die ihnen die Stewardeß gebracht hatte.

Beth trank ihren in einem Zug leer, und Copeland reichte ihr seinen eigenen. Auch dies hatten sie gemeinsam – sie mochten beide keinen Alkohol.

»Ich wünschte, sie würden uns zusammen zum selben Ort reisen lassen«, sagte Beth. »Wäre das nicht einfacher?«

»Schon. Aber es handelt sich nicht um eine offizielle Untersuchung«, erklärte er geduldig. »Smith meint, wir wären sicherer an den Orten, wo wir uns auskennen und wo Fremde uns auffallen würden.«

Beth rückte näher heran. »Ich weiß. Aber ich will nicht von dir getrennt sein.«

Copeland wünschte sich, sie lang und wild zu küssen, so wie sie es taten, wenn sie allein waren. Und auch die ganzen anderen Dinge zu tun.

Mit zwei Fingern fischte er ein glänzendes Streichholzheftchen aus seiner Brusttasche und ließ es, den Blick auf ihre Brüste geheftet, in Beths Hand gleiten.

Beths Augen weiteten sich, als sie den Namen des vornehmen Hotels las, der das Heftchen zierte.

Er sah keinen Grund, Beth zu erzählen, daß er über die Auswahl seines Zufluchtsorts eine lange und hitzige Diskussion mit Smith geführt hatte. Es war, so hatte er mit lauter Stimme gesagt, der letzte Ort, an dem man einen bankrotten, aus der Anwaltschaft ausgeschlossenen Juristen suchen würde. Wenn er sich schon verstecken müsse, dann wenigstens in einer luxuriösen Umgebung. Zudem müsse Smith sich dort keine Sorgen wegen seiner Sicherheit machen. Das Hotel genoß einen hervorragenden Ruf, was die Privatsphäre seiner Gäste anbelangte.

Ein mädchenhaftes Lächeln umspielte Beths Lippen, und in ihren Augen tanzte der Schalk, als sie ihm einen Papierzettel in die Hand drückte.

»Für dich, Liebster. Nein – noch nicht darauf schauen. Mal sehen, wer wen zuerst anruft.«

Sie schmiegten sich so eng aneinander, wie es die Armlehne zuließ, und sprachen flüsternd von dem unmittelbar bevorstehenden Ende dieser ganzen Sache und von all den tollen und wundervollen Dingen, die sie gemeinsam in ihrem restlichen Leben unternehmen würden.

Copeland schaute kurz hoch, als einige Reihen weiter vorn eine junge Frau in Jeans und Windjacke aufstand. Für den Bruchteil einer Sekunde erwiderte Rachel seinen Blick, öffnete dann das Gepäckfach über ihrem Sitz und gab vor, nach ihrem Seesack zu suchen. Trotz des Dröhnens der Turbinen hatte sie in der Kabine, in der ansonsten müdes Schweigen erschöpfter Geschäftsleute herrschte, das verschwörerische Flüstern der Liebenden gehört und ihren Leichtsinn verurteilt.

Die Maschine landete zuerst in Atlanta, drei Minuten vor der planmäßigen Ankunftszeit. Rachel beobachtete, wie Copeland sich widerwillig erhob und sein Handgepäck nahm. Er beugte sich hinab und gab Beth einen letzten flüchtigen Kuß, bevor er, gefolgt von Mollie, schnell den Gang hinunterging.

Rachel stand auf und reckte sich, wobei sie ihren Oberkörper hin- und herdrehte und den Blick über die Passagiere schweifen ließ, die weiter nach Phoenix flogen. Die meisten versuchten zu dösen oder zu lesen. Einige nutzten die Gelegenheit, ein wenig umherzugehen. Nicht jedoch Beth Underwood. Mit einem aufgeschlagenen Taschenbuch auf dem Schoß blieb sie sitzen, den Blick blind auf die Seiten geheftet.

Als sie aus dem Anlegearm trat, nahm Mollie die Passagiere im Boardingbereich unter die Lupe. Es hielten sich weniger als zwanzig Personen dort auf, Familien und junge Singles, die die günstigen Nachtflugtarife ausnutzten.

Neben dem geschlossenen Fast-food-Restaurant weiter hinten in der Halle schloß sie zu Copeland auf. Mollie hatte Lust, ihn zu ohrfeigen, aber sie sah den Trotz in seinen Augen. Copeland war ein jähzorniger Mann und noch dazu verliebt. Das letzte, womit man bei ihm rechnen konnte, war ein rationales Verhalten. Mollie erkannte, daß er die Konfrontation geradezu suchte.

»Scheint, als wäre alles glattgelaufen«, sagte er, als sie zu ihm trat. Mollie gab keine Antwort und dirigierte ihn in einen durch Glaswände abgetrennten Raucherbereich, der, abgesehen von Stühlen in der üblichen Form und überquellenden

Aschenbechern, leer war. Angesichts der Leute, die vorüberhasteten und hineinsahen, kam sich Mollie wie ein Affe im Zoo vor.

»Sie haben das sehr gut gemacht«, sagte sie. Ihr Atem roch leicht nach Rauch. »Wie schlägt sich Beth?«

»Wie eine gute Schauspielerin.«

Mollie lächelte dünn ob dieses abgenutzten Klischees.

»Sie kümmern sich doch darum, daß sie sicher nach ... wo auch immer Sie sie hinbringen?«

Mollie wurde klar, daß er und Beth ihre Adressen und Telefonnummern ausgetauscht hatten. Nun schonte sie Copeland nicht mehr, sondern ließ ihn ihr Wissen mit einem durchbohrenden Blick in seine nervösen Augen spüren.

»Sie wissen, was Sie zu tun haben«, sagte sie.

»Das haben wir doch hundertmal besprochen.«

Und trotzdem hast du dich nicht daran gehalten ...

»Ich werde Sie morgen sofort anrufen. Seien Sie dort, Copeland.«

Das fluoreszierende Licht reizte ihre Augen. Irgendwo weiter hinten in der Halle verkündete eine metallische Stimme den letzten Aufruf des Weiterflugs ihrer Maschine.

»Major Smith?«

»Bitte?«

»Sie werden denjenigen kriegen, der hinter uns her ist, oder? Ich meine, wenn alles vorbei ist ...«

»Wenn alles vorbei ist, werden Sie frei sein. Weder Sie noch Beth müssen sich dann je wieder Gedanken darüber machen. Aber jetzt gehen Sie.«

Sie sah ihm nach, wie er mit gestrafften Schultern und zielsicheren Schritten davonging. Vielleicht war Copelands Verliebtheit gar nicht so schlecht, jedenfalls besser als Angst. Zumindest hatte sie ihn aus der Gefahrenzone gebracht. Und mit Beths Bild vor Augen hatte er einen guten Grund, auf sich aufzupassen. Denn Copeland hatte wieder gelernt zu hoffen und festgestellt, daß die Hoffnung so süß und berauschend wie Rache sein konnte.

Vier Stunden später, kurz vor Mitternacht Ortszeit, landete der Flug Delta 1410 aus Washington D. C. über Atlanta auf dem Sky Harbor Airport in Phoenix. Dort änderte sich die Flugnummer in 1066. Und dort stieg Beth Underwood zusammen mit den restlichen Passagieren aus.

Die Maschine mit der Nummer 1066 würde weiterfliegen, aber der Crew-Wechsel bei diesem Zwischenstop bedeutete einen etwas längeren Aufenthalt. Mollie wartete mit Beth in der lauen Nachtluft auf den Shuttlebus.

»Sind Sie sicher, daß Sie jetzt noch fahren wollen?« fragte Mollie. »Ich kann Ihnen ein Zimmer in der Stadt besorgen, und Sie könnten morgen früh losfahren.«

»Besser jetzt sofort«, sagte Beth. »Auf dem Weg liegt ein Supermarkt, der die ganze Nacht geöffnet ist. Dort kann ich mir alles Notwendige besorgen und brauche mir darüber morgen keine Gedanken mehr zu machen.«

Mollie verstand sie. »Sie werden keine Probleme haben, Beth.«

»Ich weiß. Sie haben gesagt, daß alles ein gutes Ende nehmen wird, und ich glaubte Ihnen. Aber jetzt *weiß* ich es.«

Einen kurzen Augenblick fühlte Mollie sich beschämt angesichts solch unverblümter Naivität. Beth Underwood hatte keine Ahnung, wie vor allem weibliche Informanten manchmal im Zeugenstand behandelt wurden. Sie hoffte nur, daß Copeland nicht den schwächlichen Mistkerl herauskehren und Beth im Stich lassen würde, wenn sie ihn am dringendsten brauchte.

»Ich werde Sie morgen anrufen«, sagte Mollie. »Und danach jeden Tag, bis Sie wieder zurückfahren können.«

»Major, ich brauche keine Angst zu haben, oder? Ich meine, weil wir so plötzlich aufgebrochen sind ... Wenn uns jemand sucht, kann er doch nicht wissen, wo Steven und ich sind, nicht wahr?«

»Nein, Beth, das kann er nicht.« Mollie schwieg einen Moment. »Vier Tage, höchstens bis nächsten Montag. Ich werde Sie anrufen, das verspreche ich.«

Der Fahrer des Shuttlebusses machte keinerlei Anstalten, seine Dienstvorschriften zu verletzen und mit dem Gepäck zu helfen. Mollie ergriff den schweren Koffer und begleitete Beth in den Wagen.

»Auf Wiedersehen, Major. Und vielen Dank.«

Mollie erwiderte ihr Lächeln, als sie auf den Bürgersteig zurücktrat.

»Gut, das wäre geschafft. Komm jetzt, Mollie, die Maschine geht in fünfzehn Minuten.«

Mollie wandte sich um, erblickte Rachel und folgte ihr schweigend in das Flughafengebäude.

Die Flugzeit betrug einschließlich der Zwischenstops elf Stunden, aber sie erschien ihnen weitaus länger.

Sogar um halb eins nachts war es warm in Los Angeles. Mollie, deren Heimat an der Ostküste lag, hatte nicht gewußt, daß der Herbst manchmal die heißeste Jahreszeit in Südkalifornien ist.

»An der Küste ist es um einiges kühler«, sagte Rachel, als sie an den verlassenen Taxiständen vorbei zur Bushaltestelle gingen.

»Tut mir leid, daß ich in Baltimore so ruppig war«, erwiderte Mollie.

»Schon in Ordnung. Dir ging so vieles durch den Kopf.« Rachel zögerte. »Unter diesen Umständen hätte ich dir wahrscheinlich auch einen Tritt in den Hintern gegeben.«

Mollie lächelte. Aber ihr Lächeln erstarb sofort, als zwei junge Männer, die ziemlich runtergekommen aussahen, ihnen lüsterne Blicke zuwarfen.

»Ich komme mir wie ein Idiot vor«, sagte Mollie. »Irgend etwas war dort in Washington. Hier aber nicht, hier kann ich es nicht spüren.«

»Dann war es richtig von dir, uns fortzuschaffen. Jetzt ist alles okay.«

»Ich denke schon.«

»Ich rufe an, sobald ich in Carmel bin. Du sagst mir doch, was du über Dunn herausfinden wirst?«

»Ja. Es wird nicht lange dauern. Ich weiß, wo ich suchen und welche Verbindungen ich herstellen muß.«

Einige Passagiere traten aus dem Gebäude und blickten sich verloren um. Sie lächelten und nickten Rachel und Mollie zu, offensichtlich erleichtert, daß außer ihnen noch jemand wartete.

»Jetzt wird alles schnell gehen, stimmt's?« fragte Rachel.

»Wenn Dunns Spur geradlinig verläuft, ja. Wenn ich allerdings graben muß, kann es einige Tage dauern. So oder so wird es nächste Woche erledigt sein.«

»Laß dir Zeit«, riet Rachel. »Hinter wem immer du auch her bist, er ist ein harter Brocken. Du mußt absolut sicherstellen, daß er zu Boden geht.«

»Oh, da bin ich sicher«, erwiderte Mollie leise. »Er *wird* zu Boden gehen.«

»Und damit verbundene Erschütterungen ...«

»... wird es geben.«

Rachel ergriff Mollies Arm und zwang sie, ihr in die Augen zu sehen. »Wieviel, Mollie?«

»Genug, um das Weiße Haus zu erreichen.«

Unvermittelt umarmte Mollie Rachel, um weitere Frage zu verhindern. »Da kommt der Bus.« Rachel stieg ein. Mollie trat einen Schritt zurück und sah ihr hinterher.

Rachel warf ihren Seesack auf die Gepäckablage und setzte sich auf einen Fensterplatz. Durch das dunkel getönte Glas sah sie Mollie kurz winken und dann schnell davongehen.

Mollie ging zurück ins Terminal, passierte die Sicherheitsschranke und steuerte auf das Gate zu, wo der Nonstop-Flug nach Washington bereitstand. Sie schob sich durch die Passagiere zum Ticket-Schalter und hielt sich nicht damit auf, sie eingehender zu mustern. Sie war zu müde, um noch mehr Gesichter zu studieren.

Sie bemerkte ein junges Mädchen, das gelangweilt an einer Reihe öffentlicher Telefone vorüberschlenderte und in den Münzrückgabefächern nach Vierteldollars suchte. Mollie holte ihr Portemonnaie aus der Handtasche, klappte es auf und betrachtete das Foto in dem Plastikfach. Sie hatte es vor drei Jahren zur Kirschblütenzeit in Washington aufgenommen. Der Mann, der in die Kamera blickte, war Anfang Vierzig, aber die Lachfältchen um seine Augen gaben ihm ein jungenhaftes Aussehen. Der Wind hatte seine Haare zerzaust und eine Locke in seine Stirn geweht. Mollie kramte in ihren Taschen nach Kleingeld und schloß ihre Hand um die Münzen. Es wäre ein Ortsgespräch – sie könnte es jetzt sofort führen. Sie stellte sich seine Stimme vor, freudig überrascht, liebevoll. Wenige Worte von ihm würden ausreichen, ihr die überwältigende Erschöpfung und Anspannung zu nehmen.

Es geht nicht. Er wird wissen wollen, warum ich anrufe, wenn ich nicht über Nacht bleibe. Er wird sich Sorgen machen, und dann müßte ich ihn anlügen.

Mollie ließ die Münzen zurückfallen und wandte sich von den Telefonapparaten ab. Sie durfte sich jetzt von nichts und niemandem ablenken lassen. Copeland und Underwood in Sicherheit zu bringen war nervenaufreibend gewesen. Viel Kraft war ihr nicht geblieben, und die benötigte sie jetzt für den letzten Schritt, für den Beweis, von dem Copeland und Underwood ihr erzählt, aber nicht gewagt hatten, ihn ihr zu bringen. Hätten sie ihn gestohlen, wäre Esterhaus sein Fehlen aufgefallen, und er hätte gewußt, wer dafür verantwortlich war. Copeland und Underwood hätten sich damit in tödliche Gefahr gebracht. Nun blieb es Mollie überlassen, das zu finden, was dem Ehrenwerten Richter Simon Esterhaus die Schlinge um den Hals legen würde.

Wäre Mollie nicht so müde gewesen, hätte sie vielleicht den Mann bemerkt, der sich in die Warteschlange hinter ihr einreihte. Wäre Rachel dort gewesen, im richtigen Licht und Blickwinkel, hätte sich etwas in ihrer Erinnerung geregt. Aber der Techniker wußte, daß er absolut sicher war. Er hatte Rachel in den Shuttlebus steigen sehen. Jetzt war Mollie allein und erschöpft.

6

Der Techniker hatte Mollie Smith nie gänzlich aus den Augen verloren; es war ein amateurhafter Schachzug ihrer Informanten gewesen, der ihn abgehängt hatte.

Er hatte angenommen, daß sie die QRT in Baltimore aufsuchen würde, sobald sie das Fehlen des Bandes festgestellt hatte, und wollte sich dort an ihre Fersen heften. Dann hatte er den beiden Militärfrauen jedoch bis nach Alexandria folgen und anschließend das Taxi beschatten müssen, das Mollie nach Fort Belvoir brachte. Er erwartete, daß sie als nächstes ihre Informanten aufsuchen würde. Das wäre das lehrbuchmäßige Vorgehen gewesen, und der Techniker hatte sich darauf vorbereitet. Er würde Mollie einfach folgen und sich von ihr zu ihnen führen lassen. Später würde er dann entscheiden, wie er sie am besten eliminieren konnte.

Aber weder das eine noch das andere war geschehen. Mollie fuhr zum Flughafen und hielt kein einziges Mal an, um jemanden mitzunehmen. Was bedeutete, daß die Informanten bereits dort waren, oder ...

Irgend etwas war schiefgelaufen. Der Techniker sah es an

Mollies Gesichtsausdruck, als er auf dem Flughafen an ihr vorbeifuhr. Vermutlich waren die Informanten allein zum Flughafen gefahren, anstatt auf sie zu warten. Die Reisearrangements waren sicherlich lange zuvor getroffen worden, die Informanten vorbereitet und mit Tickets, Geld, neuen Ausweisen und allen weiteren erforderlichen Dingen ausgestattet worden. Schließlich erkannte er seinen Fehler: Unter den gegebenen Umständen würde Mollie sich den Informanten nicht nähern. Sie würde sich selbst nicht als lebendiges Schutzschild darbieten.

Der Techniker verwarf die Idee, die Informanten in den Menschenmassen am Flughafen ausfindig zu machen. Er hatte keine Beschreibung, kannte noch nicht einmal ihr Geschlecht. Ihm blieb also nichts weiter übrig, als sich an Mollie zu halten.

Das tat er auch und wurde schließlich ein wenig entschädigt. Er entdeckte die junge Collins. Der Techniker erkannte mit heimlicher Freude ihren entfernten Beobachtungsposten. Er konzentrierte sich auf sie, in der Hoffnung, daß sie aufgrund ihrer Unerfahrenheit etwas tun würde, was ihm Mollies Absichten verriet. Aber Rachel ließ sich nichts anmerken.

Die Bestätigung, daß auch Mollie sich an Bord befand, war einfach zu bekommen. Der Techniker wartete, bis er sah, daß der Schlepper den Jet rückwärts vom Gate wegschob, und ging dann eilig zu der Flugbegleiterin, die die Bordkarten durchzählte. Eine atemlose Frage nach seiner Schwester, Mollie Smith, und eine ernst und leicht panisch vorgetragene blödsinnige Geschichte über ein vergessenes Rezept hatten genügt, um der Frau zu entlocken, daß Miss Smith mit Flug 1410 bis nach Los Angeles fliegen würde, der nach Zwischenlandung in Phoenix 1066 heiße.

Der Techniker bedankte sich und ging rasch zu den Büros der Chartergesellschaften. Dreißig Minuten später bestieg er rechtzeitig und zum halben Preis aufgrund der kurzfristigen Buchung einen Business-Jet Gulfstream III. Der Vertreter der Gesellschaft und der Pilot, die den Techniker beide für einen Geschäftsmann aus Hollywood hielten, versicherten ihm, daß er noch vor Mitternacht in Los Angeles eintreffe.

Der Techniker dankte ihnen, genehmigte sich nach dem Start einen guten Brandy und schlief sofort ein.

Der Schlaf erwies sich als unbezahlbar. Der Techniker, der nun erster Klasse nach Washington D. C. zurückflog, las Bulgakows *Der Meister und Margarita.* Einmal fragte er sich kurz, wie es Mollie wohl in der Touristenklasse erging.

Um fünf nach sechs an einem kalten, regnerischen Morgen landete die Maschine in Washington. Der Techniker wanderte mit der Menschenmenge unter das Vordach, wo die Passagiere auf die verschiedenen Shuttlebusse warteten. Er wußte, daß Mollie gestern mit dem Taxi gekommen war, aber Rachel hatte ihren Wagen in der Sperrzone abgestellt. Er ging jede Wette ein, daß nun Mollie die Schlüssel zu diesem Wagen hatte.

Er behielt recht. Der Schlüsselring war um ihren linken Zeigefinger geschlungen, und zwei Schlüssel baumelten leicht hin und her, während Mollie unter dem Vordach wartete. Der Techniker wußte, daß sie bei schönem Wetter zu Fuß bis zu dem Parkplatz gegangen wäre, und dort hätte er sie sich vorgeknöpft. Wegen der Graupelschauer würde sie nun auf einen privaten Shuttle-Dienst warten, der nur diesen Parkplatz anfuhr.

Der Bus kam, ein dunkelgrüner Kastenwagen. Der Techniker folgte Mollie, die, den Pfützen ausweichend, auf die von dem Fahrer aufgehaltene Tür zutrat, vorbei an den wütenden Gesichtern der Steuerzahler, die den blinkenden Hinweis »Nur reservierter Parkplatz« auf dem Bus gesehen hatten.

»Ihr Ausweis ... ich muß Ihren Ausweis sehen, Ma'am«, rief der Fahrer.

Der Techniker sah, daß Mollie ihn bereits hervorgeholt hatte.

»Okay, der nächste.«

Der Fahrer hatte die Türen bereits geschlossen. Durch die Rauchglasfenster und den an den Scheiben herunterrinnenden Regen war der Bus eine von der Außenwelt abgeschlossene Gruft.

»Mister, Ihr Ausweis?«

»Entschuldigung. Hier.«

Er kam in Gestalt eines 22er Woodsman-Colts mit Schalldämpfer. Das Loch, das er in der Schläfe des Fahrers hinterließ, war kleiner als das einer BB.

Das Geräusch war nur leise, aber der Techniker erwartete, daß jemand wie Mollie es erkennen würde. Das tat sie. Aber sie war müde, und ihre Reaktion nicht annähernd so schnell, wie sie hätte sein müssen. Die Faust des Technikers krachte gegen ihren splitternden Kieferknochen. Mollie wurde gegen die stählerne Gepäckvorrichtung geschleudert und verlor das Bewußtsein.

Der Techniker zog den toten Fahrer vom Sitz, schlüpfte hinter das Steuer und fädelte sich vorsichtig in den Verkehr ein. Er hielt erst an, als er Rachels Wagen entdeckt hatte. Er nahm Mollie die Schlüssel ab, öffnete den Kofferraum und verstaute die Leiche des Fahrers darin.

Zurück im Bus, fesselte er Mollie an den Händen, knebelte sie und verband ihr die Augen mit dem weißen Klebeband, das er in dem Erste-Hilfe-Kasten des Busses fand. Er arbeitete schnell, aber präzise, denn er hatte noch eine längere Strecke vor sich und nicht vor, unterwegs anzuhalten.

Auf der anderen Seite des Kontinents fuhr Rachel auf der Bundesstraße 101 in einem gemieteten Ford Mustang in nördlicher Richtung. Sie hatte diesen Weg zwischen Süd- und Nordkalifornien recht häufig zurückgelegt, bevor sie in den Osten versetzt worden war. Sie wußte, wo und wann die Streifenpolizisten ihre Radarfallen aufstellten, und raste daher nun, um ein Uhr morgens und bei freier Straße, ein Lied summend, mit über einhundert Meilen pro Stunde dahin.

Sie legte die 370 Meilen lange Strecke bis nach Carmel in kaum mehr als vier Stunden zurück. Mit der Oldies-Radiostation schweiften ihre Gedanken ab. Rachel fuhr nach Hause – wenn man diesen Ort so bezeichnen konnte. Ihre Gefühle, Aufregung und Vorfreude durchsetzt von Traurigkeit und Verärgerung, vermischten sich zu einem scharfen, starken Cocktail.

Rachel bog vom Highway ab und fuhr durch das Hochland in Richtung Pazifik, überquerte den Küsten-Highway und steuerte den Wagen schließlich durch die dunklen abfallenden Straßen von Carmel.

Ab der Ocean Avenue folgte ihr ein Streifenwagen, bis sie in Frazier ankam. Rachel stieg aus und sah die Glut einer Zigarette hinter der Windschutzscheibe des Polizeifahrzeugs. Auf der Cottageveranda gab es kein Licht. Sie schloß die Tür auf und tastete die Wand nach dem Lichtschalter ab. Dann trat sie wieder heraus und blieb im Lichtkegel stehen. Sie winkte der Streife zu, als diese mit zur Bestätigung tonlos aufblinkenden Signallichtern an ihr vorüberfuhr.

Das Haus hatte ihrer Mutter gehört, die, nachdem sie zehn Jahre lang von einer Künstlerkolonie zur nächsten gezogen war, zu ihren nordkalifornischen Wurzeln zurückgekehrt war. Mehr als zwei Schlafzimmer brauchte sie nicht, von denen sie eines in ein Atelier umfunktionierte, wo sie an ihren Buntglaskreationen arbeitete. Rachel, damals schon in der Army, war kein Teil dieses Lebens gewesen. Der Briefwechsel zwischen ihr und Penny Collins war unregelmäßig, die Besuche waren selten. Das einzige, was Rachel sicher wußte, war, daß ihre Mutter ihre Entscheidung für eine Militärkarriere als Verrat ansah; Rachel hatte sich für die falsche Seite entschieden.

Alles, was Rachel über das Leben ihrer Mutter wußte, hatte sie in teuren Läden auf der Ocean Avenue erfahren, die ihre Werke ausstellten. Als sie in einem der Geschäfte die Verkäuferin nach den Arbeiten der Künstlerin gefragt hatte, war Rachel überrascht und stolz gewesen zu erfahren, daß »Penny C.«, als die ihre Mutter in der Öffentlichkeit bekannt war, sehr geschätzt wurde. Ihre Werke hingen in vielen Multimillionärshäusern in Pebble Beach, und sie bekam Aufträge von Sammlern bis nach San Francisco.

Ebenso war sie überrascht – und entsetzt –, als sie erfuhr, daß Penny C. an Krebs erkrankt war und sich bereits im Endstadium befand, ein Geheimnis, das sie beinahe mit ins Grab genommen hatte.

In dem Landhaus roch es ein wenig muffig. Rachel öffnete die Luftklappe des aus Carmel-Stein gemauerten Kamins, baute einen Scheiterhaufen und machte Feuer. Anschließend holte sie sich eine alte Steppdecke aus dem Schlafzimmer. Sie kuschelte sich auf das L-förmige Sofa und starrte in die Flammen. Als der Schlaf sie übermannte, glaubte sie noch immer, in das Feuer zu sehen, und merkte nicht, daß die Flammen nun in ihren Träumen tanzten.

Mollie regte sich und kam an einem kühlen und dunklen Ort langsam wieder zu Bewußtsein. Aber die Dunkelheit war nicht vollkommen. Als sich ihre Augen daran gewöhnt hatten, konnte sie die Umgebung sogar recht gut erkennen. Es schien ihr, als blicke sie durch dicken Nebel.

Sie versuchte herauszufinden, wo sie war und was passiert war. Sie lag auf dem Rücken, auf einer Art Tisch, der mit dickem Schaumstoff überzogen war.

Auf der Untersuchungsliege eines Arztes?

Ihre Arme lagen ausgestreckt neben ihrem Körper, ihre Beine waren gespreizt, die Kniekehlen flach auf die Auflage gedrückt, die sich feucht unter ihrer Haut anfühlte.

Vinyl oder Plastik, kein Leder.

Handgelenke und Knöchel waren mit einem dicken, weichen Seil an etwas festgebunden. Es gab ein wenig nach, vielleicht um drei Millimeter.

Ein Bungee-Seil?

Sie trug keine Schuhe, spürte jedoch die Vertrautheit ihrer eigenen Kleidung. Soweit sie das beurteilen konnte, war sie weder angefaßt noch mißbraucht worden.

Nur ihr Kiefer schmerzte höllisch. Vorsichtig tastete sie mit ihrer Zunge das Zahnfleisch ab und bemerkte, daß ihr drei Zähne im Unterkiefer fehlten. Im Knochen und Knorpel darunter klopfte es unbarmherzig. Sie blinzelte und erinnerte sich an die Faust, die auf ihr Gesicht zukam und ihren Kopf traf ... und an dieses furchtbare knirschende Geräusch.

Eine Faust, aber kein Gesicht. Es spielte keine Rolle. Mollie wußte, in wessen Gewalt sie war. Die einzige Frage war nur, ob der Kurier glaubte, sie hätte sein Gesicht gesehen.

»Der Busfahrer ist tot.«

Mollie hatte das nicht laut sagen wollen, aber sie war dankbar, ihre eigene Stimme zu hören, die sich wegen ihrer trockenen Kehle ein wenig heiser anhörte.

»Ja, das ist er.« Mit dieser Antwort hatte sie allerdings nicht gerechnet.

Sie drehte ihren Kopf nach rechts und sah ihn mit einem Buch auf dem Schoß in einem bequemen Sessel sitzen. Sein Gesicht war hinter einer schimmernden, silbergrünen Maske versteckt, die groß genug war, um seine Augen, Nase und Wangenknochen zu bedecken.

Er erhob sich, und Mollie registrierte, daß er einen schwarzen Rollkragenpullover trug. Er hatte weder Muttermale noch Narben im Gesicht und auch keine blasse Stelle am

Arm oder an den Fingern, die darauf schließen ließ, daß er normalerweise eine Uhr oder einen Ring trug. Nichts, was sie im Gedächtnis behalten konnte, nichts, was sie gegen ihn verwenden konnte.

Und er wußte das. Sie hörte es an seinem Ton – freundlich, vertraulich wie ein Geistlicher bei einem Kirchenpicknick.

»Gut. Du hast dich jetzt umsehen dürfen und erkannt, daß es wirklich nichts zu sehen gibt. Das wäre also abgehakt.«

Er schwieg. »Falls du dir über die Maske Gedanken machst – sie stammt aus Venedig. Aber vermutlich warst du zum Karneval noch nicht dort. Obwohl es sich lohnen würde.«

Der Techniker zog einen mit weißem Tuch abgedeckten Rollwagen aus Edelstahl heran. Mollie konnte lediglich die Spritzen erkennen, die neben verschiedenen Ampullen aufgereiht waren.

Plötzlich stieg ihr der Geruch in die Nase, den sie so gut kannte und nach dem es sie verlangte – aber es war der falsche Mann. Und dann das Bewußtsein: Der Anhörungssaal des Senats und der Duft dieses Rasierwassers in der Luft ...

»Mollie, du darfst mich Jim nennen.«

Er hielt ihre Tasche so hoch, daß sie sie sehen konnte.

»Für eine Frau, die zum anderen Ende des Landes und zurück geflogen ist, reist du mit leichtem Gepäck. Aber du hattest ja auch nicht vor, unterwegs Station zu machen, nicht wahr?«

Mollie wollte nicht darüber nachdenken, daß er ihr anscheinend während der ganzen Zeit gefolgt war. Sie hörte nicht auf das, was er sagte, sondern darauf, wie er sprach. Sie horchte nach einer Sprachmelodie, vielleicht nach einem kaum vernehmbaren Lispeln oder einem Akzent. Aber Jims Stimme klang gleichmäßig wie die eines Nachrichtensprechers.

»Ziemlich viel von dem üblichen Kram hier drin«, ließ er sich vernehmen. »Bis auf das hier.«

Er hielt eine blau emaillierte Tablettendose in die Höhe und schüttelte sie, so daß Mollie die Pillen klappern hörte. Mit einem braunen Papierumschlag in der anderen Hand, den Mollie als Arztbrief erkannte, fächerte er sich Luft zu.

»Laut deinem letzten ärztlichen Untersuchungsbericht hast du vor einem Jahr noch keine Medikamente genommen. Was hat sich geändert, Mollie?«

»Migräne«, sagte sie.

»Ah ... wirklich eine schlimme Sache. Hat dir der Doc Cafergot verschrieben?«

»Imitrex.«

Der Techniker überdachte die Antwort. »Ja, das verstehe ich, solange du es nicht während der Aura nimmst.«

Mollie beobachtete, wie er mit dem Döschen spielte. Zweifellos hatte er die Tabletten untersucht. Sie trugen keinen Stempel mit einem Markennamen, sondern nur einen pharmazeutischen Zahlencode. Wenn er die Zeit oder die Absicht gehabt hatte, diesen zu überprüfen, wußte er nun, daß sie log.

Der Mann, der sich Jim nannte, legte die Pillendose auf das Operationstablett und steckte die Hände tief in seine Hosentaschen.

»Zum Stand der Dinge, Mollie. Ich weiß über Dunn Bescheid. Und ich weiß von den Informanten. Ich weiß sogar von Warrant Officer Collins. Jetzt ist Dunn tot, und das ist gut so. Aber die Informanten sind es nicht, und das ist schlecht. Du wirst mir dabei helfen, das in Ordnung zu bringen. Namen und Aufenthaltsorte wären für den Anfang nicht übel.«

»Haben Sie North getötet? War Dunn Ihr Insider?«

Der Techniker seufzte. »Tut mir leid, ich hatte vergessen zu erwähnen, daß wir eine einseitige Unterhaltung führen – ein Frage- und Antwortspiel, wenn du so möchtest.«

»Und danach werden Sie mich umbringen.«

»Nicht unbedingt. Du hast mein Gesicht nicht gesehen. Du weißt nichts von mir, und auch nicht, wo wir sind. Natürlich muß ich dich hier festhalten, bis ich meine Arbeit erledigt habe. Und solltest du mich anlügen, werde ich zurückkommen, um von vorne ...«

»Wo sind wir?« unterbrach Mollie ihn.

»Wenn deine Bauchmuskulatur so ist, wie sie sein sollte, kannst du dich ein wenig aufrichten, um es selbst zu sehen. Bitte, sei mein Gast.«

Mollie schloß die Augen, kämpfte mit all ihrer Willenskraft gegen den Schmerz an, der vom Kiefer in ihren Kopf schoß, und richtete sich so weit auf, wie die Seile um ihre Handgelenke es erlaubten.

Jim hatte sich abgewandt. Hinter ihm sah sie hohe, mit weißem Marmor verkleidete Wände. Entlang der Mauern standen Regale mit, so meinte Mollie, Hunderten von Weinflaschen. Dann ließen ihre Muskeln sie im Stich, und sie fiel zurück.

»Nicht schlecht«, sagte der Techniker. »Aber für Geländeeinsätze mußt du noch ein wenig an deiner Kondition arbeiten.«

»Ein Weinkeller«, flüsterte Mollie.

»Alles in allem über dreitausend Flaschen. Vielleicht mache ich eine auf, bevor du dich verabschiedest.«

Er lachte, und von Mollie fiel jede Ungewißheit ab. Vielleicht hatte er bemerkt, daß sie außer den Regalen und Flaschen noch etwas anderes gesehen hatte. Die Ecke einer Folie oder eines Sacks aus dickem grünem Plastik auf dem Boden ... und die weißen strapazierfähigen Gummihandschuhe, die darauf lagen.

In diesem Moment wußte Mollie, daß sie sterben mußte. Die Frage war nur, wann. Jim hatte sich die Mühe gemacht, sich ihre medizinische Akte zu besorgen ...

Wie?

... und auf dem Rollwagen lagen Medikamente ...

»Vielleicht den Corton-Charlemagne.«

»Bitte?«

»Sie können den Corton-Charlemagne aufmachen.«

Der Techniker lachte. »Sehr gut! Aber nur, wenn du ganz, *ganz* brav bist.«

Er rollte ihr linkes Hosenbein hoch und drehte ihr Knie behutsam, um an die Hinterseite zu kommen. Sie beobachtete, wie er einen Wattebausch mit Alkohol tränkte. Er fühlte sich kalt auf ihrer Haut an.

Der Tod grinste Mollie an, wisperte, daß sie den fähigen Händen eines Profis ausgeliefert war. Er wußte, daß ein Nadeleinstich in der Kniekehle bei einer Autopsie fast immer unentdeckt blieb.

Jetzt hielt er die Spritze in der einen, die Ampulle in der anderen Hand. Mollie sah den Gummischutz auf der Stahlspitze, sah, wie die Spritze aufgezogen wurde.

»Für Psychoterror habe ich leider keine Zeit, und die physische Folter bringt zweifelhafte Resultate«, erklärte er ihr. »Das hier ist mein Spezialcocktail, eine Mischung aus Amphetaminen, einer ausgeklügelten Form Pentothalnatrium und einer oder zwei weiteren Zutaten – das Saucengeheimnis, wenn man so möchte.«

Als sie das hörte, verließen Mollie die Kräfte. Ihre Gedanken schwebten über dem sengenden Schmerz in ihrem Kiefer, über dem Stich der Nadelspitze, weit weg von seinen Worten, die ihr nun nicht mehr weh tun konnten.

Mollie dachte an Los Angeles, an die Telefone auf dem Flughafen, an den Mann auf dem Foto. Sie fühlte die warmen Münzen in ihrer Hand und wünschte sich so sehr, sie hätte sie benutzt ... klack-klack ... seine Stimme am anderen Ende ... sie würde sie nie wieder hören.

Der Cocktail schoß in ihren Blutkreislauf, brauste durch ihre Arterien wie eine Gezeitenwelle. Jim sagte etwas, seine

Stimme klang freundlich, als er sie bat, nicht zu weinen. Zwei dicke Tränen rollten über ihre Wange, und er beugte sich vor und tupfte sie behutsam mit einem Kleenex ab.

Er stellte Fragen über die Informanten und nannte Rachels Namen. Mollie merkte, wie sie den Mund öffnete und die Worte herausströmen wollten. Sie schluckte sie hinunter, schmeckte Blut, registrierte, wie Jim sich zurückzog. Das daumennagelgroße Stück Zunge, das sie ausspie, sah sie nicht.

Sie mußte husten, sah den Blutschwall und schluckte hinunter, was sie nicht ausspucken konnte. Der Cocktail schäumte in ihr und raste auf ihr Herz zu, bohrte sich hinein und vernichtete es.

Das letzte, was Mollie wahrnahm, bevor die schwarze Flut sie forttrug, war der Ausdruck von Entsetzen und Unverständnis auf seinem Gesicht. Sie meinte zu hören, wie sie ihn auslachte, glaubte, sie tat es wirklich, weil sie ihn getäuscht hatte. Dann starb sie.

Die Internationale Schule in Georgetown war 1938 gebaut worden. Jetzt, fast sechzig Jahre später, hatte der kanadische Botschafter entdeckt, daß der Asbestgehalt in der Schule nie untersucht worden war. Er führte das Asthma seines Sohnes auf diese Unterlassung zurück und verursachte einen Sturm kontroverser Diskussionen.

Am Ende des letzten Semesters wurde die Schule geschlossen, und man begann mit der Sanierung. Die Arbeiten sollten rechtzeitig zu Beginn der Herbstkurse beendet sein. Aufgrund einiger Lieferschwierigkeiten und eines unvorhergesehenen Streiks der LKW-Fahrer konnte der Zeitplan jedoch nicht eingehalten werden. Nun war den Schülern und Lehrern der Zutritt zu einem Drittel der Schule, dem Ostflügel, verboten.

Verbotene Zone zwar, jedoch sicherlich nicht unerforscht

von Sean Flynn, dem acht Jahre alten Sohn des irischen Botschaftsangehörigen. Seans Mutter lebte in Belfast, und Sean hatte mehr geplünderte und zerstörte Häuser gesehen, als für ein Kind gut war. Er hatte auch Freunde gehabt, die ihm zeigten, wie man in diese Rattenfallen hineingelangte, wie man eine Schwachstelle in der mit Ketten gesicherten Umzäunung oder in den von den Behörden vorzugsweise benutzten Sperrholzplatten finden konnte.

In den Ostflügel zu gelangen war für den kleinen Sean kein Problem gewesen. Die amerikanischen Bautrupps arbeiteten nicht so sorgfältig wie die Techniker der britischen Armee, für die ein verlassenes Gebäude eine potentielle Bombenfabrik darstellte. Das, was einst das Chemielabor gewesen war, wirkte auf ihn nun wie der Schauplatz eines Science-fiction-Films. Große Gips- und Zementbrocken lagen auf dem Boden verstreut, die Decken waren aufgerissen, die Wände zum Teil eingeschlagen. Hier konnte Sean schnell eine Zigarette paffen und seiner Phantasie freien Lauf lassen, um intergalaktische Wesen heraufzubeschwören, die klebrig und totenstill aus diesem Trümmerhaufen hinausglitten.

Mit dem Klingeln der Pausenglocke ließ er die Zigarette auf den Boden fallen und trat sie aus. Als er wieder aufschaute, merkte er, daß etwas nicht stimmte. Die Tür des Laborkühlschranks, eines alten Geräts, das zurückgelassen worden war und mit dem restlichen Schutt weggeworfen werden sollte, stand offen. Zwar nur ein wenig, aber auch das war nicht in Ordnung.

Sean hatte im Fernsehen Geschichten über Kinder gesehen, die in alten Kühlschränken Verstecken gespielt hatten und dann nicht mehr hinausgekommen waren, weil die Tür zufiel. Niemand hatte ihr Hämmern oder ihre Schreie gehört. Böse Falle!

Bisher war eine dicke, mit einem großen Vorhängeschloß gesicherte Kette um den Kühlschrank geschlungen gewesen.

Jetzt waren die Kette und das Schloß verschwunden, und die Tür war angelehnt.

Das Labor war Seans ganz persönliches Reich. Er hatte niemandem davon erzählt und paßte immer gut auf, daß ihn keiner sah, wenn er kam oder ging. Aber jemand war hier drin gewesen. Die Bauarbeiter vielleicht?

Aufmerksam sah er sich um. Alles andere schien in Ordnung zu sein. Warum sollten sich die Arbeiter für den Kühlschrank interessieren?

Aber jetzt interessierte er sich dafür.

Sean schlängelte sich an den Pulten und Tischen vorbei. Er bewegte sich vorsichtig, und weil er den Blick nach unten gerichtet hielt, entdeckte er die Fußspuren auf dem staubigen Boden. Prompt lief er über sie und zerstörte, was eindeutige Sohlenmuster gewesen waren.

Das erste, was ihm auffiel, war der Geruch nach faulen Eiern. Er würgte und wandte sich ab, um tief Luft zu holen. Dann griff er nach der Tür und zog sie auf.

Drei Sekunden lang stand Sean stocksteif da, wie gelähmt, als zuerst eine Schulter und dann ein Kopf aus dem Kühlschrank rutschten. Als der Rest des Körpers auf ihn zu fiel und vor seinen Füßen landete, machte er sich in die Hose. Sean tat einen kleinen Satz, während der warme Urin an seinen Beinen hinunterfloß. Dann erinnerte er sich daran, daß er laufen konnte. Und schreien.

7

Siebenunddreißig Minuten nach Sean Flynns grauenhaftem Fund hatte die Washingtoner Mordkommission den Leichnam identifiziert. Einer der Detectives, der die Umgebung absuchte, hatte in einem Müllcontainer in der

Nähe eine Tasche gefunden. Das Führerscheinfoto war eindeutig.

Der für die Untersuchung zuständige Lieutenant führte daraufhin das vom Protokoll vorgeschriebene Telefongespräch mit dem diensthabenden Officer der Militärkriminalpolizei in Fort Belvoir. Er wußte, daß für den Fall nun mehrere Behörden zuständig waren. Seine Leute und die CID-Detectives würden ständig übereinander stolpern, aber vielleicht – *vielleicht* – konnten sie die Dinge zivilisiert handhaben. Dies hing größtenteils davon ab, was der Coroner über die Todesursache zu sagen hatte.

Der Lieutenant hatte keinen Grund zu der Annahme, daß der Fall für irgend jemanden weiter oben auf der Karriereleiter von Interesse sein könnte.

Der diensthabende Officer in Fort Belvoir, Lieutenant Bill Jessup, nahm das Gespräch entgegen und zeichnete den Anruf aus Washington D. C. wie immer auf. Noch bevor der Detective der Mordkommission zu Ende gesprochen hatte, betätigte Jessup hektisch die Alarmtasten, um das stets in Bereitschaft stehende Vier-Mann-Untersuchungsteam des CID zu aktivieren. Dreißig Sekunden später stand Major Kenneth Dawes in Jessups Büro. Zur Erklärung spielte Jessup ihm das Band vor. Dawes hörte es ganz zu Ende an, bevor er nach Jessups Telefon griff, um seine Leute anzuweisen, sich unverzüglich in Bewegung zu setzen.

»Soll ich Hollingsworth alarmieren?« fragte Jessup.

Dawes überlegte einen Augenblick. »Scheint mir angebracht. Ein Kind der Internationalen Schule ist involviert. Das ist für die Medien ein gefundenes Fressen. Ja, wir werden Hollingsworth brauchen.«

»Ich habe das Gefühl, daß Washington in dieser Sache mitmischen möchte.«

»Da werden sie nicht die einzigen sein. Die Kinder, die

diese Schule besuchen, sind Sprößlinge von Diplomaten und ihrem Anhang. Das Auswärtige Amt wird einen Riesenzirkus machen. Und dann wird sich das FBI einmischen.«

»Was sollen wir also tun?«

Dawes klopfte mit einer Zigarette gegen sein teures Zippo, ließ es aufschnappen und gab sich Feuer.

»Ich werde sie nach Hause bringen«, sagte er leise. »Wo sie hingehört und wo wir uns um sie kümmern können.« Er schwieg einen Augenblick. »Richten Sie Hollingsworth aus, daß mir niemand in die Quere kommen soll, wenn ich meine Pflicht tue.«

Dr. Scott Karol, der für Washington D. C. zuständige Gerichtspathologe, hatte einst als Chirurg gedient. In Vietnam hatte er Verwundete gesehen, die vom Feind gefangengenommen und gefoltert worden waren. Der Anblick von Mollie Smith versetzte ihn in diese alten Zeiten. Am liebsten hätte Karol sich in das Leichenschauhaus zurückgezogen, wo er eine Flasche *Maker's Mark* in der Handschuh-Schublade aufbewahrte.

»Wie lange ist sie bereits tot?«

Karol, ein dünner Mann Anfang Sechzig mit aufrechtem Gang, blinzelte. Dawes, der ihn um einiges überragte, befand, der Gerichtspathologe sehe aus wie ein gerupftes Huhn.

»Noch nicht lange. Höchstens fünf Stunden.«

Dawes zog die Augenbrauen hoch.

Der Gerichtsmediziner hielt ein Tablettendöschen in die Höhe und ließ den Haken geübt aufschnappen. Darin befanden sich fünf blaßblaue Tabletten.

»Sie hatte ein Herzproblem.«

Dawes nickte. »Letzten Monat diagnostiziert. Deshalb leistete sie momentan Schreibtischarbeit.«

»Derjenige, der ihr diese Schnitte zugefügt hat, wußte jedenfalls, was er tat«, fuhr Karol fort. Er zeigte auf den nackten Leichnam. »Dies sind alles Schnitt- und keine Stichwunden. Ohne jede Leidenschaft, pures methodisches Vorgehen. Für so etwas muß man ungestört sein. Und das war ihr Mann.«

Er drehte Mollies rechtes Knie herum, dann ihr linkes.

»Nicht viele Menschen wissen, wie schmerzvoll es sein kann, in diese Stelle hineinzuschneiden. Er hat es getan.«

Dawes' Gesichtsausdruck zeigte keinerlei Regung, aber Karol entging nicht, wie ihm das Blut in die Wangen schoß.

»Ich sage Ihnen das, weil es Ihnen vielleicht weiterhilft. Sie hat jedenfalls nicht gelitten, da bin ich mir sicher.«

Dawes großer Kopf fuhr herum. »Sie sieht *so* aus, und Sie wollen mir erzählen, sie hätte nicht gelitten?«

»Das liegt nur daran, daß das Blut an den Wunden geronnen ist. Der Mörder wußte nicht, daß sie ein schwaches Herz hatte. Stellen Sie sich ihre Angst vor, die sicherlich ausreichte, ihren Puls und ihren Blutdruck gefährlich hochzutreiben. Noch dazu die Ahnung, was mit ihr geschehen würde. Von den Schnitten hat sie mit Sicherheit nichts mehr gespürt. Bevor er anfing, hat ihr Herz aufgegeben.«

Karol legte eine Hand auf den Unterarm des großen Mannes. »Was immer er von ihr wissen wollte, er hat es nicht erfahren.«

Dawes stand in der Ecke des Labors und beobachtete, wie der Leichnam für den Transport eingepackt wurde. Er hielt ein Handy an sein linkes Ohr.

»Hollingsworth sagt, Sie sollen ihn anrufen, falls es Probleme gibt«, teilte Jessup mit. »Er ist bereit, sich in dieser Angelegenheit einige Leute zur Brust zu nehmen.«

»Bis jetzt ist alles klar«, meinte Dawes. »In ein paar Minuten werden wir hier verschwinden. Ich muß wissen, woran und mit wem sie gerade arbeitete. Es sieht so aus, als wäre sie … verhört worden.«

Dawes hörte, wie Jessup am anderen Ende der Leitung Luft holte. »Sie wollen damit sagen, daß sie übel zugerichtet wurde?« Eigentlich war es keine Frage.

»Aber sie hat nicht lange genug gelebt, um irgend etwas zu erzählen«, fügte Dawes hinzu. »Deshalb muß ich wissen, womit sie gerade beschäftigt war. An welchem Fall hat sie zuletzt gearbeitet? Und wer war der zuständige Warrant Officer?«

»Das kann ich Ihnen sofort sagen. Ihr Wasserträger Nummer eins ist W. O. Collins. Allerdings weiß ich nichts über ihre derzeitigen Aufgaben. Auf ihrer Tafel steht nichts.«

»Das will nichts heißen.«

»Der Meinung bin ich auch. Wir durchsuchen gerade ihr Büro und ihre Wohnung, mal sehen, ob wir dort einen Hinweis finden.«

»Ich möchte mit Collins sprechen.«

»Das ist mir klar«, erwiderte Jessup trocken. »Das Dumme ist nur, daß sie verschwunden ist. Ihr Hauswart sagte, sie sei gestern abgereist und habe einen Seesack dabeigehabt.«

»Hatte sie Urlaub?«

»Nein.«

»Hat sie irgendeine Kontaktadresse oder Telefonnummer hinterlassen?«

»Wir wissen, daß sie ein Haus in Carmel, Kalifornien, besitzt. Ich habe noch nicht versucht, sie dort anzurufen, für den Fall, sie ist dort und Sie ihr keinen Hinweis geben wollten!«

»Ergibt sich aus ihren Akten irgendein Grund, warum sie auf der Flucht sein könnte?«

»Nichts. Aber eines sollten Sie wissen: Sie und Smith kennen sich schon lange, noch aus Zeiten der Militärakademie. Smith war ihre Ausbilderin. Sie waren sehr eng befreundet, haben sich sogar gegenseitig als Erben eingesetzt.«

»Lesben?«

»Dem Gerede nach zu urteilen nicht. Jedenfalls hatten sie Rendezvous wie jede andere auch.«

Dawes kam auf Jessups vorherige Bemerkung zurück.

»Diese Sache mit dem Testament. Wie hoch war Smiths Vermögen – fünfzigtausend?«

»Und Collins' Haus in Kalifornien wird auf mindestens eine halbe Million geschätzt. Ich glaube nicht, daß das zu irgend etwas führt.«

»Ich würde gerne mit Collins sprechen und das selbst herausfinden.«

»Bitte schön«, erwiderte Jessup. »Aber sobald ich durchgebe, daß sie dem Dienst ohne Erlaubnis ferngeblieben ist, wird jeder Militärpolizist jenseits des Mississippi nach ihr Ausschau halten. Das wird sie nie aus ihrer Akte ausradieren können, selbst wenn sie uns einen guten Grund für ihr Verschwinden liefern kann.«

»Was schlagen Sie vor?«

»Die Presseleute hängen wie Aasgeier an Ihnen, oder?«

»Eine Schrotflinte wäre schon nicht schlecht.«

»Ich würde vorschlagen, Sie lassen sie die Geschichte veröffentlichen. Geben Sie Collins bis Mitternacht Zeit, davon zu erfahren und sich zu melden. Wenn wir nichts von ihr hören, steht ihr Name als erster auf dem Steckbrief.«

Der Techniker war in seine Räume der Wunderland-Spielzeuge zurückgekehrt. Seine Arbeitssuite verfügte über ein exquisit ausgestattetes Badezimmer mit Waschtisch und Dusche in Granitverkleidung. Nach einem belebenden Dampfduschbad ging er in das riesige mit Zedernholz getäfelte Ankleidezimmer und zog eine bequeme cremefarbene Hose, einen dunkelbraunen Rollkragenpullover und ein teures Kaschmir-Jackett an. Dann setzte er sich an seinen Schreibtisch, zündete sich einen Zigarillo an und schaltete einen der Bildschirme für die Mittagsnachrichten ein.

Der Techniker kannte Major Kenneth Dawes nicht, der von einer aggressiven Reporterin vorgestellt wurde. Sie hielt ihm ein Mikrofon unter die Nase, und Dawes, der sich wie ein Linebacker bewegte, rempelte sie hart mit der Schulter an, ließ es jedoch so aussehen, als sei sie in ihn gerannt.

Der Techniker kannte diesen Typ. Er hatte damit gerechnet, daß jemand wie Dawes aufkreuzen würde, sobald Mollies Leiche gefunden worden war. Zu diesem Zeitpunkt war der Techniker noch auf dem Gelände von Fort Belvoir gewesen. Die Nachricht über den grausigen Fund in der Internationalen Schule wurde im Radio gemeldet, als er den Posten verließ. Das zeitliche Zusammentreffen und das, was er beim Durchsuchen von Mollies Haus gefunden hatte, hatte ihn amüsiert.

Die Unterkünfte im Fort waren schmucklos: Einfache Apartments für unverheiratete Officers, vierstöckige Wohnkomplexe aus Ziegeln für diejenigen mit Familie. Der Techniker war auf einem Motorrad vorgefahren. Es gab kein Wachhäuschen, an dem er sich hätte ausweisen müssen. Sogar ein Linienbus fuhr durch einen Teil des Forts.

Er hatte daher alte Zivilkleidung angezogen, um prüfenden Blicken standzuhalten, falls jemand neugierig werden sollte; er trug eine Jacke aus abgewetztem Schafsleder, auf der Air-Force-Abzeichen aufgenäht waren. Die Jacke paßte ausgezeichnet zu dem Motorrad und ließ den Fahrer wie einen ungestümen Raser aussehen.

Die Schlösser der Army waren schon immer einfach zu knacken gewesen, und so stellte es kein Problem dar, in Mollies Haus zu gelangen. Daß sie eine ordentliche Frau gewesen war, die keine überflüssigen Erinnerungsstücke aufbewahrte, war hilfreich gewesen. Der Techniker hatte ihr Geheimversteck dort gefunden, wo er es vermutet hatte: eine abschließbare Eisenkassette im Rohrschacht unter dem Küchenboden.

Sie enthielt die übliche Sammlung von Briefen, alten Fotos,

eine Geburtsurkunde, ein Testament – und die Aufzeichnungen, die der Techniker suchte.

Er wußte, daß er über diese Notizen verdammt froh sein konnte. Heutzutage wurde alles in Computern gespeichert, aber Mollie war kein Kind des Cyber-Zeitalters gewesen. Der Techniker nahm an, daß sie den Umgang mit Computern gerade so weit beherrschte, um in ihrem Job zurechtzukommen. Noch dazu hatte sie sicher nicht gewollt, daß derlei Informationen auf einem Pentium-Chip herumgeisterten, wo jeder halbwegs kundige Hacker sie abfragen konnte. Hier also lagen die handgeschriebenen Berichte über Mollies Suche nach Norths Mörder.

Nachdem er den Inhalt der Kassette durchgesehen hatte, hatte er noch ein paar andere Überlegungen angestellt. Dann hatte er sich wieder den Aufzeichnungen gewidmet; Mollie hatte wahrscheinlich eine Kopie davon gemacht.

Und die bewahrte sie an einem anderen sicheren Ort auf – in einem Bankschließfach bei Riggs National, wie der Schlüssel, den er gefunden hatte, vermuten ließ.

Dem Techniker war das nur recht. Er *wollte*, daß die Kopie gefunden wurde, und zwar von der Person, der zu gegebener Zeit Zugang zu dem Schließfach gewährt werden würde.

Er hatte die Eisenkassette in den Schacht zurückgelegt, sich vergewissert, daß alles wieder so war, wie er es vorgefunden hatte, und das Haus verlassen.

Der Techniker rollte die zentimeterlange Asche seines Zigarillos in einem Kristallglasaschenbecher ab und schaltete den Bildschirm aus. Die Untersuchung des Mordes an Major Smith seitens der Army würde den Vorschriften gemäß ablaufen, die er allesamt kannte. Parallel dazu würde die Washingtoner Mordkommission Nachforschungen anstellen und das Wasser weiter trüben. Keine der beiden zuständigen Behörden würde auch nur in die Nähe der Informanten gelangen, da sie nicht einmal von ihrer Existenz wußten.

Allerdings mußte der Techniker sich die Effektivität von Mollies Scharade eingestehen. Wie clever von ihr, den Namen des gängigen Migränemedikaments auf der Zunge zu haben. Und wie dumm von ihm, daß er die Tabletten nicht untersucht hatte. Es wäre so einfach gewesen, im Pharmaverzeichnis nach der auf den Tabletten aufgestanzten Nummer zu suchen.

Der Techniker war sicher, daß Mollie in dem Glauben gestorben war, ihn tatsächlich um die Informationen gebracht zu haben, die er erfahren wollte. In Wirklichkeit hatte sie ihn lediglich gezwungen, nach Fort Belvoir zu fahren, um ihre Geheimnisse herauszufinden.

Der Techniker zog noch einmal an dem Zigarillo und schlug die Akte auf. Steven Copeland, der im folgenden als Mr. X bezeichnet wurde, und sein Gegenstück, Beth Underwood mit Rubensformat, Miss Y. Der Techniker erinnerte sich an ihre Namen. Sein Auftraggeber hatte sie erwähnt, als er ihn gefragt hatte, wer verdächtig sei. Er hatte sich auf die Behauptung seines Arbeitgebers, die beiden seien harmlos, verlassen müssen. Das hatte sich nun als Irrtum herausgestellt, aber diese Erkenntnis kam zu spät, um etwas zu ändern. Mollie hatte ihre Informanten aus seiner Reichweite gebracht.

Der Techniker las Mollies Notizen durch und gratulierte ihr insgeheim, wie klug sie die Wahrheit aus einem Faden von Vermutungen, Einsichten und vagen Hinweisen gesponnen hatte. Vielleicht zu klug ... Der Techniker versuchte, zwischen den Zeilen zu lesen, und fragte sich, wieviel dessen, was sie wußte, sie *nicht* zu Papier gebracht hatte. Das wirklich Wichtige, die Aufenthaltsorte und Decknamen von Copeland und Underwood, stand nicht in den Aufzeichnungen.

Wie umsichtig von dir, Mollie.

Aber auch dafür gab es eine Lösung. Es würde ein wenig länger dauern und dem Auftraggeber des Technikers einige Magenschmerzen bereiten. Aber am Endergebnis bestand kein Zweifel.

Durch eine Rauchwolke griff der Techniker nach dem Telefon und bediente sich ein weiteres Mal der Nummer von Dr. Weisbergs Telefonkarte.

Als die Nachricht von Major Mollie Smiths Tod durch die Medien ging, lag Beth Underwood in Carefree, Arizona, in tiefem Schlaf.

In Carmel bewegte sich Rachel Collins unruhig unter der Decke und kuschelte sich noch tiefer in die weichen Sofakissen. Der Lichtschein des erlöschenden Feuers überzog ihr Gesicht mit einem goldenen Schimmer, als wolle er die finsteren Bilder wegwischen, die durch ihre Träume geisterten.

Nur Steven Copeland in Atlanta, der schon aufgestanden war, hätte die morgendlichen Nachrichten mitbekommen können. Aber er hatte das Hotel in Begleitung einer Immobilienmaklerin bereits verlassen, die einen halben Tag dafür eingeplant hatte, ihm zu zeigen, was der Markt zu bieten hatte.

8

Der israelische Premierminister stand im Empfangsraum und wand sich in der honigsüßen Gesellschaft der First Lady.

Im Oval Office telefonierte der Sprecher des Weißen Hauses auf der Konferenzleitung und drohte, die Regierungsgehälter zu sperren, wenn nicht zusätzliche Subventionen für die Farmer in den Haushaltsentwurf aufgenommen würden. Der Präsident saß hinter seinem Schreibtisch und hörte dem Sprecher mit einem Ohr zu. Seine Aufmerksamkeit war auf das halbe Dutzend maschinegeschriebener Blätter gerichtet, die vor ihm lagen.

Nachdem er sie durchgelesen hatte, starrte er Simon Esterhaus an. Er beugte sich vor und ließ seinen Finger über der Sprechanlage schweben.

»Frank, ich habe mir Notizen von allem gemacht, was Sie gesagt haben«, log er glatt. »Aber ich bekomme gerade ein Gespräch aus Moskau. Eine halbe Stunde.« Der Präsident drückte auf den Knopf.

Er wandte sich wieder dem Richter zu. »Der bringt mich langsam um, dieser Scheißkerl.«

»Tut mir leid, Mr. President. Aber ich dachte, Sie sollten es sofort erfahren.«

»Die Frage ist, wer weiß noch davon?« Der Präsident trommelte mit den Fingern auf den Papieren. »Wie viele hiervon sind im Umlauf?«

»Das sind die Originale. Vermutlich hat Major Smith eine Kopie gemacht, als reine Vorsichtsmaßnahme. Aber in ihrem Computer ist nichts gespeichert, und auch in ihrem Haus ist nichts zu finden.«

»Banktresor?«

»Ihr Schließfach wird gerade geöffnet. In spätestens einer Stunde werden wir es wissen.«

»Sie waren in ihrer Wohnung?«

»Die Notizen lassen auf eine Sicherheitsangelegenheit nationaler Bedeutung schließen. Ich habe den Untersuchungsbefehl selbst unterschrieben.«

»Schnell gehandelt, Simon.«

»So prompt wie nötig, Sir. Falls aus irgendeinem Grunde etwas von dieser Sache an die Öffentlichkeit gelangt, können wir auf jeden Fall schlüssig nachweisen, daß es bei der Untersuchung von Major Smiths Verdachtsmomenten keinerlei Verzögerungen gab.«

Der Präsident fuhr sich mit seiner großen, knorrigen Hand

durchs Haar. Trotz seines Alters von zweiundsechzig Jahren hatte er immer noch eine volle Mähne, die ihm ein lincolneskes Aussehen verlieh.

»So prompt wie nötig ... Jesus, Simon! Jetzt haben wir die Pest am Hals!«

»Das wissen wir nicht, Sir. Noch nicht.«

Esterhaus hob selten seine Stimme. Er gehörte zu den wenigen Männern, die, ohne von körperlicher Statur oder Attraktivität zu profitieren, in jedem Raum, den sie betraten, alle Blicke auf sich zu ziehen pflegten. Seine maßgeschneiderten Anzüge saßen stets perfekt. Mit fünfundfünfzig war er noch sehr fit und hätte gut und gerne als zehn Jahre jüngerer Mann durchgehen können. Aber das Geheimnis seiner Macht lag anderswo, vielleicht in den tiefblauen, fast violetten Augen, die niemals zu blinzeln schienen, oder in der äußersten Ruhe, die ihn umgab wie ein unsichtbarer Schutzschild, der ihn unverletzlich machte und dafür sorgte, daß er respektiert und zugleich gefürchtet wurde.

Der Präsident, Sohn eines Garnelenfischers aus Louisiana, war einer der wenigen Menschen, die Esterhaus' Stärken schätzten, sich ihnen aber nicht beugten. Er wollte diese Stärken am Bundesgericht wirken sehen, das seiner Meinung nach die richtige Führung vermissen ließ. Er würde dort für die nötige Stabilität sorgen und die Führung übernehmen.

»Was wir mit Sicherheit wissen, ist, daß Mollie Smith ermordet wurde«, sagte der Präsident. »Von einer oder von mehreren bisher unbekannten Personen. Die Frage ist, ob sie Ihnen die Unterlagen zugeschickt hat, weil sie Angst um ihr Leben hatte. Und wenn ja, warum gerade Ihnen?«

Esterhaus schlug lässig die Beine übereinander. »Sir, ich habe Major Smith nie kennengelernt. Ich habe noch nicht einmal ihren Namen gehört, bevor das hier«, er tippte auf den weißen Umschlag in Normgröße, »heute morgen meinem Büro zugestellt wurde.«

»Von wem?«

»Von einem Kurier. Eine Unterschrift war nicht erforderlich, aber meine Sekretärin erinnert sich an den Kurierdienst. Meine Ermittler haben das Büro ausfindig gemacht, in dem die Sendung aufgegeben wurde. Es liegt in Alexandria. Der Angestellte dort sagte, eine Frau hätte sie gebracht und bar bezahlt. Wir haben ihm ein Foto von Major Smith gezeigt, aber er konnte sie nicht positiv identifizieren. Mr. President, ich muß annehmen, daß ich als Empfänger ausgewählt wurde, weil Major Smith wußte, daß ich die Untersuchung von General Norths Tod geleitet habe.«

»Und jetzt ist sie tot«, sagte der Präsident ohne Umschweife. »Ohne irgendeinen Hinweis zu hinterlassen, ob sie bedroht oder verfolgt wurde ... Ein bißchen merkwürdig, finden Sie nicht? Eine Frau schickt Ihnen die Details einer privaten Untersuchung, und an dem Tag, an dem Sie sie erhalten, ist sie tot.«

»Da muß ich Ihnen zustimmen, Sir. Mollie Smith war nicht das zufällige Opfer eines Mörders. Dennoch, so gefühllos sich das auch anhören mag, es ist jedenfalls gut, daß die Medien auch weiterhin davon ausgehen werden.«

»Nur, weil sie es nicht besser wissen. In dem Moment, in dem wir eine umfassende Untersuchung veranlassen, werden sie beginnen herumzuschnüffeln.«

»Nicht unbedingt. Es gibt Alternativen.«

»Die werden wir finden. Aber ich verstehe nicht, warum sie Informanten erwähnt, ohne ihre Namen zu nennen – wenn sie tatsächlich Angst hatte und wollte, daß Sie diese Berichte bekommen.«

»Major Smith war eine Soldatin mit Auszeichnungen und eine erfahrene CID-Ermittlerin. Meines Erachtens wäre sie nicht vor bloßen Schatten davongelaufen. Vielleicht hat sie das Ausmaß der Gefahr nicht erkannt. Vielleicht hat sie es unterschätzt.«

Esterhaus schwieg einen Augenblick. »Vielleicht hatte sie keine Zeit oder Gelegenheit mehr, diese letzten entscheidenden Details hinzuzufügen. Gut möglich, daß es ihre letzte Tat war, mir ihre Aufzeichnungen zuzuschicken.«

»Verlegen wir uns jetzt aufs Spekulieren, Simon? Wollen wir damit sagen, daß die beiden Informanten von Smith jetzt selbst Zielscheiben sind? Und es noch nicht einmal wissen?«

»So spekulativ ist das nicht, Sir.«

Der Präsident stieß sich vom Schreibtisch ab. Es war eine abrupte Geste, aber Esterhaus zeigte keinerlei Regung. Er beobachtete, wie das Staatsoberhaupt vor den großen kugelsicheren Fenstern auf und ab ging. In der Nachmittagssonne spiegelten sich entlang der Pennsylvania Avenue deutlich die Reflexionen der Linsen teurer Kameras, ausgerichtet auf das Haus des Volkes, in dem das Volk nicht mehr besonders willkommen war.

»Das wird rauskommen, Simon. Einige Leute werden mich in die Mangel nehmen wollen«, sagte der Präsident und fiel in den Slang des Hinterlandes zurück. »Als Griffin North gestorben ist, hat die schwarze Bevölkerung Rotz und Wasser geheult, sogar die, die meinten, daß North die Seiten gewechselt hatte und das Leben der Weißen führte. Die Schwarzen haben ihn ins Herz geschlossen, ihn größer gemacht, als er war.« Er hielt inne. »Das ist ja schließlich auch einfach. Die Toten müssen sich den Idealen nicht mehr als würdig erweisen, sie können nicht enttäuschen. Sehen Sie sich doch Kennedy an.

Und nun, nachdem North lange genug betrauert wurde und Ihre Kommission zu dem Ergebnis gelangt ist, daß es ein Unfalltod war, sagt Mollie Smith, daß dem nicht so sei. Sie behauptet, er sei ermordet worden, aber Namen nennt sie keine. Ihrer Kommission seien nicht alle Beweise bekannt gewesen – ihr hingegen wohl. Sie habe Informanten – aber Sie haben nie etwas von ihnen gehört.«

Der Präsident stützte seine langen Arme auf die Sessellehne.

»Wissen Sie, was ich denke? Ein Feuersturm wird über das Land hinwegfegen. Die Schwarzen reden nicht mehr von Integration – sie hören auf die Stimmen der *Separation.* Die Jugendlichen landen massenweise in den Gefängnissen. Da draußen gibt es keinen Martin Luther King, der sie zur Vernunft bringen kann. Sie hofften, daß North einer werden würde. Wenn bekannt wird, daß er ermordet wurde, werden sie nicht warten, bis wir irgendwelche Verdächtigen präsentieren. Jeder Weiße wird als Zielscheibe gut genug sein. Denn eines ist verdammt sonnenklar: Ein *Schwarzer* kann niemals dahinter stecken.«

»Erlauben Sie mir eine naive Frage, Mr. President.«

»Von Ihnen? Ich wäre schockiert.«

»Glauben Sie tatsächlich, daß ein Weißer – oder mehrere – all diese Unwägbarkeiten in Betracht gezogen und sich trotzdem entschieden hätten, North umzubringen? Er war ein Rockefeller-Republikaner und nicht irgendein Ostküsten-Liberaler. Seine Politik, so wie er sie vertrat, war pragmatisch. Sie stellte sicherlich keine Bedrohung für den derzeit felsenfesten Status quo dar.«

Der Präsident lächelte verkniffen. »Wenn Sie eine Schwäche haben, Simon, dann diese: Sie halten anderen Menschen zugute, daß sie ebenso logisch handeln wie Sie selbst. Aber das tun sie nicht. Wenn es eine Verschwörung gegeben hat, dann wurde sie von sehr mächtigen Leuten organisiert und bezahlt. Warum sie ihn fürchteten, werden wir nicht wissen, bevor wir ihnen nicht das Handwerk gelegt und sie gefragt haben. Aber bedenken Sie: Die Liste der Verdächtigen ist zwangsläufig kurz.«

»Warum?«

»Weil man es geschafft hat, Sie zu täuschen, Simon. Sie haben die gesamte Untersuchung abgesegnet. Wie viele

Menschen kennen Sie, die Sie hinters Licht führen können, hmmm? Und jetzt keine falsche Bescheidenheit.«

Esterhaus rieb seinen Nasenansatz zwischen Daumen und Zeigefinger. »Nicht viele.«

»Was bedeutet, daß, falls Smith keine Schaumschlägerin ist – und ihre Ermordung zeigt meines Erachtens das Gegenteil –, dort draußen ein paar finstere Gestalten herumlungern!«

Esterhaus erwiderte nichts auf diesen ungewöhnlichen Ausbruch. Er hätte gerne die Ursache gekannt. Da war noch mehr im Spiel, irgend etwas hielt der Präsident zurück. Er schwieg abwartend.

Der Präsident starrte wieder aus dem Fenster.

»Der Vizepräsident hat sich recht viel Ärger eingehandelt wegen der Rolle, die er bei diesem gescheiterten Spar- und Anleihenplan gespielt hat«, meinte er schließlich. »Ich wollte Pete um seinen Rücktritt bitten und North den Job vorschlagen. Er und ich saßen hier in diesem Büro und haben all die Vorteile besprochen, die sich aus unserer Zusammenarbeit ergeben könnten. Man hätte meine Entscheidung auch zynisch nennen können: Ich hätte einen Passivposten gegen Aktiva aus solidem Gold eingetauscht. Sicher, ich wäre noch vier weitere Jahre im Amt geblieben. Aber Griffin hätte die notwendige Erfahrung gesammelt und danach seine eigene Regierung gebildet.«

Gedankenversunken starrte der Präsident auf das blinkende Licht an der Telefonanlage. Esterhaus vermutete, daß es der Protokollbeamte war, der gerade den Babysitter für den israelischen Premierminister spielte.

Der Präsident kam zum Schluß seiner Eröffnung.

»Ich mochte ihn, Simon. Abgesehen von dem Respekt und der Bewunderung, die ich ihm zollte, hielt ich ihn für einen der besten Männer, die ich je kennengelernt habe. In gewisser Weise sogar besser als ich.«

Der Präsident nahm hinter seinem Schreibtisch Platz und fixierte Esterhaus mit durchdringendem Blick.

»Deshalb will ich wissen, ob an Major Smiths Behauptungen etwas dran ist. Ob sie umgebracht wurde, weil sie zuviel herausgefunden hatte. Sie führen diese Untersuchung durch, Simon, unter welchem Deckmantel auch immer. Falls jemand fragt, warum Sie noch immer in der North-Geschichte herumstöbern, sagen Sie, Sie seien fasziniert von ihm. Erzählen Sie, Sie wollten eine Biographie schreiben. Und jetzt will ich etwas über die Alternativen hören, von denen Sie sprachen.«

Esterhaus betrachtete den Präsidenten aufmerksam, der seinen Schmerz so offen zeigte wie eine tiefe, frische Schnittwunde. »Zentraler Ansatzpunkt meiner Gedankengänge ist unsere Möglichkeit, die Untersuchung zu überprüfen«, sagte er bedächtig. »Ich muß das jetzt sofort sagen, Sir. Ich war derjenige, der die Untersuchung abgeschlossen hat. Falls mir neue Beweise vorliegen, werde ich die Kommission sofort wieder einberufen. In diesem Falle würde ich die Verantwortung dafür übernehmen, daß Beweise übersehen wurden, und darum ersuchen, meine Berufung an das Bundesgericht zurückzuziehen.«

»Es besteht kein Anlaß, daß Sie den Kopf für mich hinhalten«, sagte der Präsident. »Es ist ja nicht so, als hätte etwas vertuscht werden sollen. Sie haben sich keine Nachlässigkeit und auch nichts anderes zuschulden kommen lassen. Ich würde Ihren Antrag ablehnen.«

»Danke, Mr. President.« Esterhaus fuhr sich mit der Zungenspitze über die Oberlippe. »Dann schlage ich vor, Sie rufen den Leiter der FBI-Einheit für Innere Sicherheit an. Ich werde ihn über alles, was wir wissen, in Kenntnis setzen. Er müßte sich verpflichten zu schweigen und nur mir Bericht zu erstatten.« Esterhaus schwieg kurz. »Ein Mann, absolute Sicherheit, zwei Empfänger seiner Informationen: Sie und ich. Wasserfester geht es nicht, Sir.«

»Hört sich gut an. Aber warum gerade dieser Mann?«

Als Esterhaus es ihm erklärte, schüttelte der Präsident den Kopf und meinte: »Das klingt ziemlich verrückt, Simon. Sind Sie sicher, daß dieser Schuß nicht nach hinten losgeht?«

»Absolut. Abgesehen von seiner professionellen Verpflichtung hat er den besten Grund der Welt, diese Sache durchzuziehen. Den Mörder zu finden bedeutet, die Wahrheit über Major Smiths Tod zu erfahren. Das ist alles, was er will und braucht. Ob eine Verschwörung dahintersteckt oder ob es lediglich ein zufälliges Gewaltverbrechen war – das ist für ihn eine entscheidende Frage. Aber sicher nicht für uns.«

»Tun Sie es«, sagte der Präsident abrupt. »Bringen Sie ihn her, sobald Sie ihn instruiert haben. Ich werde ihm persönlich den Marschbefehl erteilen.«

»Unter diesen Umständen, Mr. President, sind Ihre Befehle die einzigen, die er akzeptieren wird.«

Auf dem Weg nach draußen erhaschte Esterhaus einen Blick auf den israelischen Premierminister, der eifrig die Hand des Präsidenten schüttelte. Esterhaus ging, vorbei an einer Phalanx von Geheimdienstagenten, den Korridor hinunter und betrat die Vorhalle, um seinen Wagen vorfahren zu lassen.

Während er unter dem Säulengang wartete, kämpfte der Richter gegen eine aufkommende Übelkeit an. Die Vorlage des Kommissionsberichts hätte der Schlußakt eines langen, schmutzigen Spiels sein sollen. Aber das Schicksal hatte die Karten schlecht gemischt und ihn gezwungen, wieder in das Spiel einzusteigen. Der ganze Horror, den er durchlebt hatte, stieg bitter wie Gallenflüssigkeit in ihm auf.

Esterhaus zitterte. *Du hast noch alles unter Kontrolle*, sagte er sich. *Das allein ist schon ein Wunder.*

Esterhaus wußte, daß die sorgfältig ausgewählten Informationen, die er vorgelegt hatte, auf den Präsidenten die Wirkung eines verborgenen Aphrodisiakums gehabt hatten. Die Ironie, einem Borgia angemessen, faszinierte den Richter und stieß ihn gleichzeitig ab. Ein Verschwörer war beauftragt worden, einen Mord zu untersuchen, an dessen Durchführung er selbst beteiligt gewesen war.

Einladungen von Pamela Esterhaus waren sehr begehrt. Das Menü war stets exzellent und phantasievoll, die Gesellschaft geistreich, die Gespräche gespickt mit Insiderklatsch.

Heute abend gehörten die Botschafterin bei den Vereinten Nationen, ein für mehrere nationale Zeitungen schreibender Kommentator, der Chef eines großen Autokonzerns und der Autor des derzeit populärsten Broadway-Stücks zu den Gästen. Pamela Esterhaus blickte über den für zwölf Personen gedeckten Tisch, erfreute sich an dem wundervollen Schimmern des schweren Silbers, der tadellosen und unaufdringlichen Bedienung und der leicht dahinplätschernden, hin und wieder durch ein Lachen unterbrochenen Unterhaltung und befand alles für gut.

»Pamela, wo steckt Simon denn nun? Sie hatten versprochen, er wäre hier.«

Dwayne Garrett, der Geschäftsführer des Autokonzerns, war ein kleiner Mann, der, wie Pamela wußte, seinen Stuhl in seinem Büro auf ein Podest hatte stellen lassen, damit die Besucher nicht auf ihn herabsehen konnten. Ihr war auch bekannt, daß Garretts Unternehmen einige Rechtsstreitigkeiten vor Simon Esterhaus verhandelt haben wollte, die nun anderen zugeteilt werden würden. Für Garrett wäre es von Vorteil, die Namen dieser Richter im voraus zu erfahren.

Pamela beschloß, diesen Punkt klarzustellen. »Ich nehme an, er ist noch beim Präsidenten, Dwayne. Sie werden wohl besprechen, wer seinen Platz einnehmen wird. Aber er wird sicher gleich kommen. Selbst der Präsident muß essen.«

»Der schon. Bei Simon bin ich mir da allerdings nicht so sicher.«

Am Tisch erklang Gelächter und verebbte, als es Lenore Kahn, die Botschafterin, erreichte.

»Werden Sie trotzdem an der Versammlung teilnehmen, Pam?« fragte sie. »Oder stellt Simons Berufung einen Hinderungsgrund dar?«

»Ich werde kommen«, sagte Pamela entschlossen. »Und ich werde versuchen, Simon zum Mitkommen zu überreden.«

»Ich dachte, Männer wären in Wellesley nicht willkommen«, ließ sich der Kommentator vernehmen.

»Männer sind durchaus willkommen, Arthur«, feuerte Kahn zurück. »Neandertaler sind eine andere Sache.«

Die liberal-konservative Unterhaltung ging in die nächste Runde. Pamela hatte sich schon vor langer Zeit die Kunst angeeignet, Konversation zu betreiben und dabei an völlig andere Dinge zu denken. Sie fühlte sich ungezwungen und schwelgte in der warmen Atmosphäre. Es war gut, sich im Kreis der eigenen Leute zu befinden. Einige waren noch Freunde aus College-Zeiten, andere Freundschaften sorgfältig ausgesucht und über die Jahre kultiviert worden. Alle waren vom Schicksal gesegnet, und alle verstanden die beiden wichtigsten – und unausgesprochenen – Gesetze ihrer gesellschaftlichen Position: (1) Reiche nur dann eine helfende Hand, wenn du sicher bist, daß du dadurch nicht in die Schwierigkeiten des anderen hineingezogen wirst, und (2) falls du etwas zu deiner eigenen Rettung unternehmen mußt, verteile harte, tiefe und gezielte Schläge.

Als Tochter eines einstigen langjährigen Kabinettsmitglieds hatte Pamela Esterhaus diese und andere Lektionen bereits mit der Muttermilch aufgesogen. Sie hatte gelernt, sich strikt an sie zu halten, und den Niedergang derjenigen, die davon abwichen, beobachtet, aber niemals betrauert. Die Welt, wie ihr Vater zu sagen pflegte, wurde letztendlich von einem Faktor bestimmt: der Konsequenz. Pamela Esterhaus hatte diese zu ihrem Prinzip erhoben und war sowohl überrascht als auch enttäuscht, daß die Männer in ihrem Leben, so klug, erfolgreich oder sogar brillant sie auch sein mochten, unfähig gewesen waren, dies zu begreifen. Was natürlich der Grund dafür gewesen war, daß sie sie so leicht hatte benutzen können. Bis sie diesen einen, ganz besonderen Mann traf...

Sie spürte jemanden hinter sich stehen und nahm den Duft milden Rasierwassers wahr. Sie lehnte sich zurück und wandte den Kopf, damit der Butler ihr ins Ohr flüstern konnte.

»Ihr Gatte ist eingetroffen, Ma'am.«

Pamela erhob sich und entschuldigte sich. Sie kam gerade in die Eingangshalle, als ihr Mann die Tür hinter sich zuzog. Sie registrierte seine eingefallenen Schultern und das leichte Zucken über seinem linken Auge. Sie wußte genau, was er brauchte, und das würde sie ihm geben.

»Darling...«

Sie küßte ihn nicht auf den Mund, das hatte sie schon seit Jahren nicht mehr getan. Seine Wange fühlte sich unter ihren Lippen wie rauhes Leder an.

»Wie ist es gelaufen?«

Sie sah, wie er seine Lippen befeuchtete, ähnlich wie ein Schuljunge, der seinen ganzen Mut zusammennimmt, um ein Geständnis abzulegen.

»Alles läuft glatt«, flüsterte er. »Es wird eine Untersuchung geben, aber der Präsident hat mich damit beauftragt. Niemandem wird etwas geschehen, mein Wort darauf.«

»Das ist ja wunderbar!« hauchte sie. »Und jetzt komm mit.«

Sie ergriff seinen Arm und ignorierte seine schleppenden Schritte. Sie wußte, daß er nach oben gehen und sich seiner Angst und seinem Elend wie ein Aussätziger ergeben wollte. Das ließ sie nicht zu.

»Meine Lieben, ich präsentiere Ihnen den zukünftigen Bundesrichter!«

Beim Klang ihrer Stimme erhoben sich die Gäste und applaudierten. Sie führte ihn zu dem leeren Stuhl am Kopfende des Tisches und ging, während er in die Runde blickte und lächelte, zum Sideboard. Seinen Drink goß sie selbst ein, einen großen Whiskey ohne Eis. Ein paar Schlückchen würden ihn beruhigen, jeder weitere nur die Dämonen heraufbeschwören.

9

Lucille Parker bog scharf nach rechts auf den Parkplatz des Dorchester-Apartmenthochhauses auf dem Wilshire Boulevard ein. Das Regierungsfahrzeug schwankte auf seinen abgenutzten Stoßdämpfern hin und her und neigte sich nach links, als sie ausstieg,

Parker, siebenundfünfzig Jahre alt, war bereits seit zweiunddreißig Jahren für das FBI tätig. Mit ihrer Erfahrung steckte sie die meisten Agenten in dem Außenbüro in Los Angeles in die Tasche. Sie waren alle dankbar, daß sie keine Agentin oder Inspektorin war – vermutlich hätten sie nicht mit ihr Schritt halten können.

Ende der fünfziger und Anfang der sechziger Jahre bot das FBI kein Agentenausbildungsprogramm für Frauen an – schon gar nicht für schwarze Frauen, Lucille Parker hatte froh sein können, als Sekretärin eingestellt zu werden. Den Rest hatte sie sich allein beigebracht, nächtelang gebüffelt, sich klug, geschickt und entschlossen den Weg aus der Tipp-Etage gebahnt, die erste Sprosse auf der Verwaltungsleiter erklommen und während ihres Aufstiegs niemals zurückgeblickt.

Zu dem Zeitpunkt, als sie Logan Smith kennenlernte, hatte sie bereits in nahezu jeder Abteilung des FBI gearbeitet und war gerade die erste Assistentin des Direktors. Smith erkannte, daß ihre Fähigkeiten und ihre Erfahrung weitgehend ungenutzt blieben, und ersuchte den Direktor, eine neue Stelle zu schaffen: die eines Verbindungsofficers im Bereich der Inneren Sicherheit, der die Tätigkeitsfelder der Einheit koordinieren, Daten verarbeiten und auswerten und Aufgaben einer Dringlichkeitsstufe zuweisen würde – als Hirn und Nervenzentrum der Einheit.

Der Direktor hatte Smiths Vorschlag begeistert zugestimmt. Weitaus weniger begeistert war er gewesen, als er dann feststellen mußte, daß Smith Lucille aus seinem Büro abgezogen und ihr den neuen Posten gegeben hatte.

Das Dorchester war ein Gebäude mit Komplettservice. Lucille kannte sämtliche Hausdiener mit Namen und bat den diensttuenden, ihren Wagen vor der Tür stehenzulassen. Sie eilte an dem Pförtner vorbei und nickte ihm stumm zu. Lucille war die einzige Person, deren Besuch in diesem Gebäude niemals vorher angekündigt wurde.

Während der Fahrstuhl in den achten Stock fuhr, ging sie in Gedanken noch einmal ihre Checkliste durch. Alles war vorbereitet und wartete darauf, in die Wege geleitet zu werden. Sie hatte sogar ein wenig zusätzliche Zeit für Logan eingeplant, denn sie wußte, er würde sie brauchen. An diesem Morgen war er aus Idaho eingetroffen. Drei Wochen lang war er John Michael Wright auf den Fersen gewesen, einem weißen Milizführer, der plante, die Freiheitsglocke zu sprengen. Laut Wright war die Glocke nicht länger Symbol für ein Land, in dem die Freiheit gedieh. Er wollte sie zum Zeichen der bevorstehenden apokalyptischen Revolution in die Luft jagen. Man hätte Wright als weiteren Spinner abgetan, hätte er nicht einen mit Sprengstoff beladenen Armeelastwagen überfallen und dabei zwei Soldaten getötet, um anschließend in der Wildnis von Idaho unterzutauchen.

Die Jagd nach ihm dauerte bereits einen Monat, als Logan und die FBI-Einheit für Innere Sicherheit, die er kommandierte, einbezogen wurden. Da Logan viele Jahre im Nordwesten verbracht hatte, nahm er die Verfolgung persönlich auf. In der letzten Woche hatte man nichts von ihm gehört, und sogar Parker, die ihren Chef für unverwüstlich hielt, begann sich Sorgen zu machen. Da wurde ein Funkspruch aufgefangen, daß Wright in einer einsamen Schlucht gestellt und lebend überwältigt worden sei. Ob wohl jemand den Helikopter schicken könne?

Lucille warf einen Blick auf ihre Uhr, als sie den Korridor entlanghastete. Logan hatte nur drei Stunden Schlaf gehabt. Sie tastete in ihrer Jackentasche nach dem kleinen Umschlag mit den Amphetaminen.

Lucille erreichte die Tür am Flurende und drückte zweimal auf die Klingel, die ein leises Glockenspiel auslöste. Da dies nicht annähernd ausreichte, um ihn zu wecken, benutzte sie ihren Schlüssel.

Der Eingangsraum lag neben der Küche und dem Eßzimmer und ging weiter hinten ins Wohnzimmer über, das eine weite Aussicht über die Stadt bot. Lucille war schon so oft hiergewesen, daß sie nicht mehr stehenblieb, um sie zu genießen. Sie ging geradewegs ins Schlafzimmer, in dem aufgrund der geschlossenen Fensterläden völlige Dunkelheit herrschte.

»Nicht sehr professionell.«

Die Stimme aus dem Bett klang wie die eines Frosches mit Kehlkopfentzündung.

»Ist das eine Falte im Bettzeug, oder haben Sie eine Waffe auf mich gerichtet?«

»Das Bettzeug ist es nicht.«

Die Gestalt unter der Decke rührte sich, und das leichte Laken wurde zurückgeworfen. Lucille erkannte die hochgewachsenen Umrisse ihres Chefs, der nur mit Boxershorts bekleidet war. Das Licht, das durch die Tür hereinfiel, glänzte auf dem Lauf der Sig-Sauer in seiner Hand.

»Guten Morgen, Lucille.«

»Guten Morgen, Logan. Am besten nehmen Sie eine Dusche.«

Als er sich nicht rührte, fügte sie hinzu: »Sie zeigen mir nichts, was ich nicht schon mal gesehen habe, also kommen Sie jetzt.«

Logan rollte sich aus dem Bett. In der Stille des Zimmers klickte es laut, als er seine Waffe sicherte. Er richtete sich auf, streckte sich und schüttelte seinen Kopf wie ein nasser Hund.

»Wie schlimm ist es diesmal?«

»Zuerst eine Dusche«, beharrte Lucille.

In der Küche erhitzte sie eine Tasse Wasser in der Mikrowelle, um Tee zu machen. Sie wünschte, es gäbe auch Orangensaft – irgend etwas mit viel Zucker, um seinen Kreislauf anzukurbeln –, aber im Kühlschrank herrschte gähnende Leere.

Als Logan wieder erschien, trug er bequeme Hosen, ein T-Shirt, eine Jeansjacke und neue Nike-Turnschuhe. Lucille dachte, daß dieser Aufzug für den Flug in Ordnung sei. Die letzte Spur des Schlafs, eine widerspenstige Locke sandfarbenen Haars, die über seine Stirn fiel, ließ ihn jünger als einundvierzig aussehen. Auf der Jagd nach Wright hatte er einige Pfunde verloren; Gesicht und Unterarme waren tief gebräunt. Seine Augen blickten so aufmerksam wie immer; Parker merkte, wie er die ihren erforschte. Das war Logans Spezialität: Versuchen, die Fährte aufzunehmen, um die Jagd zu beginnen.

Sie kühlte den Tee mit einem Eiswürfel und reichte ihn ihm mit einer für Pferde ausreichenden Dosis Multivitaminen. Er trank ihn, ohne den Blick von ihr abzuwenden.

Lucille stellte die Tasse weg und nahm seine Hand mit unendlich zärtlicher Geste in die ihre. Sie drückte sie fest und wagte erst dann, es auszusprechen. »Es geht um Mollie, Logan. Sie ist tot.«

Sie merkte, wie er sich versteifte, und hielt weiter seine Hände fest. Sie hörte einen erstickten Laut in seiner Kehle und führte ihn ins Wohnzimmer, wo sie ihn auf das Ledersofa setzte.

»Sie müssen das hier lesen«, sagte sie und reichte ihm eine Akte.

Sie beschäftigte sich mit dem Videorecorder und blickte hin und wieder über die Schulter, um sich zu vergewissern, daß er tat, was sie gesagt hatte. Dann legte sie die Kassette ein und schaltete den Fernseher an. Als sie Logan das nächste Mal ansah, saß er wie versteinert da. Sein Gesicht glänzte vor Tränen, und frische rollten über die Spuren, welche die getrockneten zurückgelassen hatten. Seine Augen schimmerten wie Sterne, die in einer entfernten Galaxie explodierten.

»Spielen Sie es ab«, sagte er.

Es war das Video der Washingtoner Mordkommission, das an der Internationalen Schule aufgenommen worden war. Aus unangebrachtem Mitleid hatte jemand im Büro gemeint, man solle Logan die überarbeitete Version zeigen. Aber Lucille kannte Logan besser. Er hätte die Schnitte sofort bemerkt und ihr heftige Vorwürfe gemacht. Dann hätte er die Originalfassung verlangt, da ihm vielleicht etwas auffallen würde, das allen anderen entgangen war.

Logan sah sich das Video an und wollte es noch ein zweites Mal sehen. Auch das hielt er bis zum Ende durch, schüttelte dann den Kopf und flüsterte: »Oh Mollie, Mollie ...«

Lucille wußte, daß sie ihn antreiben mußte.

»United bietet einen Nonstop-Flug nach Washington an. Wir können es noch schaffen. Sie brauchen nichts. Ich habe dort bereits alles veranlaßt. Die Kleidung, die Sie brauchen ...«

»Kleidung?«

»Sie werden geradewegs zum Weißen Haus gehen.«

»Warum?«

»Irgend etwas, woran Mollie arbeitete, und die Art und Weise, wie sie getötet wurde, hat dort alle in Aufruhr versetzt. Ich werde es Ihnen im Auto erzählen.«

Logan stand auf und sah den Raum um sich herum schwanken. Er atmete tief durch den Mund, um sein Gleichgewicht wiederzufinden. Irgend etwas aus Papier wurde ihm in die Hand gedrückt.

Als er auf den kleinen Umschlag blickte und die Ausbuchtungen fühlte, die von den Tabletten stammten, hörte er Lucille flüstern: »Es tut mir leid, Logan, so wahnsinnig leid ...«

Sie folgte seinem Blick, ging zum Bücherregal und nahm die silbern gerahmte Fotografie von Mollie in die Hand, die sie in einem beeindruckenden Paradedreß vor dem Hintergrund des Meeres zeigte. Darüber stand geschrieben: »Für meinen kleinen Bruder, der immer auf mich aufpaßt. In Liebe, Mollie.«

Lucille klappte den Ständer auf der Rückseite ein und legte den Rahmen sanft mit der Oberseite nach unten zurück.

Rachel wachte um ein Uhr mittags pazifischer Zeit auf. Steif vom Schlaf und der Fahrt, wankte sie wie eine alte Frau ins Badezimmer. Das heiße Wasser massierte ihre Muskeln an Nacken und Schultern und prasselte über ihren Rücken. Als sie aus der Dusche in das dunstverhangene Bad trat, verspürte sie einen Bärenhunger.

Rachel hatte Glück: Sie hatte bereits die Hälfte ihres Omeletts und der Bratkartoffeln gegessen, bevor sie die Zeitung las.

Zum *Cat'n'Cradle*-Café auf der Ocean Avenue mußte sie einen zehnminütigen Fußmarsch durch die erfrischende Luft zurücklegen. Die mittägliche Stoßzeit war schon fast vorbei.

Rachel rutschte auf eine der Bänke, bestellte ihr Frühstück und sah aus dem Fenster. Noch immer viele Touristen hier, dachte sie.

Der Kaffee kam zuerst, dann das Omelett, und während der nächsten Viertelstunde konzentrierte sie sich auf das Essen. Erst, als die Serviette von ihrem Schoß rutschte und sie sich hinunterbeugte, um sie aufzuheben, fiel ihr Blick auf eine Ausgabe des *San Francisco Chronicle*, die jemand zurückgelassen hatte.

Der Bericht über den ermordeten weiblichen Army Officer stand in der unteren linken Ecke auf der Titelseite. Rachels Blick gefror, als sie Mollie auf dem kleinen Foto erkannte; es war die offizielle Fotografie, die die Pressestelle der Army in ihren Akten aufbewahrte.

Rachel mußte die Überschrift zweimal lesen: ARMY OFFICER IN WASHINGTON ERMORDET. Darunter stand: »Über Hintergründe und Motive der Tat tappt die Polizei noch im dunkeln.«

Sie legte die Zeitung neben sich und schob ihr Essen behutsam zur Seite. Mit ihrer Serviette wischte sie das Vinyltischtuch ab und vergewisserte sich, daß es völlig trocken war, bevor sie die Zeitung darauf legte.

»Fertig, junge Frau?«

Die Kellnerin stand neben ihr mit einer Kaffeekanne in der Hand.

»Ja, danke«, preßte Rachel hervor. »Wo ist die Toilette?«

»Geradeaus und dann links, zweite Tür.«

Rachel schaffte es gerade noch rechtzeitig. Sie torkelte zum Waschbecken und lehnte sich gegen die eiskalte Keramik. Sie spritzte sich kaltes Wasser ins Gesicht, erst dann ging ihr Atem ruhiger.

Mollie ist tot. Mollie ist tot. Mollie ist tot.

Die Worte hämmerten in ihrem Kopf wie ein Stakkato. Rachel riß eine Handvoll Papierhandtücher aus dem Spender und drückte sie gegen ihr Gesicht. Als sie aufsah, erblickte sie in dem Spiegel eine Frau, die sie noch nie gesehen hatte.

Das Bild einer Lederjacke mit *Redskins*-Emblem schoß ihr durch den Kopf. Rachel faßte sich mit der Hand an die linke Brustseite.

Meine Waffe.

Sie hatte sie zu Hause in einer Schublade versteckt.

Du brauchst sie nicht! Alles in Ordnung. Er wartet dort draußen nicht auf dich ...

Dessen war Rachel sich sicher. Wann hatte der Kurier Mollie überwältigt, vor zwölf Stunden vielleicht? So schnell konnte er nicht hiersein.

Die Kellnerin warf ihr einen befremdeten Blick zu, als sie zu ihrem Tisch zurückging, ein paar zerknitterte Geldscheine neben ihre Kaffeetasse warf, die Zeitung nahm und fluchtartig das Lokal verließ. Sieben Minuten später verschloß sie atemlos die doppelten Sicherheitsschlösser und legte die Kette vor.

Sie warf die Pullover wahllos auf den Boden, die Schublade lag umgekippt obenauf. Die schwere Waffe in ihrer Hand fühlte sich gut an.

Rachel ging ins Wohnzimmer zurück, schaltete zwei Lampen ein und zog alle Vorhänge zu. Erst dann setzte sie sich und versuchte, sich auf den Zeitungsbericht zu konzentrieren.

Ein halbes dutzendmal las sie die kurze Story. Sie sagte ihr alles und nichts.

Rachel starrte auf das Telefon. Sie mußte sich melden. Mittlerweile hatte das stets in Bereitschaft stehende Untersuchungsteam in Fort Belvoir sie vermutlich als die letzte Person identifiziert, die Mollie lebend gesehen hatte.

Außer dem Mörder.

Der Bericht im *Chronicle* war gespickt mit »Kein Kommentar«, was bedeutete, daß Fort Belvoir keine Ahnung hatte, wer der Mörder war. Ein weiterer Grund für sie, Warrant Officer Collins ausfindig zu machen.

Was soll ich ihnen sagen, wenn ich mich melde? Daß Mollie Aufzeichnungen über North besessen haben muß?

Schlagartig erinnerte sie sich an Mollies Worte: *Ich hatte nicht angenommen, daß das Militär etwas damit zu tun haben könnte, was … was North passiert ist. Aber jetzt bin ich mir da nicht mehr so sicher. Ich weiß nicht, wie hoch die Sache geht, wer sonst noch involviert ist.*

Rachel faßte sich mit beiden Händen an den Kopf und bohrte ihre Fingernägel in die Kopfhaut.

»… Wie hoch die Sache geht …«

Mit diesen Worten hatte Mollie die einzige Möglichkeit verbaut, die Rachel geblieben war. Sie *konnte* sich nicht mehr an die Untersuchungseinheit wenden. Und sie konnte auch nicht zum Fort zurück, weil Mollie geglaubt hatte, daß Belvoir vielleicht eine Giftquelle geworden war.

Okay … was kann ich also tun?

Rachel spürte, wie ihr ein langer, langsamer Schauder über den Rücken lief. Sie wußte, was in ihr vor sich ging: In Krisenzeiten übernahm ihr analytischer Verstand das Kommando und verdrängte jegliche Emotion, die sich ihr in den Weg stellen, tödlich für sie sein konnte.

Irgendwo gab es zwei unschuldige, orientierungslose und ängstliche Menschen, deren einziger Kontakt zur Außenwelt abgeschnitten worden war.

Hast du ihm gesagt, wer wir sind, Mollie? Mein Gott, hat er das noch aus dir herausgeholt?

Rachel rief sich die Gesichter von Copeland und Underwood in Erinnerung, die Arroganz auf dem einen und die Resignation auf dem anderen kaschierten die mühsam beherrschte Angst. Wenn der Kurier Mollie lange genug in seiner Gewalt gehabt hatte, um ihren Willen zu brechen, war er bereits auf dem Weg nach Atlanta oder Phoenix.

So darfst du nicht denken, Kindchen.

Der Ausdruck ›Kindchen‹ war ihr gerade in den Sinn gekommen. So hatte ihr Vater sie immer genannt, selbst dann noch, als sie alt genug gewesen war, sich davon peinlich berührt zu fühlen.

Ihr Vater, der spät in der Nacht aus dem Offiziersclub nach Hause kam. Und Rachel, zwölf Jahre alt, die aus dem Bett sprang und hinunterlief, sobald sie ihn die Außentreppe heraufkommen hörte, und die Tür aufmachte, bevor er dagegen hämmerte. Rachel konnte nicht mehr zählen, wie oft sie ihm hereingeholfen hatte, beinahe zusammenbrechend unter seinem Gewicht, ihn dann, die Alkoholfahne ignorierend, zum Sofa geführt und sich abgewandt hatte, als er ihr einen Kuß geben und ihr seine tränenreichen Dankesworte zuflüstern wollte ...

Kindchen ... Das Kindchen muß etwas unternehmen. Und zwar sofort.

In diesem Moment erinnerte Rachel sich an Mollies Herzproblem, und sie senkte den Kopf. Sollte der Kurier sie angefaßt, geschlagen haben, wäre sie gestorben, ohne ein Wort zu sagen. Dessen war Rachel sich absolut sicher. Daraus ließ sich folgern, daß der Kurier sehr wahrscheinlich nichts in der Hand hatte.

Copeland und Underwood sind noch in Sicherheit. Bis sie in den Nachrichten von Mollie erfahren, den Kopf verlieren und die Aufmerksamkeit auf sich ziehen. Falls sie das nicht bereits getan haben.

Aber kann ich ihm nicht einen Strich durch die Rechnung machen, was die beiden betrifft? Schon ... wenn er nichts in der Hand hat.

Mollie hatte sicherlich Aufzeichnungen über North gemacht. Wo hätte sie sie aufbewahrt?

Nicht im Computer. Aber wo dann? In der Kassette im Rohrschacht? Nein – da wäre sie nicht schnell genug dran gekommen, hätte sie es eilig gehabt. In einem Bankschließfach? Zu offensichtlich.

An dieser Stelle unterbrach Rachel sich. All diese Orte würde das Untersuchungsteam überprüfen. Ihre Gedanken kehrten zu dem schmerzlichen Teil, zu Mollie, zurück, und sie versuchte, so zu denken wie ihre beste Freundin. Als Frau … In dem Untersuchungsteam gab es keine Frau, das war dessen größter Nachteil. Männer konnten die Feinheiten und Nuancen im Leben einer Frau nicht interpretieren. Sie würden in ihren Geheimnissen herumwühlen wie in Schubladen oder Schränken. Und während sie sich auf das Offensichtliche konzentrierten, würden sie das scheinbar Unbedeutende übersehen. Rachel hatte die meisten von Mollies Geheimnissen gekannt, sogar jene, von denen Mollie niemals angenommen hätte, daß Rachel von ihnen wußte.

Du hast Notizen gemacht. Du gehst gründlich und methodisch vor, also hast du das mit Sicherheit getan. Und du hättest sie von den offensichtlichen Stellen ferngehalten, aber ebenso fern von den Geheimnissen, von denen du wußtest, daß andere sie kannten.

Frage: Welches ist das Geheimnis, von dem du glaubtest, daß niemand es kannte?

Rachel ging zu dem Bücherregal neben dem Kamin und zog eine Biographie heraus, suchte im Inhaltsverzeichnis und schlug dann die entsprechende Seite auf.

Der Biograph von General Griffin North hatte dessen Familienstand nur einen Absatz gewidmet, da North bis zum Ende seines Lebens Junggeselle geblieben war. Aber er war kein Mönch gewesen; in den Washingtoner Klatschspalten wurde sein Name mit einigen prominenten sowohl weißen als auch afroamerikanischen Damen der Gesellschaft in Verbindung gebracht. Es gab Bilder von North bei Staatsdinners und Botschaftspartys, stets in Begleitung irgendeiner elegant gekleideten und schmuckbehangenen Frau.

Aber nie mit Mollie.

Mollie, die mindestens fünf Jahre lang Norths Geliebte gewesen war. Vielleicht auch länger, jedenfalls war Rachel damals über dieses Geheimnis gestolpert. Sie hatte Mollie zu Thanksgiving die Schlüssel zu dem Haus in Carmel gegeben, da Mollie gesagt hatte, sie wolle ein wenig ausspannen. Dann hatte Rachel ihre eigenen Urlaubspläne geändert und war auch nach Carmel gefahren. Dort hatte sie an einem nebelverhangenen Morgen, als sie in die Straße einbog, General North gesehen, der, in einen Morgenmantel gekleidet, auf die Veranda trat und die Zeitung hereinholte.

Rachel hatte nie ein Sterbenswort darüber verloren. Zu niemandem. Nie. Auch nicht, als sie Mollies Schmerz sah und sie trösten wollte.

Dies mußte der Schlüssel zu Mollies weiteren Geheimnissen sein. Sie und North mußten einen bestimmten Ort gehabt haben, wo sie sich zurückziehen oder zumindest treffen konnten. Es könnte ein sehr privater Ort oder irgendwo offen in einer Stadt gewesen sein, in der niemand ihre Gesichter kannte und sich auch nicht darum scherte. Der einzige Faktor, der ihre Möglichkeiten einschränkte, war die Rasse. Mollie und North hatten mit Sicherheit einen Ort gewählt, an dem ein schwarz-weißes Pärchen nicht aufgefallen wäre.

Rachel wußte, daß sie dort finden würde, was sie brauchte, um die beiden aufzustöbern, deren Informationen Mollie das Leben gekostet hatten.

Zweiter Teil

10

Jessup hängte den Hörer ein. »Das war die Pacific Bell in San Francisco.«

»Sind sie sicher, daß sie dort ist?« fragte Dawes.

»Sie sagten, sie hätte gestern den Marinestützpunkt in Monterey für die örtliche Wettervorhersage angerufen.«

Dawes sah Jessup an. Jessup erwiderte den Blick.

Schließlich meinte Dawes: »In einer Stunde startet eine C-5 in Andrews. Die kann ich gerade noch schaffen, dann bin ich in viereinhalb Stunden in San Francisco. Von dort ist es nur noch etwa eine Stunde bis Carmel – so wie ich fahre.«

Rachel stand schon an der Haustür, als sie innehielt und zum Telefon zurückblickte. Es hatte kein einziges Mal geklingelt, und der Anrufbeantworter zeigte kein Gespräch an. Sie hatte mit einem Anruf aus Fort Belvoir gerechnet, entweder von Jessup oder von einem der Ermittler. Da sie sowohl den Anruf als auch seine Konsequenzen fürchtete, hatte sie nicht vorgehabt, das Gespräch entgegenzunehmen.

Aber es war nicht gekommen, und Rachel wunderte sich. Mittlerweile hatte man sicherlich ihre Personalakte studiert. Die Einzelheiten über das Landhaus in Carmel waren darin auch enthalten. Technisch gesehen war sie wohl als vermißt gemeldet. Irgend jemand hätte die Telefonnummer heraussuchen und versuchen müssen sie anzurufen.

Warum war das nicht geschehen?

Rachel überdachte die Situation und versetzte sich in die Lage der Ermittler. Warum hielten sie sich zurück?

Weil sie mir keinen Wink geben wollen? Ein höherer Offizier – meine Vorgesetzte – ist ermordet worden, und dem CID ist nicht klar, was ich damit zu tun habe. Vielleicht ist es besser, auf Nummer Sicher zu gehen und jemanden persönlich zu schicken, für den Fall, daß ich hier herumgeistere ...

Rachel wußte, daß sie so denken würden. Ihr fiel ein, daß sie in Monterey wegen der Wettervorhersage angerufen hatte. Also wußten sie genau, daß sie hier war. Sie wollten sie überraschen.

Bei diesem Gedanken wurde sie ärgerlich. Ihre Hand glitt zu der Waffe im Schulterhalfter, ein kalter, harter Trost. Sie vergewisserte sich, daß die Alarmanlage eingeschaltet war und trat dann in dem Bewußtsein aus der Tür, nicht zurückzukommen.

Rachel fuhr mit dem gemieteten Mustang ins Zentrum des kleinen Ortes. Die Stadtbibliothek spiegelte den Wohlstand der Gemeinde wider. Das Gebäude aus Ziegeln und Rotholz war von einem bekannten kalifornischen Architekten entworfen worden, und das Computersystem war das beste, was Redmond zu bieten hatte. Eine junge Bibliothekarin mit einer Zweistärkenbrille und einer Ponyfrisur führte Rachel zu einem Arbeitsplatz, fragte, ob sie behilflich sein könne, und ließ sie dann allein.

Rachel war nicht so dumm zu versuchen, sich in Mollies Computer in Belvoir einzuklinken. Mittlerweile galt für ihn mit Sicherheit Alarmstufe Rot. Aber es gab noch einen anderen Weg, wie sie herausfinden konnte, was sie wissen mußte.

Sie wählte die Datenbanken des zivilen Reisebüros an, das die Angelegenheiten des Militärs für den Ostteil des Landes regelte. Im Suchverzeichnis gab sie Mollies Namen und Rang ein, ignorierte die offiziellen Reisen, die Mollie im letzten Jahr unternommen hatte, und konzentrierte sich ausschließlich auf ihre Urlaubstrips.

Der Computer spuckte detaillierte Reisebeschreibungen

zu sechs Orten aus. Während der Drucker ratterte, wiederholte Rachel das Ganze mit General Griffin Norths Namen. Dann lehnte sie sich zurück und las die Angaben zu Mollie. Drei der Ziele, alle in Florida, kannte sie. Mollie hatte eine Collegefreundin besucht, die gerade ein Kind bekommen hatte. Die anderen drei waren interessanter: das Homestead in Hot Springs, Virginia; das Greenbrier in White Sulphur Springs, West Virginia; Pinehurst in North Carolina.

Rachel wußte sofort, was diesen Orten gemeinsam war, aufgrund der einzigen Leidenschaft ihres Vaters: Golf. Alle drei Orte verfügten über hervorragende Golfplätze.

Aber Mollie spielte kein Golf.

Rachel nahm das Blatt über North aus dem Drucker. Wie erwartet war der General ein wenig mehr gereist. Dann sprangen Rachel die drei gleichen Hotels ins Auge. Offenbar war North der Golfbegeisterte gewesen.

Okay, immer mit der Ruhe ... Es ist ein Anfang; es kann der Volltreffer oder auch purer Zufall sein.

Rachel überprüfte, wann Mollie und North diese Hotels besucht hatten. Die Zeiten stimmten teilweise überein. Manchmal kam Mollie als erste und reiste nach ihm wieder ab, manchmal traf North zuerst ein und blieb noch dort, nachdem Mollie bereits ausgecheckt hatte. Aber die Daten überschnitten sich.

Rachel lehnte sich zurück und überdachte das Ganze. Es konnte alles Zufall sein, aber das glaubte sie nicht.

Warum also hatten Mollie und North diese exklusiven, abgelegenen Ferienhotels ausgewählt? Rachel stellte sich Mollie in dem geschichtsträchtigen Homestead vor, dessen Hauptgebäude 1766 errichtet worden waren. Sie paßte gut dorthin. Sie würde zwar nicht als Südstaatenschönheit durchgehen, aber sicherlich als Karrierefrau von der Ostküste.

Und North? Wie wohl hätte er sich gefühlt, umgeben von Antebellum-Erinnerungsstücken und den vielsagenden

Blicken der Leute dort im tiefen Süden ausgesetzt? Rachel erkannte plötzlich, daß die Pracht dieser Hotels für North perfekt war. Vermutlich hatte er Zivilkleidung getragen und wie ein wohlhabender schwarzer Geschäftsmann ausgesehen. Das überdurchschnittlich gut geschulte Personal würde sämtliche Vorurteile bei Arbeitsantritt vergessen. Sie waren daran gewöhnt, mit prominenten oder gut betuchten Schwarzen umzugehen, bekannten Sportlern oder Entertainern, die sich das Hotel leisten konnten ...

Ja, diese Umgebung war das Richtige für North. Aber die beiden *zusammen?* Rachel stellte sich Mollie und North vor, die in der Cocktaillounge saßen und sich angeregt unterhielten wie irgendwelche Offiziere, die Kriegsgeschichten austauschten. Da war nichts Ungewöhnliches dabei. Aber keine Berührung, auch kein längerer Augenkontakt und nichts in ihrer Stimme, das ihre Liebe, das Verlangen und die Lust verraten hätte. Es muß eine Qual gewesen sein, dachte Rachel. Vor allem später, in der Nacht, wenn sie eines von zwei Zimmern ansteuerten und sich noch einmal vergewisserten, daß niemand im Gang war. Und am nächsten Morgen, wenn einer von ihnen sich hinausschlich wie ein Schüler aus dem Schlafsaal, in sein oder ihr Zimmer zurückging, um das Bett zu durchwühlen, die Dusche anzustellen und ein paar feuchte Handtücher für das Zimmermädchen zurückzulassen.

Rachel stopfte die Computerausdrucke in ihre Jeanstasche und ging zu einem Münztelefon. Zuerst rief sie das Homestead in Hot Springs an.

»Hier spricht Warrant Officer Collins aus dem Büro von Major Smith in Fort Belvoir. Sie hat mich gebeten, ihre Reservierungen zu überprüfen, aber leider hat sie mir kein Datum genannt.«

»Kein Problem, junge Frau.« Der Südstaaten-Singsang in der Stimme am anderen Ende ließ sie an Spitzendeckchen und bunte Stofftiere denken. »Das finden wir heraus.«

»Es geht um Major *Mollie* Smith.«

Rachel hatte weder im Homestead noch im Pinehurst Resort oder im Countryclub in North Carolina Glück. Mollie war zwar dort gewesen, hatte aber nicht für einen weiteren Besuch reserviert. Rachel spürte bereits, wie sich ihre Hoffnung in Rauch auflöste, als sie das Greenbrier in West Virginia anrief.

Dort erklärte ihr ein fröhlicher junger Mann, es stimme, man erwarte Major Smith in zehn Tagen. Die Reservierung sei bereits im Juli während ihres letzten Aufenthalts eingetragen worden. Ob Major Smith ihre Reisepläne geändert habe?

Die Frage schnitt Rachel wie ein Messer ins Herz, aber sie riß sich zusammen und sagte, alles sei in bester Ordnung. Major Smith werde wie geplant eintreffen. Rachel war nicht so töricht anzunehmen, daß sie die einzige war, die in Mollies Reisen herumschnüffelte. Da gab es den Kurier und vielleicht jemanden aus Belvoir, falls er oder sie etwas auf dem Kasten hatte.

Nun kam der schwierige Teil. Rachel hatte den Eindruck, der Angestellte bemühe sich, alle Wünsche zu erfüllen. Wenn sie die Sache richtig anpackte, würde er vielleicht keinen Aufstand machen und seinem Chef nicht die Verantwortung zuschieben.

»Major Smith bittet mich, Sie nach dem Material zu fragen, das sie in Ihrem Tresor zurückgelassen hat. Ich glaube, sie sagte, es würde im Fach der Hotelleitung aufbewahrt.«

Die Stille am anderen Ende der Leitung ließ Rachel befürchten, die Verbindung sei unterbrochen, doch dann hörte sie das Klappern einer Tastatur.

»Mmmm ... ja, hier gibt es einen Vermerk. Lassen Sie mich einmal schauen ... Hier ist es. Major Smith hat etwas bei uns zurückgelassen.«

»Oh, gut. Sehr gut ...«

Rachel überlegte kurz, wie sie dieses Spiel weiterspielen konnte. Die nächsten Worte drohten aus ihr herauszusprudeln, aber sie schaffte es, einen klaren, beiläufigen Tonfall anzunehmen.

»Major Smith bat mich, die Unterlagen bei Ihnen abzuholen.«

Rachel wußte zwar nicht, ob es sich um Unterlagen handelte, aber die Chance schien groß zu sein. Im Geiste sah sie einen versiegelten Umschlag aus festem Papier, der in den Tiefen eines großen antiken Tresors lag, einem mit Schneckenverzierung und abblätterndem Blattgold auf der Tür.

»Tut mir leid, aber ich darf den Inhalt nur dem betreffenden Gast aushändigen.«

»Was sagten Sie?«

Der Angestellte verstand ihre Nachfrage wörtlich und wiederholte sich.

»Ich bin Major Smiths Assistentin«, erklärte Rachel, die ihre Geduld auf eine harte Probe gestellt fühlte. »Sie hat mir den ausdrücklichen Befehl erteilt, diese Papiere abzuholen.«

»Ma'am, es tut mir wirklich leid, aber der Umgang mit dem persönlichen Eigentum unserer Gäste ist für uns verbindlich geregelt.«

»Ich könnte eine Vollmacht mitbringen«, sagte Rachel, angestrengt bemüht, sich ihre Verzweiflung nicht anmerken zu lassen. Mollies Unterschrift konnte sie fälschen, das war kein Problem.

»Tut mir leid, aber ich glaube nicht, daß das ausreicht. Vielleicht möchten Sie mit dem Direktor sprechen?«

»Nein, vielen Dank. Ich werde versuchen, Major Smith zu erreichen, damit sie Sie selbst anruft.«

Rachel wollte es sich nicht mit dem Angestellten verscherzen. Vielleicht brauchte sie ihn noch einmal; es war besser, einen guten Eindruck zu hinterlassen.

»Vielen Dank für Ihre Hilfe, Mr. ...«

»Clark. Stenton Clark.«

»Danke, Mr. Clark. Ich melde mich wieder.«

Rachel hängte ein und ging zu der Espressobar eine Etage tiefer. Während sie an ihrem koffeinfreien Kaffee nippte, überdachte sie ihre nächsten Schritte. Es ging auf fünf Uhr zu. Sie konnte nach San Francisco fahren und den Mietwagen am Flughafen stehenlassen. Von dort nonstop zum Dulles International. Bargeld für den Trip konnte sie in einer Bankfiliale in der Nähe des Flughafens abheben.

Von Dulles könnte sie ein Taxi zu einem nahe gelegenen Einkaufszentrum nehmen. In ihrer jetzigen Kleidung konnte sie sich nicht im Greenbrier blicken lassen. Ein kurzer Zwischenstop in einem Motel oder Apartmenthotel war auch angebracht, um eine Dusche zu nehmen und ein wenig Proviant für unterwegs zu besorgen. Dann mußte sie sich überlegen, wie sie nach West Virginia kommen sollte.

Rachel trank ihren Kaffee aus und verließ die Bibliothek. Herbstnebel zog auf, die Kälte kroch unter ihre Windjacke. Sie blickte prüfend die Straße hinauf und hinunter, Ausschau haltend nach einem einzelnen Mann, der den Anschein erwecken wollte, einen Einkaufsbummel zu machen. Aber sie sah nur Ortskundige, die auf der Ocean Avenue hin und her eilten.

So schnell ist er nicht, sagte Rachel sich. *So schnell kann er gar nicht sein.*

Trotzdem mußte sie in Bewegung bleiben, aber ohne Kreditkarten, die eine Fährte im Computer hinterließen. Rachel wußte nicht, welche Möglichkeiten der Kurier hatte. In den Kartencomputer einer Bank einzudringen war nicht leicht, aber die richtige Person schaffte es. Ohne jede Anstrengung. Und dann auftauchen wie eines dieser idiotischen Schachtelteufelchen, wenn sie gerade nicht hinsah.

»Da hast du dich geschnitten, mein Freund.«

Rachel merkte erst, daß sie laut gesprochen hatte, als ein älterer Herr verdutzt vor ihr zurückwich.

Logan Smith nahm seinen Platz in der ersten Klasse der United's-Maschine ein. Kurz nach dem Start wurde das Kabinenlicht gedimmt, und ein Spielfilm wurde gezeigt. Logan schob das Tablett weg, baute seinen Laptop auf und begann mit der Arbeit.

Er verspürte einen kaum vorstellbaren Schmerz, so, als wäre ein riesiges Loch in ihm, an den Rändern ausgefranst. Und durch dieses Loch blies ein furchtbarer Wind, zerrte an den Nerven, ähnlich wie ein tiefes Luftholen Schmerzen an einem faulen Zahn verursacht. Ihm war klar, daß er sich beschäftigen mußte. Er konnte sich nicht den Luxus leisten, an Mollie zu denken, so wie sie gewesen war; er mußte die Erinnerungen, die ihn zu überwältigen drohten, zurückdrängen. Solange er nicht genau wußte, was passiert war, konnte er nicht trauern. Aber sobald der erste Kummer überwunden war, würde er den Unbekannten, den Mörder suchen. Sein Auffinden würde das Ende bedeuten. Logan wollte ihn nur dann lebend fassen, wenn zu diesem Zeitpunkt die Frage, warum Mollie ermordet worden war, noch nicht geklärt wäre.

Logan wählte zu Lucille im Büro durch. Er war erleichtert zu sehen, daß seine Hände nicht mehr zitterten. In der Stille der Kabine, eingetaucht in die Farben des Bildschirms, begann Logan Smith mit dem, was er am besten konnte.

Er hatte seine Karriere beim FBI vor fast zwanzig Jahren sofort nach dem College begonnen. Es war eine bewegte Zeit gewesen; man war gerade dabei, die Spinnweben zu entfernen und die Institution aus ihrem von Hoover zu verantwortenden Koma zu holen. Smith, der sein Knie auf dem Baylor-Footballfeld ruiniert hatte und nie Profispieler werden würde, entdeckte, daß er ein natürliches Talent für die Jagd besaß.

Seine Ausbilder in Quantico hatten ihn schon bald zur Kriminalpolizei des FBI geschickt. Er verbrachte mehr als zwei Jahre im Hoover Building, in jenem ausbesserungsbedürftigen Tetraeder an der Pennsylvania Avenue, wo er für den diensttuenden Direktionsassistenten den Wasserträger spielte. Dann erfuhr er zufällig von dem Aufruhr auf dem Baltimore-Washington International Airport wegen einer versuchten Flugzeugentführung. Smith traf als erster Agent am Schauplatz unmittelbar nach dem Einsatzkommando ein. Da dieses für Bundeseinsätze nicht zuständig war, ergriff Smith kurzerhand das Gewehr eines Scharfschützen und zerschoß den Reifen am Bugfahrwerk. Vier Stunden später gingen einige FBI-Unterhändler an Bord und kamen mit einem Buchhalter wieder heraus, der seinem Arbeitgeber eine halbe Million Dollar unterschlagen und es geschafft hatte, seine Flucht zu verpfuschen.

Die Aufmerksamkeit der Medien galt den Unterhändlern, aber Smith gebührte die Ehre. Er arbeitete sich schnell nach oben und begann, sich auf brenzlige Situationen zu spezialisieren, die Verstand *und* körperlichen Einsatz erforderten ... Sieben Jahre lang jagte er Räuberbanden kreuz und quer durch das Land. An seinem dreißigsten Geburtstag wurde er bei einer Schießerei in Pittsburgh im oberen Brustbereich verletzt und war erstaunt, seine eigene Sterblichkeit erkennen zu müssen.

Es ging stetig bergauf, er wurde befördert und schließlich zum FCI, dem Spionageabwehrdienst, versetzt.

Smith machte sich an die Arbeit und jagte Spione. Sein bevorzugtes Hilfsmittel waren weder Waffen noch Abhöreinrichtungen, sondern einige Freunde im Finanzministerium, insbesondere in der Bundessteuerbehörde. Er studierte die Fälle des FCI zurück bis zum Jahre 1919, als diese Abteilung zur Aufspürung von Anarchisten und Kommunisten gegründet worden war. Er gliederte die Fälle nach Operationen gegen Nazi-Saboteure, den KGB und inländische Gruppierungen wie den Ku Klux Klan oder die Weathermen. In vielen Fällen hatte sich eine verdeckte Überwachung als lohnenswert herausgestellt, aber als Beweis vor Gericht zählten allein die dokumentarischen Aufzeichnungen.

»Verfolge das Geld«, wurde Smiths Wahlspruch. Welcher Staatsbedienstete fuhr plötzlich in einem Jaguar durch die Gegend, schickte seine Kinder auf Privatschulen oder hatte ein Grundstück bar bezahlt? Warum kaufte seine Frau nun bei Neiman-Marcus und nicht mehr bei Macy's ein? Und was war mit diesen Winterurlauben in Luxushotels in der Karibik, wohin man erster Klasse flog?

Smith verfolgte das Geld und setzte auf die Schwächen und die Gier derjenigen, die ihr Land zur Plünderung freigaben. Er lernte, daß Menschen zwar vollendete Intrigen spinnen und perfekt konspirativ arbeiten konnten, jedoch stets durch Banalitäten in Versuchung geführt und letztendlich überführt wurden. Aufgeflogen wegen einer goldenen Rolex. In einigen Fällen, in die Armeebedienstete verwickelt waren, hatte er sogar mit Mollie zusammengearbeitet ...

Daran wolltest du nicht denken.

Er konzentrierte sich wieder auf die Informationen, die auf seinem Laptop erschienen. Lucille sandte die letzten Neuigkeiten der Washingtoner Mordkommission und des CID: Im Grunde genommen nur eine Wiederholung, da die ausführenden Behörden nichts Neues zu berichten hatten und noch immer das gleiche brachliegende Feld pflügten. Aber dann wurde der offizielle Autopsiebericht durchgegeben.

Er holte tief Luft, seine Nasenflügel weiteten sich. Tränen traten in seine Augen und verschleierten seinen Blick. Mollie war sehr schnell gestorben. Der pharmakologische Bericht analysierte das Narkotikum in ihrem Blutkreislauf und ließ vermuten, daß sie nach dem Einstich der Nadel nicht länger als fünfzehn Sekunden gelebt hatte. Alle weiteren Verletzungen waren ihr aus Wut nach ihrem Tod zugefügt worden.

Smith ging den pharmakologischen Bericht zweimal durch. Er hatte von einigen Variationen dieses chemischen Cocktails gehört, aber noch nie von jener besonderen Mischung. Er wußte, daß er von Vernehmern eingesetzt wurde, die Informationen von ihren Opfern erhalten wollten. Und dieser Vernehmer kannte sich aus – er hatte die richtige Dosierung gewählt. Aber er hatte nichts von Mollies schwachem Herzen gewußt.

Kenne ich dich? Bist du ein Feind von mir? Hast du Mollie überwältigt, weil du dachtest, sie wüßte etwas ... vielleicht, wieviel ich über dich weiß? War es Angst oder Rache?

Smith beugte sich vor und hackte mit den Fingern auf die Tasten, um sich eine Liste sowohl der offenen als auch der abgeschlossenen Akten der letzten zwei Jahre anzeigen zu lassen. Zwei Stunden lang arbeitete er konzentriert und ging die Fotografien von Männern und drei Frauen durch, die er aus der Familie der Menschheit ausgesondert hatte. Hinter ihrem spöttischen Gesichtsausdruck war ihnen allen eine gewisse Verzweiflung abzulesen. Er kannte ihre Wut und ihre Verachtung; er hatte gesehen, wie sie staatliche Verwaltungsgebäude in die Luft jagten, in denen sich Frauen und Kinder aufhielten, und ihren irrationalen Haß an Unschuldigen ausließen.

Immer wieder kehrte der Gedanke zurück, den er stets bei Verfolgungsjagden hegte: *Wie ist es dahin gekommen, daß wir uns so abgründig hassen?*

Smith überprüfte ausgiebig die Familien der von ihm festgenommenen Personen. Zurück in Los Angeles war Lucille ihm einen Schritt voraus und fütterte seinen Laptop mit den Hintergrundinformationen aus den Computern im tiefsten Inneren des FBI-Gebäudes – eine malerische Abfolge von verärgerten Gesichtern und Aufzeichnungen über gefährliche Personen, deren Verwandte Smiths Namen aus den Zeitungen und Zeitschriften kannten. Bis Anfang der neunziger Jahre hatte niemand die Arbeit der inländischen Terrorismusbekämpfer beachtet. Dann kamen Unabomber, Waco und Ruby Ridge ins Spiel, und plötzlich wurden Smith und die von ihm geschaffene Einheit interessant. Nach seinen ersten Begegnungen mit den Angehörigen der Männer, die er verfolgt und festgenommen hatte, war er froh gewesen, einen solch schlichten Nachnamen zu tragen.

Smith rief ein halbes Dutzend Namen aus den Listen ab, ging sie erneut durch und schloß bis auf zwei alle aus. Er war darauf bedacht, in diesem Stadium kein festgelegtes oder voreiliges Bild seines Zielobjekts zu formen. Aber er war sicher, es mit jemandem zu tun zu haben, der über grundlegende Kenntnisse verfügte, die mit medizinischer Schulung, pharmazeutischem Wissen und spezieller Ausbildung in einer geheimen Operationseinheit der Regierung einhergingen. Mit jemandem, der alles über chemische Cocktails wußte.

Smith gab die fraglichen Namen an Lucille durch und ging dann nach vorne, wo die Flugbegleiterinnen neben den Getränkewagen auf heruntergeklappten harten Sitzen saßen. Er schüttelte den Kopf, als eine Stewardeß aufspringen wollte, und schenkte sich selbst ein Club Soda ein. Dieses und ein zweites Glas trug er zu seinem Platz zurück.

Jetzt kam der schwierige Teil: Noch zwei Stunden auf die Landung warten. Er konnte nichts mehr tun, da er nicht wußte, was ihn in Washington erwartete.

Mollie war tot. Der Präsident wünschte ihn zu sehen. Und hinter dem Präsidenten stand Richter Simon Esterhaus. Smith wußte wenig über diesen Kandidaten für das Bundesgericht, der den Vorsitz bei der Untersuchung des Todes von General Griffin North übernommen hatte.

Die Verbindung zwischen Esterhaus und North war offensichtlich, das Interesse des Präsidenten am Kommissionsbericht verständlich. Aber was hatte seine Schwester damit zu tun? Soweit ihm bekannt war, hatte sie weder den Präsidenten noch Esterhaus oder North je kennengelernt. Aber offenbar gab es eine Verbindung – und zwar eine, die viel zu heikel war, um erwähnt zu werden, es sei denn, hinter den geschlossenen Türen des Weißen Hauses.

Worauf bist du gestoßen, Mollie? Worüber bist du gestolpert? Wer hat zurückgeschlagen und dich vernichtet?

11

Steven Copeland suchte eine Villa in Buckhead. Eigentlich hatte er nur den Vormittag mit der Immobilienmaklerin verbringen wollen, aber die Sache lief so gut, daß ein gemeinsames Mittagessen und eine weitere Besichtigungsrunde am Nachmittag nur natürlich erschienen.

Es war fast vier Uhr, als die Maklerin ihn an seinem Hotel, dem Ritz-Carlton, absetzte. Die Taschen vollgestopft mit Broschüren und Preisübersichten, stieg er aus. Zweimal rang sie ihm das Versprechen ab, sie anzurufen, sobald sein bevorstehendes Geschäft unter Dach und Fach sei.

Copeland erwiderte die Grüße der Pagen und nickte dem Empfangschef zu, der ihn mit Namen ansprach. Der Aufenthalt in Ritz-Hotels war ein Vergnügen. Hier hatte er eine hübsche Suite mit Blick über die Skyline von Atlanta, den er nun genoß, während er die Papiere aus seinen Taschen holte und auf den Schreibtisch legte. Er öffnete die Türen des Fernsehschranks und schaltete WXIA ein, einen Tochterkanal der NBC. Die Worte der Nachmittagsnachrichten folgten ihm in das marmorne Badezimmer.

Copeland griff gerade nach der Tür der Duschkabine, als er hörte, wie die Nachrichtensprecherin von einem Mord in Washington sprach … Er schnappte sich ein Handtuch, wickelte es um seine Hüften und trabte ins Wohnzimmer zurück – gerade rechtzeitig, um zu hören, wie der Washingtoner Korrespondent des Senders begann, ausführlich über den brutalen Mord an einem weiblichen Army-Officer in der Internationalen Schule von Georgetown zu berichten.

Copelands Blick wanderte zu dem Anrufbeantworter. Das rote Nachrichtenlämpchen blinkte nicht. Mollie hatte gesagt, sie würde heute anrufen, ganz früh. Sie hatte es versprochen.

Jetzt wurde Mollies Name genannt … Zu Motiv oder Tatverdächtigen hätten weder die Polizei noch die Ermittler der Army irgendwelche Hinweise.

Der Bericht endete mit der üblichen Phrase: »Die Untersuchungen laufen, und die Behörden rechnen bald mit weiteren Erkenntnissen.«

Copeland sank auf die Armlehne eines Sessels und schaltete auf CNN um. Hier waren die Nachrichten bereits vorbei, und es lief *Dollars & Sense.*

Copeland schaltete mit der Fernbedienung den Ton ab und griff zum Telefon. Der Mann am Telefon versicherte ihm, daß ihm sowohl die *Washington Post* als auch die *New York Times* unverzüglich gebracht werden würden.

Seine Hand zitterte so stark, daß er mehrere Versuche brauchte, um den Hörer richtig auf die Gabel zu hängen. Ihm war plötzlich sehr kalt. Er lief ins Badezimmer zurück und zog den vom Hotel zur Verfügung gestellten dicken Frottee-Bademantel an. Ihm war nicht bewußt, daß er sich so hastig bewegte, weil seine Gedanken rasten und um das Bild von Major Smith kreisten, wie sie, ihre Augen gefüllt mit einem Zorn, den sie nicht in Worte zu fassen wagte, in dem stickigen Raucherraum des Flughafens stand und sich vergewisserte, daß Copeland zur Abreise bereit sei.

Er sah wieder auf den Bildschirm. Verschwommen nahm er die Sport-Höhepunkte vom Tage wahr.

Mollie … wie sie ihm in dem grellen Licht der Flughafenhalle ruhige, professionelle Ratschläge gab und dabei auf ihre Füße starrte. *Was nützen ihre Ratschläge jetzt noch? Sie hätte sich selbst welche geben sollen. Diese verfluchte Besserwisserin – so umgebracht zu werden!*

Von dem Mann, vor dem sie uns versteckte? Copeland konnte sich das nicht vorstellen. Die Nachrichten hatten von einer Verstümmelung, einer erschütternden Tat gesprochen. Zufall. Schlechtes Timing. Das Pik-As, das im Stock lag. *Es hat nichts mit dem zu tun, warum ich hier sitze!*

Copeland preßte sich den Frottee-Ärmel des Bademantels in den Mund und biß in seinen Unterarm. Trotz des dicken Stoffs spürte er, wie sich die Schneidezähne in sein Fleisch bohrten.

Weit entfernt hörte er durch einen roten Schleier das Klopfen. Er stolperte zur Tür, riß sie auf und bemerkte den verdutzten Gesichtsausdruck des Hotelpagen nicht. Copeland gab ihm ein paar Dollar, schnappte nach den Zeitungen, schlug die Tür wieder zu und legte den Riegel vor.

Minuten später lagen die Zeitungsseiten auf dem Fußboden im Wohnzimmer verstreut. Die beiden Artikel über den Mord hatte er herausgerissen. Mit gekreuzten Beinen saß er auf dem Sofa und las.

Mollie Smith war tot: Das war die einzige Gewißheit, die er hatte. Die Fotos in den Zeitungen ließen daran keinen Zweifel. Copeland war klar, daß Mollie nicht mehr die Möglichkeit gehabt hatte, ihn anzurufen, wenn der Coroner mit seiner Einschätzung des Todeszeitpunkts recht hatte. Nach seiner Überlegung hatte sie es kaum geschafft, aus dem Flughafengebäude zu treten, bevor man sie geschnappt hatte.

Copeland rauchte und trank nicht, aber nun verspürte er das dringende Bedürfnis nach *irgend etwas.* Beth … er brauchte Beth, er mußte mit ihr sprechen, ihre Stimme hören. Er rechnete die Zeit in Arizona aus und ging die simple

Rechenaufgabe dreimal im Kopf durch, bevor er sich ihres Ergebnisses sicher war. Okay, vielleicht schlief sie noch. Sie hatte noch weiterfliegen und dann noch mindestens zwei Stunden fahren müssen, oder auch länger, falls sie unterwegs irgendwo angehalten hatte.

Oder sie ist tot.

Copeland rannte ins Badezimmer und erbrach sein Mittagessen. Schluchzend stellte er die Dusche an und blieb reglos unter dem dampfend heißen Wasserstrahl stehen, bis er sich völlig kraftlos fühlte. Dann zog er den Bademantel wieder über und ging ins Schlafzimmer. Er setzte sich auf die Bettkante und starrte das Telefon an.

Die Nummer in Arizona kannte er auswendig, das war nicht das Problem. Aber er traute sich nicht anzurufen, weil er nicht wußte, wer abnahm – wenn überhaupt jemand abnahm.

Allerdings konnte er etwas anderes tun, um sich zu beruhigen, etwas durchaus Praktisches, das Mollie nun von ihm erwartet hätte. Er wählte die Nummer, die sie ihm eingeprägt hatte. Er mußte die Zahlen zweimal eingeben, da er beim ersten Mal vergaß, die ›8‹ für Ferngespräche zu drücken.

Irgendwo im Vorwahlbereich 703 klingelte ein Telefon. Copeland konnte nur vermuten, jedoch nicht wissen, daß diese Leitung direkt zu Mollies Wohnung in Fort Belvoir führte. Oder daß sie im Umschaltzentrum der Bell Atlantic in Baltimore vom CID angezapft wurde.

Selbst wenn Copeland diese Information gehabt hätte, hätte er nicht wissen können – ebensowenig wie das CID in Fort Belvoir oder die Telefongesellschaft –, daß Mollies Leitung in ihrer Wohnung angezapft worden war. Nachdem der Techniker Mollies Kassette durchgesehen hatte, war er zum hinteren Ende des Rohrschachts vorgedrungen, wo das unterirdisch verlegte Telefonkabel in die Anschlußbuchse lief. Dort installierte er eine magnetische Abfangvorrichtung. Für dieses Gerät mußte der Anrufer fünfunddreißig Sekunden in der Leitung bleiben, bevor es die Nummer zurückverfolgen konnte. Beim zehnten Klingeln von Copelands Anruf waren zweiundzwanzig Sekunden verstrichen.

Er wäre auch noch länger am Apparat geblieben, hätte, den Hörer gegen die Stirn gepreßt, verzweifelt über seinen nächsten Schritt nachgedacht. Beim elften Klingeln jedoch hob jemand ab.

»Hallo?«

Copeland war so überrascht, daß er beinahe geantwortet hätte. Aber es war die harte Stimme eines Mannes, und Mollie hatte gesagt, daß niemand anders auf der ganzen Welt diese Nummer kenne. *Polizei!* schoß es Copeland durch den Kopf, und er warf den Hörer auf die Gabel.

Der Digitalzähler der Abfangvorrichtung blieb bei 33 stehen.

Als Copeland das nächste Mal auf seine Uhr schaute, war eine halbe Stunde vergangen. Er erhob sich vom Bett, nahm ein Sodawasser aus der Minibar und trank. Mollie war tot. Irgend jemand überwachte ein Telefon, von dem sie ihm versichert hatte, daß es absolut sicher sei.

Er öffnete die Schiebetür zum Balkon und trat in die Abenddämmerung hinaus. Der Sonnenuntergang über Atlanta schimmerte so, wie auch General Grant es gesehen haben mußte. Copeland dachte an Beth. Sie lebte, das konnte er spüren. Was immer in Washington geschehen war, hatte sie nicht berührt.

Und das wird es auch nicht.

Dieses Bewußtsein erfüllte Copeland mit unbändiger Freude. Wenn Mollie irgend jemandem von ihm und Beth erzählt hätte, wäre er bereits tot oder von irgendwem gefangen. Die Flugzeit zwischen Washington D. C. und Atlanta betrug eine Stunde und fünfzig Minuten. Jeder, der nach ihm suchte, wäre jetzt bereits hier.

Mollie war also tot, und vielleicht hatte sie das Geheimnis über ihn und Beth mit ins Grab genommen. Sie waren in Sicherheit, zumindest im Moment. Und lange genug, um sich zu sammeln, die Panik zu überwinden und die Situation zu durchdenken. Mollie *konnte* nicht die einzige sein, die Bescheid gewußt hatte. Es mußte Berichte und Akten geben. Letztendlich würden die Leute, die den Mord untersuchten, darauf stoßen. Sie gehörten zur Army, sie waren die Heimmannschaft ... die Guten.

Diese Gedanken spulten sich wieder und wieder in Copelands Geist ab, bis er sich eingeredet hatte, daß er und Beth in Sicherheit waren. Sie mußten nur abwarten, wie zwei Personen in einem steckengebliebenen Aufzug. Hilfe würde kommen.

Copeland griff zum Telefon und wählte, so ruhig er konnte, die Nummer in Arizona. Nach drei Klingelzeichen hob Beth ab. Der Klang ihrer schlaftrunkenen Stimme ließ ihn vor Erleichterung beinahe weinen.

»Hallo, mein Schatz«, sagte er sanft.

»Oh, *Steven!* Ich habe dich so vermißt ... Ich dachte, es wäre Mollie. Sie hat noch nicht angerufen.«

»Ich weiß, Liebes.«

Der Fahrer des Weißen Hauses, der Logan Smith in Dulles erwartet hatte, geleitete ihn zügig aus dem Flughafengebäude zu einem schwarzen in der Ladezone abgestellten Oldsmobile. Er öffnete den Kofferraum und zeigte Smith den Herrenanzug, der ausgebreitet in dem mit Teppich ausgelegten Inneren lag.

»Ihre Assistentin sagte, ich solle den blauen Anzug nehmen. In Ihrem Schrank hingen drei, ich hoffe, es ist der richtige.«

»Schon in Ordnung.« Smith durchfuhr kurz der Gedanke an sein komfortables Rancherhaus in Chevy Chase. Er hatte es vor fünfzehn Jahren gekauft, aber es war nie ein Zuhause für ihn geworden.

Der Fahrer klappte den Kofferraum zu und öffnete eine der hinteren Türen. »Sie können sich im Weißen Haus umziehen. Wir haben genug Zeit.«

Smith fixierte ihn mit seinem Blick. »Nein, haben wir nicht.«

Die Fahrt in die Hauptstadt dauerte knapp vierzig Minuten. Smith war nicht mehr in Washington gewesen, seit der Abschnitt der Pennsylvania Avenue vor dem Weißen Haus für den Verkehr gesperrt und in eine Fußgängerzone umgewandelt worden war. Er fand diese Regelung besser, feierlicher ... wenn auch aus den völlig falschen Gründen.

Der Wagen glitt durch den Checkpoint am Osttor, fuhr langsam außer Sichtweite und stoppte vor dem Lieferanteneingang. Ein Agent des Secret Service überprüfte Smiths Ausweis und begleitete ihn dann durch den Dienstbotenflügel bis zu einem kleinen Raum, der an das Lehrerzimmer einer High School erinnerte.

»Das ist unser Pausenraum«, erklärte der Agent. »Dort hinten sind Duschen, falls Sie sich frisch machen möchten. Rasierer und alles andere finden Sie an den Waschbecken.« Er blickte auf seine Uhr. »Der Boß hat momentan noch Besuch, aber er sagte, ich solle Sie zu ihm bringen, sobald Sie fertig sind.«

»Zehn Minuten.«

Smith duschte und trocknete sich schnell ab. Den Anzug hatte er seit Monaten nicht mehr getragen, und er war ein wenig weit in der Taille. Der Agent erwartete ihn, als er aus dem Zimmer trat.

Smith war bereits zuvor im Weißen Haus gewesen und hatte den Präsidenten schon zweimal getroffen. Für ihn hatte dieser Ort seinen Zauber verloren. Wenn man wußte, wo man hinschauen mußte, sah man die sich langsam ausbreitende Schäbigkeit, den Schimmel an den Teppichrändern, die abblätternde Farbe an den Zier- und Randleisten. Und wie fast überall in Washington D. C. gab es auch im Weißen Haus ein Problem mit Nagetieren. Barbara Bush, die frühere First Lady, hatte eine Ratte beim Rückenschwimmen im Pool erwischt.

Smith war überrascht, als der Agent ihn am Oval Office vorbei führte und ihn statt dessen in den Aufzug dirigierte. In den Privaträumen der Präsidentenfamilie im zweiten Stock wurde er in die an das Schlafzimmer des Präsidenten angrenzende Bibliothek geleitet. Der mit Ahornholz verkleidete Raum strahlte eine warme Atmosphäre und den Geruch von altem Leder und Pergament aus. Die Einrichtung bestand aus antiken behaglichen New-England-Möbeln, denen man ihre Nutzung ansah. Der Präsident, in bequeme braune Hosen und Marinestrickjacke gekleidet, hätte auch ein vornehmer Farmer sein können.

»Hallo, Logan. Ich bin sehr bestürzt wegen Ihres Verlusts.«

»Danke, Mr. President.«

Die knappe Beileidsbezeugung, im weichen Südstaatenakzent ausgesprochen, klang befremdlich für Smith.

Der Präsident reichte ihm einen geschlossenen, aber nicht versiegelten Umschlag. »Ich wurde gebeten, Ihnen dies hier zu geben. Sie sollten es sofort lesen.«

Es waren Notizen zu den Feierlichkeiten anläßlich Mollies Beisetzung, die von dem Commander des Zeremonienkommandos in Fort Myer, Arlington, Dritte Infanteriedivision, bekannt als »Alte Wache«, vorbereitet worden waren.

»Falls Ihnen etwas davon nicht zusagt oder Sie noch weiteres wünschen, lassen Sie es mich wissen.«

Smith faltete das Papier zusammen und steckte es in den Umschlag zurück. »Nein, Sir. Alles ist genau so, wie sie es gewollt hätte.«

Er fühlte den eindringlichen, abschätzenden Blick des Präsidenten auf sich ruhen. »Es tut mir leid, Sie in Ihrer Trauer belästigen zu müssen, Logan, aber es gibt ein paar Dinge, die Sie wissen sollen, jetzt, über Mollie.«

»Ja, Sir.«

Der Präsident fuhr sich mit der Hand durch die Haare. »O Gott, ich bin nicht gut in solchen Sachen, nicht wahr?«

»Falls es etwas mit ihrer Ermordung zu tun hat, sagen Sie es mir bitte, Sir.«

Der Präsident rieb sich energisch die Hände wie jemand, der aus der Kälte kommt und sich am Kamin aufwärmt. »Fangen wir mit dem an, was wir sicher wissen.«

Während er zuhörte, hatte Smith den Eindruck, daß der Präsident seine Worte zu sorgfältig wählte, sie vielleicht sogar einstudiert hatte. Er wußte nicht, wie sehr sie sowohl inhaltlich als auch klanglich dem ähnelten, was er mit Simon Esterhaus besprochen hatte.

»Das ist also das, was wir wissen müssen, was Sie für *mich* herausfinden sollen.«

Der Präsident legte Smith die Hand auf die Schulter. »Ich muß jetzt gehen, aber Simon ist hier. Er wird Ihnen alles weitere berichten.«

»Ja, Sir«, hörte Smith sich selbst sagen, als der Präsident den Raum verließ. Er nahm alles genau wahr: das Glänzen auf den Lederslippern des Präsidenten, den in der Luft hängenden Duft von Lavendelwasser, das leise Klicken der ins Schloß fallenden Tür, den durch die Anwesenheit einer anderen Person plötzlich ein wenig enger wirkenden Raum.

»Ich bin Simon Esterhaus. Bitte gestatten Sie, daß ich Ihnen mein Beileid ausspreche.«

Smith musterte Esterhaus genau. Der Mann hatte noch immer die breite Statur eines Rugby-Spielers ohne überflüssige Pfunde. Allem Anschein nach war sein Anzug maßgeschneidert. Das Lavendelwasser war nicht sein Eau de Cologne, dieser Duft rührte woanders her.

Smith kannte Esterhaus von seinem Dienst an einem Sondergericht, das 1978 durch das Gesetz zur Überwachung des Nachrichtendienstes Ausland eingesetzt worden war. Unter dem Vorsitz wechselnder Bundesbezirksrichter genehmigte das Gericht Abhöranträge in aus- oder inländischen Terrorismusfällen. Esterhaus war der Favorit der gesetzesvertretenden Beamten; Smith kannte nicht einen einzigen Fall, in welchem der Richter einen Antrag abgelehnt hatte.

»Es muß ein furchtbarer Schock für Sie sein«, sagte Esterhaus.

»Kannten Sie Mollie?« fragte Smith.

»Ich habe sie nie persönlich getroffen ... nein, ich kannte sie nicht.«

Esterhaus fügte den Nachsatz hinzu, weil er Smiths verärgerten Blick wahrgenommen hatte und ihn besänftigen wollte.

»Wir haben Sie hierherkommen lassen, weil der Präsident es wünschte«, fuhr Esterhaus fort. »Aber ich bin derjenige, der mit Ihnen zusammenarbeiten wird. Daher muß ich wissen, ob Sie dazu momentan überhaupt in der Lage sind. Falls nicht, haben wir noch Zeit, andere Wege einzuschlagen.«

Der Ärger ging in Unmut über und erstarb dann so schnell, wie das psychologische Profil in Logan Smiths Dossier vermuten ließ. Smith war ein strenger Vorgesetzter, aber am strengsten mit sich selbst. Niemals hätte er jemand anderen auch nur in die Nähe dieser Jagd kommen lassen.

»Erzählen Sie mir, was wir haben«, sagte Smith.

»Nichts außer dem, was Sie bereits wissen. Ich habe gehofft, daß Sie und Mollie vielleicht über Ihre Erlebnisse im Krieg geredet haben. Sie arbeitete an einer sehr empfindlichen Sache. Ich dachte, daß sie vielleicht gerne mit jemandem darüber geredet hätte, zur eigenen Erleichterung ... oder jemanden um Hilfe gebeten hat.«

»Es ist offensichtlich, daß Sie Mollie nicht kannten«, erwiderte Smith. »Das hätte sie niemals getan. Wir haben nie miteinander über unsere Fälle gesprochen.« Er zögerte. »Sie zog eindeutige Grenzen. Das hat mich wahnsinnig gemacht, aber sie behauptete, dies sei für sie die einzige Möglichkeit, ihre Arbeit im Büro zu lassen.«

Esterhaus reichte Smith einen Packen Kopien. Er sah, daß Smith die Handschrift darauf sofort erkannte.

»Dies ist der einzige Bericht, den wir zu der Sache, an der sie arbeitete, haben. Bis jetzt jedenfalls.«

»Woher haben Sie ihn?«

»Aus ihrem Schließfach bei der Riggs National Bank. Er lag dort, zusammen mit ihrer Geburtsurkunde und weiteren Dingen ... Tut mir leid, aber wir konnten nicht auf Ihre Genehmigung warten.«

Smith nickte. Er setzte sich und las. Der Stil war ganz Mollies: präzise, übersichtlich, gegliedert. Das einzig Anomale daran waren die vielen Fragezeichen und die Bezugnahme auf Mr. X und Miss Y – hier war Mollie außergewöhnlich vorsichtig gewesen. Jedesmal, wenn auf die Informanten angespielt wurde, war der Wortlaut verschleiert, daß man nicht erkennen konnte, wer diese Personen waren, wo sie arbeiteten oder lebten, wie sie Mollie kontaktiert hatten oder welche potentiellen Arrangements sie für sie getroffen hatte.

»Klingelt da bei Ihnen irgendeine Glocke?«

»Nein.«

Esterhaus zeigte sich nicht überrascht. Die Namen »Copeland« und »Underwood« waren in Mollies Aufzeichnungen gelöscht worden, übriggeblieben waren nur die Tarnbezeichnungen. Nach Durchsicht des Berichts hatte der Techniker auf dieser Entfernung bestanden. Er wollte nicht, daß Logan Smith zu schnell über die Informanten Bescheid wußte. Seinem Plan gemäß sollten Smith und Rachel ungefähr gleichzeitig an demselben Punkt zusammentreffen. Dann würden sich Smith, Collins, Copeland und Underwood auf tödlichem Terrain befinden, und das Endspiel konnte beginnen.

»Was ist mit diesem Namen?« fragte Esterhaus und deutete auf eine der Seiten.

»Rachel? Sie war Mollies Schützling. Soweit ich mich erinnere, ist Rachel ein Temperamentsbündel. Ich glaube, sie erinnerte Mollie an sich selbst.«

»Collins war Mollies Warrant Officer und arbeitete in ihrem Büro. Hätte Ihre Schwester sich ihr anvertraut?«

»So wenig wie jedem anderen auch.«

Smith legte die Papiere beiseite. Er wollte sie nicht mehr berühren, Dinge, die zu Mollies Tod geführt hatten.

»Wo ist Rachel?« fragte er.

»Wir hatten gehofft, daß Sie das wüßten«, antwortete Esterhaus. »Um Ihren Fragen zuvorzukommen: Wir haben alle Orte überprüft, wo sie sein könnte. Nichts. Sie hat sich nicht gemeldet, obwohl sie mittlerweile durch den ganzen Medienrummel erfahren haben muß, was passiert ist.«

»Es sei denn, sie ist ebenfalls tot.«

»Das glauben wir nicht. Überlegen Sie mal: Der Mörder hätte Mollies Leichnam verstecken können. Das hat er nicht getan – er plazierte ihn an einer Stelle, wo er schnell gefunden werden würde. Wenn er dann Collins gesucht und sie gefunden hätte, wäre ihre Leiche dann nicht ebenfalls mittlerweile aufgetaucht?«

Smith mußte ihm zustimmen.

»Sie wollen, daß ich Rachel finde«, sagte er.

»Wenn jemand die Namen der Informanten kennt, dann sie. Wir hatten gehofft, daß Sie etwas über sie wüßten, was uns unbekannt ist. Irgendwelche Bemerkungen, die Mollie vielleicht mal nebenbei gemacht hat …«

»Wie suchen Sie sie?«

»Die Ermittlungseinheit des CID in Belvoir überprüft ihre Kreditkarten. Außerdem hören wir Mollies Telefone ab. Ein Mann wurde nach Carmel, Kalifornien, geschickt, wo Collins ein Haus besitzt. Aber viel versprechen wir uns nicht davon.«

»Hört sich so an, als ob Sie alles abgedeckt hätten.«

»Daran möchte ich lieber nicht glauben. Ich *weiß,* daß Mollies Mörder nicht so denkt. Für ihn stellt Collins eine potentielle Bedrohung dar, die beseitigt werden muß. Ganz offensichtlich wäre es besser, wenn Sie sie zuerst fänden.«

Esterhaus trat näher. »Ich hatte gehofft, mehr von Ihnen zu erfahren. Aber nun glaube ich, daß Sie vielleicht etwas wissen, das Ihnen selbst gar nicht bewußt ist. Eventuell enthalten Mollies Briefe etwas, falls Sie sie aufbewahrt haben. Oder vielleicht erinnern Sie sich an Dinge, die sie über Collins erzählt hat, Einzelheiten oder Bemerkungen, die Ihnen einen Hinweis darauf geben könnten, wohin Collins gehen und wie sie reagieren würde.«

Smith hatte schon das gleiche gedacht, aber das erwähnte er gegenüber Esterhaus nicht. Er hatte bereits früh gelernt, daß Vorgesetzte einem das Wort im Mund umdrehten oder fremde Gedanken als ihre eigenen verkauften, falls man so unvorsichtig war, sie zu äußern. Sie tendierten dazu, ihre Hoffnungen an die windigsten Spekulationen zu knüpfen und die Analysen anderer in felsenfeste Tatsachen umzuwandeln. Und wenn diese später zu nichts führten, waren Enttäuschung und Verärgerung groß.

»Sie sprechen im Moment nur von Rachel, Richter«, sagte Smith. »Was ist mit den Informanten? Über sie war nichts in Mollies Unterlagen zu finden?«

»Nein, nichts. Ihr Büro in Fort Belvoir ist versiegelt worden. Sie haben jedoch jederzeit Zutritt. Vielleicht stoßen Sie auf etwas, das uns entgangen ist.«

Esterhaus legte eine Pause ein. »Dies ist der zweite Grund,

warum wir möchten, daß Sie Collins ausfindig machen. Selbst wenn Mollie sie nicht in ihre Untersuchung über Norths Tod eingeweiht oder ihr die wahre Identität der Informanten mitgeteilt hat, hat sie ihr vielleicht doch gesagt, wo sie Mr. X und Miss Y versteckt hat. Das wäre ein kluger Schachzug gewesen, eine Art Absicherung, falls etwas schiefgehen sollte ... falls Mollie Hilfe brauchte. Finden Sie Collins, und wir werden wahrscheinlich erfahren, wo diese Informanten sind.«

»Haben Sie die Army über meine Rolle bei dieser Operation in Kenntnis gesetzt?«

»Noch nicht. Der Präsident wollte erst sicher sein, daß Sie mit von der Partie sind. Jetzt kann er Hollingsworth anrufen und ihn veranlassen, die Ermittlungen des CID zu stoppen. Ich verspreche Ihnen, Sie haben völlig freie Hand.«

»Ich werde eine COSMIC-Zugangsfreigabe brauchen.«

COSMIC war noch eine gute Stufe höher als der Status »streng geheim«, den Smith derzeit innehatte; er wurde weniger als zweihundert Personen gewährt.

»Der Präsident wird sich darum kümmern.«

»Und ich werde nur Ihnen Bericht erstatten, Richter.«

Esterhaus nickte. »Der Präsident hat Ihnen ja bereits zugesichert, diese Sache absolut vertraulich zu behandeln. Wenn nur wir drei im Spiel sind, wird sie es auch bleiben.«

»Ich brauche eine Nummer, unter der ich Sie erreichen kann.«

»Ich gebe Ihnen zwei – meinen Privatanschluß und meine Handy-Nummer.«

Smith mußte noch eine letzte Frage stellen, eine von der Art, die Esterhaus als Jurist vermutlich extrem kompromittierend fand.

»Sollten Rachel und die Informanten in Sicherheit sein, und ich begegne dem Mörder ...«

Esterhaus richtete seinen Blick auf die Wand über Smiths

rechter Schulter. »Dann müssen Sie so handeln, wie die Situation es erfordert«, sagte er bedächtig. »Wir haben es mit einer äußerst gefährlichen Person zu tun. Falls Ihnen keine andere Wahl bleibt, als sich selbst zu verteidigen …«

Das war alles, was Smith hören wollte. Über sein Verhalten in dieser Angelegenheit würden niemals Fragen gestellt werden.

Esterhaus blieb noch in der Präsidentensuite, nachdem Logan Smith hinausbegleitet worden war. Er mixte sich einen Drink an der Bar und starrte aus dem Fenster auf die Bäume, an denen noch viele vertrocknete Blätter hingen. Morgen oder übermorgen würde es anfangen zu stürmen, und der Wind würde die Blätter über die Erde verteilen wie sterbende Seelen. Mit diesen kannte er sich aus.

Er erschauerte, als der Whiskey seine Kehle hinunterrann. Die Winde wehten bereits, kälter und mörderischer, als man vermuten wollte. Der Techniker hatte sie eingesetzt, als er ihm von Mollies Schließfach erzählte, was er dort gefunden hatte und wie man es am besten als Köder benutzen konnte.

Damit hat der Techniker absolut recht gehabt, dachte Esterhaus. Logan Smith hatte den Köder geschluckt und gab sich damit zufrieden. Der Techniker hatte behauptet, daß Smith Collins aufspüren würde, und nun war sich der Richter dessen sicher. Smith war präpariert worden und hatte die Gelegenheit bekommen, die nur wenige Menschen unter diesen Umständen haben: Er konnte dem Präsidenten einen Dienst erweisen und gleichzeitig seine eigenen Rachegelüste befriedigen. Der Techniker hatte gewußt, daß sich Smith früher oder später über den Mörder erkundigen würde, um zu testen, wieviel Freiraum der Richter ihm zugestehen würde.

Selbstverständlich würden weder Smith noch Collins, nachdem er sie aufgespürt und den Aufenthaltsort der Informanten erfahren hatte, lange genug leben, um Mollie zu rächen. Darum würde sich der Techniker kümmern.

Erst dann werden wir sicher sein, dachte Esterhaus.

Der Richter leerte seinen Drink und setzte sein Glas behutsam auf einem Untersetzer ab. Er spürte, wie sich seine Kehle zusammenzog und ihm Tränen in die Augen stiegen. Alkohol hatte stets diese Wirkung auf ihn – er schürte die Todesqualen, die er so gewissenhaft vor der Welt versteckte.

12

In San Francisco hielt Rachels Glück an. Sie stellte den Mietwagen auf dem Parkplatz eines Hotels in der Nähe des Flughafens ab und zerlegte ihre Waffe. Sie stopfte die Einzelteile in ihren Seesack, den sie nach Washington D. C. aufgeben würde. Als sie damit fertig war, legte sie den Schlüssel auf die hochgeklappte Sonnenblende und verriegelte den Wagen. In ein oder zwei Tagen würde das Auto dem Sicherheitsdienst des Hotels auffallen. Er würde die Polizei benachrichtigen, die dann die Mietwagengesellschaft über das zurückgelassene Fahrzeug informieren würde.

Rachel hatte dieses Hotel gewählt, weil nur einen halben Block entfernt eine Filiale der Wells-Fargo-Bank war. Sie händigte dem Kassierer ihre Geldautomatenkarte und ihren Militärausweis aus und bemerkte seinen überraschten Blick, als sie den Betrag nannte, den sie abheben wollte. Rachel wußte, daß sie damit ein Risiko einging, aber sie hatte nicht vor, wegen Geldmangels einen weiteren Stop einzulegen und sich eventuell mit Banken außerhalb der Staatsgrenze herumschlagen zu müssen, die zu viele Fragen stellen oder sie warten lassen würden. Bei Wells Fargo war dies anders. Sie war eine langjährige Kundin mit maximalem Dispositionskredit. Nachdem der Kassierer dies überprüft hatte, teilte er Rachel mit, daß es einige Minuten dauern würde, das Geld aus dem Safe zu holen.

Von der Bank ging Rachel zum Hotel und reservierte sich einen Platz im hoteleigenen Flughafenbus. Nachdem sie die Sicherheitskontrolle passiert hatte, kaufte sie in einem Drugstore ein Päckchen Kaugummi und dunklen Lidschatten und verschwand in einem Toilettenraum. Mit angefeuchteter Fingerspitze verteilte sie den Lidschatten auf ihren Lidern. Sie fuhr sich mit den Fingern durch die Haare, um sie ein wenig zerzaust aussehen zu lassen. Kaugummikauend, mit dunkel geschminkten Augen und mit Jeansjacke und Seesack sah sie aus wie eine zu kurz gekommene Weiße aus den Mandelbaumhainen Mittelkaliforniens.

Der Flug nach Dulles wurde gerade aufgerufen, als Rachel an den Ticketschalter trat und ein paar Hundertdollarnoten auf den Tisch legte. Der Angestellte bedachte sie mit einem mitleidigen Blick und rasselte die Litanei der üblichen Fragen herunter, während er ihr Ticket ausstellte. Nach ihrem Ausweis fragte er kein einziges Mal.

Der Nonstop-Flug von San Francisco nach Dulles schwebte in dem Moment über die Monumente der Hauptstadt, als die Sonne hinter den Wolken hervortrat, um ihren Schimmer ein letztes Mal auf die Skyline zu legen. Rachel beobachtete, wie die Passagiere ihre Nasen gegen die Plexiglasscheiben drückten, um besser sehen zu können, und hörte ihre kollektiven Aahs und Oohs. Sie erhaschte lediglich einen Blick auf den Arlington-Friedhof, dessen Kreuze wie winzige Blumenknospen über der Erde verstreut waren. Einige Reihen waren durchbrochen – dort, wo die Gräber noch nicht gegraben oder belegt waren. Rachel dachte an Mollie und zog die Sonnenblende herunter.

Nach der Landung begab Rachel sich zügig zu dem Passagierausgang im Erdgeschoß. Sie war schon fast durch die Tür, als ein Tumult ihre Aufmerksamkeit erregte. Eine Gruppe von Reisenden umlagerte den Schalter der Budget-Autovermietung und bombardierte eine gequält aussehende Angestellte mit Fragen. Rachel, die die Fährte ihrer Kreditkarten in Kalifornien hatte kalt werden lassen, beabsichtigte nicht, Plastikgeld zu benutzen, um erneut einen Wagen zu mieten. Ein kurzer Anruf bei Greyhound hatte die Abfahrt des Express-Busses vom Washingtoner Flughafen nach White Sulphur Springs um sieben Uhr abends bestätigt.

Rachel mischte sich unter die Gruppe und hielt sich an einen Kerl von muskulöser Statur, der seine Größe und Baritonstimme offenbar gerne zur Einschüchterung einsetzte.

»Jetzt hören Sie mir mal zu«, hörte sie ihn zu der Angestellten sagen, »meine Firma hat vor drei Tagen für mich reserviert, und es interessiert mich einen feuchten Kehricht, daß Ihre Computer abgestürzt sind. Sie finden jetzt sofort meinen Vertrag!«

Die Frau zuckte zusammen, und ihre Stimme zitterte, als sie zu erklären versuchte, daß der Vertrag irgendwo im Cyberspace verwaist sei.

Rachel verschwendete keinen weiteren Gedanken mehr an den Bus. Sie steuerte die nächste Toilette an und kam drei Minuten später mit frisch gewaschenem Gesicht wieder heraus. Die Menschenmenge vor dem Budget-Schalter hatte sich zu Avis verlagert; die Angestellte war auf ihren Stuhl zurückgesunken und starrte blicklos auf den dunklen Monitor.

»Könnten Sie mir wohl weiterhelfen?« fragte Rachel in leisem, Sympathie weckendem Ton. »Ich habe von Ihrem Computerproblem gehört. Vielleicht läßt sich da etwas machen.«

»Selbst wenn Sie eine Reservierung haben, kann ich sie im Moment leider nicht nachprüfen.«

»Das ist ja der Punkt, ich habe keine«, sagte Rachel freundlich. Sie schob ihren CID-Ausweis über den Tresen. »Aber ich brauche ein Auto. Es ist sehr wichtig. Ich weiß, daß Sie deshalb einige Formulare handschriftlich ausfüllen müssen, aber ich kann gerne warten.«

Die Angestellte lächelte zaghaft und nahm den Ausweis unter die Lupe. »Haben Sie eine Kreditkarte?«

»Bei diesem Auftrag muß ich bar bezahlen. Wegen der Diskretion, Sie verstehen.«

Die Angestellte warf ihr einen verschwörerischen Blick zu. »Kein Problem. Anstelle einer Kaution notiere ich die Nummer Ihres Militärausweises. Ich meine, jemand wie Sie wird nicht mit dem Wagen abhauen.«

Rachel lächelte. Die Frau zog ein dickes Formular hervor und begann es mit einem Kugelschreiber auszufüllen.

»Das hätte ich für diesen Arsch dort hinten auch tun können«, sagte sie und wies mit dem Kinn zu dem lautstark tönenden Geschäftsmann. »Er hätte nur fragen müssen.«

Der Mietwagen war Gold wert. Der Bus hätte die Strecke zwar genauso schnell zurückgelegt, in White Sulphur Springs wäre dann ihre Bewegungsfreiheit allerdings eingeschränkt gewesen. Zudem würde es Tage dauern, bis die handschriftlich ausgefüllten Formulare das Reservierungssystem bei Budget durchlaufen würden; bei Barzahlung gab es keine Veranlassung, den Mietvertrag auf die rote Liste zu setzen. Falls jemand anhand des Namens nach ihr suchte, würde er kein Glück mehr haben, wenn er ihn gefunden hatte. Sie hatte nicht die Absicht, den Wagen länger als achtundvierzig Stunden zu behalten.

Sie erreichte die Independence Mall am Stadtrand von Dulles, bevor das Einkaufszentrum schloß. Der große Elektromarkt *Radio Shack* war ihre erste Station.

Nach dem Bombenattentat auf das World Trade Center hatte das CID unverzüglich eine Schulung über Sprengstoffe veranlaßt. Rachel hatte drei Wochen in Fort Meade in Maryland verbracht und dort mit allen möglichen Materialien gearbeitet, angefangen von Düngemitteln bis hin zum Microprozessor-Relais. Seitdem sah sie Gartencenter, Haushaltsreiniger und Toaster in einem anderen Licht.

Das Schlimmste war, daß man tatsächlich alle Materialien, die man zum Basteln einer Bombe benötigte, in jedem gut sortierten Eisenwaren- oder Elektrohandel kaufen konnte. Unter FBI- und ATF-Experten wurde *Radio Shack* sardonisch als »Bomberladen« bezeichnet. Wenn man wußte, was man brauchte, bekam man hier alles Nötige. Rachel kaufte knapp ein halbes Pfund Metall- und Plastikmaterial. Davon würde sie weniger als 50 Gramm verwenden.

Zwei Etagen tiefer fand sie einen Schreibwarenladen und erstand einige Bögen billiges Schreibpapier, zwei dicke Kuverts und ein wenig roten Siegellack, wie Notare und Rechtsanwälte ihn benutzen. Ihren nächsten Einkauf tätigte sie in einem lagerhausähnlichen Autozubehörladen am Ende der Mall. Rachel wartete geduldig zwischen den mit Reifen und Autobatterien vollgestopften Regalen, bis der Verkäufer ihr zwei Streifen silberner Asbestisolierung aushändigte, die Do-it-yourself-Mechaniker zur Isolierung der Feuerschutzwand von Motorgehäusen verwendeten.

Um sieben Uhr war Rachel wieder auf der Straße und fuhr, dem Vorstadtverkehr entgegen, in Richtung Interstate 81. Sie hielt sich auf der rechten Spur und las aufmerksam die Reklameschilder, unvermeidliche Begleiterscheinungen der amerikanischen Highways. Sie entdeckte dasjenige, nach dem sie Ausschau gehalten hatte, nahm die nächste Ausfahrt und fuhr eine halbe Meile weiter bis zu einer Seitenstraße. Ein weiteres, diesmal handgefertigtes Schild wies ihr den Weg zu einem schuppenähnlichen Gebäude, das protzig mit blinkenden Lichtern und greller Neonschrift geschmückt war.

Big Al's Feuerwerke – eine wahre Wucht!

Rachel stellte den Wagen ab und ging hinein. Hinter einer langen aus Sperrholzplatten zusammengeschusterten Ladentheke hing eine große handgeschriebene Artikelliste, die an zwei Stangen befestigt war.

»Was kann ich für Sie tun, junge Frau?«

Der Mann mittleren Alters, der hinter der Theke herumlungerte, trug einen Jeansanzug über einem ziemlich beachtlichen Bauch und eine fleckige Baseballmütze, ein Souvenir von einem Traktoren-Wettkampf. Rachel vermutete, daß er der Inhaber war.

Sie ging die Liste durch, bis sie gefunden hatte, was sie suchte. »Ein Wee Willie. Es sei denn, Sie haben einen besseren Vorschlag.«

»Na ja, 'nen großen Bums kriegen Sie damit nicht für Ihren Zaster«, antwortete der Besitzer mit einem schlüpfrigen Grinsen.

»Das will ich auch gar nicht.«

Er musterte sie verschlagen. »Oh, ich hab verstanden. Sie wollen Rauch. Dann sind Wee Willies genau das Richtige. Einen, sagten Sie?«

Sie nickte.

Der Besitzer verschwand in einem engen Gang zwischen bis zur Decke aufgestapelten Kartons. Rachel sah sich um: Kein Feuerlöscher weit und breit.

»Ein Wee Willie.« Der Ladeninhaber knallte einen wurstgroßen, in rotes Zellophan verpackten Kracher auf die Theke. »Macht sieben achtzig plus Steuer.«

Rachel gab zehn Dollar und wartete auf das Wechselgeld.

»Viel Spaß damit«, rief ihr der Besitzer hinterher.

Rachel ging zum Wagen, warf den Kracher in die Tüte, in der auch ihre anderen Einkäufe verstaut waren, und ließ den Kofferraum aufspringen. Sie öffnete den Reißverschluß ihres Seesacks und setzte schnell ihre Waffe zusammen.

Zurück auf der Interstate hielt sich Rachel an die nun geltende Geschwindigkeitsbegrenzung von 70 Meilen. Sie würde die zweihundertfünfzig Meilen bis zum Greenbrier gemütlich zurücklegen und immer noch früh genug dort eintreffen, um ihren Job zu erledigen.

Sie zockelte auf der mittleren Spur hinter einem Blazer her und ermahnte sich in Gedanken, kurz vor White Sulphur Springs nach einem Rastplatz Ausschau zu halten. Dann begann sie, ihre beiden Möglichkeiten sorgfältig abzuwägen. Die erste – die geradlinige Vorgehensweise – war einfacher und sauberer, hing jedoch von der Kooperationsbereitschaft des Nachtportiers im Greenbrier ab. Wenn es ihr gelang, ihn einzuwickeln, wäre die Sache im Hotel in zwanzig Minuten erledigt. Sollte jedoch jemand Ärger machen, hing der weitere Verlauf weitgehend vom Zufall ab.

Rachel dachte noch immer über die Alternativen nach, als sie in Lexington auf die I-64 stieß. Sie bog nach Westen ab und fand zwei Meilen vor der Ausfahrt nach White Sulphur Springs eine Raststätte.

Auf dem Parkplatz stand eine Reihe großer Sattelschlepper, Wohnmobile und ein halbes Dutzend überladener Familienlimousinen. Auf der Toilette zog Rachel ihre Uniform an, ging zum Wagen zurück und verriegelte die Türen von innen. Sie hatte neben der Ziegelmauer eines Kaffee- und Sandwichstands mit heruntergelassenem Rolladen geparkt, so daß der Wagen von einer Seite nicht einzusehen war. Ihr Blick huschte zwischen der Windschutzscheibe und ihrem Schoß hin und her, während sie den Wee Willie mit ihrem Taschenmesser aufschlitzte und vorsichtig eine winzige Menge des Pulvers in ein sauberes Papiertaschentuch schüttete.

Seit 216 Jahren war dies ein Ort, an dem Ladys und Gentlemen von Ladys und Gentlemen bedient wurden.

Rachel kurbelte das Fahrerfenster herunter, während sie langsam die kilometerlange Zufahrt von der I-64 bis zum Vordereingang des Greenbrier entlangfuhr. Es war zu dunkel, um die Allegheny Mountains zu sehen, die das 25 Quadratkilometer große Gelände umgaben, aber sie konnte den üppigen Duft des Pinienharzes riechen. Dann hörte sie ein Geräusch, das sie über die Schulter blicken ließ.

Langsam fuhr Rachel den Wagen an den Straßenrand, um eine Pferdekutsche passieren zu lassen. Das Geklapper der Hufe wurde von dem Gekicher des Flitterwochenpärchens unterbrochen. Im Vorbeifahren zog der Kutscher seinen Hut und beschrieb mit dem linken Arm würdevoll einen Bogen, um ihr zu zeigen, daß sie um ihn herumfahren konnte, falls sie wollte.

Der Vordereingang des Greenbrier mit riesigen Blumenbeeten vor hoch aufragenden Säulen war fachmännisch beleuchtet, der weiße Kalkstein und die Blumen waren dezent angestrahlt. Ein uniformierter Portier und ein Gepäckträger standen neben ihrem Wagenfenster, noch bevor sie die Zündung ausgeschaltet hatte. Beim Aussteigen registrierte Rachel, wie die beiden unverzüglich Haltung annahmen, als sie ihre Uniform erblickten.

»Guten Abend, Ma'am«, begrüßte sie der Gepäckträger schwungvoll. »Willkommen im Greenbrier.«

Obwohl er, ein schwarzer Mann mit sanften karamelfarbenen Augen, bestimmt Ende Sechzig war, zeigte er eine tadellose Haltung; sein ganzes Verhalten zollte der Uniform Respekt. Rachel erinnerte sich, daß ihr einmal jemand erzählt hatte, im Greenbrier wäre das Personal teilweise schon in der dritten Generation dort beschäftigt.

»Darf ich mich um Ihr Gepäck kümmern?«

»Ich bin im Dienst«, sagte Rachel. »Ich bleibe nicht über Nacht.«

Der Portier trat hinzu. »In diesem Fall, Ma'am, werde ich

Ihren Wagen in der Nähe parken, damit er jederzeit zu Ihrer Verfügung steht. Charles wird sie ins Haus begleiten.«

»Darf ich das für Sie tragen, Ma'am?« Der Gepäckträger streckte die Hand aus, um ihr das dicke Kuvert abzunehmen.

»Das geht schon, danke«, antwortete Rachel.

Sie fühlte sich schäbig bei diesen Worten, da ihre Ablehnung auch als Mißtrauen ausgelegt werden konnte. Es war jedoch völlig ausgeschlossen, diese stolze Seele ein Sprengstoffpaket in das Haus tragen zu lassen, das der Mann mit Sicherheit als sein Zuhause betrachtete. Der Umschlag war beinahe zu primitiv, um als Bombe bezeichnet zu werden. Aber schließlich wollte Rachel ja niemanden umbringen oder auch nur verletzen; sie brauchte nichts, was sich durch Beton bohren oder Starkstahl zum Schmelzen bringen konnte. Aus diesem Grund hatte sie noch nicht einmal ein Gramm des Wee-Willie-Pulvers verwendet; der Draht und die Verbindungsklemmen waren so dünn, daß sie kaum zu ertasten waren. Die Funktion – die nur ein Profi hätte erkennen können – ergab sich aus einer Plastikgaskapsel und den nahezu unsichtbaren stecknadelfeinen Löchern in dem Umschlag.

Sie trug das Kuvert flach auf ihrer Handfläche wie ein Serviertablett. Rachel folgte dem Gepäckträger, während er sich den Weg durch die Gäste bahnte, die rings um die Doppeltür des Eingangs standen. Sie spürte die Blicke, die ihre Uniform begutachteten und dann weiterglitten. Der Gepäckträger grüßte zwei Hotelpagen, warf ihr über die Schulter einen Blick zu und dirigierte sie dann zum Empfang, wo er in diskretem Abstand vor dem antiken Pult stehenblieb, hinter dem ein junger Mann mit schwarzer Krawatte saß.

»Falls ich Ihnen zu Diensten sein kann, rufen Sie mich bitte«, sagte er. Er hielt kurz inne und fügte dann hinzu: »Ich hoffe, Sie beehren uns mit Ihrem Aufenthalt.«

Rachel sagte: »Vielen Dank, Charles. Das ist sehr freundlich von Ihnen.«

Sie hörte das Geräusch seiner Ledersohlen auf dem Marmorfußboden, als er sich entfernte. *Ich will das nicht tun!* dachte sie, aber der Concierge, den das Namensschild auf dem Tisch als Mr. J. R. Stuart auswies, hatte sich ihr bereits zugewandt.

J. R. Stuart, ein Mann Anfang Dreißig mit vorzeitigem Haarausfall, war der Inbegriff eines Südstaaten-Gentlemans. Als Rachel näher trat, erhob er sich von seinem Stuhl, vollführte eine leichte Verbeugung aus der Hüfte heraus und wartete, bis sie ihre Hand ausstreckte, bevor er seine anbot. Rachel kam zu dem Schluß, daß Stuart für die zackige Methode empfänglich sei.

»Ich bin Warrant Officer Collins«, sagte sie bestimmt, nahm auf dem Stuhl Platz, der seinem gegenüberstand, und zog ihn näher an den Tisch. Sie reichte ihm ihren Ausweis, wartete, während er ihn sich ansah, und sagte dann mit leicht erhobener Stimme: »Kriminalermittlungsbehörde der Army der Vereinigten Staaten.«

Stuart blickte hastig zu den Gästen, die auf ihrem Weg vom Dinner zu einem der Gesellschaftsräume oder Salons an ihnen vorbei schlenderten und sich umschauten.

»Und wie kann ich Ihnen behilflich sein, Ma'am?« fragte Stuart schnell und gab ihr ihren Ausweis zurück.

»Kürzlich hat einer Ihrer Gäste, meine Vorgesetzte Major Smith, einige Papiere bei Ihnen zur Aufbewahrung zurückgelassen. Einen Umschlag, wie sie sagte. Ich bin hier, um ihn abzuholen.« Rachel legte eine kurze Pause ein. »Ich habe gestern angerufen und mit dem Manager der Tagschicht darüber gesprochen.«

Rachel baute darauf, daß weder dieser noch Clark Stenton in der Nähe waren, um ihr zu widersprechen.

»Nun ja, gut ... Wenn Sie mir einen Moment Zeit lassen, das nachzuprüfen«, sagte Stuart.

Rachel lehnte sich zurück und bedachte ihn mit einem

leichten Lächeln, das ihm zu verstehen geben sollte, daß sie Geduld hatte – bis zu einem gewissen Punkt. Sie hörte Stuarts Finger über die Tastatur seines Computers tanzen und Laute wie klappernde Kastagnetten erzeugen; sie kontrastierten die sanfte Big-Band-Melodie, die von irgendwo weiter hinten im Hotel durch die Empfangshalle klang.

Triumphierend schaute Stuart auf. »Ja, Major Smith, Fort Belvoir, Virginia. Sie war Gast hier. Und wir erwarten sie erneut in zehn Tagen.«

»Und die Papiere, die Sie Ihnen zur Aufbewahrung hiergelassen hat?« drängte Rachel.

»Wir haben darüber einen Vermerk.«

Die Situation erinnerte Rachel an Zähneziehen, und das mochte sie nicht. Sie stand auf.

»Dann ...«

»Ma'am, tut mir leid ...«

»Ja?« Sie blickte von oben auf ihn herab.

»Die Akte enthält keinerlei Anweisungen, die uns gestatten, die Unterlagen einer anderen Person als Major Smith selbst auszuhändigen.«

Stuart wurde nervös und sah sich hilfesuchend nach dem Personal an der Rezeption um.

Rachel setzte sich wieder. »Ich verstehe«, sagte sie schnell. »Und Major Smith wird in den nächsten Tagen erwartet, richtig?«

»Richtig. Vielleicht hat sie ja mit Mr. Jurgenson oder einem der anderen Manager gesprochen«, fuhr Stuart fort. »Leider ist Mr. Jurgenson gerade anderweitig beschäftigt. Aber ich kann ihn über seinen Pager erreichen, wenn Ihnen das hilft.«

Rachel wurde klar, daß sie die harte Tour fahren mußte.

»Ich bin sicher, daß Sie nur versehentlich noch nicht informiert worden sind«, sagte sie und sah, wie Stuart sich ein wenig entspannte.

Rachel hatte kein Interesse, Jurgenson oder einen anderen seines Ranges in diese Sache einzubeziehen. Jurgenson würde Fragen haben und sich ihr in den Weg stellen. Stuart mußte kooperieren, und sie wußte, daß er dies tun würde, wenn sie ihm kühl zu verstehen gab, daß sie ihm Schwierigkeiten machen würde, falls er sie an der Erfüllung ihrer Pflicht hinderte.

Sie brauchte das, was im Safe lag. Mit der Fahrt hierher war sie einige Risiken eingegangen und hatte ihre Entscheidung mit der angsteinflößenden Ungewißheit bezahlt, daß der Kurier einen anderen, direkteren Weg zu Mollies Informanten eingeschlagen haben könnte.

Er weiß nicht, was ich tue, hielt sie sich immer wieder vor. *So gut, wie Mollie ihre Geheimnisse verborgen hat, kann er sie keinesfalls schon entdeckt haben.*

Auch wenn der Kurier die Spur bis zum Greenbrier verfolgt hätte, wäre der höfliche, aber hartnäckige J. R. Stuart ironischerweise der beste Wächter gewesen, den sie sich wünschen konnte.

»Ich habe folgendes zu tun«, sagte Rachel und sah Stuart fest in die Augen. Sie hob eine Ecke des Kuverts mit dem Fingernagel an. »Dieser Umschlag muß in Ihrem Safe neben Major Smiths Unterlagen deponiert werden. Dann werde ich in Fort Belvoir anrufen und mit Major Smith sprechen. Sie kann die Angelegenheit hoffentlich klären, so daß ich mich dann auf den Weg machen kann. Nicht, daß ich Ihre Gastfreundschaft nicht gerne genießen würde, und sei es auch nur für eine Nacht.«

Die letzte Bemerkung zauberte ein Lächeln auf Stuarts Gesicht und glättete seine Züge. Unwillkürlich mußte Rachel an einen schmelzenden Schneemann denken.

»Ich würde mich freuen, das für Sie erledigen zu dürfen, Ma'am.«

Wie der Portier zuvor streckte auch er nun die Hand nach

dem Umschlag aus. Rachel bedachte ihn mit dem vorwurfsvollsten Blick, den sie aufbieten konnte.

»Das sind geheime militärische Unterlagen, Sir. Ich darf sie nicht aus der Hand geben, bevor ich mich nicht von ihrer sicheren Aufbewahrung überzeugt habe.«

»Ja, natürlich.«

Stuarts Blick wanderte über ihren Körper, und Rachel wußte, daß er herauszufinden suchte, wo sie ihre Waffe trug.

»Wenn Sie bitte mitkommen möchten.«

Rachel folgte Stuart, als er hinter dem Empfangstisch hervorkam und in einen kurzen, schmalen Flur trat. An zwei Türen vorbei blieb er vor einer dritten stehen. Er zog eine Magnetkarte durch den Scanner, drückte die Tür auf und trat zurück, um Rachel den Vortritt zu lassen. Sie war froh, ihm den Rücken zuwenden zu können, so daß er ihr die Überraschung und Bestürzung nicht ansah.

Im Gegensatz zum Rest des Greenbrier war der Tresorraum seelenlos modern mit einem etwa dreißig Quadratmeter großen Käfig, dessen Gitterstäbe vom Boden bis zur Decke und von Wand zu Wand reichten und den Bereich, in dem sie stand, von dem Safe selbst abtrennte.

Der Tresor war ein Monster, viereinhalb Meter glänzender Edelstahl, das Beste, was Mosler-Doc baute. Die Tür war so groß, daß zwei Personen nebeneinander problemlos hindurchkamen; auf der Vorderseite befanden sich ein großes Tastaturfeld und ein Schwungrad. Das einzig Tröstliche war, daß dieser Safe im Gegensatz zu einem Banktresor kein Zeitschloß besaß. Solch eine Vorsichtsmaßnahme wäre nur störend, da die Gäste zu jeder Tages- und Nachtzeit Zugang zu ihren Wertgegenständen verlangen konnten.

Stuart warf einen Blick über die Schulter, und Rachel sah geflissentlich zur Seite. Sie hörte die scharfen Pieptöne, als er den Öffnungscode eintippte, und schaute erst wieder hin, als sie das Drehen des Schwungrades vernahm.

Die Tür öffnete sich quietschend, und Stuart folgte ihrer Bewegung mit zwei Fingerspitzen. Rachel nahm einen neuen Geruch im Raum wahr – nicht Stuarts unaufdringliches Aftershave, auch nicht den leicht öligen Geruch des Türmechanismus. Sie verlagerte ihr Gewicht von einem Fuß auf den anderen und nutzte dies als Vorwand, sich halb umzudrehen.

Der Mann, der hinter ihr stand, war mindestens zwei Meter groß und hatte ein breites Kreuz. Sein dunkelblauer Anzug war offensichtlich maßgeschneidert, aber seither mußte er die Wahl seiner Handfeuerwaffe geändert haben, da auf der linken Seite des Jacketts eine leichte Ausbuchtung zu sehen war.

»Oh, tut mir leid!« Auch Stuart hatte sich jetzt umgewandt. »Das ist Mr. Jones«, beeilte er sich zu sagen, »einer unserer Sicherheitsleute. Er wird stets gerufen, wenn die Tresortür geöffnet wird.«

»Normalerweise, Ma'am, werden wir zu dieser Uhrzeit gerufen, *bevor* sie geöffnet wird«, korrigierte Jones ihn.

Jones lächelte und verschränkte seine Arme auf dem Rücken. Sein Lächeln gab ihr zu verstehen, daß sie mit ihrer Angelegenheit fortfahren und sich nicht von ihm stören lassen solle.

Rachel trat über die Schwelle in den Tresor. Ihre Aufgabe war jetzt schwieriger, weil der Riese Mr. Jones hinter ihr wachte und sie das Innere nicht so genau studieren konnte, wie sie gehofft hatte. Drei der vier Wände waren mit Schließfächern versehen, deren Größe von schmalen Vier-Zentimeter-Modellen bis zum Umfang einer Obstkiste reichte. Bei den meisten steckten die Schlüssel im Schloß. Vor der vierten Wand standen Aktenschränke, von welchen Stuart nun einen öffnete. Rachel vermutete, daß das Hotel diese für die eigenen Dokumente reserviert hatte und den restlichen Platz den Gästen anbot, die zwar etwas aufbewahren wollten, dafür aber kein Schließfach benötigten.

Sie trat einen Schritt zurück, um Stuart demonstrativ Platz zu lassen, als er sich aus seiner gebeugten Haltung aufrichtete. Da erblickte sie das, was sie suchte.

»Ma'am, Sie können den Umschlag hier ablegen.«

Stuart deutete auf einen stabilen Aktenschuber aus Metall, den er einige Zentimeter herausgezogen hatte.

»Danke.«

Rachel hielt den Papierumschlag hoch, stellte sicher, daß sowohl Stuart als auch Jones das Siegel über der Lasche erkennen konnten, und legte ihn in den Schuber. Sie schob ihn ganz langsam hinein, so daß sie ihn im letzten Augenblick unbemerkt zwischen den Fingerspitzen fest zusammenpreßte und ein Ende des Plastikfläschchens im Kuvert abbrach.

Der Sicherheitsmann Jones war verschwunden, als Rachel den Tresor verließ. Aus J. R. Stuarts leicht gequältem Gesichtsausdruck schloß sie, daß Jones ihn später für ein kleines Tête-à-tête wegen der Tresorzugangsprozeduren beiseite nehmen würde.

Rachel drückte auf den Knopf der Stoppuhrfunktion an ihrer Timex. Als Stuart die Tresortür geschlossen und die Riegel wieder vorgeschoben hatte, waren zwanzig Sekunden verstrichen. Eine weitere halbe Minute ging vorüber, bis sie wieder an seinem Tisch in der Eingangshalle standen.

Rachel dankte ihm für seine Hilfsbereitschaft, fragte, wo die öffentlichen Telefone seien und ging dann in die von ihm angegebene Richtung. Sie wählte die letzte von drei Telefonzellen und gab mit stummen Mundbewegungen vor, einen Anruf zu tätigen, falls sie jemand beobachtete. Eine Minute und einundvierzig Sekunden waren verstrichen, als sie in den Salon schlenderte und an der Bar Platz nahm.

Rachel bestellte ein Club Soda, legte ein paar Scheine in das Lederetui, das die Rechnung enthielt, und steckte eine Kopie der Quittung in die Tasche.

Zwei Minuten und achtundfünfzig Sekunden.

Eine Jazz-Combo spielte eine ganz ordentliche Cover-Version von Blind Willie McTells »Broke Down Engine Blues«, es war eine angenehme Untermalung der an den kleinen runden Tischen geführten Gespräche. Der Geruch von Whiskey und teurem Eau de Cologne, exquisiten Parfums und Bienenwachs – Kerzen in rotblauen Glashaltern ...

Drei Minuten und sechs Sekunden.

Rachel nahm einen letzten Schluck ihres Sodawassers, aber ihre Kehle wurde fast augenblicklich wieder trocken. Zumindest ihre Hände waren ruhig, und sie wußte, daß sie nicht auffallen würde. Drei Minuten und achtundvierzig Sekunden.

Sie durchquerte die Eingangshalle und steuerte auf den Empfangstisch zu. Vor ihr gingen andere Gäste in Richtung Haupteingang und bildeten eine Art bewegliche chinesische Wand, die sie vor J. R. Stuarts Blicken schützte. Aber das wäre gar nicht nötig gewesen; er war mit seinem Computer beschäftigt.

Drei Minuten und siebenundfünfzig Sekunden.

Plötzlich blickte Stuart auf seinen Schoß hinunter, als hätte er sich unerklärlicherweise beschmutzt. Er sprang auf und warf beinahe seinen Stuhl um, als er zu dem kurzen Flur hastete, der an dem Rezeptionsbereich vorbei zu den hinteren Räumen führte. Rachel folgte Stuart im Abstand von einigen Metern.

Die Angestellten an der Rezeption blickten hoch, als sie an ihnen vorübereilte, aber niemand forderte sie auf stehenzubleiben oder versuchte sie aufzuhalten. Rachel war nun in der Halle und sah, daß die Tür zum Tresorraum offenstand, hörte Stuart mit Jones diskutieren und dann das Rattern der Stäbe, die zurückgezogen wurden. Rauch war noch nicht zu riechen.

Vier Minuten und zweiundzwanzig Sekunden.

Die fingerhutgroße Pulvermenge aus dem Wee Willie schwelte nun seit etwa einer halben Minute. Sobald ein Rauchwölkchen durch den perforierten Umschlag entwichen war, hatten die hochempfindlichen Sensoren im Tresor die Halon-Sprinkler aktiviert. Gleichzeitig wurden die geräuschlosen Alarme am Empfangstisch und im Sicherheitsbüro ausgelöst. Da die anderen Alarmsysteme nicht reagiert hatten, wußten Jones und Stuart, daß noch kein Feuer ausgebrochen war. Es konnte sich auch um einen Fehlalarm handeln.

»Oh,Scheiße!«

Rachel blickte um die Ecke in den Raum und sah, wie aus der mittlerweile geöffneten Tresortür das Halon hervorquoll, das sich im Safe gebildet hatte. Stuart und Jones begannen zu husten und wichen rückwärts aus den Tiefen des Tresors zurück. Jones stieß als erster gegen sie und wirbelte herum. Er blinzelte mit seinen geröteten Augen, um den Schmerz zu bekämpfen.

»Was machen Sie denn hier?« keuchte er.

»Vorsicht!« schrie Rachel.

Jones reagierte so, wie sie gehofft hatte, und machte einen Satz zur Seite. Daher bemerkte er nicht, daß Rachel einen Fuß ausstreckte und ihm ein Bein stellte. Die Schwerkraft und Jones' massige Gestalt taten ein übriges und ließen ihn mit dem Kopf voran gegen die stahlverstärkten Stangen stürzen.

Stuart, der sich vergeblich die Augen rieb, stolperte über Jones und fiel der Länge nach hin. Rachel ergriff ihn am Kragen seines Dinnerjacketts.

»Er ist verletzt! Helfen Sie mir, ihn rauszuschaffen!«

Stuart reagierte wie jeder gut geschulte Angestellte in einem Notfall. Keuchend und nach Luft schnappend, folgte er Rachels Vorbild und packte Jones am anderen Arm, um ihr zu helfen. In dem Moment, als sie über die Schwelle getreten und Stuart ihr den Rücken zugewandt hatte, befand Rachel sich wieder im Tresor.

Bei den Tauchwettbewerben der Army hatte sie den dritten Platz belegt, sie konnte nahezu neunzig Sekunden lang die Luft anhalten. Sie zog den Metallschuber aus dem Aktenschrank, in dem sie die Rauchbombe deponiert hatte, und griff nach dem Umschlag. Das Pulver war vollständig verbrannt und hatte nur winzige schwarze Flecken an den Stellen hinterlassen, wo sich der Rauch den Weg durch die Löcher im Umschlag gebahnt hatte. Das Kuvert selbst fühlte sich noch kühl an; die Asbestisolierung hatte die geringe Hitze, die das Pulver erzeugte, absorbiert. Rachel öffnete die beiden untersten Knöpfe ihrer Jacke, ließ zwei Papierumschläge herausrutschen und schob einen, der genauso aussah wie derjenige, den Jones und Stuart gesehen hatten, in den Aktenschuber.

Rachel hörte Stimmen aus der Halle, jedoch keine Schreie, welche die Gäste in Panik versetzen könnten. Die Deckenventilatoren summten laut und sogen das Halon ab. Sie zwang sich, nicht darüber nachzudenken, ob jemand sie beobachten konnte, und griff hastig nach dem Umschlag, den Mollie zurückgelassen hatte.

Nicht gut. Das Kuvert hatte zwar etwa die gleiche Größe wie der Ersatz, den sie mitgebracht hatte, war jedoch weiß und trug das Logo des Hotels in der oberen linken Ecke sowie Mollies in der Mitte aufgedruckten Namen. Rachel schob ihre Bedenken beiseite und stopfte sowohl Mollies Umschlag als auch den mit der Rauchbombe unter ihre Jacke. Sobald wieder Ruhe eingekehrt war, würde der Nachtmanager den Safe kontrollieren. Wenn alles da war, würde vielleicht niemand bemerken, daß der für Major Smith aufbewahrte Umschlag nicht der war, den sie hinterlegt hatte. Vielleicht ...

Rachel stieß die Luft aus und tat einen flachen Atemzug, der dennoch sofort einen trockenen Husten hervorrief. Sie stolperte zur Tür und hörte jemanden rufen: »Sie ist noch drin!« Dann halfen ihr vier starke Arme wieder auf die Füße und führten sie schnell an die kühle, saubere Luft, die durch den Flur wehte.

»Ich bin okay«, sagte Rachel. Es mußte mittlerweile das fünfte oder sechste Mal sein, daß sie das wiederholte.

Sie saß auf einem stoffbezogenen Stuhl im Krankenzimmer des Hotels. Die Untersuchungsliege hatte sie gemieden, da sie befürchtete, dann ihre Jacke ausziehen zu müssen. Glücklicherweise war zu dieser Stunde nur eine Krankenschwester im Dienst, und die war voll und ganz damit beschäftigt, Jones für die Ambulanz vorzubereiten.

»Wie geht es ihm?« fragte Rachel.

»Ziemlich mies«, erwiderte die Krankenschwester über die Schulter. »Er hat zwar nicht viel Halon eingeatmet, aber der Sturz ...«

Rachel blickte zu J. R. Stuart hinüber, der ausgestreckt auf dem zu dem Stuhl passenden Sofa lag. Sein Gesicht war noch immer gerötet, und er betupfte seine Augen fortwährend mit einem nassen Handtuch. Dann wanderte ihr Blick zu Jeb Purcell, dem Leiter der Sicherheitstruppe im Greenbrier. Purcell war im Gelände gewesen, als sein Piepser ertönte, der mittels elektromagnetischer Wellen mit dem Alarmsystem in Verbindung stand. Er war ein drahtiger, sehr fit aussehender Mann Ende Vierzig mit Militärischem Bürstenhaarschnitt und Augen von der Farbe grauer Flußkiesel. Rachel mutmaßte, daß er ehedem einer staatlichen Behörde wie dem FBI oder der DEA angehört hatte und, vielleicht aufgrund einer Arbeitsunfähigkeit, frühzeitig in den Ruhestand getreten war. So, wie Purcell sich bewegte, konnte sie sich jedoch nicht vorstellen, worauf diese beruht haben sollte.

»Officer Collins, wie sind Sie in diesen Flur gelangt? Ohne Begleitung eines Angestellten, meine ich.«

Seine Stimme klang weich wie Southern Comfort. Dahinter lauerte stahlhartes Mißtrauen.

Rachel erklärte ihm exakt, was von dem Augenblick an, als Charles, der Gepäckträger, sie zu dem Concierge geführt hatte, bis zu dem Moment geschehen war, als sie die Bar verlassen hatte. Gelegentlich warf sie Stuart einen Blick zu, der bestätigend zu ihren Angaben nickte.

»Da sich wegen des Materials, dessentwegen Major Smith mich herschickte, ein Problem ergab, rief ich in Fort Belvoir an«, fuhr Rachel fort.

»Ja«, krächzte Stuart unverhofft, »das stimmt.«

Rachel hätte ihn küssen können. Offensichtlich kämpfte Stuart noch immer mit den Spinnweben in seinem Kopf, denn sonst hätte er sich daran erinnert, daß er ihr nur den Weg zu den öffentlichen Telefonen gezeigt, jedoch nicht tatsächlich gesehen hatte, daß sie eines benutzte, und genausowenig irgendein Gespräch mitgehört hatte.

Rachel hakte sofort nach Stuarts Worten ein, da sie erkannte, daß Purcell die Bestätigung bereits zur Kenntnis genommen hatte. »Major Smiths Anweisungen lauteten, ich solle die Papiere, die ich im Tresor deponiert hatte, wieder mitnehmen und sie unverzüglich in Roanoke abliefern.«

Rachel betonte das Wort »unverzüglich« leicht; Purcell würde sofort verstehen, daß sie in dieser Angelegenheit keine andere Wahl gehabt hatte. »Unverzüglich« bedeutete »jetzt gleich« oder besser noch früher.

»Nach dem Gespräch mit Major Smith ging ich in die Bar und trank ein Soda«, fuhr Rachel fort. »Ich war gerade auf dem Weg zurück zu Mr. Stuart, als ich ihn aufspringen und weggehen sah. Da ich es eilig hatte, folgte ich ihm, aber bevor ich mit ihm sprechen konnte ... ist dies alles passiert.«

»Unser Freund Jones kann froh sein, daß Sie dort waren, Mädchen. J. R. allein hätte Stunden gebraucht, diesen Halbtoten da herauszuzerren.«

Sowohl Rachel als auch Purcell blickten zur Krankenschwester hinüber, die die klaffende Wunde an der Stirn des bewußtlosen Sicherheitsmannes abtupfte. Rachel nutzte die Chance, sich einen Vorteil gegenüber Purcell zu verschaffen.

»Wissen Sie, warum der Alarm losgegangen ist? Ich habe keinen Rauch gesehen.«

»Das ist ja das Merkwürdige«, meinte Purcell so, als spreche er zu sich selbst. »Wir haben keine Ahnung, was ihn ausgelöst haben könnte.«

Purcell sah sie an, als wisse sie die Antwort. Rachel zuckte mit den Schultern und wandte sich zum Fenster. Ein Wagen war die kiesbestreute Einfahrt heraufgefahren, aber kein Lichtschimmer über die Fensterscheiben getanzt.

»Die Ambulanz«, meldete sich die Krankenschwester. »Die wissen, daß sie hier besser ohne Licht und Sirenen vorfahren.«

»Officer Collins, nach Ihrem unerfreulichen Erlebnis halte ich es nur für angemessen, wenn das Hotel Sie einlädt, über Nacht zu bleiben«, sagte Purcell.

Damit du Zeit hast, mich zu überprüfen? Nein, danke.

»Ich habe exakte Anweisungen, Sir«, rief Rachel ihm ins Gedächtnis. »Unverzüglicher Art.«

Einen Augenblick lang glaubte sie, Purcell wolle sie herausfordern. Sie spürte, daß er bereits in Betracht gezogen hatte, in Fort Belvoir anzurufen, den Gedanken dann jedoch beiseite geschoben hatte.

»In diesem Falle werde ich Sie und J. R. zum Tresor begleiten, damit Sie Ihre Unterlagen wieder an sich nehmen können.«

Raffinierter Trick. Rachel war sich bewußt, daß Purcell unterschwellig den Verdacht hegte, daß sie mit den Geschehnissen etwas zu tun hatte. Aber es gab keine Beweise. Mittlerweile hatte er sicherlich die Alarmmechanismen überprüft und festgestellt, daß sie einwandfrei funktionierten. Und den Safe hatte er zweifellos auch bereits nach Hinweisen auf irgend etwas untersucht, das die Freisetzung des Halons verursacht haben könnte. Aber auch hierbei hatte er Pech gehabt.

Sie gingen zu dritt zum Tresor, und Purcell trat etwas zurück, als Stuart Rachels Umschlag aus dem Aktenschuber zog.

»Sind Sie sicher, daß es der richtige ist, J. R.?« fragte er ruhig.

Stuart hielt ihn hoch, damit Purcell das rote Siegel sehen konnte.

»Er ist der einzige versiegelte Umschlag«, sagte er.

Purcell nickte. »Ich bin erleichtert, daß das Eigentum der Army nicht beschädigt wurde, Officer Collins.«

»Das bin ich auch, Sir.«

»Selbstverständlich setzen wir aus diesem Grunde Halon ein. Keine Feuchtigkeit, kein Pulver, sondern nur Chemikalien, die dem Feuer den Sauerstoff entziehen, damit es sich nicht ausbreiten kann.«

»Das ist wirklich interessant. Das wußte ich nicht.«

Purcell trat einen Schritt zurück, um sie vorbeizulassen. »Warum sollten Sie auch, nicht wahr?«

Charles, der Gepäckträger, erwartete sie vor der Tür und begleitete sie die Stufen zu ihrem Wagen hinunter.

»Ich habe gehört, Sie hatten einige Aufregung im Haus«, sagte er, den Blick unverwandt geradeaus gerichtet.

»Mehr, als ich erwartet habe.«

»Es ist keine Arbeit, sondern ein Abenteuer.«

»Bitte?«

»Die Army.«

»Stimmt. Es sei denn, Sie sprechen von der Navy. Wir sind die Truppe, in der alles möglich ist.«

»Das sind Sie mit Sicherheit.«

Charles hielt ihr die Wagentür auf, während sie sich hinter das Steuer setzte. »Kommen Sie wieder, und beehren Sie uns noch einmal«, sagte er. »Ich mag Menschen, die hin und wieder für ein wenig Leben sorgen.«

Rachel winkte ihm durch das offene Fenster zu, kurbelte es dann hoch, um sich vor der Kälte der Nacht zu schützen. Sie fuhr langsam, bis sie die Grenze der Hotelanlage erreicht hatte, bog dann auf die I-64 ab und gab Gas. Nach zwanzig Minuten hatte sie den Rastplatz erreicht, wo sie sich vor wenigen Stunden umgezogen hatte. Sie erkannte einige der Highway-Laster und Wohnmobile wieder. Jetzt war ihr Wagen allerdings der einzige Pkw.

Rachel parkte das Auto hinter einem McDonald's-Sattelschlepper und stellte den Motor, jedoch nicht die Zündung ab. Ihr Kopf sank langsam nach vorne auf ihre Hände, mit denen sie noch das Lenkrad festhielt, und einen Moment lang blieb sie so sitzen, völlig erschöpft, vor Müdigkeit, innerem Aufruhr und vor Angst zitternd, daß jede Sekunde ein Streifenpolizist auftauchen und ihr mit der Taschenlampe ins Gesicht leuchten würde.

Niemand verfolgt dich. Wenn Purcell Erkundigungen eingezogen hätte, hätten sie dich angehalten, sobald du auf die Interstate gefahren bist. Aber er hat es nicht getan.

Rachel überlegte, warum Purcell nicht weiter nachgebohrt hatte. Außer einem Anflug von Kopfschmerzen brachte ihr diese Anstrengung nichts. Dann, in der Dunkelheit und Stille, glaubte sie die Gelegenheit nutzen zu können.

Sie knöpfte ihre Jacke auf und zog die beiden Umschläge hervor. Zuerst öffnete sie denjenigen, in dem sie die Rauchbombe versteckt hatte. Die angekokelten Asbeststreifen stopfte sie hinter den Türgriff des Lastwagens, der neben ihrem Auto stand. Sie würden dort steckenbleiben, bis der Fahrer beschleunigte, und dann vom Wind weggetragen werden. Der Ascherest landete in einem überquellenden Abfalleimer, gefolgt von dem in Cornflakes-große Stückchen zerrissenen Kuvert.

Zurück im Auto, griff Rachel nach Mollies Umschlag und riß ihn ohne Umstände auf. Die Deckenlampe im Wagen war schwach, aber sie beleuchtete alles, was sie wissen mußte.

13

Mit den Laken und der Bettdecke kämpfend, erwachte Logan Smith. Er hörte das Scheppern des Radioweckers, als ihn das Kissen, das er aus dem Bett geschleudert hatte, vom Nachttisch fegte. In seinem Alptraum hatte er Mollie gesehen. Sie stand in einem Sumpf, lächelte ihn an und winkte ihm zu, aber als er den Mund öffnete, konnte er seine eigenen Worte nicht hören. Er konnte sie nicht daran hindern, sich abzuwenden und immer weiter in das Moorwasser hineinzugehen, immer tiefer ... Wie ein Wahnsinniger gab er ihr Zeichen, pflügte durch das Schilf und den Morast, kam jedoch keinen Zentimeter voran.

Logan lag, die Fingernägel in die Matratze gekrallt, schwitzend und keuchend auf dem Bauch. Plötzlich überkam ihn ein Brechreiz. Er rollte sich aus dem Bett und torkelte ins Badezimmer wie jemand, der einen Herzinfarkt erlitten hat.

Er stand gerade unter der Dusche, als der Angestellte vom Empfang anrief und ihm mitteilte, daß ein Herr ihn zu sprechen wünsche. Smith fragte nach seinem Namen, und der Angestellte senkte die Stimme.

»Schicken Sie ihn herauf«, sagte Smith.

Er trocknete sich schnell ab, schlüpfte in ein Paar lange Hosen, ein bunt gemustertes Sweatshirt und ein leichtes Wolljackett. Mit noch feuchten Haaren ging er zur Tür.

Der Mann stellte sich als Special Agent Hendrikson vom

Secret Service vor. Nachdem er Smiths Ausweis überprüft hatte, reichte er ihm einen versiegelten Umschlag. Darin fand Smith einen laminierten Ausweis mit seinem Bild, einer Reihe numerischer Kennungen und einem Strichcode. Der Titel lautete einfach »Justizministerium – Spezialermittler«. Die Karte war am Tag zuvor ausgestellt worden, ein Ablaufdatum gab es nicht.

Des weiteren enthielt der Umschlag eine Notiz auf einem Papierbogen mit dem Briefkopf des Richters Simon Esterhaus: »Viel Glück«.

»Unten steht ein Wagen für Sie bereit«, sagte der Agent. »Ein beiger Crown Victoria. Es ist einer von unseren.«

Das bedeutete, daß es sich um ein mit allen Extras ausgestattetes Verfolgungsfahrzeug mit speziellem Motor und kompletter Kommunikationseinrichtung handelte.

Der Agent gab Smith die Schlüssel und ließ sich die Aushändigung des Ausweises und des Wagens mit einer Unterschrift quittieren. Bevor er sich verabschiedete, reichte er Smith seine Karte.

»Falls Sie ein wenig zusätzliche Hilfe brauchen, rufen Sie mich an. Wir haben Ihnen auf unserer Einsatztafel höchste Priorität eingeräumt.«

Smith war klar, daß dies nichts mit Esterhaus zu tun hatte; der Geheimdienst hielt Personen, die über eine COSMIC-Freigabe verfügten, routinemäßig unter Kontrolle. In diesem Falle allerdings handelte es sich eindeutig um ein persönliches Angebot.

Das Four Seasons, in dem Smith ein Zimmer gebucht hatte, verfügte zwar nicht über ein kleines Frühstückszimmer, aber das Management hatte häufig mit VIPs zu tun und dem Personal offensichtlich einen Hinweis gegeben. In dem großen Speisesaal wurden Kaffee und Saft bereits aufgetischt, bevor Smith seine Serviette auseinandergefaltet hatte.

Smith hatte sich für das Hotel entschieden, da er die Leere

seines Hauses in Chevy Chase nicht hätte ertragen können. Die Stille und Lautlosigkeit, die Bilder von Mollie in den Zimmern würden ihn verrückt machen. Das Hotel war unpersönlich; man würde sich um seine Grundbedürfnisse kümmern. Und das Wichtigste war, daß es nahe am Zentrum Washingtons lag. Falls es schnell gehen mußte, wollte er nicht in der Vorstadt sitzen.

Smiths Wagen stand unter dem Säulengang neben dem Hoteleingang. Der Portier und die Hotelpagen warfen ihm kurz einen prüfenden Blick zu, als er auf ihn zuging, machten jedoch keinerlei Anstalten, ihm die Wagentür zu öffnen. Bevor er sich hinter das Steuer setzte, entriegelte er den Kofferraum und begutachtete die komplette Einsatzausrüstung: Eine kugelsichere Kevlarweste »Zweite Chance«, eine Neunmillimeter H-K Maschinenpistole mit Ersatzladestreifen, eine Mossberg-Schrotflinte und Tränengasgranaten. Er fragte sich, hinter wem er wohl Hendriksons Meinung nach her war.

Auf der Konsole lag ein Mobiltelefon. Er klappte es auf und sah, daß das Nachrichtenlämpchen blinkte; es war Lucille, die wissen wollte, ob alles planmäßig verlief. Smith sprach mit ihr, während er den Wagen aus dem Zentrum in Richtung Alexandria und Fort Belvoir steuerte. Lucille hatte ihm wenig über den Fortgang der Ermittlungen mitzuteilen, stellte ihm jedoch eine Menge Fragen über das, was er vorhatte und wie lange er fortbleiben werde.

»Auf unbestimmte Zeit«, teilte Smith ihr mit.

Schweigen entstand, unterbrochen von einem »Oh ...«. Dann: »Wo kann ich Sie erreichen?«

»Wenn nicht unter dieser Nummer, versuchen Sie es im Four Seasons, Zimmer 807.«

»Gibt es irgend etwas, um das sich die Einheit kümmern soll?«

Smith wußte, daß er nur ein Wort zu sagen brauchte, und

das Washingtoner Team der Inneren Sicherheit würde ihm unverzüglich zur Verfügung stehen. »Ich sage Bescheid, falls ich Hilfe brauche«, antwortete er.

»Okay. Aber denken Sie daran, wir haben Leute hier, von denen noch nicht einmal die COSMIC-Kerle etwas wissen.«

Als er am Pence Gate auf der Belvoir Road ankam, spürte er eine plötzlich aufkommende Verärgerung über Lucille und Hendrikson. Durch ihre Angebote, ihm jederzeit behilflich zu sein, machten sie den Fall zu einer persönlichen Angelegenheit. Aber so konnte er damit nicht umgehen. Mollie nahm seine Träume in Beschlag; dagegen konnte er nichts tun. Aber bei Tageslicht, während seiner Arbeit, mußte er ihr Bild von sich fernhalten. Der Schmerz und der Verlust würden seine Sinne stumpfmachen, und das wäre das Schlimmste: Daß ihm etwas entging, eine noch so winzige und scheinbar bedeutungslose Kleinigkeit, die ihren Mörder leise entkommen lassen würde.

Man hatte Jessup, dem diensthabenden Officer, nicht gesagt, daß an diesem Tage ein Ermittler des Justizministeriums eintreffen würde. Er telefonierte gerade mit Dawes in Carmel und bedeutete seiner Sekretärin stumm, den Besucher warten zu lassen. Sekunden später eilte die Sekretärin wieder ins Zimmer.

»Diesen Mann wollen Sie mit Sicherheit nicht warten lassen.« Sie hielt ihm einen Ausweis unter die Nase.

Jessup blickte sie an. »Was, zum Teufel, geht hier vor?«

»Ich habe keine Ahnung, aber *Sie* sollten es wissen. Es ist Logan Smith ...«

»*Unsere* Smith?«

Die Sekretärin nickte. »Ihr Bruder.«

»Ich rufe Sie zurück«, sagte Jessup zu Dawes, legte den Hörer auf und bemerkte, daß Smith bereits ins Zimmer getreten war.

»Oh, Mr. Smith? Ich bin Warrant Officer Jessup. Nehmen Sie doch bitte Platz.«

Smith rührte sich nicht. Er lächelte der Sekretärin kurz zu, als sie an ihm vorbeiging, dann verschwand das Lächeln. Irgendwie hatte Jessup das Gefühl, daß Smith ihn an jemanden erinnere. Dann fiel es ihm ein – ein scharfes, schmerzlich persönliches Bild. Jessup war vierzehn gewesen, als er eines Tages seinen Vater, einen Gefängniswärter, in der Bundesvollzugsanstalt außerhalb von Atlanta besucht hatte. Sein Vater begleitete gerade einen zum Tode verurteilten Gefangenen aus dem Verhörzimmer zurück in seine Zelle. Als er und die anderen Wärter, den Sträfling zwischen sich, um die Ecke gebogen waren, hatte er gebrüllt: »Weg frei! Weg frei! Hier kommt ein Todeskandidat!«

Smith sah aus wie der Todeskandidat.

»Das mit Ihrer Schwester tut mir leid«, sagte Jessup.

Smith blinzelte, als hätte ein Sonnenstrahl seine Augen getroffen. »Ich muß ihre Fälle vom letzten halben Jahr durchsehen, und ich brauche einen Raum, in dem ich arbeiten kann.«

»Sie können sich in das Büro nebenan setzen. Ich werde Ihnen die Akten bringen lassen.«

»Ich muß auch mit dem Leiter Ihrer Ermittlungseinheit sprechen. Wie heißt er?«

»Dawes.«

»Wo ist er?«

»Drüben in Kalifornien, auf der Suche nach Warrant Officer Collins, die ...«

»Ich bin über sie im Bilde. Aber vielleicht muß ich mehr wissen. Bringen Sie mir bitte auch ihre Akte. Können Sie Dawes für mich erreichen?«

»Kein Problem.«

Jessup rief in dem Hotel in Carmel an, in dem Dawes wohnte. Er hätte ihn gerne vorgewarnt, aber da Smith neben ihm stand, konnte er lediglich sagen: »Kenny, ich gebe dir Mister Smith vom Justizministerium. Er hat COSMIC-Vollmacht.«

Jessup wandte sich an Smith. »Möchten Sie das Gespräch über den Scrambler führen, Sir? Oder soll ich hinausgehen?«

»Nicht nötig.«

Smith griff nach dem Telefonhörer, dessen schwarzes Plastikgehäuse glitschig war von Jessups schwitziger Hand. »Guten Morgen, Dawes. Was haben Sie bisher über Collins in Erfahrung gebracht?«

»Ich weiß, daß sie hier war, Sir.« Die Stimme klang ruhig und professionell, der Mann hielt sich an die Fakten. »Ein Streifenbeamter hat sie vorletzte Nacht gesehen, als sie zu ihrem Haus fuhr. Eine Kellnerin aus einem Café erinnert sich an sie, und die Bibliothekarin hier im Ort hat sie eindeutig identifiziert.«

»Hat die Bibliothekarin irgendeine Idee, wonach sie suchte?«

»Nein, Sir.«

»Irgendein Hinweis darauf, wo sie jetzt sein könnte?«

»Die nachvollziehbare Spur ist kalt geworden, Sir. Wir haben herausgefunden, daß sie sich bei LAX einen Mietwagen genommen und ihn bisher noch nicht zurückgebracht hat.«

»Glauben Sie, daß sie das tut?«

»Nein, Sir. Ich habe eine Fahndungsmeldung nach dem Kennzeichen rausgegeben.« Dawes klang verunsichert.

Smith nahm den Hörer vom Ohr und hielt ihn gegen seine Brust. Er schwieg einige Sekunden und sagte dann zu Jessup: »Haben Sie ihre Kreditkarte überprüfen lassen?«

Jessup schüttelte den Kopf. »Dazu brauchen wir eine richterliche Genehmigung.«

Smith sprach wieder ins Telefon. »Dawes, bleiben Sie bitte unter dieser Nummer erreichbar. Ich rufe Sie in ein paar Minuten noch mal an.«

Smith wählte Lucilles Nummer. »Ich bin's. Ich muß mit

dem Sicherheitschef bei MTA sprechen. Sagen Sie ihm, es handele sich um eine höchst dringliche Angelegenheit und daß ich seinen Computer rauchen sehen will. Rufen Sie mich hier in Belvoir zurück. Die Nummer ist …«

Er sah Jessup an und wiederholte die Zahlen, die der Officer herunterrasselte.

Als Smith auflegte, fragte Jessup: »Möchten Sie Kaffee?«

»So lange wird es nicht dauern.«

Er behielt recht. Nach fünfundvierzig Sekunden war Lucille wieder in der Leitung. Der Mann, den er bei MTA, der größten Kreditauskunft und Bonitätsprüfungsagentur des Landes, sprechen wollte, hieß Bobby McConnell. Er wartete auf seinen Anruf.

»Geben Sie mir Collins' Sozialversicherungsnummer«, sagte Smith zu Jessup und wählte die Nummer, die Lucille ihm gegeben hatte.

»McConnell.« Die gedämpfte Stimme klang höflich, nahezu desinteressiert, so wie sie Krisenmanager und Unterhändler kultivieren.

»Logan Smith. Haben Sie meine Berechtigung überprüft?«

»Ja, Sir.«

»Der Name lautet Rachel Collins, Sozialversicherungsnummer …«

Smith hörte leise Tasten klappern, als McConnell oder ein Assistent die Ziffern eingab. Es entstand eine Pause von fünf oder sechs Sekunden.

»Was möchten Sie wissen, Mr. Smith?«

»Irgendwelche Kreditkarten-Transaktionen in den letzten vierundzwanzig Stunden?«

»Nein.«

»Kontoabhebungen?«

»Treffer. Die Lady hat eine Bonitätsbewertung der Stufe A+ bei Wells Fargo. Sie kann jeden Monat zehntausend Dollar abheben, vorausgesetzt, der Kontostand ist in Ordnung.«

»Wieviel hat sie abgehoben?«

»Neuntausendneunhundert. In einer Wells-Filiale in der Nähe des Flughafens von San Francisco.« McConnell erlaubte sich eine Bemerkung.

»Eine Dame auf Reisen, oder?«

»Das werden wir bald erfahren. Ich weiß Ihre Überlegung zu schätzen.«

»Kein Problem. Sie mag schnell sein, aber wir sind dafür bekannt, solche Leute zu überraschen. Zum Beispiel mit einem kleinen Empfangskomitee, das sie beim Aussteigen aus dem Flieger erwartet.«

»Ich weiß. Nochmals vielen Dank.«

Logan rief wieder Lucille an. Er wollte wissen, welche Flüge zwei Tage zuvor am Nachmittag in San Francisco gestartet waren. Ihn interessierten nur die Inlandsflüge, da er sich nicht vorstellen konnte, daß Collins beabsichtigte, sich auf die Fahndungsliste setzen zu lassen.

»Ich wette eine Bank, daß sie zurückgeflogen ist«, fügte er hinzu. »Konzentrieren Sie sich auf die Nonstop-Flüge nach Dulles, zum Kennedy-Airport, zum Baltimore-Washington International und nach Boston.«

»Ob sie wohl ihren richtigen Namen benutzt?« Lucille zeigte wenig Verständnis für die im logischen Denken Minderbemittelten.

»Sie hat die Taschen voller Bargeld. Und sie weiß, daß ihr Militärausweis für ungültig erklärt wurde«, Smith warf Jessup einen Blick zu, der eifrig nickte, »aber wahrscheinlich hat sie andere Papiere bei sich, zum Beispiel ihren Führerschein, für den Fall, daß sie sich ausweisen muß. Ich glaube nicht, daß sie an einem Ticketschalter einen Namen angeben würde, den sie nicht nachweisen könnte.«

Lucille brauchte eine Sekunde, um das zu verdauen. »Okay. Sind Sie unter dieser Nummer weiterhin zu erreichen?«

»Ich denke schon. Falls nicht, rufen Sie mich im Auto an.«

Smith wandte sich wieder an Jessup. »Dawes kann ebensogut wieder zurückkommen. Jetzt möchte ich die Akten einsehen. Und ein Kaffee wäre wirklich nicht schlecht.«

Jessup führte Logan Smith in das Konferenzzimmer, das genaugenommen aus zwei Büros bestand, deren Zwischenwand entfernt worden war. Darin stand ein großer Tisch; die gute Beleuchtung enthüllte die Schäbigkeit der drittklassigen Möblierung.

Smith beobachtete, wie Jessup die Akten, um die er gebeten hatte, säuberlich aufstapelte. Die Sekretärin eilte mit einem Kaffeetablett herein, das einem Room Service alle Ehre gemacht hätte, und trippelte wieder hinaus.

»Haben Sie Mollies Büro schon leergeräumt?«

Die Erwähnung des Vornamens brachte Jessup so aus dem Konzept, daß er beinahe den Aktenstapel mit dem Ellbogen vom Tisch gestoßen hätte. Er schaffte es zu nicken. »Wir haben jedes Blatt Papier angeschaut, katalogisiert und mit Querverweisen versehen. Wir haben sogar alle Klebezettel aufbewahrt. Es ist alles unten in der Halle gelagert, falls Sie es brauchen.«

»Vielleicht.«

An der Tür zögerte Jessup und kaute auf den Worten herum, die er noch nicht hatte aussprechen können.

»Ich wünschte, ich hätte mehr für Sie«, sagte er schließlich. »Und daß dieser Hurensohn schon hinter Gittern wäre... Ich wünschte, ich hätte sie besser gekannt, damit ich Ihnen helfen könnte.«

»Das wünschte ich von mir selbst auch«, erwiderte Smith leise.

Jessup hatte sechs Akten bringen lassen, die älteste war auf März datiert. Es war eine Routineuntersuchung wegen Beschädigung von Zivileigentum. Dasselbe galt für die nächsten zwei, beide vom April, wobei es in einem Fall einen tödlichen Unfall gegeben hatte. Der Fahrer des Militärfahrzeugs hatte sich vor Gericht wegen fahrlässiger Tötung im Straßenverkehr verantworten müssen.

Laut Dienstplan hatte sich Mollie Mitte Juni nach Fort Hood begeben, um dort den Mord an der Ehefrau eines Soldaten zu untersuchen. Der Juli war ein ruhiger Monat gewesen: ein Fall von ordnungswidrigem Verhalten bei einem Besuch britischer Fallschirmjäger in Belvoir und ein Auftrag in Zusammenarbeit mit der Personenschutzeinheit, um einen politisch unbeliebten hohen General aus Malaysia abzuschirmen. Danach hatte sie ein paar Tage Urlaub genommen. Die Kontaktnummer gehörte zum Greenbrier in West Virginia.

Logan Smith lehnte sich zurück und nippte an seinem Kaffee, ohne ihn zu schmecken. Die Akten waren uninteressant und gaben nichts her. Sie enthielten nicht den leisesten Anhaltspunkt, daß jemand Mollie etwas tun wollte.

Er mußte weiter zurückgehen, zu früheren Fällen.

Bevor er jedoch Jessup anrief, schlug er Rachel Collins' Akte auf und sah ihre letzten Aufträge durch. Ihr Name war in den Routineuntersuchungen erwähnt worden, und Mollie hatte sie dem Personenschutzeinsatz zugewiesen. Jetzt jedoch stieß er auf etwas anderes: Ein Auftrag, der als Routinefall begonnen hatte, war zu einer wilden Schießerei eskaliert, mit Rachel als Jafo bei der Polizei von Baltimore. In Mollies Verzeichnis gab es zu diesem Fall keinen Vermerk.

Smiths Interesse wurde geweckt wie eine zischende Cobra. Er widmete sich den Details: Die Polizei von Baltimore hatte die Akte eines Sergeants Charles Dunn angefordert, und Jessup hatte sie ihnen gegeben. Smith las Dunns Dienstbericht aufmerksam durch. Er war nicht gerade mustergültig, eher die Darstellung eines mühsam vorankommenden, auf Lebenszeit verpflichteten Mannes, der gute Beurteilungen für seine technischen Fähigkeiten erhalten hatte, vor allem, was Helikopter und leichte Starrflügler betraf. Vor dieser Geschichte hatte er keinerlei Ärger mit dem CID oder einer Zivilbehörde gehabt. Dennoch hatte eine Quelle, der die Polizei von Baltimore offenbar vertraute, Dunn mit Namen und Personenbeschreibung als den Mann angegeben, der in dieses Lagerhaus einbrechen würde, um Waffen zu stehlen.

Smith nahm eine Gegenprüfung vor, aber in Jessups Aufzeichnungen stand nichts von irgendwelchen Beweisen, mit denen die Polizei diese Anfrage untermauert hatte. Er würde Jessup danach fragen, auch, wenn er die Antwort bereits kannte: Baltimore war heiß auf diese Sache gewesen, und Jessup hatte kooperiert. Er hatte ihnen einen Gefallen getan, und wenn er wieder einmal etwas von ihnen brauchen sollte, durfte er mit freundlichem Entgegenkommen rechnen.

Smith kam zu dem Teil über die Schießerei und verglich Rachels Version mit derjenigen von Burns, dem QRT-Commander. Wenn man die unterschiedlichen Sichtweisen beiseite ließ, stimmten die wesentlichen Punkte überein. Dunn war ein legitimes Zielobjekt gewesen. Er hatte die Waffen stehlen wollen. Und er war bereit gewesen, seine Frau und seinen Sohn als Geiseln zu benutzen.

Alles absolut ordnungsgemäß, abgesehen von Burns' bissigen Bemerkungen über Rachels Verhalten – und der Tatsache, daß Mollie scheinbar keinerlei Kommentar zu der Angelegenheit abgegeben hatte. Es gab kein einziges Deckblatt mit Anmerkungen, noch nicht einmal Randnotizen.

Smith nahm sich erneut Mollies Dienstplan vor und überprüfte ihre Aufenthaltsorte während der Zeit des Überfalls. An dem Nachmittag, an dem Baltimore wegen Dunn angerufen hatte, war sie nicht im Büro gewesen. Wo war sie gewesen? Er griff zum Telefon und bat Jessup, ihm seinen Tagesplaner zu bringen.

»Um welche Zeit genau hat Baltimore Sie wegen Dunn angerufen?«

Jessup schlug den in Leder gebundenen Kalender von der Dicke eines Fotoalbums auf. »Zwei Uhr vierunddreißig.«

»Ziemlich spät, um noch eine Operation für die Nacht vorzubereiten.«

»Das habe ich ihnen auch gesagt«, erwiderte Jessup. »Burns sagte, sie hätten gerade erst den Tip erhalten. Sie mußten sich beeilen.«

»Haben Sie Mollie angerufen?«

Jessup richtete sich ein wenig auf seinem Stuhl auf. »Dazu gab es keinen Grund. Angelegenheiten dieser Art regelt der diensthabende Officer. Baltimore hatte nicht um unsere Unterstützung gebeten.«

»Aber trotzdem haben Sie Collins dorthin geschickt.«

»Ein Jafo ist stets dabei. So ist das Verfahren.«

»Und es traf sie, weil ihr Name der nächste auf der Liste war?«

»Ja.«

»Wußten Sie, wo Mollie war? War sie hier in Fort Belvoir oder außerhalb?«

»Das kann ich nicht sagen. Ich hatte sie früher an diesem Tag gesehen. Für den Fall, daß es irgend etwas Wichtiges geben sollte, hatte ich die Nummer ihres Piepsers.«

»Wann haben Sie sie das nächste Mal gesehen?«

»Gegen elf Uhr am nächsten Morgen. Ich hatte um acht Uhr wieder meinen Dienst angetreten und mußte mich mit Burns herumschlagen, der mir die Hölle heiß machte. Als ich schließlich alle Details erfahren und ihn ein bißchen besänftigt hatte, war sie in ihrem Büro.«

Smith zupfte an dem abgenutzten Stoff der Armlehne. »Also hat niemand sie gefragt, wo sie zum fraglichen Zeitpunkt gewesen ist, richtig?« stellte er fest.

»Jedenfalls niemand von der Washingtoner Mordkommission, falls Sie das meinen.« Jessup schwieg kurz. »Es gab keinen Grund, parallele Ermittlungen anzustellen.«

»Den gibt es vielleicht noch immer nicht. Aber ich möchte wissen, womit sie sich an jenem Nachmittag bis zum nächsten Morgen beschäftigt hat. Jede Stunde, jede Minute.«

»Verstanden. Was, wenn wir dazu die Mitarbeit von Außenbüros benötigen?«

»Kein Problem. Falls Sie Schwierigkeiten haben, rufen Sie mich an.«

Jessup fühlte sich unbehaglich in der folgenden Stille. Er suchte nach einem Weg, sie zu unterbrechen, als sein Blick auf Collins' Akte fiel.

»Warrant Officer Collins ...«

»Was ist mit ihr?«

»Sie hat sich noch immer nicht gemeldet. Das Militärpolizei-Kommando will sie als ohne Erlaubnis vom Dienst ferngeblieben registrieren.«

»Ich werde mit ihnen sprechen. Collins ist nicht desertiert. Sie tut das gleiche wie ich: Sie ist auf der Jagd.«

Lucille rief an und erzählte, was sie von den Fluggesellschaften erfahren hatte, als Smith auf dem Weg von Belvoir nach Washington war. Er hatte den Adapter zum Lautsprecher in den Zigarettenanzünder gesteckt und das Handy auf den Beifahrersitz gelegt. Im Straßenverkehr zog er es vor, beide Hände am Steuer zu halten.

»Die größten Gesellschaften haben einige Collins in ihren Listen, aber keine Rachel. Auch keine, deren Vornamen mit ›R‹ anfängt. Einige der regionalen Airlines haben sich auch zurückgemeldet, aber ebenfalls ohne Erfolg.«

»Irgendeine Reaktion auf die Beschreibung, die Sie ausgegeben haben?«

Smith war klar gewesen, daß dies vermutlich müßig war, aber er hatte Lucille dennoch darum gebeten.

»Die Sicherheitsleute der Fluggesellschaften überprüfen gerade, wer in dieser Schicht Dienst hatte. Sie haben versprochen, das Foto, das wir ihnen gegeben haben, durch alle Faxgeräte zu jagen.«

»Was ist mit den Autovermietungen?«

»Dulles, National, BWI, Logan in Boston und der Kennedy-Airport sind alle negativ. Falls Collins sich einen fahrbaren Untersatz besorgt hat, dann jedenfalls nicht an diesen Orten.«

Smith dachte darüber nach, während er um einen schwankenden Cadillac herumfuhr. »Autovermietungen verlangen eine Kreditkarte, richtig?«

»Und einen Führerschein. Mit Bargeld arbeitet niemand mehr. Zu riskant.«

»Wenn sie wieder hier in der Gegend ist, braucht sie ein Auto, Lucille. Mit Taxis kommt sie nicht weit. Für längere Strecken müßte sie mit Zug oder Bus fahren, und die sind zu langsam.«

»Was wollen Sie also damit sagen ...?«

»Setzen Sie alles auf eine Karte, und beschränken Sie sich auf die Autovermietungsschalter an den Flughäfen. Erinnern Sie die Leute daran, daß Collins vielleicht ihre Uniform trug, ihren Militärausweis benutzt und irgendeine Geschichte erzählt haben könnte, warum sie keine Kreditkarte hatte. Wenn sie dazu dümmlich genug gelächelt hat, hat vielleicht irgendein hormongesteuerter Typ die Vorschriften umgangen, um ihr einen Gefallen zu tun.«

Lucille seufzte. »Ja, so könnte es sich abgespielt haben. Wohin fahren Sie?«

»Zum Hoover Building.«

»Logan, bevor Sie dort ankommen ...«

»Ja?«

»Machen Sie eine Pause, und essen Sie etwas.«

»Okay.«

»Ich werde erfahren, ob Sie es wirklich getan haben.«
»Das weiß ich auch.«

Smith hatte seinen Besuch telefonisch angekündigt, so daß die Leute, mit denen er sprechen wollte, ihn in dem Konferenzraum im sechsten Stock erwarteten. Die spezialbehandelten Fenster, undurchdringlich für Kurzwellen-Abhörgeräte, gaben den Blick auf die Neunte Straße und das Navy Memorial frei. Als Smith den Raum betrat, überwältigte ihn ein unglaublicher Schmerz. Mollie hatte sich gewünscht, daß er sie im Sommer in Washington besuche. Sie hatte so vieles geplant, was sie unternehmen könnten, einschließlich eines Konzerts im Memorial ...

Zwei Frauen saßen nebeneinander an einem Ende des langen Konferenztisches. Die ältere der beiden, Anfang Vierzig, erhob sich und kam ihm mit ausgestreckter Hand entgegen.

»Pamela Esterhaus.«

In ihrer Stimme lag der rollende kultivierte Südstaatenakzent. Pamela Esterhaus war eine großgewachsene Frau mit langem aschblondem Haar, das von einer Perlmuttspange zurückgehalten wurde. Diese Frisur betonte ihre ausgeprägte Kinnpartie und hohen Wangenknochen und verhüllte nicht die winzigen Krähenfüße in den Winkeln ihrer dunkelgrünen Augen. Gekleidet war sie wie die klassische Geschäftsfrau: Der maßgeschneiderte Hosenanzug betonte ihre langen Beine und die schmale Taille. Smith hatte den Eindruck, daß sich unter der Designer-Eleganz und dem makellosen Aussehen der durchtrainierte Körper einer Radsportlerin oder Langläuferin verbarg.

Sie hielt seine Hand fest, während sie sprach. »Es tut mir so entsetzlich leid wegen Mollie.«

Sein verwunderter Gesichtsausdruck rang ihr ein trauriges Lächeln ab. »Wußten Sie das nicht? Mollie und ich haben uns während des Golfkrieges kennengelernt. Wir waren damals zur selben Zeit in Riad. Sie hatte alle Hände voll zu tun sicherzustellen, daß unsere Truppen die Gebote des Islam beachteten. Ich half dabei, die hochrangigen irakischen Überläufer zu decken. Wir haben eine komplette C-130 außer Landes geschafft, bevor alles vorbei war.«

Sie schüttelte den Kopf. »Tut mir leid, das ist alles völlig unwichtig. Ich wollte Sie nur wissen lassen, daß Mollie und ich einander verbunden waren ...«

»Ich weiß das zu schätzen«, sagte Smith.

Es war nicht allgemein bekannt, daß das FBI Verbindungsleute in den großen Botschaften auf der ganzen Welt hatte, Männer und Frauen, deren Engagement grundsätzlich geringer war als das ihrer Kollegen von der CIA oder dem Außenministerium. Pamela Esterhaus war für das Zeugenschutzprogramm des Justizministeriums zuständig. Ihr Talent, Leute verschwinden zu lassen, war legendär. Smith wußte, daß diese Fähigkeit während des Golfkriegs von unschätzbarem Wert gewesen war. Die Überläufer wurden an den anderen Behörden vorbeigeleitet und an irgendeinem ungefährlichen Ort untergebracht. Innerhalb von Stunden hatte Esterhaus sie in ein Flugzeug in Richtung Vereinigte Staaten gesetzt, wo ein neues Leben auf sie wartete.

Smith spürte ihre Berührung an seinem Arm.

»Hier ist jemand, den Sie kennenlernen sollten. Holland Tylo, das ist Logan Smith.«

Tylo gab ihm die Hand, ihre mit goldenen Flecken gesprenkelten Augen blickten in seine und suchten nach Antworten auf Fragen, die sie noch nicht gestellt hatte.

»Ich wünschte, wir hätten uns unter anderen Umständen kennengelernt«, sagte sie. »Ihr Verlust tut mir sehr leid.«

Smith sah auf ihre Hände und schätzte sie auf etwa dreißig, obgleich sie ein wenig älter wirkte. Dann erinnerte er sich an die Westbourne-Affäre vor zwei Jahren und die dunklen Gerüchte über die Rolle, die Tylo dabei angeblich gespielt hatte.

Senator Westbourne war während Tylos Wachdienst ermordet worden. Man hatte sie fallenlassen, und sie war zur nächsten Zielscheibe des Killers geworden. In dem Versuch, zu überleben und ihren Namen reinzuwaschen, hatte Tylo die Verschwörung, die hinter Westbournes Ermordung steckte, aufgedeckt. Vielleicht gehörte sie aus diesem Grunde nun zur Mannschaft des Präsidentenschutzes.

Smith wußte, daß er diesen Frauen gegenüber offen sprechen konnte, und tat es auch – bis zu einem gewissen Punkt. Er informierte sie über die Hintergründe von Mollies Ermordung, die laufenden und bislang ergebnislosen Ermittlungen und kam dann zu den Aufzeichnungen, die Richter Simon Esterhaus im Schließfach der Riggs Bank gefunden hatte.

»Mollie war überzeugt davon, daß der Tod von General Griffin North kein Unfall war.«

Er sah, daß Pamela Esterhaus und Tylo einen Blick wechselten. Er genoß nun ihre volle Aufmerksamkeit.

»Sprechen wir von einer Verschwörung oder einem Einzeltäter?« fragte Esterhaus.

»Das läßt sich nicht sagen. Mollies Material stammte von zwei Informanten, die sie als Mr. X und Miss Y bezeichnete. Wir haben keine Ahnung, wer oder wo sie sind. Bei dem Rest ihrer Notizen – nur drei handgeschriebene Seiten – handelt es sich um Mutmaßungen: Wenn es ein Komplott gab, wer war nahe genug an North dran, um es zu organisieren und durchzuführen? Eine Person oder eine Gruppe? Ist das Flugzeug, mit dem North reiste, manipuliert worden? Wenn ja, wie? Hat der Untersuchungsausschuß irgend etwas übersehen, weil die ihm vorgelegten Beweise verschleiert wurden?«

Smith legte eine Pause ein. »Mollie war sehr vorsichtig. Nichts von dem, was sie zu Papier brachte, läßt Rückschlüsse auf die Informanten zu. Dennoch glaubte sie offenbar deren Geschichte. Und als sie sie in Gefahr glaubte, sorgte sie für ihr Verschwinden.« Er sah Pamela Esterhaus an. »Ich dachte, daß Mollie vielleicht Sie oder einen Ihrer Mitarbeiter gefragt hat, wo sie ihre Informanten sicher verstecken könne.«

»Die Army hat ihr eigenes Programm«, antwortete Esterhaus. »Hätte sie nicht eher von diesem Gebrauch gemacht?«

»Nichts weist darauf hin, daß sie das getan hat«, erwiderte Smith ruhig. »Mollie hat nie eine offizielle Akte über diese Sache angelegt. Niemand beim CID, nicht einmal Hollingsworth, wußte, woran sie arbeitete.«

»Wenn sie sich nicht an den Leiter des CID gewandt hat, vermutete sie vielleicht, daß die Army in Norths Tod verwickelt ist«, überlegte Esterhaus. »Irgend jemand aus dem Offizierskorps – von hohem Rang. Kann das sein?«

Der einzige Army Officer, von dessen Einbeziehung Smith mit Sicherheit wußte, war Rachel Collins. Aber sie war keine Verdächtige, und außerdem beabsichtigte er nicht, Esterhaus oder Tylo bei der Suche nach ihr um Hilfe zu bitten.

»Ich habe natürlich keine Beweise, aber ich kenne Mollies Denkweise. Sie glaubte an das alte Sprichwort, daß der Fisch zuerst beginnt, am Kopf zu stinken.«

Esterhaus dachte einen Augenblick darüber nach. »Wo ist das Flugzeug, mit dem North abgestürzt ist?«

»Der Nationale Ausschuß für Transportsicherheit wird die nächstliegende Möglichkeit genutzt haben – den Flughafen von Palm Springs. Aber es ist über sechs Wochen her, und der Kommissionsbericht ist abgeschlossen. Mittlerweile kann das Wrack verschrottet worden sein.«

Holland Tylo stand auf. »Das kann ich herausfinden.« Sie ging zum anderen Ende des Konferenzzimmers, wo ein Faxgerät und ein Fotokopierer standen. Smith hörte sie leise ins Telefon sprechen.

»Sie denken, daß Mollie ihre Informanten in mein Programm eingeschleust haben könnte«, sagte Esterhaus.

»Das hätte ich zumindest getan.«

»Nicht so einfach, wie es sich anhört.«

»Auch nicht in einem Notfall? Und vor dem Hintergrund, daß Sie und Mollie sich kannten? Auch wenn sie nicht Sie gefragt hat, könnte Mollie sich doch an jemand anderen gewandt und um Amtshilfe gebeten haben. Irgend jemand wäre bestimmt bereit gewesen.«

»Und wann wäre das gewesen ...?«

»Gestern erst, vielleicht vorgestern.«

Sie zog ein Handy aus ihrer Aktentasche. »Jetzt muß ich mal telefonieren.«

Smith ging zum Kühlschrank hinüber und goß Mineralwasser in einen Pappbecher. In den reflektierenden Fensterscheiben sah er, wie sich Esterhaus' Lippen schnell bewegten, als sie in das Handy sprach. Dann ging sie zu dem Faxgerät hinüber, während Tylo zu ihm trat.

»Wir haben Glück«, sagte sie. »Das Wrack steht noch in einem Hangar in der Wüste. Ich habe dem beauftragten Schrottunternehmer mitgeteilt, daß er sich noch etwas gedulden muß.« Sie hielt inne. »Sie hätten das Wrack sowieso beschlagnahmen lassen, oder?«

»Das wissen Sie doch.«

»Wir werden unsere Spezialisten und die Ingenieure des Flugzeugherstellers bis morgen früh dorthin beordern. In der Zwischenzeit werde ich den Kommissionsbericht durchgehen.«

Smith las etwas in ihrem Blick und packte die Gelegenheit beim Schopfe. »Sonst noch etwas?«

Tylo lehnte sich mit verschränkten Armen gegen den Fensterrahmen. »Auf dem Reiseplan des Präsidenten steht in den nächsten neun Tagen nichts an. Diese Zeit könnte man doch ebensogut für eine Überprüfung der Air Force One nutzen, oder?«

Smith erwiderte nichts. Tylo trat so nahe an ihn heran, daß er ihr Parfum riechen konnte.

»Sie arbeiten für den Präsidenten«, sagte sie. »Niemand sonst kann eine COSMIC-Freigabe erteilen. Also sagen Sie mir: North sollte nächstes Jahr auf der Kandidatenliste stehen, sein Flugzeug macht einen Purzelbaum in der Wüste, und nun heißt es, es sei kein Unfall gewesen. Würden Sie nicht auch das bevorzugte Beförderungsmittel des Präsidenten durchchecken?«

»Absolut.«

Pamela Esterhaus kam mit einem Fax zurück. Sie legte es auf den Tisch, damit sie alle es lesen konnten.

»Wenn Mollie Personen versteckte, dann nicht mit unserer Hilfe. Unser Programm enthält keine neuen Vermittlungen in den letzten achtundvierzig Stunden. Zwei Zeugen wurden letzten Samstag verlagert, aber das war auch die einzige Aktion in dieser Woche. Tut mir leid.«

Smith hatte geahnt, daß dieser Schuß ins Leere gehen würde. »Ich weiß Ihre Hilfe zu schätzen«, sagte er. »Es gibt noch andere Möglichkeiten, denen ich nachgehen kann.«

»Ich kann mir vorstellen, wo Sie hin möchten.« Esterhaus zeigte einen besorgten Gesichtsausdruck. »Sie sollten sich dort nicht ohne Rückendeckung präsentieren. Die Jungs auf der anderen Flußseite spielen nicht nach unseren Regeln. Sie könnten der Zwillingsbruder des Präsidenten sein, und sie würden Sie trotzdem verarschen, wenn es ihren Zwecken dient.«

»Zur Kenntnis genommen«, sagte Smith.

Bevor er das Hoover Building verließ, rief Smith Richter Simon Esterhaus in seinem Haus an der Cooke's Row in Georgetown an.

»Das Zeugenschutzprogramm des Ministeriums habe ich von der Liste gestrichen.«

Am anderen Ende der Leitung sog Esterhaus scharf die Luft ein. »Sie haben mir nicht gesagt, daß Sie dorthin wollten«, sagte er.

»Ich habe es vielleicht nicht erwähnt«, antwortete Smith. Er wunderte sich über Esterhaus' Tonfall. »Gibt es ein Problem?«

»Nein, nichts dergleichen. Aber ich hätte Ihnen das einfacher machen können. Meine Frau ...«

»Ich habe bereits mit ihr gesprochen.«

»Ich verstehe ...«

Smith wartete das Schweigen ab und fragte sich, warum der Richter so gereizt klang.

»Sie sagten, es hätte zu nichts geführt«, ließ Esterhaus sich schließlich vernehmen. »Was meinen Sie damit?«

»Mollie hat dort nie um Hilfe gebeten.« Er hielt kurz inne. »Wußten Sie, daß sie und Ihre Frau sich aus dem Golfkrieg kannten?«

»Nein. Ich hatte keine Ahnung, daß sie sich jemals kennengelernt haben.« Die Worte klangen nach einer harten, eindeutigen Verneinung. »Was haben Sie nun vor?«

Als Smith ihn über seine Pläne in Kenntnis setzte, pfiff Esterhaus leise durch die Zähne. »Halten Sie es wirklich für möglich, daß Mollie das getan haben könnte? Kannte Sie irgendwelche Leute dort drüben?«

»Ich bin mir nicht sicher. Aber es muß eine Verbindung zwischen dem CID und der Planungsabteilung geben. Vielleicht kommt irgend etwas ans Tageslicht.«

»Was ist mit Collins?«

»Ich arbeite daran. Ich habe mittlerweile das Gefühl, daß sie sich ganz in der Nähe aufhält.«

»Ich habe mir ein paar Gedanken über sie gemacht, wieviel sie wirklich weiß und wem ihre Loyalität gilt.«

»Collins ist in Panik geraten. Versetzen Sie sich einmal in ihre Lage: Ihr vorgesetzter Officer wurde ermordet. Vielleicht hat Mollie ihr Dinge erzählt, die sie nun davon abhalten, sich zu melden.« Den Gedanken, den er Jessup gegenüber offen ausgesprochen hatte – daß auch Rachel Collins auf der Jagd sein könnte –, behielt er nun für sich. »Ich werde sie schon finden.«

»Halten Sie mich auf dem laufenden.«

Esterhaus' Verhalten und vor allem seine Kommentare über Rachel Collins irritierten Smith. Vielleicht begann Esterhaus, Gespenster zu sehen, weil der Kommissionsbericht, der Norths Tod als Unfall deklarierte, seine Unterschrift trug. Aber Collins nun als möglichen Feind anzusehen, als Komplizin einer Verschwörung, schien doch ziemlich weit hergeholt.

Aufgrund von Esterhaus' vorgefaßter Meinung über Collins ließ Smith ihr Bild in Gedanken nicht los, als er aus dem Hoover Building trat. Er wünschte, er hätte sie kennengelernt, hätte einen persönlichen Eindruck von ihr gewonnen, davon, was sich hinter dem strahlendweißen kalifornischen Lächeln verbarg, das er auf Mollies Fotos gesehen hatte.

Du mußt gut und clever sein und einen scharfen Verstand haben, sonst hätte Mollie nicht soviel von dir gehalten. Also was würdest du tun? Wie würdest du denken?

Smith stieg in den Wagen und blieb einen Moment unbeweglich sitzen. Er starrte in die Dunkelheit der höhlenartigen Tiefgarage, hörte das Quietschen von Reifen und konnte die Abgase riechen. Rachel Collins war ein Auftrag erteilt worden, der ein Routinejob hätte sein sollen. Statt dessen war er im wahrsten Sinne des Wortes vor ihrer Nase explodiert. Ein Mann mit einer makellosen Militärakte wurde beim Stehlen von Handfeuerwaffen ertappt. Warum hatte Dunn diesen Weg eingeschlagen?

Und unmittelbar danach hatte Mollie ihre Informanten fortgeschafft. Dann wurde sie ermordet, und Collins ist wie vom Erdboden verschluckt. Der gemeinsame Faktor, der alles ins Rollen gebracht hatte – und zwar der *einzige* –, war Sergeant Charles Dunn.

Aber Dunns Akte war sauber.

Die Akte ja. Aber sein Privatleben? Gab es vielleicht dort etwas, womit sich niemals jemand befaßt hatte? Irgend etwas, das er so sorgfältig verborgen hatte, daß es nie auch nur im entferntesten seinen offiziellen Bericht beeinträchtigen würde?

Aber das Rachel Collins herausgefunden hatte?

Vermutungen waren für Smith gefährliche Feinde. Sie konnten täuschen, sogar töten. Dennoch erlaubte er sich folgende Überlegung: Wenn Collins Dinge über Dunn wußte, die anderen unbekannt waren, dann gab es unter Umständen eine Anomalie in seiner Akte, die nur sie erkennen würde. Falls dem so war, benötigte sie diese Akte, und offenbar konnte sie nicht nach Fort Belvoir zurückkehren, um sie zu holen. Aber es gab eine Alternative, wenn sie sich daran erinnerte und die Nerven besaß, sie zu nutzen.

Smith startete den Motor und raste die Rampe hinauf. Vor seinem nächsten Termin hatte er noch eine andere Sache zu erledigen, und er mußte sich beeilen.

Mit den Jahren hatte der Techniker eine unendliche Geduld entwickelt. Manchmal war das Abwarten, das Überwachen und Abschätzen der Schachzüge von Widersachern, der beste und effektivste Weg, um vorwärtszukommen. So, wie der Techniker es mit Rachel Collins' Kreditkarten gehandhabt hatte. Unbemerkt hatte er sich mit einem seiner Computer in die riesigen Zentralrechner im Hauptsitz der MTA eingeklinkt. Auf diese Weise hatte er Rachels Spur von Los Angeles über Carmel nach San Francisco verfolgen können, wo die Fährte, nachdem sie einen großen Betrag abgehoben hatte, abrupt endete.

Es war klug von Collins, das Plastikgeld zu vermeiden, jedoch weniger klug, in einer Filiale neben dem internationalen Flughafen von San Francisco eine auffällige Summe abzuheben. Der Techniker nahm es gelassen, daß sie von seinem Radarschirm verschwunden war. Seine Computer checkten kontinuierlich Mietwagenfirmen, Hotels und Motels sowie die Dateien der Bell Atlantic ab. Früher oder später würde Rachel Collins auftauchen.

Mit dem gleichen Verfahren blieb er Logan Smith auf den Fersen, aber das wäre gar nicht nötig gewesen. Als FBI-Agent war er ein weitaus sichtbareres Ziel.

Beim Klingeln des Telefons drehte er seinen Stuhl vom Computermonitor weg. Es war die reservierte Leitung.

»Smith hat mich gerade angerufen«, sagte Esterhaus ohne Einleitung. »Er sagte, beim Zeugenschutzprogramm sei er ins Leere gelaufen.«

Der Techniker hörte einen Anflug von Erleichterung in der Stimme des Richters, und er wußte auch, warum. Hätte Mollie Smith es geschafft, ihre Informanten in das Programm einzuschleusen, wären die anderen Mitspieler auf der Bildfläche erschienen, was die Situation ziemlich verkompliziert hätte.

»Das ist gut«, sagte der Techniker. »Was hat er als nächstes vor?«

»Er kommt zu Ihnen. Jetzt gleich.«

14

Die kreischende Alarmanlage eines auf dem Parkplatz abgestellten Autos riß Rachel aus einem tiefen, unruhigen Schlaf. Sie rollte sich herum, spähte auf ihre Uhr, ließ den Blick durch das kalte Zimmer wandern und erinnerte sich daran, wo sie war: im Motel 6 auf der I-64, etwa vierzig Meilen von White Sulphur Springs entfernt.

Auf dem Weg zur Dusche fiel ihr langsam wieder ein, wie sie hierhergelangt war. An der Wand der Sandwich-Bude auf dem Rastplatz war eine große, mit hartem abgenutztem Plastik überzogene Straßenkarte gewesen. Sie war von Werbeanzeigen lokaler Geschäfte umrahmt, unter welchen sich auch einige preiswerte Übernachtungsmöglichkeiten befanden.

Sie war zu der nächstliegenden gefahren, hatte dem Angestellten an der Rezeption einen Hundert-Dollar-Schein für ein Zimmer von 29,95 Dollar gegeben und ihm gesagt, er solle das Wechselgeld behalten, da sie das Telefon benutzen werde. Das letzte, woran sie sich bewußt erinnerte, war, daß sie sich eine Quittung über den Restbetrag hatte ausstellen lassen. Daß sie sich vor dem Schlafengehen ausgezogen und Mollies Notizen unter ihr Kopfkissen neben ihre Waffe gestopft hatte, wußte sie nicht mehr.

Unter der Dusche erinnerte sie ihr knurrender Magen daran, daß sie am Tag zuvor nichts gegessen hatte. Während sie sich anzog, fiel ihr Blick auf das Telefon auf dem Nachttisch. Sie starrte es genauso an wie am Abend zuvor, und der Gedanke, der sie schließlich davon abgehalten hatte, das Gespräch zu führen, kam ihr erneut in den Sinn:

Was soll ich Copeland sagen, wenn er abhebt? »Hi. Schön zu hören, daß Sie noch atmen. Ach, übrigens, haben Sie gehört, was mit Mollie geschehen ist?«

Das Problem war, daß Copeland und Underwood es vermutlich tatsächlich gehört hatten. Die Story war über alle Nachrichtenkanäle des Landes gelaufen; nahezu unmöglich, daß sie nichts davon mitbekommen hatten. Was bedeutete, daß Copeland sie sofort mit Fragen löchern würde, wie sie weiter vorgehen, wie sie sich verhalten sollten.

Während sie sich ankleidete, beleuchtete Rachel diese Entscheidung erneut von allen Seiten. Aber sie wußte, daß sie handeln mußte; es war gut möglich, daß sie keine zweite Chance bekam. Sie begann, sich auf das Gespräch mit Copeland vorzubereiten, ging seine voraussichtlichen Fragen und Einwände durch, um Antworten parat zu haben. Sie überlegte, wieviel Wissen er vertragen könne und an welchem Punkt er zusammenbrechen würde. Er konnte von einer Sekunde zur nächsten in Panik geraten und alles vermasseln. Sie mußte ihm ganz genau darlegen, was er und Underwood als nächstes tun sollten, ihm Anweisungen und Erklärungen löffelweise so eintrichtern, daß er sie akzeptieren und befolgen würde.

Rachel stopfte Mollies Papiere in die Tasche ihrer Jeans, zog eine Baumwolljacke über ihre Waffe im Schulterhalfter und begab sich zu einem Restaurant zwei Blocks weiter. Schulter an Schulter mit Fernfahrern, Lieferanten und Einheimischen, nahm sie ihr Frühstück am Tresen ein und grübelte darüber nach, wie sie mit Copeland umgehen sollte, ohne ihn zu verschrecken. Es war schwierig, weil angeborene Reflexreaktionen unvorhersehbar waren.

Rachel zahlte und verließ das Restaurant. Auf dem Weg zum Motel erwog sie, zuerst Beth Underwood anzurufen, sah sich dabei jedoch mit dem gleichen Problem konfrontiert: Beth war verliebt. Beth würde ihr vermutlich zuhören, um dann prompt Copeland anzurufen und das Ganze weiterzuerzählen. Dann würde er ihr sagen, was sie tun solle, worauf Rachel vielleicht nie mehr etwas von den beiden hören würde. Sie verabschiedete den Gedanken, zuerst mit Beth zu sprechen.

Zurück in ihrem Zimmer, wusch sich Rachel die Hände und putzte sich die Zähne. Sie atmete ein paarmal tief durch und zog dann einen Stuhl an den Nachttisch heran. Mittlerweile kannte sie die Nummer auswendig. Wenige Sekunden später stellte sie die Telefonistin im Ritz-Carlton in Buckhead zu Copelands Zimmer durch.

»Hallo?«

Er weiß es.

Copelands Tonfall klang grob und gereizt. Rachel vermutete, daß er während der letzten achtundvierzig Stunden kaum geschlafen hatte und daß dieser Schlafmangel sein Mißtrauen weiter genährt hatte.

»Steven, hier spricht Warrant Officer Rachel Collins. Ich bin Major Smiths erste Ermittlerin.«

Rachel hoffte, sich Autorität zu verschaffen und ein wenig Vertrauen zu gewinnen. Alles, was zurückkam, war: »Wer?«

»Warrant Officer Rachel Collins. Ich war mit Ihnen, Beth Underwood und Major Smith an Bord des Fluges 1410...«

»Wer, zum Teufel, sind Sie?«

Seine Stimme war jetzt schrill.

»Steven, hören Sie mir zu! Mollie ist tot. Das wissen Sie ebensogut wie ich. Aber Sie sollen wissen, daß Sie nicht allein sind, okay?«

Am anderen Ende der Leitung war schweres Atmen zu hören.

»Ich möchte, daß Sie genau wissen, wer ich bin. Strengen Sie Ihr Gedächtnis an, dann werden Sie sich erinnern. Okay? Wir sind vor etwa vierzig Minuten vom National Airport gestartet. Sie sitzen in Reihe 29, Sitz C. Beth sitzt neben Ihnen auf Platz D. Stellen Sie sich Ihren Platz im Flugzeug vor, Steven. Jetzt schauen Sie zwei Reihen zu Ihrer linken Seite nach vorne. Dort stehe ich im Gang und hole etwas aus dem Gepäckfach. Sie blicken auf. Sie sehen mir dabei zu. Dann reden Sie wieder mit Beth.«

Rachel legte eine Pause ein und fügte dann das hinzu, womit sie hoffte, Copeland zu überzeugen.

»Sie haben ihr Streichhölzer gegeben, Steven. In besseren Zeiten haben Sie öfters im Ritz übernachtet. Wahrscheinlich haben Sie zu Hause eine ganze Schale voller Streichholzheftchen von den Orten, wo Sie gewesen sind. Bevor Sie Ihre Wohnung verließen, haben Sie bestimmt dieses eine Heftchen genommen und eingesteckt, um es Beth zur Beruhigung zu geben.«

»Ja, das habe ich getan.«

Rachel hörte das Geräusch hinuntergeschluckter Flüssigkeit.

»Erinnern Sie sich jetzt an mich?«

»Ich bin mir nicht sicher.« Eine Pause entstand, dann sagte er: »Mollie hat Sie nie erwähnt.«

»Ich war Ihre Rückendeckung, Steven. Ich habe Sie am Flughafen gesehen, wie Sie in Ihrem blauen Jetta vorfuhren. Sie parkten in der roten Zone, damit er später abgeschleppt würde, genau, wie Mollie es Ihnen gesagt hatte. Als Sie in Atlanta aus dem Flugzeug stiegen, lag ein Taschenbuch auf Beths Schoß. Nachdem Sie fort waren, versuchte sie zu lesen, aber ich kann Ihnen sagen, daß sie Sie bereits vermißte.«

»O Gott ... Collins? Das war Ihr Name, sagten Sie?«

»Warrant Officer Rachel Collins.«

»Also was, zum Teufel, ist Mollie passiert, *Warrant Officer* Collins? Warum werden Beth und ich darüber im unklaren gelassen?«

Rachel ignorierte den aggressiven Tonfall. Es war ihr ziemlich egal, wie Copeland sie behandelte, solange er in der Leitung blieb.

»Sie haben die Berichte in den Nachrichten und Zeitungen gesehen, oder?«

»Mmh.«

Rachel war erleichtert. Sie hatte nun genau ausgelotet, wieviel Copeland wußte und aus welchen Quellen sein Wissen stammte. Jetzt konnte sie ihr Lügengeflecht spinnen.

»Bisher wissen wir noch nicht, wer der Mörder ...«

»Wer ist ›wir‹?«

»Das CID – das ist die militärische Kriminalpolizeibehörde – und die Mordkommission in Washington. Die Abteilung für Bandenkriminalität rennt derzeit alle möglichen Türen ein.«

»Sie glauben, daß sie Opfer einer Bande wurde?«

Rachel spürte etwas Kaltes ihren Rücken heraufkriechen und zwang sich, Mollies Bild zu verdrängen. »Sie wurde geschlagen und ausgeraubt, Steven. Nach Einschätzung der Polizei müssen es mindestens zwei Täter gewesen sein.« Rachel hielt inne. »Sie hat sich gewehrt. Sehr sogar.«

Am anderen Ende der Leitung entstand Stille. Copeland nahm erneut einen Schluck. »In Ordnung. Tut mir leid, wenn ich …«

Er beendete den Satz nicht. Rachel schätzte, daß Copeland kein Mann war, der sich leicht für irgend etwas entschuldigen konnte. »Ich war nur besorgt, als ich hörte, was geschehen ist.«

›Besorgt‹. Aber bestimmt nicht wegen Mollie.

Rachel schlug mit der flachen Hand gegen die Matratze, so daß sie einen halben Meter verrutschte.

Gut. Du hast einen Panzer geknackt. Jetzt mach weiter.

»Ich weiß, daß Sie Angst haben, Steven. Aber ich bin hier, um Ihnen zu helfen.«

»Sie und wer noch?«

»Sie wissen, daß Mollie die Informationen über Sie und Beth mit niemand anderem außer mir geteilt hat. Und jetzt werde ich mich um Sie kümmern.«

»Moment mal. Wollen Sie damit sagen, daß die Army oder dieses CID keine Ahnung haben, wo wir sind?«

»Mollie war vom CID, und ich bin es immer noch. Ich werde Sie und Beth abholen.«

»Wann?«

»Ich kann heute abend in Atlanta sein.«

»Wo sind Sie jetzt?«

»In Washington.«

Copeland schwieg. Rachel konnte die Zahnräder seines Verstandes nahezu rattern hören. Es war schlecht, wenn Copeland nachdachte.

»Nein«, sagte er. »Das gefällt mir nicht. Wenn Sie vom CID oder von wem auch immer sind, warum schicken Sie dann nicht ein paar von Ihren Kerlen hierher, um mich zu schützen?«

Das war die Frage, die Rachel gefürchtet hatte.

»Das hätte Mollie …«

»Mollie ist tot!«

»Und wenn Sie mir jetzt nicht ganz genau zuhören, Steven, und exakt das tun, was ich Ihnen sage, werden Sie auch bald tot sein.« Rachel konnte nicht glauben, daß sie das gesagt hatte. Die Worte waren einfach aus ihr rausgesprudelt und zielten auf Copelands Emotionen ab, schockierten und verletzten.

Ihr wurde klar, daß es nun kein Zurück mehr gab, daher fuhr sie fort.

»Sie *wissen*, warum Mollie Sie und Beth aus Washington herausgeschafft hat. Sie beide sind Zielscheiben. Sie hat ihre Karriere und ihr Leben aufs Spiel gesetzt, weil sie glaubte, was Sie ihr berichtet haben. Jetzt ist sie tot, und das macht die Dinge für denjenigen, der hinter Ihnen her ist, weitaus einfacher.«

Rachel mäßigte sich ein wenig. »Ich bin Ihre einzige Chance, Steven. Bis jetzt weiß niemand außer mir, wer oder wo Sie sind. Ich werde zu Ihnen fahren und dafür sorgen, daß Ihnen beiden nichts geschieht.«

»Wie können Sie so sicher sein, daß niemand von mir und Beth weiß?« fragte Copeland.

»Weil auch *ich* Ihren richtigen Namen und Ihre Telefonnummer erst vor zwei Stunden herausgefunden habe.« Sie beabsichtigte nicht, ihm den tatsächlichen Zeitrahmen zu nennen. »Das zeigt, wie gut Mollie Sie beschützt hat. Und ich werde das genauso tun.«

»Sie sagten, Sie können heute abend hiersein. Warum nicht früher?«

»Ich muß diese Sache außerhalb meiner offiziellen Pflichten erledigen«, erklärte Rachel. »Ich möchte nicht, daß mir irgend jemand Fragen stellt.«

»Ich weiß nicht …«

Er stand kurz vor dem Zusammenbruch. Rachel mußte sich etwas einfallen lassen, um ihn aufzurichten, und Copeland gab ihr unbewußt das Stichwort.

»Ich mache mir Sorgen um Beth«, murmelte er. »Sie weiß auch über Mollie Bescheid ...«

Weil du sie angerufen hast, sobald du die Nachrichten gesehen hattest.

»Wissen Sie, sie ist wirklich außer sich. Mir geht es gut hier. Das Hotel hat strenge Sicherheitsvorkehrungen. Aber sie ist dort draußen ganz allein ...«

»Sie können ihr helfen, Steven.«

Rachel stellte sich vor, wie er den Kopf schieflegte.

»Wie?«

»Warum rufen Sie sie nicht selbst in Carefree an? Sie können ihr alles erklären, was wir besprochen haben, und sie beruhigen. Ich denke, Sie bedeuten ihr sehr viel.«

Sie hatte seinen Denkapparat wieder in Gang gesetzt, diesmal allerdings in die richtige Richtung.

»Das klingt vernünftig«, sagte Copeland. »Aber sie wird wissen wollen, wann wir zu ihr kommen.«

Rachel wich der Frage aus. »Sagen Sie ihr, wir werden sie anrufen, sobald ich bei Ihnen eingetroffen bin. Ich werde rausfinden, welche Maschinen morgen früh von Atlanta nach Phoenix fliegen. Die Chancen stehen gut, daß wir morgen alle gemeinsam zu Mittag essen.«

Das hörte sich nach einem blödsinnigen Picknick an, aber das war Rachel egal. Sie hoffte nur, daß Copeland nicht nach weiteren Einzelheiten fragte. Bevor sie nicht seine und Beths Geschichte kannte und erfuhr, womit sie sich an Mollie gewandt hatten, konnte Rachel ihm nichts anbieten.

»Ja«, sagte Copeland, »ich denke, das ist eine gute Idee.«

»Okay. Ach, Steven? Ich werde Sie in sechs Stunden wieder anrufen. Das wäre so gegen zwei Uhr nachmittags Ihrer Zeit. Bis dahin werde ich eine Flugnummer für Sie haben.«

»Sie wissen, wo Sie mich finden können«, antwortete Copeland ein wenig zu kernig.

Und du solltest beten, daß der Kurier das nicht weiß.

Steven Copeland saß stumpfsinnig in dem großen Clubsessel am Balkon. Niemals hätte er sich träumen lassen, daß er aussah wie ein Patient im Tagesraum einer Irrenanstalt.

Im Geiste ging Copeland sein Gespräch mit Warrant Officer Collins durch und versuchte zu begreifen, wie schnell sich seine Welt verändert hatte. Es war gut gewesen, daß sie diese Geschichte aus dem Flugzeug erzählt hatte. Ohne die Details über die Streichhölzer und Beths Taschenbuch hätte er aufgelegt. Aber als er sich zum Nachdenken gezwungen hatte, konnte er sich an sie erinnern. Weniger an ihr Gesicht, aber mit Gewißheit an ihr blondes Haar und die Baumwolljacke, die einen Blick auf ihre schmale Taille freigab, als sie nach oben in das Gepäckfach griff. Er hatte sie einige Sekunden später noch einmal angeschaut, als er das Gefühl hatte, daß ihn jemand beobachtete. Aber da hatte sie ihm schon den Rücken zugewandt und öffnete den Reißverschluß ihrer Tasche.

Rachel Collins wußte auch, daß er einen blauen Jetta fuhr, wo er ihn geparkt hatte und wer ihn angewiesen hatte, ihn dort abzustellen. Sie wußte, daß Beth nicht in Phoenix, sondern vierzig Meilen außerhalb in Carefree war.

Sie weiß sehr viel. Eine ganze Menge mehr, als sie zugibt.

Copeland war das egal; zu diesem Zeitpunkt hatte der Himmel Rachel Collins geschickt. Er hatte wenig gegessen und noch weniger geschlafen. Inmitten dieser luxuriösen Umgebung war er eine Art Gefangener. Er verließ sein Zimmer nur, wenn das Zimmermädchen zum Saubermachen kam, und begab sich dann geradewegs in die Lobby. Sobald er annahm, daß das Zimmermädchen fertig sein müsse, wartete er, bis einige Leute in den Aufzug stiegen, bevor er kurz vor dem Schließen der Tür ebenfalls hineinschlüpfte. Hielten sich wenige Menschen in der Lobby auf, wartete er, bis eine Frau oder ein Pärchen vorbeikam, um mit ihnen gemeinsam hochzufahren. Niemals betrat er den Aufzug nur in Begleitung eines anderen Mannes.

Sein einziger Kontakt zur Außenwelt war Beth, die er gewissenhaft morgens und abends anrief. Das letzte Gespräch hatte er um Mitternacht seiner Zeit geführt. Mit jedem Anruf wurde es schwieriger, sie davon zu überzeugen, daß alles gutgehen werde. Beth stellte stets eine Frage, auf die er keine Antwort hatte, oder bat um eine Erklärung, die er ihr nicht geben konnte. Und jede Ausflucht oder jedes Eingeständnis seiner Ungewißheit ließen ihn, so dachte Copeland, in ihren Augen kleiner erscheinen. Das war ihm unerträglich.

Eine weitere qualvolle Stunde verstrich, bevor Copeland die bittere Wahrheit schlucken konnte, daß er keine Alternative hatte. Nicht eine einzige. Er konnte sich nicht ewig im Ritz verkriechen; früher oder später würde Beth ausrasten und weiß Gott was anstellen. Collins war sein einziger Rettungsanker – wenn er ihr glaubte und das Risiko einging, ihr zu vertrauen.

Was ihm allerdings keine Ruhe ließ, war Collins' Bemerkung, daß Mollie niemandem von ihm und Beth erzählt hatte und daß Collins selbst ihre richtigen Namen und Aufenthaltsorte gerade erst herausgefunden habe. Wer hatte dann abgehoben, als er die Nummer, die Mollie ihm gegeben hatte, angerufen hatte?

Copeland traf seine Entscheidung. Er würde sich Collins anschließen. Er würde sofort Beth anrufen und sie wissen lassen, daß alles wieder in geregelten Bahnen verlief. Bald wären sie wieder zusammen. Bald würde dies alles weit hinter ihnen liegen.

Aber er wollte ihr noch etwas anderes sagen, etwas, das er Collins gegenüber nicht erwähnen würde, sobald sie einträfe.

Das wäre sein Geheimnis, seines und das von Beth. Nur für alle Fälle.

Während sie ihre legere Kleidung gegen ihre Uniform austauschte, kam Rachel eine von Mollies Weisheiten in den Sinn: *Zweifle nicht an dir. Vertrauen in das eigene Urteil heißt die Devise.*

Aber war sie mit Steven Copeland auf die richtige Weise umgegangen? Sie hatte ihn ziemlich überrumpelt. Würde er seine Entscheidung deshalb bereuen? Jetzt schon? Öffnete er gerade vielleicht die Schranktüren in seiner gottverdammten Suite im Ritz und starrte auf die Koffer, mit einem geradezu schmerzlichen Verlangen wegzulaufen?

Als sie sich Mollies vorwurfsvollen Blick vorstellte, kämpfte Rachel gegen den Impuls an, erneut zum Telefon zu greifen – und unterlag. Schnell tanzten ihre Finger über die Tasten, dann hörte sie das Besetztzeichen.

Irgend jemand belegte Beths Underwoods Leitung. Zur Gegenprüfung wählte Rachel Copelands Nummer. Hier war ebenfalls besetzt.

Okay. Vielleicht werden sie zusammen durchhalten, jeder für den anderen einstehen. Vielleicht hat er die Lage überdacht und ist zu dem Schluß gekommen, daß ich seine letzte Rettung bin ...

Sechs Stunden bis zur nächsten Kontaktaufnahme. Das hatte sie Copeland zugesagt. Sie konnte die Zeit ein wenig verkürzen, wenn sie sich schleunigst auf den Weg machte.

Rachel lieferte ihren Schlüssel am Empfang ab und überprüfte die computergeschriebene Rechnung. Die Motel-Telefonistin hatte ihr Gespräch nach Buckhead mit zweiundzwanzig Minuten verzeichnet und dafür über dreißig Dollar in Rechnung gestellt. Rachel steckte den Rest ihres hinterlassenen Betrages in die Hosentasche und trat in die kühle Morgenluft West Virginias hinaus.

Sie verstaute ihren Seesack im Kofferraum des Mietwagens, stellte den Motor an und ließ ihn warmlaufen. Sie lehnte sich gegen die Tür und überlegte. Vier Stunden bis nach Washington, eine weitere bis nach Baltimore, abhängig vom Verkehr auf dem Baltimore-Washington Parkway. Fünfzehn, zwanzig Minuten für die Angelegenheit, die sie dort zu erledigen hatte. Mehr Zeit für ihren Aufenthalt in Baltimore konnte sie nicht riskieren. Falls es länger zu dauern drohte, würde es gar nicht dazu kommen.

Logan Smith registrierte die verschärften Sicherheitsvorkehrungen am Haupteingang des CIA-Gebäudes. Vor acht Monaten war ein Beamter nach Dienstschluß von einigen bewaffneten Personen aus dem Hinterhalt überfallen worden. Nun waren hier zwei Einsatzwagen in einem Winkel positioniert, der jedem in Richtung Ausfahrt flüchtenden Fahrzeug den Weg abschnitt; die Männer in den Autos machten keinen Hehl aus ihren großen Remington-Schußwaffen und ihren MP-5 Maschinenpistolen.

Smith wurde kontrolliert und erhielt die Anweisung, wo er zu parken hatte. Entlang des Weges bemerkte er die hohen, im Abstand von fünfzig Metern positionierten Überwachungsmaste, die nun aufgrund ihres grünen Anstrichs nicht mehr in der Farbe des Herbstlaubs untergingen. Oben auf den Masten waren Kameras installiert.

Smith stellte seinen Wagen auf dem Besucherparkplatz ab und betrat, während der Wind am Saum seines Regenmantels zerrte, das Gebäude durch den Haupteingang. Im Inneren wurde sein Ausweis erneut überprüft, bevor man ihn bat, einen Metalldetektor zu passieren. Smith händigte dem Wachhabenden seine Waffe und seine Einsatzmunition aus.

»Geben Sie ihm das bitte zurück.«

Auf der anderen Seite des Detektors stand Bill Rawlins, der stellvertretende Leiter der Planungsabteilung der CIA.

Er schien etwa fünfundfünfzig Jahre alt zu sein und vermittelte aufgrund seiner großen und schlanken Gestalt den Eindruck eines asketischen Mönchs. Smith beurteilte sein Aussehen als angemessen. Die Planung war die geheimnisumwitterte Abteilung der CIA, in deren Aufgabenbereich unter anderem verdeckte Operationen fielen. Rawlins' blaßblaue Augen und sein heiterer, gelöster Gesichtsausdruck ließen auf eine beachtliche Ansammlung von Geheimnissen schließen.

Die Wache gab Smith seine Waffe, mit dem Kolben voran, zurück.

Rawlins streckte seine Hand aus. »Willkommen in Langley, Mr. Smith.«

Rawlins' leichter Griff und seine knochigen Finger verrieten seine wahre Kraft nicht. Smith hielt mit ihm Schritt, während sie den überwachten Bereich bis zu den Aufzügen durchquerten.

»Darf ich Ihnen mein Beileid zu Ihrem Verlust aussprechen«, sagte Rawlins in einem Tonfall, der Smith den Eindruck vermittelte, daß er informiert worden war. *Wir wissen viel von Ihnen – vielleicht mehr, als Sie glauben.*

Smith nickte, erwiderte jedoch nichts. Er trat hinter Rawlins in den Aufzug.

»Wir haben für Sie ein Treffen mit Sam Peterson arrangiert. Er leitet die Abteilung, die Sie interessiert.«

»Vielen Dank.«

Smith war sich bewußt, daß Rawlins nach Greifbarem angelte und dies auch unverhohlen zeigte. Schließlich war Smith ein Eindringling von der anderen Uferseite, wo die Spione beherbergt waren, und jetzt war er hier und steckte seine Nase in alle möglichen Angelegenheiten.

Smith war klar, daß Rawlins vor allem an seiner Sicherheits-Freigabe zu kauen hatte. Derartige Befugnisse stellten eine Art Gral dar, und Smith trug den Heiligsten der Heiligen.

Rawlins führte ihn einen schmalen Korridor entlang, vorbei an Büros, deren Türen fest verschlossen waren, bis in einen offenen Vorraum, in dem mehrere Sekretärinnen ihre Arbeit verrichteten. Dahinter lagen einzelne Besprechungsräume, die durch mit Vorhängen verschleierte Glaswände und Doppeltüren aus dunklem Holz abgetrennt waren. An einer dieser Türen prangte in Goldbuchstaben Sam Petersons Name. Rawlins klopfte an, wartete jedoch keine Antwort ab.

Der Raum war riesig, mit vom Boden bis zur Decke reichenden Fenstern, die den Blick auf die Wälder Virginias freigaben. Auf dem beigefarbenen Teppichfußboden war ein teurer Perser ausgebreitet, auf dem ein Schreibtisch mit einer eingelassenen Unterlage aus grünem Leder stand; er sah aus wie ein altes Erbstück. Eine Seite des Raumes wurde von einem Bücherschrank beherrscht, daneben befand sich eine Minibar. Smiths Aufmerksamkeit galt jedoch einem langen Tisch, der gut drei mal einen Meter maß und auf dem die Miniaturausgabe eines Alpendorfes errichtet war, mit in frischen Farben angestrichenen Häusern, einem schneebedeckten Berg und einigen Brücken, die einen elektrisch betriebenen Fluß überspannten. Durch die Landschaft schlängelten sich mehrere Züge, die alle recht alt, aber in unbeschädigtem Zustand zu sein schienen.

Smith hörte Wasserrauschen in dem anschließenden Badezimmer. Die Tür öffnete sich, und heraus trat ein großgewachsener Mann mit dichtem dunklem Haar. Er war in Smiths Alter und sah topfit aus. Als er auf ihn zukam, hörte Smith nur das Rascheln seiner Hose und das Knistern seines gestärkten blauen Baumwollhemdes, das durch Hosenträger mit roten, weißen und blauen Streifen akzentuiert wurde.

»Sam Peterson. Schön, Sie kennenzulernen.«

Er hatte ein freundliches Gesicht, tief gebräunt und mit

kleinen Fältchen, als sei er gerade von einem Tropenurlaub zurückgekehrt.

»Bill, leistest du uns Gesellschaft?« fragte Peterson.

»Nein, nein«, antwortete Rawlins, als wäre ihm dieser Gedanke nie gekommen. Er wandte sich an Smith. »Ich sehe Sie dann, wenn Sie fertig sind.«

Logan Smith hatte den Eindruck, daß Peterson sich über Rawlins amüsierte. Sein Gefühl wurde bestätigt, als Peterson sagte: »Bill ist ein wenig steif. Das liegt an seinem Job.« Er deutete auf einen Stuhl vor seinem Schreibtisch. »Ich habe gehört, daß Sie sich für unsere Operation ›Spiegelglas‹ interessieren.«

Spiegelglas, die CIA-Version des Zeugenschutzprogramms, war Petersons persönliches Aufgabengebiet. Er leitete es seit vier Jahren und hatte vor allem in China und im Mittleren Osten Agenten, die verraten oder entdeckt worden waren, aus der Gefahrenzone geholt. Laut der einwandfreien Akten, die Smith eingesehen hatte, hatte Peterson keinen einzigen Mann an die Gegenseite verloren.

»Was wissen Sie über den Mord an Major Mollie Smith?«

»Ich bin darüber informiert worden«, erwiderte Peterson ruhig. »Mein Beileid.«

Smith war erleichtert. Er wollte dies alles nicht noch einmal in Worte fassen müssen.

»Mollie wollte zwei Informanten verschwinden lassen«, sagte er.

»Die Army hat ihr eigenes Programm«, meinte Peterson.

»Vielleicht hatte sie Gründe, es nicht zu benutzen.«

Smith wußte, daß sich irgendwo im Raum die Spulen eines Kassettenrecorders langsam drehten. Was er sagte, würde später eingehend durchgekaut werden.

»Haben Sie es schon im Justizministerium versucht?«

Smith nickte. »Nichts. Deswegen bin ich jetzt zu Ihnen gekommen.«

»Entschuldigen Sie mich einen Moment.«

Peterson vollführte eine halbe Drehung mit seinem Stuhl und wandte sich seinem Computer zu. Smith sah nur die Spitzen seiner Knöchel, die sich schnell auf und ab bewegten, während Peterson an der Tastatur arbeitete. Er hielt inne, sah auf den Bildschirm, den Smith nicht sehen konnte, und drückte schwungvoll eine Taste. Der Laserdrucker begann zu surren. Peterson nahm ein einzelnes Blatt aus dem Papierauswurf und reichte es Smith.

»Die Namen wurden geändert«, sagte er. »Aber sie sind sowieso unwichtig. Der Rest entspricht dem heutigen Stand der Dinge. Dies sind alle Personen, die ich während der letzten drei Monate herausgeholt habe, entweder persönlich oder durch Dritte. Ich habe mich selbst um die Unterbringung jedes einzelnen gekümmert.«

Peterson legte eine Pause ein. »Tut mir leid, aber Ihre Schwester ist nie zu mir gekommen.«

Smith gab ihm das Blatt zurück. »Das hätten Sie mir auch sagen können. Dazu brauchte ich die Liste nicht.«

Peterson zuckte mit den Schultern. »Vielleicht. Vielleicht auch nicht. Ich weiß nicht, wieviel Sie wissen – oder mir tatsächlich erzählen. Vielleicht haben Sie bereits ein paar Namen, und Sie benötigen nur eine Bestätigung oder die Aufenthaltsorte.«

»Das wäre schön.«

»Was werden Sie nun also unternehmen?«

»Alles, was ich tun muß.«

»Darf ich Ihnen einen Rat geben?«

»Natürlich.«

»Da Sie auch hier ins Leere gelaufen sind, ist klar, daß Ihre Schwester die Informanten persönlich gedeckt hat. Versetzen Sie sich in ihre Lage. Wenn die Umstände dringlich waren, wie weit würde sie sie fortbringen, um ihre Sicherheit zu garantieren? Wie wichtig war der Zeitfaktor? Würde sie sie zu ihrer Beruhigung in einer Umgebung verstecken, die ihnen vertraut ist?«

Smith verstand, worauf Peterson hinaus wollte – aber der Mann nahm an, daß Smith die richtigen Namen der Informanten und ihre biographischen Daten bereits kannte. Er hatte vermutlich keine Ahnung, wie unwissend Smith war.

»Vielen Dank für Ihre Hilfe«, sagte Smith.

Peterson machte eine abwehrende Handbewegung, die soviel besagte wie: *›Keine Ursache‹.* Er sprach kurz mit seiner Sekretärin über die Gegensprechanlage und wandte sich dann wieder Smith zu.

»Alice wird Sie nach unten begleiten. Sie werden Bill dort wahrscheinlich treffen.« Peterson sah seinen Besucher durchdringend an. »Falls Sie auf irgendwelche Probleme stoßen oder Hilfe brauchen, rufen Sie mich an.«

Als Smith das Büro verließ, glaubte Peterson ein leichtes Schultersinken seines Besuchers wahrzunehmen. Die Last begann zu drücken, und Smith hatte noch einen langen Weg vor sich.

Rawlins bewies den Takt oder die Diskretion – Smith war sich hierüber im klaren –, nicht zu fragen, wie das Gespräch verlaufen war. Er erwartete Smith im Erdgeschoß und führte ihn zu den Sicherheitsstationen.

Smith war tief in Gedanken versunken und grübelte über seinen nächsten Schritt nach. Er spürte, daß er Zeit vergeudet hatte, gleichzeitig jedoch irgend etwas Bedeutendes verpaßt oder übersehen hatte. Er sagte sich immer wieder, daß das Spiel gerade erst begonnen hatte und daß er keinen schnellen Durchbruch erwarten konnte. Rawlins verzichtete wieder auf die Sicherheitsmaßnahmen.

»Viel Glück«, sagte er zu Smith, als sie an der Tür anlangten.

Smith blickte ihn an und schüttelte in einer Art Selbsttadel den Kopf. »Diese Modellanlage in Petersons Büro sah aus wie der Eigenbau eines Sammlers. Ich bin neugierig: Was steckt dahinter?«

»Er ist ein Sammler«, antwortete Rawlins. »Aus diesem Grunde nennen ihn einige Leute hier den Techniker.«

15

Smith wollte gerade vom Parkplatz fahren, als das Autotelefon schrillte. Es war Lucille.

»Es geht um die Computerabfragen, die die Fluglinien wegen Collins durchgeführt haben.«

»Und?«

»Tut mir leid, aber sie haben nicht das ergeben, was Sie vermuten. Nichts über einen Flug von San Francisco zur Ostküste. Aber Delta hat sich die Mühe gemacht, ihren Namen in den älteren Passagierlisten dieser Woche zu überprüfen. Sie landeten zwei Volltreffer. Flug 1410 vom National nach Atlanta mit Weiterflug nach Phoenix. Dann 1066 – nur eine Änderung der Flugnummer, aber dieselbe Maschine – nach L. A.«

»Somit wissen wir, wie sie nach Carmel gekommen ist.«

»Mehr als das. Ich habe ihnen auch Mollies Namen gegeben. Es stellte sich heraus, daß sie dieselbe Maschine genommen hat.«

Smith starrte aus dem Fenster auf einen Blauhäher, der nach einer vorbeischwirrenden Bremse schnappte, die aber über den Asphalt davonflog.

Mollie war in der Nacht, bevor sie ermordet wurde, in L. A.

»Delta hat ihren Namen in der Liste zurück zum National mit dem Direktflug. Es kann nicht später als anderthalb Stunden nach ihrer Landung dort passiert sein. Vermutlich hatte sie noch nicht einmal Zeit, den Flughafen zu verlassen.«

Mollie war in L. A., aber sie hat mich nicht angerufen ...

Smith starrte immer noch auf den Vogel und bemerkte die Tränen nicht, die ihm über die Wangen liefen.

Lucille mußte ihn zweimal mit Namen ansprechen, bevor er reagierte.

»Ich bin noch dran. Ich wundere mich nur, warum Jessup das nicht wußte. *Warum hat das niemand überprüft?*«

»Logan, immer mit der Ruhe. Sie haben in einer anderen Richtung nachgeforscht, nicht wahr? Selbst wenn sie daran gedacht hätten, die Fluggesellschaften zu überprüfen, stehen ihnen nicht annähernd die Möglichkeiten zur Verfügung, die wir haben.«

»Sie haben Sie nicht.«

Die kurze Stille in der Leitung sagte Smith, daß er Lucille mit diesem Kompliment verlegen gemacht hatte.

»Was nun?«

»Geben Sie eine dringende Suchmeldung nach Collins raus, mit Kopien für jede Bundesbehörde östlich des Mississippi. Fälschen Sie einen offiziellen Steckbrief, falls jemand Fragen stellt. Und betonen Sie, daß es sich um eine Bundesangelegenheit handelt. Falls örtliche Beamte sie aufspüren, sollen sie sie überwachen und Bericht erstatten, aber keine Festnahme versuchen, auf keinen Fall.«

»Wenn Sie sie an die Leine legen möchten, müssen Sie ihnen einen Knochen vorwerfen.«

»Machen Sie einen Fall möglicher Spionage daraus.«

»Logan, sind Sie sicher, daß Sie diesen Weg gehen müssen?«

»Mollie hat mir nichts gelassen, womit ich arbeiten kann. Wir können die nächsten beiden Tage damit verbringen, ihre Schritte nachzuvollziehen, und haben vielleicht trotzdem nichts in den Händen. Wenn es also sein muß, werfe ich das Netz aus, um Collins zu fangen.«

»›Wenn‹?«

»Ich habe noch einen anderen Plan. Ob er zu etwas führt oder nicht, hängt davon ab, ob ich das richtige Gespür für Collins habe. Falls sich nichts tut, werde ich Sie gegen Abend meiner Zeit anrufen, damit wir die Angel auswerfen.«

»Ich hoffe für Sie, daß sich etwas tut«, meinte Lucille. »Passen Sie auf sich auf, Logan. Und vergessen Sie nicht, etwas zu essen.«

Bill Rawlins war in Petersons Büro zurückgekehrt. Gebückt starrte er in den durch den Miniatur-Alpenberg führenden Tunnel und überlegte, ob Peterson seine Lokomotiven wohl mit lichtsensorischen Scheinwerfern ausgestattet hatte, die sich beim Einfahren des Zuges in den Tunnel einschalteten.

Rawlins richtete sich auf und sah, daß Peterson ihn beobachtete.

»Ja, die Scheinwerfer gehen von selbst an«, sagte Peterson.

»Ich nehme an, Sie konnten Smith nicht weiterhelfen«, bemerkte Rawlins.

»Der arme Hund. Seine Schwester wird aufgeschlitzt, und er jagt Schatten hinterher, die sie hinterlassen hat oder auch nicht.«

»Smith hat sich eine COSMIC-Freigabe besorgt«, erinnerte Rawlins ihn. »Das Weiße Haus muß also auch an Schatten glauben.«

»Was wissen Sie darüber?«

»Wir überprüfen es gerade. Heute abend werden wir die ganze Geschichte kennen.« Er schwieg kurz. »Übrigens, wie kommen Sie bei Wunderland-Spielzeuge zurecht?«

»Ich rechne mit einem ordentlichen Gewinn dieses Jahr.«

»Das meinte ich nicht.«

»Jesus, Bill, immer mit der Ruhe. Bei Wunderland läuft alles klar, danke der Nachfrage.«

Der Techniker hielt Rawlins' Blick stand. Er wußte genau, was kommen würde.

»Wir brauchen Ihre Leute für einen kleinen Botengang zum Festland.«

»Wohin?«

»Beijing.«

»Sie wissen, daß ich dieses Netz momentan auf Eis gelegt habe. Der Ausschuß für Öffentliche Sicherheit hat noch immer mit dem letzten Trupp zu kämpfen, den meine Boten herausgeholt haben.«

»Die Anfrage kommt vom Direktor.«

»Worum geht es?«

Rawlins sträubte sich. Peterson war der einzige bei der CIA, der eine Erklärung für die Anweisung eines Vorgesetzten verlangen konnte, weil er, bevor er das Spiegelglas-Programm übernahm, in China die beste CIA-Truppe aller Zeiten geleitet hatte. Und er tat es immer noch. Seine Verbindungsleute weigerten sich, mit jemand anderem zusammenzuarbeiten, das wußte Rawlins nur zu gut. Einmal hatte er versucht, Peterson zu ersetzen. Während der folgenden sechs Monate hatte ihn die Funkstille vom chinesischen Festland eines Besseren belehrt. Sobald Peterson den Platz wieder eingenommen hatte, war die Sache wieder gelaufen.

»AT&T baut ein neues Telefonsystem für die Chinesen«, sagte Rawlins. »Sie werden gut vierzig Prozent des Landes verkabeln, einschließlich der wichtigsten Industriegebiete und Militäreinrichtungen.«

»Und Sie möchten, daß meine Leute ein paar zusätzliche Faseradern in den Kabeln installieren, die zu ausgewählten Objekten führen. Damit Sie mithören können.«

Rawlins nickte. »Können sich Ihre Leute in das Projekt einschleusen?«

Der Techniker dachte nach. »Wenn sie genügend Vorlaufzeit haben.«

»Und Ihr gezähmter, kampferprobter Ex-Drogenhändler kann unsere Männer dort unterbringen?«

»Welcher Zeitraum schwebt Ihnen vor?«

»Die Ingenieure bei AT&T machen derzeit die Pläne. Wir werden uns Kopien besorgen, bevor die Tinte trocken ist. Grob geschätzt: drei bis vier Monate.«

»Dann werde ich meinen Leuten in China die Pläne zukommen lassen, und zur gleichen Zeit wird Wunderland-Spielzeuge einen Auftrag für Faserkabel erhalten und sie zu der von mir bestimmten Durchgangsstation versenden. Wäre das in Ordnung?«

»Bestens.«

»Wieviel springt für Wunderland-Spielzeuge dabei heraus?«

»Etwa sieben.«

»Die derzeit übliche Summe also.«

Rawlins ging zur Tür. »Ich halte Sie auf dem laufenden.«

»Memos?«

Rawlins verzog das Gesicht zu einem schmerzlichen Grinsen. »Über einen solchen Scheiß sollten Sie noch nicht mal Witze machen.«

Da er jedoch für die CIA der Mann mit den besten Verbindungen nach China war, konnte sich der Techniker dies herausnehmen und tat es auch. In einigen Teilen des Landes war er sogar der *einzige* Mann. Die CIA konnte ihm nichts abschlagen, solange Wunderland-Spielzeuge einen kontinuierlichen Strom hochwertiger Informationen zurücksandte.

Der Techniker blickte aus seinem Fenster auf das sich verfärbende Laub und seufzte. Hätte man ihn damals in Hongkong nicht verraten, würde er noch immer im Feld arbeiten. Aber das Risiko, daß der Doppelagent vor seinem Tod den chinesischen Behörden eine Beschreibung von ihm geliefert hatte, würde ewig bestehen bleiben. Der Techniker konnte es nicht wagen, nach China zurückzukehren, um dies auf direktem Weg herauszufinden.

Also hatte man ihn nach Hause zurückgeholt und ihm

wie einem Helden ein stilles Willkommen bereitet, da er sein Netz intakt gehalten hatte. Jetzt leitete er es von dem grünen Glaskubus im TransDulles Center aus, dem Kronjuwel der asiatischen CIA-Operationen.

Gleichzeitig war dem Techniker die Spiegelglas-Führung übertragen worden. Sein Ruf, Personen an Orten zu verstecken, wo sie niemals gefunden werden konnten, war legendär. Da es sich bei Aufgaben in China überwiegend um Überwachungsoperationen handelte, hatte der Techniker hinreichend Zeit, einstige Spione und Informanten in ein neues Leben verschwinden zu lassen.

Dennoch hatte ihm der Außeneinsatz gefehlt, und er war rastlos gewesen, bis ihm eines Tages die Möglichkeit zur Rückkehr angeboten worden war – natürlich ohne Wissen der CIA. Nun war der Techniker eine andere Art Terminator für Personen, die besonders tief in der Klemme steckten. Personen, die ihn nie verraten konnten, die ihn bezahlten, ohne Fragen zu stellen, und die ihm hervorragende berufliche Referenzen verschafften.

Die Gedanken des Technikers kehrten zu seiner Unterhaltung mit Smith zurück. Ein sehr zielstrebiger Mann, der jedoch emotional betroffen und daher leicht auszunehmen war. Dennoch, er ging trotz – oder wegen – seines Schmerzes zügig vor. Der Techniker hegte keinen Zweifel, daß Smith Rachel Collins sehr schnell finden würde.

Sie hätte Baltimore gegen Mittag erreicht, wenn ein querstehender Sattelzug nicht neunzig Minuten lang zwei Fahrspuren der I-295 blockiert hätte. Erst vierzig Minuten später fuhr Rachel Camden Yards entlang auf ihrem Weg zum Hauptquartier der Polizei von Baltimore.

Auf der Straße war kein Parkplatz zu finden, also steuerte sie das Omni-Inner-Harbor-Hotel an und stellte ihren Mietwagen dort ab. Dem Portier erklärte sie, sie sei zum Mittagessen verabredet. An einem Zeitungsstand und einer Cafeteria vorbei durchquerte sie die Lobby und trat dann rechts durch die auf die Hanover Street führende Tür hinaus. Sie ging einige Blocks auf der Fayette hinunter und blieb am Stand eines Hot-dog-Verkäufers stehen. Dort kaufte sie sich eine Pepsi und nippte daran, während sie das Polizeigebäude beäugte. Ein Glockenturm in einiger Entfernung läutete zur vollen Stunde.

Zurück in West Virginia, hatte sie der Versuchung, sofort nach Atlanta zu fahren, nur mit Mühe widerstehen können. Aber der Gedanke an Mollie hatte sie davon abgehalten und Überlegungen anstellen lassen, wie auch Mollie es getan hätte.

Wieder im Motel 6, hatte Rachel sich gezwungen, den bisherigen Verlauf der Ereignisse so objektiv wie möglich zu betrachten. Der Auslöser war gewesen, daß Rachel Mollie erzählt hatte, was Dunn vor seinem Tod im Lagerhaus am Hafen gesagt hatte. Das hatte Mollie zu Copeland und Underwoods sofortiger Umquartierung und ihrer gemeinsamen Weiterreise nach Los Angeles veranlaßt ... und zur Rückkehr nach Washington, wo sie ihrem Mörder in die Arme gelaufen war.

Mollie war mit dem Vorhaben zurückgekehrt, sich Dunns Akte vorzunehmen. Jessup und das CID hatten der QRT in Baltimore beteuert, daß Dunn sauber sei, aber nachdem sie seine letzten Worte gehört hatte, war Mollie vom Gegenteil überzeugt gewesen. Nur war sie nicht mehr dazu gekommen, es zu beweisen.

Als sie so in dem zugigen Motelzimmer gesessen und auf den dumpfen Lärm des Highway-Verkehrs gelauscht hatte, der durch die Fenster drang, war Rachel klar geworden, daß sie Mollies Arbeit beenden mußte. Aber Dunns Akte war in Fort Belvoir und somit für sie unerreichbar. Dies wäre ein weiterer Grund gewesen, sofort nach Atlanta zu fahren. Aber eine leise Stimme flüsterte ihr zu, daß sie irgend etwas übersah und es Verrat an Mollie wäre, wenn sie sich vorschnell auf Copeland stürzte.

Erst am nächsten Morgen und nach ein paar Stunden Schlaf stellte Rachel die Verbindung her. Während sie unter der Dusche stand und ihr noch wirre und unzusammenhängende Gedanken durch den Kopf gingen, sah sie sich plötzlich wieder auf dem heißen Lagerhausdach in Baltimore liegen. Sie erinnerte sich daran, wie sie Dunn zum ersten Mal gesehen hatte, als er vorfuhr und aus dem großen Suburban stieg ...

Und wer hatte neben ihr auf diesem Dach gelegen? QRT-Commander Robert Burns.

Dem Jessup Dunns Akte überlassen hatte. Und die Burns immer noch haben müßte.

Rachel preßte die kalte Aluminiumdose an ihre Lippen, nahm noch einen Schluck und fand den Geschmack plötzlich zu süß. Sie warf die Dose in einen Recycling-Container und ging zügig zur Straßenecke. Sie konnte nicht sicher sein, daß Burns die Akte noch hatte, aber die Chancen standen gut. Seit er sie von Jessup erhalten hatte, waren erst drei Tage vergangen. Falls Jessup Burns nicht angewiesen hatte, sie unverzüglich zurückzugeben – was Rachel bezweifelte –, müßte die Akte noch unter den Stapeln auf dem Schreibtisch des Commanders begraben liegen.

Rachel mischte sich unter die Menschenmenge an der Ecke und eilte über die Straße. Das Hauptquartier ragte vor ihr auf und hielt die Sonnenstrahlen ab. Sie bahnte sich den Weg durch die Massen, die auf den Eingang des Gebäudes zusteuerten.

Ob Burns die Akte immer noch hatte, war jedoch nicht ihre größte Sorge. Als sie sich in die Schlange einreihte, um den Metalldetektor zu passieren, wurde Rachel bewußt, daß das CID vermutlich eine formelle Warnung vor ihr ausgegeben hatte. Technisch gesehen war sie seit achtundvierzig

Stunden dem Dienst unentschuldigt ferngeblieben. Aber wie weit war diese Warnung verbreitet worden? Das CID hatte sein Interesse an ihr sicherlich den lokalen und vielleicht auch den bundesstaatlichen Behörden mitgeteilt. Aber auch dem Commander der QRT von Baltimore?

Rachel war als nächste an der Reihe. Ihre reichlich mit Messing besetzte Uniform ließ den Detektor anschlagen. Der Sicherheitsbeamte nahm ihren Ausweis und bedeutete ihr, um den Detektor herumzukommen. Mit zusammengekniffenen Augen betrachtete er ihr Foto, dann ihr Gesicht, und führte schließlich das Abtastgerät an ihrem Körper entlang.

»Scheint in Ordnung zu sein«, sagte er und gab ihr den Ausweis zurück.

Hätte er nicht so gelangweilt geklungen, hätte Rachel dies für eine taktlose Anmache gehalten.

Am Ende der Eingangshalle war ein Bereich durch ein Gerüst abgetrennt, das mit schweren Bauplanen verhängt war und an das sich Rachel noch von ihrem ersten Besuch her erinnerte. Ihr fiel ein, daß der offene Bereich zum QRT-Posten geführt hatte; jetzt jedoch konnte sie dort nur eine einzelne unbeschriftete Tür sehen. Das Tastaturfeld an der Wand daneben ließ vermuten, daß dies nun der Hauptzugang zu dem Anbau war.

Rachel warf einen Blick auf die laminierte Karte in ihrer Hand. Die CID-Kennung würde ihr den Zutritt durch diese Tür beschaffen. Aber wenn Burns' Name auf dem Verteiler der Army gestanden hatte, hatte sie nichts, womit sie wieder hinauskonnte. Unwillkürlich verlangsamte Rachel ihren Schritt, als sie sich der Tür näherte. Ihre Sinne nahmen jede Kleinigkeit wahr: die leichte Bewegung der in einer oberen Ecke der Wand montierten Überwachungskamera, das dumpfe Geräusch Hunderter von Ledersohlen, die die große, breite Treppe hinauf- und hinunterliefen.

Mollie hatte Dunn für wichtig gehalten. Nein – lebenswichtig. Dies war der einzige Weg für Rachel, das zu bekommen, was Mollie nie gesehen hatte. *Jetzt oder nie.*

»Was, zum Teufel, machen Sie denn hier?«

Die provozierende Frage dröhnte durch den Lärm.

Rachel fuhr herum. Burns stand, in leicht vorgebeugter Haltung, die Hände in die Hüften gestemmt, wenige Zentimeter hinter ihr. Sie kämpfte den Impuls nieder zurückzuweichen, trat statt dessen einen Schritt vor und hinterließ einen schmutzigen Abdruck auf dem perfekten Glanz seines Stiefels. Burns sprang zurück, als hätte ihm ein Pferd einen Tritt versetzt.

»Scheiße, Collins! Sie schon wieder?«

»Bitte?«

Burns besah sich den Schaden an seinem Stiefel und blickte dann wieder auf. »Genauer gesagt: Was wollen Sie hier?«

Er hat keine Ahnung.

»Tut mir leid«, sagte Rachel und fügte hinzu, was Burns zu hören erwartete: »Sie haben mich erschreckt.«

»Tja, wie auch immer. Also?«

»Ich soll Dunns Akte holen, die wir Ihnen geschickt haben.«

Burns kniff die Augen zusammen. »Dunn? Oh, verflucht!« Er sah sie mißtrauisch an. »Man läßt Sie noch immer arbeiten?«

Rachel wußte genau, worauf er hinauswollte. Sie hob ihr Kinn und warf ihm einen vernichtenden Blick zu. »Hauptsächlich Dienstbotengänge. So wie dieser hier.«

Sie hatte das Gefühl, daß Burns der Anblick ihrer Verärgerung mehr Spaß bereitete als Sex. Er machte nicht einmal den Versuch, seine Schadenfreude zu verbergen.

»Sie haben sie doch noch, oder?« drängte sie. »Die Akte, meine ich.«

»Sicher. Ich habe schon darauf gewartet, daß die Army jemanden vorbeischickt, um sie abzuholen. Daß Sie das sind, hätte ich mir jedoch nicht träumen lassen.«

»In den letzten zwei Tagen habe ich eine Menge Regierungsgebäude von innen gesehen«, antwortete Rachel dünn.

Burns bedeutete ihr, ihm zu folgen. Er hackte den Zutrittscode auf der Tastatur ein, und die Tür ging auf. Rachel hielt sich hinter ihm, während sie durch den kurzen Gang bis zum Schreibtisch des diensthabenden Sergeants gingen.

»Sie warten hier«, sagte Burns über die Schulter, ohne sein Tempo zu verlangsamen.

Rachel stand vor dem diensthabenden Sergeant. Es war derselbe mondgesichtige bullige Schwarze, der auch an dem Morgen hinter dem Schreibtisch gesessen hatte, als man sie im Verhörzimmer hatte warten lassen. Sein Namensschild identifizierte ihn als Sergeant Tom LaPeer.

»Kann ich Ihnen helfen? Möchten Sie einen Kaffee oder etwas anderes?«

»Vielen Dank, aber so lange werde ich nicht brauchen.«

»Sie sind vom CID, stimmt's?«

»Richtig.«

Er beugte sich über seinen Schreibtisch nach vorn und streckte ihr seine Hand entgegen, die nur unwesentlich kleiner war als der Baseballhandschuh eines Fängers. »Tom LaPeer.«

»Rachel Collins.«

»Sie sind bestimmt wegen der Dunn-Akte hier. Wissen Sie, Burns kocht noch immer vor Wut über Ihre Vorgehensweise in jener Nacht.«

»Ich würde es wieder so machen, wenn es sein müßte.«

»Die meisten hier in der Einheit – ich auch – haben das Band von dem Einsatz gehört. Danach zu urteilen können wir Ihnen nur recht geben.«

Rachel nickte und verlagerte ihr Gewicht von einem Bein auf das andere.

»Hat Ihnen die Army wegen Burns' Gezeter in die Suppe gespuckt?«

»Sagen wir, ich habe schon bessere Zeiten erlebt.«

LaPeer nickte ernst. »Ich habe von dem Mord an diesem Officer gehört. Kannten Sie sie?«

»Sie war meine Vorgesetzte. Meine Freundin.«

»Oh, das tut mir leid.«

Rachel sah, wie LaPeer nach einigen Papieren griff, um sie wegzuschieben. Vermutlich bot sich ihr keine bessere Gelegenheit.

»Erinnern Sie sich an den Tag, als ich hier war? Sie haben mit einem Mann gesprochen. Ich habe ihn durch das Fenster im Verhörzimmer gesehen. Er trug eine *Redskins*-Jacke, ich glaube ...«

LaPeer verdrehte die Augen und sah sich dann um, als wolle er sich vergewissern, daß niemand in Hörweite war.

»*Das* hat verdammten Ärger gegeben, das kann ich Ihnen sagen.«

»Wie das?«

»Er gab vor, ein Kurier vom Polizeilabor zu sein. Hatte alle Ausweispapiere und den ganzen Kram. Deswegen hat Burns ihm alles gegeben, aber leider war der Kerl getürkt. Er hat sich mit den Sachen aus dem Staub gemacht – puff, weg war er!«

»Ich weiß, daß Major Smith – sie war mein vorgesetzter Officer – Sie wegen irgendwelchem Beweismaterial in der Dunn-Geschichte angerufen hat. Wir haben es nie erhalten.«

LaPeer schnaubte verächtlich. »Kein Wunder. Burns hatte an diesem Tag ziemlich viel zu erklären.«

Rachel trat näher an den Schreibtisch und senkte die Stimme. »Aber Sie haben doch mit diesem Mann – dem Kurier – gesprochen. Sie können ihn doch sicherlich beschreiben.«

LaPeer machte ein völlig ausdrucksloses Gesicht. Rachel

wußte, daß sie eben die Grenze zu einem Bereich überschritten hatte, von dem LaPeer korrekterweise annahm, daß er sie nichts anging. Aber noch zeigte er keine ablehnende Haltung.

»Major Smith und ich wollten diese Aufnahmen haben. Es war ein Tonband, das die QRT während des Einsatzes aufgenommen hat. Aber als wir nachfragten, war das Band verschwunden. Und kurz darauf wurde Major Smith ermordet.«

Rachel legte eine Pause ein. »Aber ich interessiere mich immer noch für den Kurier. Können Sie mir etwas über ihn sagen? Irgend etwas?«

LaPeer betrachtete sie einen Moment, der Rachel endlos lang vorkam. »Was wollen Sie von ihm?« fragte er schließlich.

Rachel erkannte, daß LaPeer zu intelligent war, um sich beschwindeln zu lassen. »Das bleibt aber unter uns. Ich muß mich darauf verlassen können, daß Sie dichthalten.«

»Das können Sie.«

»Ich verfolge eine Spur, die den Diebstahl des Tonbandes mit Major Smiths Tod in Verbindung bringt. Es könnte sein, daß es sich bei dem Dieb und dem Mörder um ein und dieselbe Person handelt.«

LaPeers Augen weiteten sich. Im gleichen Moment hörte sie Burns in der Nähe brüllen.

»Wenn Burns die Hölle heiß gemacht worden ist, weil er das Band einem Betrüger gegeben hat, hat er Sie sicherlich nach einer Beschreibung des Kuriers gefragt. Jetzt frage ich Sie danach. Bitte.«

In diesem Augenblick jedoch flog die Tür hinter dem Schreibtisch auf, als hätte sie jemand mit ausgestrecktem Arm aufgestoßen. Burns marschierte auf Rachel zu und knallte ihr einen versiegelten Umschlag vor die Nase.

»Ihre Akte. Sie kennen den Weg.« Er wies zur Tür und wartete darauf, daß sie sich verabschiedete.

»Ach, Commander?«

»Was gibt's, Sergeant?«

»Gerade eben ist ein Anruf für Sie gekommen. Vom O'Malley.«

Rachel sah, wie Burns zögerte, sich dann auf dem Absatz umdrehte und in die Richtung entfernte, aus der er gekommen war. LaPeer winkte Rachel wieder an den Schreibtisch zurück.

»O'Malley ist eine Bar. Burns hat ein Techtelmechtel mit einer Kellnerin dort, Kelly.« Er zwinkerte ihr vielsagend zu. »Seine Frau weiß davon nichts. Noch nicht.«

LaPeer kramte in den Ablagen auf seinem Schreibtisch und zog ein zusammengefaltetes Blatt Papier hervor. »Das ist das Phantombild des Kuriers, das ich für Burns habe erstellen lassen. Viel ist es allerdings nicht. Ich glaube, der Mann war verkleidet. Profimäßige Arbeit. Aber vielleicht können Sie etwas damit anfangen, zusammen mit dem, was Sie sonst noch haben.«

Rachel riß LaPeer das Blatt aus der Hand und ließ es in ihrer Tasche verschwinden. »Danke.«

»Noch etwas. Burns läßt die Angelegenheit sterben. Er hat mächtig Ärger bekommen, wie er sich hat übers Ohr hauen lassen, und ist absolut genervt. Wenn Sie die Punkte zu Linien verbinden oder irgend etwas brauchen, kommen Sie zu mir.«

Zurück in seinem Büro, telefonierte Commander Burns jedoch nicht mit der blonden Kelly vom O'Malley. Sein Anruf wurde in einen Observierungstransporter durchgeschaltet, der draußen auf der East Fayette parkte.

»Das Objekt kommt gleich heraus. Passen Sie auf.«

»Verstanden.«

Im Inneren des mit Teppich ausgelegten Wagens, der mit bequemen Stühlen und einer leistungsstarken Klimaanlage ausgestattet war, klebten die Augenpaare dreier Observierer an den festinstallierten Sichtgeräten aus Army-Beständen, die auf die gegenüberliegende Straßenseite gerichtet waren.

Sie entdeckten Rachel, sobald sie aus der Tür trat. Das Videoband lief an.

»Wir haben sie. Sie geht in Richtung St. Paul.«

»Ihr kennt eure Aufgabe«, antwortete Burns über Funk. »Behaltet sie im Auge, und setzt Streetwalker auf sie an.«

Ein Mann des Observierungsteams wandte seine Aufmerksamkeit einer Frau mit roten Haaren in einem eleganten, marineblauen Kostüm und einem Jogger mit Bürstenhaarschnitt in einem *Annapolis*-T-Shirt zu, die sich an Rachels Fersen hefteten.

»Die Streetwalker sind am Objekt.«

»Haltet mich auf dem laufenden.«

Burns griff in seine Jackentasche und holte einen kleinen Zettel hervor. Er glättete ihn und verschmierte dabei die Tinte ein wenig. Die Zahlen verwischten, aber er konnte sie noch lesen. Jetzt erklang eine Stimme am anderen Ende der Leitung.

»Ja?«

»Inspector Smith?«

»Wer spricht dort?«

»Commander Burns.«

»Was gibt es?«

»Sie hatten recht, Sir. Sie war gerade wegen der Akte hier, genau wie Sie gesagt haben ...«

»Wo ist sie jetzt?«

»Auf der Straße. Ich habe zwei meiner Leute direkt auf sie angesetzt und drei in einem Observierungstransporter.«

»Sie hat sie nicht bemerkt?«

»Nein, Sir.«

»Sie wird zu ihrem Wagen gehen, geben Sie das an den Transporter durch. Und bringen Sie zwei weitere Autos ins Spiel.«

»Sir, ich kann sie festnehmen lassen ...«

»Burns, hören Sie mir genau zu. Ich will sie nicht festnehmen, nur verfolgen lassen. Und ich möchte nicht, daß sie Ihre Leute bemerkt, sonst wird sie flüchten.«

»Was, wenn sie auf die Interstate fährt? Dann könnten wir ein Zuständigkeitsproblem bekommen.«

»Es wird *überhaupt kein* Problem geben. Ihre Leute können nach der verpatzten Sache mit dem Band jetzt ein paar Punkte gutmachen.«

Burns Ohren leuchteten feuerrot. Seine Sicherungen brannten schnell durch, aber dies war wirklich nicht der Moment loszupoltern. Dieser Inspector Smith, wer verdammt noch mal er auch immer war, mußte zur Rechten Gottes sitzen. Der Befehl zu »größtmöglicher Kooperation ohne Fragen oder Beschränkungen der Mittel« war vom Polizeipräsidenten persönlich erteilt worden.

16

Rachel ging mit schnellen Schritten zum Hotel zurück. Eine Horde Teenies war gerade am Haupteingang aus einem Reisebus gestiegen, so daß sie sich ihren Weg zum Seiteneingang bahnen mußte.

Drinnen schlüpfte sie in eine Toilette, die neben der Eingangshalle lag, und lehnte sich mit dem Rücken gegen die kühle Kachelwand. Ihre Knie zitterten, und ihre Fingerspitzen klebten an dem Umschlag, den Burns ihr gegeben hatte. Sie legte ihn auf die Ablage, beugte sich über das Waschbecken und spritzte sich kaltes Wasser ins Gesicht. Anschließend fuhr sie mit den Fingern durch ihre Haare.

Die Teenager waren noch nicht in die Lobby eingefallen, aber trotzdem waren sie nicht zu überhören. Der Gruppenleiter gab durch ein Megaphon Anweisungen, während sie ihre Recorder aufdrehten und ihr Gepäck zusammensuchten. Der Lärm folgte ihr bis in die Kaffeebar und sogar noch bis zu dem Ecktisch, den sie im hintersten Winkel auswählte. Sie bestellte eine Tasse Kaffee. Einen Augenblick lang saß sie, die Augen geschlossen, reglos da und rührte in ihrem Kaffee, rührte so lange, bis das einzige, was sie hörte, das Klingeln des Löffels in dem Porzellanbecher war. Schließlich nahm sie einen Schluck und schlug Dunns Akte auf.

Okay, Mollie, hilf mir dabei. Wonach hast du gesucht?

Rachel hatte Hunderte von Akten wie diese gelesen, die alle in der gleichen Weise aufgebaut und in demselben trockenen und monotonen Army-Stil verfaßt waren. Sogar die sechs Empfehlungen, die Vorgesetzte über Dunn ausgesprochen hatten, klangen glanzlos nüchtern.

Rachel beendete ihre erste Durchsicht, nippte an ihrem Kaffee und begann von vorn.

Dunns familiärer Hintergrund war ohne Auffälligkeiten. Er war der älteste Sohn des Besitzers eines Eisenwarenladens aus Dallas und ein passabler Schüler in der High School gewesen. Seine besten Fächer: Werkunterricht und Automechanik. Zwei Tage nach Schulende hatte er sich freiwillig zum Militärdienst gemeldet.

Die Army hatte ein besonderes Talent, ihre Leute in die Abteilungen zu stecken, die in keinem Zusammenhang mit ihren natürlichen Talenten standen: Ein begabter Fotograf endete in einer Panzerschule, ein Koch kämpfte sich mühevoll durch die Artillerie. In Dunns Fall war es jedoch anders gewesen. Er erhielt eine Mechanikerausbildung, zunächst für Vierradtransporter, arbeitete sich dann zu den Bradley-Kampffahrzeugen vor und wurde schließlich zur Panzerwartung versetzt. Seine Eignungsberichte lagen ein gutes Stück über dem Durchschnitt. Dreimal war Dunn die Chance geboten worden, sich einer Offiziersanwärterprüfung zu unterziehen; dreimal hatte er abgelehnt. Rachel überlegte. Es konnte sein, daß Dunn der Ehrgeiz für eine Karriere gefehlt hatte. Oder er hatte geplant, sich langsam in das Quartiermeister-Korps vorzuschlängeln, das einen ab einer gewissen Ebene mit der Lizenz zum Gelddrucken belohnte.

Als sie beim CID begonnen hatte, war Rachel überrascht gewesen zu entdecken, daß es die untersten Ränge und nicht die Offiziere waren, die die Computerschulungszentren mit Beschlag belegten. »Überleg mal«, hatte Mollie gesagt. »Die meisten dieser Kerle besitzen eine gute Portion Bauernschläue. Sie wissen, daß sehr bald alles über Computer laufen wird, die Inventur, Buchführung, der Einkauf, die Transfers. Keine Hefte und Stifte mehr, keine handgeschriebenen Bestellungen, die gefälscht oder verlegt werden können. Diese Typen wollen wissen, wie es demnächst funktioniert. Und ein paar von ihnen sind noch ein bißchen ehrgeiziger. Sie wollen die Computer dazu benutzen, das System lahmzulegen – im großen Stil.«

Rachel hatte genügend Zeit vor dem Bildschirm verbracht, um weitaus besser zu sein als die Sergeants von der Beschaffung, die mit einem Tastendruck vierhundert Kisten mit M-16-Gewehren aus Fort Benning verschwinden lassen konnten, welche dann wie durch Zauberhand bei den Rauschgifthändlern im mexikanischen Juárez wieder auftauchten.

Etwas Ähnliches hatte Dunn in diesem Lagerhaus vorgehabt, allerdings in kleinerem Umfang. *Aber Dunn war mehr als nur ein Dieb. Er war talentiert und zuverlässig. Irgendwer hatte Einblick in sein Leben gewonnen, und ihm hatte gefallen, was er sah. Dunn hatte etwas zu bieten. Aber was?*

Rachel warf einen Blick auf die Uhr. Sie dachte an Steven Copeland, der das Telefon anstarrte und darauf wartete, daß es klingelte. Sie mußte sich beeilen, aber Nachlässigkeit konnte sie sich nicht erlauben.

Ein psychologisches Profil wäre hilfreich gewesen, aber es

gab keines. Dunn war nie mit einer Arbeit beauftragt worden, die eine umfangreiche Sicherheitsüberprüfung erfordert hätte.

Niemand hatte vermutet, er könne Mitglied einer rassistischen Vereinigung sein.

Rachel wußte, daß einige Army-Angehörige Dunns Überzeugung teilten. Seit Oklahoma City und der vorsätzlichen Entgleisung eines Amtrak-Zuges in Arizona hatte das CID möglichen Verbindungen zwischen weißen Aktivisten und Army-Personal größte Aufmerksamkeit geschenkt. Die Anzahl rassistischer Sympathisanten in Uniform war gering; wenn es jedoch um führende Verbindungsleute ging, war bereits ein einziger einer zuviel.

»... geholfen, den schwarzen Bastard zu erledigen ...«

Wie hast du das gemacht, Dunn? Wer hat dich gefunden, ist an dich herangetreten und hat genau den richtigen Nerv bei dir getroffen?

Rachel ließ ihren Blick durch die Kaffeebar schweifen und blätterte dann zu den Seiten mit Dunns letzten Aufgaben.

Fort Ridley, Kansas. Dunn war dorthin geschickt worden, um Mechaniker am M-1 Abrams-Panzer auszubilden.

Dann zurück nach Belvoir ...

Die halb beschriebene Seite eines Computerausdrucks flatterte zu Boden, als Rachel umblätterte. Sie hob sie auf, legte sie auf die Akte und sah sie sich genauer an.

Es war ein Nachtrag zu Dunns Stationierungen während der letzten acht Monate. Im März war er nach Fort Bragg in North Carolina geschickt worden, zu einer Intensivschulung über die Wartung von Apache-Angriffshubschraubern. Er hatte den Kurs mit Auszeichnung beendet und blieb auf Empfehlung noch dort für einen Fortbildungskurs über Starrflügler. Die erfolgreiche Teilnahme erlaubte ihm, Arbeiten an allen Flugzeugen bis hin zur C-12, der Militärversion des Langstrecken-Lear-Jets, vorzunehmen.

Die Erwähnung der C-12 setzte sich in Rachels Gedanken wie eine Klette fest. Sie hatte etwas zu bedeuten. Aber sie konnte keine Verbindung herstellen.

Denk nach. Dunn kannte sich mit Flugzeugen aus. Was noch?

Sie ging nochmals alle Unterlagen durch und widmete sich schließlich einer Seite, der sie bisher wenig Aufmerksamkeit geschenkt hatte: Dunns Urlaubsplan.

Nach seinem Aufenthalt in Fort Bragg hatte Dunn eine Woche dienstfrei. Er hatte Bragg zwar am vorgesehenen Datum verlassen, war jedoch weniger als zweiundsiebzig Stunden später wieder zurückgekehrt. Von dort aus war er direkt zur Andrews Air Force Base vor den Toren Washingtons geflogen …

Und meldete sich als Ersatzfahrer für General Griffin North, dessen normaler Chauffeur nach einem Unfall mit Fahrerflucht eine Beinverletzung hatte.

Rachel lehnte sich zurück und schaute aus dem Fenster. Die Teenager verstreuten sich in alle Himmelsrichtungen, während der frustriert aussehende Gruppenleiter noch immer etwas brüllte. Ihr Bus war zur Abfahrt bereit.

Rachel holte tief Luft. Dunn war zwei Tage lang Norths Fahrer gewesen. Dunn hatte damit geprahlt, North erledigt zu haben. North war bei einem *Flugzeugunfall* ums Leben gekommen – in einer C-12. Deren Mechanik Dunn in- und auswendig kannte.

»Ich hab dich«, murmelte Rachel. »Ich hab dich, hab dich, hab dich!«

Sie nahm die Akte, ging zum Kassierer und hielt ihm einen Zehn-Dollar-Schein hin. »Können Sie mir das Wechselgeld bitte in Vierteldollars geben?«

Entlang des Ganges waren kleine Geschäfte – ein Blumenladen, eine Autovermietung, ein Zeitungsstand und eine kleine Reiseagentur. Der übergewichtige Mann mittleren

Alters in kurzärmeligem Hemd und mit fleckiger Krawatte hackte auf seine Computertastatur ein.

»Eine Sekunde noch.«

Rachel zählte eine volle Minute, bevor er sie mit seinem Lächeln beehrte und dabei gelbe Raucherzähne entblößte.

»Nun, was kann ich für Sie tun, Ma'am?«

»Gibt es einen Amtrak-Express von hier nach Atlanta?«

»Schauen wir doch mal nach ...« Tastengeklapper, dann: »Jawohl. Fährt in Baltimore um sieben nach fünf morgens ab und ist um ein Uhr zweiunddreißig in Atlanta. Paßt Ihnen das?«

»Gibt es keinen schnelleren Bus?« fragte Rachel.

Der Angestellte sah sie an, als seien ihr Hörner gewachsen.

»Das *ist* der Express.«

»Wie steht's mit Flügen?«

»Dulles oder Baltimore-Washington?«

»B-W. Das liegt am nächsten, oder?«

»Mmh.« Zurück zur Tastatur. »Am besten für Sie ist wahrscheinlich Delta 457. Startet in neunzig Minuten.«

Sie nickte. »Nur Hinflug bitte.«

»Sicher? Wenn Sie Hin- und Rückflug buchen und über einen Samstag bleiben, sparen Sie gut einen Hunderter.«

Rachel riß sich zusammen. »Soviel? Großartig. Dann buche ich den Rückflug für den späten Sonntag nachmittag.«

Sie zählte sechs Fünfzig-Dollar-Scheine ab und legte sie auf den Schreibtisch. »Ich muß kurz telefonieren und meiner Familie mitteilen, daß ich komme. Reicht das?«

Der Mann gab ihr einen Fünfziger zurück. »Ich werde alles fertigmachen, bis Sie wiederkommen. Oh, hey! Wie heißen Sie?«

»Sarah Martindale«, rief sie über die Schulter und eilte zu einer Reihe Telefonapparate vor dem Fischrestaurant des Hotels.

Rachel gab dem Operator die Nummer des Ritz-Carlton

in Buckhead und stapelte genügend Vierteldollar-Münzen für ein Fünfminutengespräch vor sich auf. Steven Copeland hob nach dem zweiten Klingelzeichen ab.

»Steven, hier ist ...«

»Sie sind spät dran. Ich habe vor zwei Stunden mit Ihrem Anruf gerechnet.«

»Tut mir leid, aber ich habe gerade erst die Bestätigung meines Fluges nach Atlanta erhalten. Steven, geht es Ihnen gut?«

»Ja, ja. Es ist nur die Warterei ...«

Er hörte sich außer Atem an. »Sie hören sich an, als kämen Sie gerade von einem Marathonlauf zurück.«

»Ich war im Fitneßraum. Wann sind Sie hier?«

»In etwas weniger als zwei Stunden. Wie weit ist es vom Flughafen zum Hotel?«

»Fünfundzwanzig Minuten oder so. Aber Sie werden in den Berufsverkehr kommen.«

»Geben Sie mir maximal eine Stunde. Ich rufe Sie aus der Hotelhalle an, okay?«

»Ich will das alles nur hinter mich bringen.«

Es lag kein Beben in seiner Stimme, aber Rachel spürte seine Angst so deutlich, als hätte sie ihren Finger an seinem Puls.

»Das will ich auch, Steven. Sie machen das gut. Bleiben Sie ruhig, wir sehen uns in ein paar Stunden.«

»Rufen Sie mich an, falls der Flug Verspätung hat.«

»Das werde ich tun.«

Rachel hängte ein und stieß einen leisen Pfiff aus. Steven Copeland wurde schnell nervös.

Sie sah auf die Uhr: Zeit zu gehen. Sie mußte noch ihr Ticket abholen und den Seesack aus dem Mietwagen, bevor sie ein Taxi zum Baltimore-Washington International nehmen würde. Was sie vorhatte, konnte warten, aber sie konnte der Versuchung nicht widerstehen.

Rachel kramte den Ausdruck hervor und suchte die Kontaktnummer, die Dunn während seines letzten Urlaubs hinterlassen hatte. Nachdem er seinen Auftrag als Norths Fahrer beendet hatte und kurz vor Norths Abflug nach Carolina. Hastig steckte sie einen Vierteldollar in den Schlitz und wählte die Nummer.

»Die von Ihnen gewünschte Nummer ist nicht mehr erreichbar. Bitte rufen Sie die Auskunft an.«

Rachel fühlte, wie ihre Hoffnung zu etwas Kaltem und Säuerlichem gerann, als sie den Hörer auf die Gabel knallte. Der Angestellte des Reisebüros stand vor der Agentur und sah den Flur hinauf und herunter. Er lächelte, als er Rachel auf sich zukommen sah, trat rasch einen Schritt zurück, als sie an ihm vorbeirannte, ihm das Ticket aus der Hand riß und keinen einzigen Blick mehr zurückwarf.

Die Geschäftsfrau in dem geschmackvollen marineblauen Kostüm hatte sich in eine Mittdreißigerin beim Joggen verwandelt und vervollständigte ihr Outfit mit zwei Gewichten von je einem Kilo, die von babyblauem Plastik umhüllt waren. Der Mann mit dem *Annapolis*-T-Shirt war zu einem bebrillten Oberstudienprofessor mit Land's-End-Tasche geworden. Es war die Joggerin, die die Zielperson erspähte, als diese soeben einen Seesack aus dem Kofferraum holte, den Parkplatz zu Fuß verließ und zum Hotelvorplatz ging.

»Sie läßt den Wagen stehen«, sagte sie in ihr Funkgerät.

Der Posten in dem Observierungstransporter antwortete sofort. »Habe verstanden. Behalten Sie sie im Auge. Professor, Sie können ein wenig näher herangehen. Verlieren Sie sie nicht unter all den Kids.«

Der Professor ging über die Straße, als plötzlich ein Flughafen-Shuttle vor dem Hotel hielt. Das Team in dem Transporter wurde unruhig.

»Was sehen Sie, Professor?«

»Eine Ladung Japaner. Sieht aus, als wäre gerade eine Invasion mit einer 747 aus Tokio gelandet – Augenblick mal.«

Der Professor stand am Rand der Menge, die nun aus einer Mischung konfuser Asiaten und überdrehter Teenies bestand.

»Ich kann sie nicht sehen«, gab er durch, da der Bus ihm die Sicht versperrte.

»Läuferin?«

»Ich hab sie«, antwortete die Joggerin ruhig. »Ich bin genau dort.«

Der Professor erblickte seine Partnerin, die leichtfüßig über den Gehweg joggte, erspähte eine Lücke in der Menschenmenge und zwängte sich hindurch zu einer Grasböschung, die den Bürgersteig von dem Vorplatz trennte. Die Teenager johlten der Joggerin hinterher, während sie in Richtung Bus lief und die Japaner mit zusammengekniffenen Augen hier- und dorthin deuteten und ihre Kameras hoben.

»Jetzt sind alle ausgestiegen«, berichtete sie. »Die Zielperson ist in Sicht.« Sie schwieg kurz. »Ein paar Leute warten schon darauf einzusteigen. Professor, Sie sollten besser hierherkommen.«

»Läuferin, gibt es ein Problem?«

»Noch nicht, aber es könnte eins geben, wenn der Professor nicht einsteigt. Jedenfalls ist sonnenklar, daß ich nicht mitfahren kann.«

»Warum nicht?«

Die Frau verlangsamte ihr Tempo, blieb dann stehen, bückte sich und gab vor, ihre Archillessehnen zu massieren. Den Schweiß, der ihr übers Gesicht rann, brauchte sie nicht vorzutäuschen. Keiner der Leute, die in den Shuttlebus stiegen, würdigte sie eines Blickes.

Die Lippen der Frau bewegten sich kaum, während sie Rachel Collins keine Sekunde aus den Augen ließ, die nun dem

Fahrer ihren Seesack reichte, damit er ihn im Gepäckfach verstauen konnte.

»Weil Sie, hätten Sie sich die Mühe gemacht, das Schild mit dem Zielort zu lesen, wüßten, daß dies ein Shuttlebus zum Flughafen ist.«

Die Joggerin sah auf, als sie den Tumult hörte, und mußte beim Anblick ihres Partners lächeln, der sich den Weg durch die Menge bahnte und auf den Bus zurannte.

»Smith hier.«

»Burns am Apparat. Sie reist ab, Richtung Flughafen Baltimore-Washington.«

Logan Smith wandte sich um, als eine Zugmaschine an der offenen Tür vorbeirumpelte. In dem Hangar in Andrews war es heiß und stickig. Sechs Meter entfernt stand die Crew neben einer Gulfstream des FBI. Seit mehr als zwei Stunden warteten sie auf Smiths Startsignal, und in den Blicken, die sie ihm zuwarfen, spiegelte sich ihre Ungeduld wider.

Smith hielt den Hörer am Ohr, während er den Kopf in den Nacken legte und das Netz der über Kreuz verlegten Eisenträger betrachtete. Er hatte einen schlechten Start mit Burns gehabt, was ihn der QRT-Commander nun auf kleinliche Weise spüren ließ.

Smith bemühte sich um einen ausgeglichenen, kühlen und professionellen Tonfall. »Ich nehme an, Ihre Leute verfolgen ihren Wagen?«

»Das brauchen sie nicht. Sie hat nicht ihr Auto genommen.« Smith sah das Grinsen hinter seinen Worten. »Sie sitzt im Bus zum Flughafen. Einer meiner Männer ist ebenfalls eingestiegen, zwei Einheiten folgen in Zivilwagen, ebenso ein Hubschrauber.«

»Wir brauchen jemanden am Flughafen, um zu erfahren, wohin sie fliegt.«

»Ja, Sir, das wäre eine angemessene Vorsichtsmaßnahme.«

»Vorsichtsmaßnahme?«

Smith war klar, daß Burns ihn auflaufen lassen wollte; er wußte nur nicht, wie. Als dann der Schlag kam, mußte er lächeln.

»Mehr wäre es auch nicht«, sagte Burns. »Im Hotel gibt es ein Reisebüro. Ihre Miss Collins ist auf dem Weg nach Atlanta und reist unter dem Namen Sarah Martindale.«

Die Gulfstream stand als nächste für den Start freigegebene Maschine auf der Rollbahn, als Lucille Smith zurückrief.

»Burns mag ein kleinkarierter Typ sein, aber er macht seine Sache gut«, sagte sie. »Delta hat eine Sarah Martindale an Bord des Fluges 457 nach Atlanta.«

»Nicht gut genug«, erwiderte Smith.

Er atmete tief durch, als die Maschine die Startbahn entlangraste, um in den Himmel aufzusteigen.

»Ein Ticket ist eine Sache, aber sie müssen feststellen, daß Collins ihre *Bordkarte* abgibt. Können seine Leute abchecken, ob sie mit ihrem Ticket durch die Kontrolle gegangen ist?«

»Bleiben Sie dran, ich rufe kurz an.«

Smith hörte die Funkstörung, als das Flugzeug aus einem Turbulenzenfeld hinausschoß. Die Triebwerke heulten auf, während der Pilot mehr Schub gab.

»Logan, sind Sie noch dran?«

»Sprechen Sie.«

»Einer der Agenten geht gerade die Tickets durch. Einen Augenblick ... hier kommt etwas.«

Smith starrte durch das Plexiglasfenster auf die Frachter und Fähren, die sich ihren Weg durch den Nordwest-Hafen bahnten. Er verspürte ein unangenehmes Gefühl im Magen, als der Jet links nach Südwesten abdrehte.

Lucille war wieder in der Leitung. »Sie haben gerade die Bordtüren für Flug 457 geschlossen. Landung in Atlanta in einer Stunde und sechsundfünfzig Minuten. Eine Sarah Martindale ist definitiv an Bord. Ihre Beschreibung paßt auf Collins.«

»Okay. Jetzt habe ich noch einen anderen Auftrag für Sie. Ich stehe mit Burns auf Kriegsfuß. Vielleicht ist er gerade mit unseren bisherigen Erkenntnissen auf dem Weg zu Jessup. Verhindern Sie, daß Fort Belvoir die Kavallerie sattelt.«

»Möchten Sie, daß ich Jessup unterrichte?«

»Ja, bitte. Collins gehört zu seinem Stab. Vielleicht hält er sich raus, wenn er weiß, was los ist.«

»Und wenn er sich einmischen will?«

»Reden Sie es ihm nett aus.«

Der Techniker hatte die Operation der QRT von dem Augenblick an überwacht, in dem Jessup sein Observierungsteam ins Feld geschickt hatte. Die QRT benutzte noch immer die alten Hochfrequenzfunkgeräte und verschlüsselten Frequenzen. Dies schützte die Operation zwar vor Reportern, die den Polizeifunk abhörten, stellte jedoch kein Hindernis für den Techniker dar. Vereinfacht wurden die Dinge dadurch, daß die Undercover-Agenten ohne Codes sprachen und Collins beim Namen nannten. Gerne hätte der Techniker die Unterhaltung zwischen Burns und Smith abgehört, aber zum Anzapfen der Erdleitungen der QRT war keine Zeit gewesen.

Einem zwanzig Minuten alten Funkspruch der QRT zufolge befand Collins sich an einem Delta-Schalter am Flughafen Baltimore-Washington. Freundlicherweise hatte der mitteilende Agent die Flugnummer durchgegeben, die der Techniker unverzüglich mit dem Inlandsflugplan der Delta Airlines verglichen hatte. Die letzte Nachricht vor knapp drei Minuten hatte bestätigt, daß Collins an Bord war und daß der Jet gerade zur Startbahn fuhr.

Jetzt kam der Anruf, mit dem der Techniker gerechnet hatte.

»Sie haben sie verpaßt. Sie hat Baltimore verlassen und ist auf dem Weg nach ...«

»Ich weiß, wohin sie will«, unterbrach der Techniker.

Er meinte, Panik hinter Esterhaus' kühler Stimme hören zu können.

»Und Smith ist in Andrews«, fuhr Esterhaus fort. »Er ist soeben in einem FBI-Jet gestartet. Wo bleiben Sie?«

Der Techniker lachte auf. »Smith braucht zwei Stunden bis nach Atlanta. Ich hingegen ...«

Er blickte aus dem Fenster des Flugzeugs. Sechsundzwanzigtausend Fuß unter ihm zogen sich die Appalachen wie die Wirbelsäule einer schlafenden antiken Gottheit dahin. Er schätzte seine derzeitige Position auf 110 Meilen nördlich von Greensboro, North Carolina.

»Ich werde in vierzig Minuten in Atlanta landen. Wenn ich Sie wäre, Richter, würde ich mir heute abend die Spätnachrichten ansehen. Sie könnten interessant sein.«

17

Der Flug schien kein Ende zu nehmen. Alles hatte sich verschworen, sie zu nerven: Das feuchte Schnarchen des dicken Mannes auf dem Fensterplatz neben ihr, das Weinen eines untröstlichen Kindes einige Sitzreihen hinter ihr, die harten, gereizten Gesichter der Flugbegleiter, die in der vollbesetzten Maschine Plastikbecher in den Eiskübel stießen, um Getränke zu kühlen und alle zu versorgen.

Rachel wechselte ihre Position, um dem kühlen Umluftstrom auszuweichen, der aus der Düse über ihrem Kopf blies. Sie versuchte sich auf Dunn zu konzentrieren, auf die wertvollste und zugleich frustrierendste Information, die sie herausgefunden hatte – die nicht mehr angeschlossene Telefonnummer. Sie dachte an Mollie und ihre Warnung, sich nur auf den Instinkt zu verlassen, weil das dazu führte, daß man Fakten mit Füßen trat. Aber Rachel war davon überzeugt, daß die Nummer eine direkte Verbindung zwischen Dunn und seinem Auftraggeber gewesen war.

Herauszufinden, wer am anderen Ende der Leitung gesessen hatte, war keine leichte Sache. Ihr Militärausweis würde bei Bell Atlantic keinen Eindruck machen. Sie schloß die Augen. Die Nummer konnte warten. Sie war so etwas wie ein Fingerabdruck – unauslöschbar und einzigartig; die Person, zu der sie gehörte, konnte diese Verbindung weder ändern noch vernichten.

Steven Copeland – um *ihn* mußte sie sich nun kümmern. Er würde eine sanfte Behandlung und Ermutigung brauchen. Rachel mußte ihn unter ihre Fittiche nehmen, sobald sie ihn zu Gesicht bekam, mußte ihn zurechtweisen, wenn er versuchen sollte, sie zu tyrannisieren, und ihn an der Hand durch das hindurchführen, was sie von ihm zu tun verlangte.

Sie hätte Copeland lieber in Atlanta gelassen, aber er hatte bereits einen ernsten Anfall von Panik gezeigt. Sie mußte ihm eine Alternative bieten, die er für sicher und annehmbar hielt. Deshalb wollte sie ihn und Beth Underwood wieder zusammenbringen. Beths Erscheinen auf der Bildfläche würde ihn festigen. Zudem würde Rachel in Beth eine potentielle Verbündete finden, jemanden, der Copeland überreden konnte, den Plan weiter durchzuziehen – der zunächst aus einer langen Sitzung vor einem Kassettenrecorder bestand. Es war unabdingbar, daß Rachel aus erster Hand erfuhr, was Mollies Informanten zu sagen hatten. Rachel war darauf vorbereitet, die unglaublichsten Versprechungen zu machen, um diese Informationen zu erhalten. Sie würde Copeland und Beth daran erinnern, daß eindeutige Beweise für das, was sie wußten, zusammen mit der Befolgung von Rachels Anweisungen ihre beste Überlebenschance waren.

Die Hydraulikmechanismen surrten, bis das Fahrwerk mit einem dumpfen Klacken einrastete; die Maschine flog in eine scharfe Kurve. Durch das Fenster sah Rachel den orangefarbenen Schimmer der nächtlichen Skyline von Atlanta unter sich. Abgestumpft, aber entschlossen dachte sie an Mollie, ohne Mitleid oder Tränen. Rachel gab ihr das stumme Versprechen, sich nicht auf Copeland zu stürzen in dem Versuch, ihm die Wahrheit zu entreißen. Sie würde ihr Augenmerk auf den größeren Preis richten, den Kurier. Und sie würde mit keiner Wimper zucken, bevor er nicht gefaßt war und der Wind durch seine Knochen blies.

»Wir haben die Landeerlaubnis erhalten, Sir. Delta 457 steht schon am Gate.«

Logan Smith hörte die Stimme des Piloten durch die krächzenden Lautsprecher kaum. Er zwang sich, seine zu Fäusten geballten Hände zu entspannen, und starrte auf das geparkte Flugzeug, während seine Maschine in Richtung Landebahn schwebte.

Smith hatte es eilig gehabt. Er hatte den Piloten instruiert, eine alternative Route nach Atlanta zu fliegen, bei der der Regierungsjet im Normalfall mindestens fünfzehn Minuten vor der Linienmaschine gelandet wäre. Aber dann waren sie in eine überraschende Schlechtwetterfront südlich vor Cape Hatteras geraten und hatten kostbare Minuten verloren, während der Pilot nach einem Korridor suchte, um den Sturm zu umgehen.

Smith drückte den Knopf der Sprechanlage. »Parken Sie unmittelbar neben der 457«, wies er den Piloten an.

»Jawohl, Sir. Der Tower wird darüber allerdings nicht sonderlich erfreut sein.«

»Lassen Sie mich aussteigen, und stellen Sie die Maschine dann woanders ab.«

Das Flugzeug setzte hart auf. Smith wartete, bis das Kreischen des Umkehrschubs abklang, bevor er Lucille über die Schnellwahltaste anrief.

»Ich bin jetzt gelandet. Wie sieht es aus?«

»Abbot hat Stellung bezogen«, erklärte Lucille. »Er hat sechs Leute von der örtlichen Sektion aktiviert, drei Männer und drei Frauen. Er meinte, Sie kämen für die Überstunden auf.«

Smith lächelte schwach. Chris Abbot war sein Freund aus Studientagen. Innerhalb des FBI hatten sie verschiedene Wege eingeschlagen, aber es beibehalten, sich regelmäßig zu treffen, wenn Smith an der Ostküste zu tun hatte. Abbot war der zweite Mann im Büro Atlanta und bearbeitete Fälschungsdelikte im Süden. Seine Undercover-Teams gehörten zu den besten des Landes.

»Sagen Sie ihm, daß ich in zehn Minuten am Gate 23A bin«, sagte Smith und fügte dann hinzu: »Sie haben gute Arbeit geleistet, Lucille.«

»Und demnächst bekomme ich vielleicht auch mal eine Gehaltserhöhung. Viel Glück, Logan.«

Das Flugzeug rollte über das Feld und brummte mit blinkenden roten Außenlichtern an den geparkten Linienmaschinen vorbei, deren Passagierfenster hell erleuchtet waren. Einigen kamen sie so nahe, daß Smith Gesichter hinter den Fenstern sehen konnte, die auf das VIP-Flugzeug starrten.

Ruckartig kam der Jet zum Stehen. Smith lief die Rampe hinunter und folgte dann etwas langsamer einem uniformierten Flughafenpolizisten. Sie verschwanden durch eine Tür und gingen eine Stahltreppe zu einem Notausgang hinauf. Der Polizeibeamte schaltete den Alarm mit seinem Schlüssel ab und entriegelte die Tür. Smith trat in die Flughafenhalle.

»Hey, Logan. Lange nicht gesehen. Was hat dich ferngehalten?«

Chris Abbot war fast kahlköpfig geworden und hatte die bemerkenswert nichtssagenden Züge eines Schalterbeamten. Nur seine Augen verrieten seine knallharte Intelligenz.

Im Gehen drückte Smith Abbots Hand. »Dafür schulde ich dir was.«

»Kein Problem. Lucille hat mich an einem ruhigen Tag erwischt. Willst du das Neueste von deiner Lady hören?«

»Bitte.«

»Wir haben sie am Gate erwartet und sind ihr zur Gepäckausgabe gefolgt. Sie hat einen Seesack dabei, einen von der standardmäßigen Army-Sorte. Sie hat keinen Wagen gemietet, sondern ein Taxi genommen.« Abbot sah auf seine Uhr. »Vor einer Minute sind sie auf die I-85 gefahren.«

»Wohin führt sie?«

»Eigentlich überallhin. Sie kann eine der Ausfahrten zur Innenstadt nehmen oder bis zur I-75 weiterfahren.«

»Und was ist dort?«

»Buckhead, das Nobelviertel. Sieht für mich so aus, als fahre sie zu einem Privathaus. Ist das möglich?«

Smith ging zügig um eine plaudernde Reisegruppe europäischer Touristen herum. Ein privater Wohnsitz ergab keinen Sinn. Nichts in Collins' Akte deutete darauf hin, daß sie jemals in Atlanta gewesen war oder irgendwelche Verbindungen zu der Stadt hatte.

»Das kann ich mir nicht vorstellen. Was, wenn sie auf der I-85 bleibt?«

»Dann fährt sie Richtung Decatur Way oder weiter zum Peachtree DeKalb Airport. Aber auch das ist eine Wohngegend.«

Abbot zog sein Funkgerät heraus, um das Krächzen zu beantworten. Während er sprach, versuchte Smith, den Sinn hinter Collins' Handeln herauszufinden.

»Sind deine Leute noch an ihr dran?« fragte er.

Abbot bedachte ihn mit einem gespielt beleidigten Blick.

»Woher willst du wissen, daß der Taxifahrer nicht zu uns gehört?«

»Tut er das?«

»Das wäre zuviel verlangt. Aber keine Sorge, ich habe zwei meiner Fahrzeuge auf sie angesetzt. Jedenfalls ist das Taxi gerade von der I-85 zur Lenox Road abgebogen. Dein Mädchen fährt zum Lenox Square oder zur Phipps Plaza, wo die Buckhead-Tanten einzukaufen pflegen.«

»Und was machen die Tanten sonst noch dort?« fragte Smith.

»Gehen ins Ritz zum Nachmittagstee oder an die Cocktailbar.«

Abbot bemerkte Smiths Ungeduld. Er steuerte auf einen mit laufendem Motor abgestellten Chevy Lumina zu.

»Jetzt hör mir mal zu. Sie ist noch fünf Minuten vom Buckhead Loop und der Peachtree Road weg. Egal, wohin sie will – zum Ritz, zum Nikko oder zum Radisson – wir finden es heraus, okay?«

Smith nickte.

Der Techniker kannte Rachel Collins' Ziel bereits.

Er war fünfundzwanzig Minuten, bevor Delta 457 landete, auf dem Hartsfield Atlanta International eingetroffen. Ein Spaziergang im Bereich des Gates 23A hatte ihm genügt, um die Agenten des östlichen FBI-Überwachungsteams zu erkennen; draußen standen, unmittelbar neben dem PKW-Parkplatz, ein Observierungstransporter und zwei Verfolgungswagen. Der Techniker fragte sich, ob einer davon, ein Kombi, in Wirklichkeit ein Privatauto war, das nun zu Dienstzwecken angefordert worden war.

Der Techniker hatte die Papiere für seinen Mietwagen, einen Lincoln, ausgefüllt und war vom Parkplatz der Budget-Autovermietung zurück zum Terminal gefahren. Er legte ein Fahrdienst-Schild hinter die Windschutzscheibe, setzte eine dunkelblaue Mütze auf, die ausgezeichnet zu seinem Anzug paßte, und stellte sich dann wie ein geduldig wartender Chauffeur neben den Wagen.

Rachel Collins war herausgekommen und zum Taxistand gegangen. Der Techniker hatte sich gerade hinters Steuer gesetzt, als das Taxi, in das Collins eingestiegen war, losfuhr. Er wartete, um zu sehen, wie viele Fahrzeuge die Verfolgung aufnahmen, und fädelte sich dann hinter ihnen in den Verkehr ein.

Dreißig Minuten später fuhr das Taxi auf den Parkplatz des Ritz Carlton in Buckhead. Die Observierungsteams folgten ihm nicht, sondern fuhren weiter zum Parkplatz am Monarch Plaza. Dieser Schachzug machte deutlich, welche Strategie Smith verfolgte.

Der Techniker hatte gewußt, daß Smith spät dran war. Der Pilot des Wunderland-Jets hatte die Flugposition der Regierungsmaschine ständig überwacht. Die Sturmfront vor der Küste North Carolinas war wie gerufen gekommen. Smith war vorübergehend aus dem Rennen.

Der Techniker beobachtete, wie Collins den Taxifahrer bezahlte, und schätzte, daß er dreißig bis fünfunddreißig Minuten hatte, bis Smith auftauchte. Das würde ausreichen, vorausgesetzt, Collins leistete die gewünschte Hilfe.

Der Techniker wartete, bis ein Gepäckträger Collins' Seesack aus dem Kofferraum geholt hatte, fuhr dann sein Fenster herunter und erklärte einem der Pagen, daß er einen Gast abholen müsse. Er drückte ihm einen Zehn-Dollar-Schein in die Hand, bat ihn, seinen Wagen auf dem Hotelparkplatz in der Nähe des Ausgangs abzustellen, und nahm dann Collins' Verfolgung auf, die hinter dem Gepäckträger durch den Vordereingang trat.

Es war Abendessenzeit. Die Lobby war überfüllt von Gästen, die plaudernd an üppig gerahmten Ölgemälden aus dem neunzehnten Jahrhundert vorbei in Richtung Cocktailbar oder zum Speisesaal gingen. Der Techniker sah, daß Collins die Menschen um sich herum mit prüfendem Blick abtastete. Ihre Augen sprangen hin und her, ein weiteres Anzeichen dafür, wie angespannt sie war. Der Techniker hatte auf ihre Erschöpfung und strapazierten Nerven gebaut. Sie würden dazu führen, daß Collins einen Fehler machte.

Und schon war es soweit.

Rachel trat an die Rezeption, wo sie ein junger Angestellter mit Pagenfrisur und leichten Spuren einer pubertären Akne anlächelte. Aus den Augenwinkeln konnte Rachel niemanden neben sich entdecken; sie warf einen Blick über ihre Schulter und sah nur vorübergehende Menschen. Den Raum zu ihrer Rechten checkte sie nicht ab.

»Ich suche Mr. Todd Bannister, Zimmer 1004.«

Der Angestellte überprüfte die Gästeliste. »Ja, Mr. Bannister wohnt bei uns. Sie können das Haustelefon dort drüben benutzen. Soll ich Sie eintragen, während Sie anrufen?«

»Ich bin sofort zurück.«

Rachel ging zu einem Thekenschrank mit Marmorplatte hinüber und nahm den Hörer eines der drei weißen Apparate ab. Als die Telefonistin sich meldete, gab sie Copelands Decknamen durch. Das Telefon klingelte zweimal, dreimal. Beim sechsten Läuten fluchte Rachel leise. Die Telefonistin meldete sich wieder und fragte, ob sie eine Nachricht hinterlassen wolle. Rachel verneinte und ging zur Rezeption zurück.

»Wissen Sie zufällig, ob Mr. Bannister das Hotel verlassen hat?« fragte sie den Angestellten.

»Sein Schlüssel ist noch hier, Ma'am. Die meisten Gäste lassen ihn bei uns, wenn sie ausgehen.«

»Dann werde ich mal in der Bar nach ihm schauen.«

Der Techniker benutzte dasselbe Telefon wie Rachel Collins wenige Minuten zuvor. Er konnte den Hauch ihrer Hautcreme am Hörer riechen, während er mit dem Maitre im Speisesaal sprach. Todd Bannister war nicht dort, und er hatte auch keinen Tisch reserviert. Die gleiche Antwort erhielt der Techniker, als er mit einem der weniger steifen Kellner im Café sprach.

Der Techniker begab sich in die Lounge. Er ließ seinen forschenden Blick über die zu dieser Stunde vollbesetzte Bar und dann die Tische schweifen, an denen jeweils drei oder vier Personen saßen. Nirgends konnte er einen einsamen Gast vor einem Drink entdecken, auch nicht an der Bar. Seine Vermutung, daß Copeland nicht im Raum war, wurde bestätigt, als er sah, wie Collins sich abrupt aus der Lounge abwandte und auf das Café zusteuerte.

Da wirst du ihn auch nicht finden.

Aber es gab noch einen anderen Ort. Zügig ging der Techniker durch die Lobby und schaffte es gerade noch, sich in einen der Aufzüge zu quetschen, bevor die Türen sich schlossen.

Die Fahrt zum Fitneßcenter des Hotels dauerte weniger als dreißig Sekunden. Der Techniker durchquerte eine mit Teppich ausgelegte Halle, in der der Geruch von Chlor hing. Er öffnete die Glastüren zu dem Center, und sofort schlug ihm die warme, feuchte Luft entgegen. Zu seiner Linken lag ein großer Swimmingpool mit rot markierten Bahnen. Am einen Ende hing eine Reihe Rettungsringe; auf der rechten Seite befand sich unter einigen Fernsehmonitoren der Workout-Bereich mit Steppern, Rudermaschinen und Hanteln.

Der Techniker blieb an dem Tisch neben dem Eingang stehen. Auf dem Stapel frisch gewaschener Handtücher stand ein Schild mit der Aufschrift: »Kein Aufseher im Dienst. Im Falle besonderer Wünsche wählen Sie bitte 111.« Die Fitneßgeräte standen still, die Bildschirme waren schwarz. Nicht die kleinste Welle kräuselte die Wasseroberfläche des Pools. Der Techniker ging zum anderen Ende des Schwimmbads, vorbei an einer Glaswand, deren Schiebetüren auf die Terrasse hinausführten. Auch sie war menschenleer. Somit blieben nur die Sauna und das Dampfbad übrig.

Zuerst überprüfte der Techniker das Dampfbad. Es lag kaum Nebel darin, ein Zeichen dafür, daß es seit mehreren Stunden nicht mehr benutzt worden war. Aber durch die Glastüren zur Sauna fiel Licht.

Rachel drehte noch eine letzte Runde durch die Bar, um sicherzugehen, daß Copeland nicht hier aufgetaucht war, während sie die Speiseräume abgesucht hatte. Sie kehrte in die Lobby zurück und setzte sich, um Fragen des übereifrigen Personals zu vermeiden, in einen Sessel, von dem aus sie sowohl die Aufzüge als auch das Treiben in der Hotelhalle im Blick hatte.

Sie versuchte sich einzureden, daß es keinen anderen Ort gab, an dem Copeland sein konnte. Mit Sicherheit war er in keinem der Salons, die Geschäftstreffen vorbehalten waren. Vielleicht in einem Geschenke-Shop? Nein, mittlerweile wäre er dort herausgekommen. Aus irgendeinem Grund hatte Copeland das Hotel verlassen. Vielleicht hatte er ein wenig frische Luft schnappen wollen und sich sicher genug gefühlt, einen Spaziergang im Hotelgarten zu machen, weil er wußte, daß Rachel zu ihm unterwegs war.

Was für ein Idiot.

Rachel versuchte ihren Ärger zu unterdrücken. Wenn er wieder in sein Zimmer ging, mußte er an ihr vorbeikommen. So lange mußte sie warten.

Steven Copeland, ein Handtuch um die Hüfte geschlungen, saß auf der dritten Stufe der mit Zedernholz verkleideten Sauna. Er war allein in dem Raum, der Platz für fünfzehn

Personen bot. Sein Atem ging schwer, während der Schweiß an seinem Körper herunterrann. Als er die Sauna vor zwanzig Minuten betreten hatte, hatte er einen Aufguß gemacht und den Temperaturmesser in die Höhe schnellen lassen. Diese Hitze brauchte er, um seine Angst auszuschwitzen und seine Nerven zu beruhigen. Er wollte sich sauber fühlen und ein wenig Farbe im Gesicht haben, bevor er der Army-Frau gegenübertrat. Er ließ den Kopf hängen, so daß sein Kinn die Brust berührte. Tiefer Friede erfüllte ihn und lullte ihn ein. Heute nacht würde er zum ersten Mal seit Tagen gut schlafen, dessen war er sicher.

Die Tür öffnete sich mit einem leisen Quietschen. Langsam hob Copeland den Kopf; er kam ihm jetzt sehr schwer vor. Seine Lungen gaben ein pfeifendes Geräusch von sich, als er sprach.

»Hallo?«

»Mr. Bannister? Sind Sie hier? Ich bin Frank von der Rezeption.« Der Mann stand hinter der einen Spaltbreit geöffneten Tür. Copeland konnte nur den schwarzen Anzug und die unscharfen Gesichtszüge hinter der dicken Glasscheibe erkennen.

»Ja, ich bin hier«, rief er und versuchte, seinen Kopf aufrecht zu halten.

»Eine junge Dame sucht Sie, Sir. Warrant Officer Rachel Collins.«

»In Ordnung. Ich habe sie erwartet.«

Copeland streckte seine Beine aus und setzte seine Füße schwungvoll auf die darunter liegende Bank. Das Holz war sehr heiß, und er bewegte sich schnell, um den gefliesten Fußboden zu erreichen. Beim Hinunterspringen löste sich sein Handtuch und wäre beinahe abgerutscht. Er griff danach, blickte dann auf und bemerkte, daß der Hotelangestellte unmittelbar vor ihm stand.

Verschwommen registrierte Copeland eine Bewegung und

fühlte etwas Hartes und Warmes über seinen Hals fahren. Die Steine im Ofen zischten. Er hatte gerade noch genügend Zeit, sich zu fragen, wo das Wasser herkam, bevor er erkannte, daß das, was auf die Steine floß, Blut war. Sein Blut.

Drei Finger wurden jetzt gegen die Seite seines Halses gepreßt. Vor seinem rechten Auge blitzte die Spitze eines Messers auf, und feuchte Lippen raunten ihm ins Ohr.

»Sag mir, wo Beth ist. Sofort! Dann bleibst du am Leben. Wenn nicht, nehme ich meine Finger weg, und dein Blut wird die Wände zieren.«

Fünfzehn Minuten waren vergangen, und noch immer kein Lebenszeichen von Copeland. Rachel stand auf und ging zum Haupteingang. Sie drehte sich um, als sie das *Ping* eines Aufzuges hörte, und warf den drei Pärchen, die davorstanden, einen forschenden Blick zu. Da sie nicht damit rechnete, daß Copeland herunterkommen würde, registrierte sie die Personen kaum, die den Lift verließen. Der großgewachsene Mann in dunklem Anzug und mit Chauffeursmütze fiel ihr gar nicht auf.

Rachel kehrte zu ihrem Sessel zurück. Weitere zehn Minuten verstrichen. Als die Menschenmenge in der Lobby langsam abnahm, schlug ihre Ungeduld in nagende Angst um. Einer der Rezeptionsangestellten redete auf den Concierge ein und wies in ihre Richtung.

»Rachel Collins?«

Sie blickte zu dem Mann auf, der lautlos neben ihr aufgetaucht war, und ihr Herz zog sich zusammen. Sie hatte das gebräunte Gesicht in Wirklichkeit noch nie gesehen, aber sie erkannte es sofort.

»Logan Smith?«

Dann bemerkte sie die beiden Männer hinter ihm, erkannte sie augenblicklich als FBI-Beamte und sprang auf.

»Immer mit der Ruhe. Ich will Ihnen nichts Böses, okay?«

Seine Stimme klang beruhigend und freundlich, aber Rachel hörte, daß es ihn Mühe kostete. Sie spürte seine dringende Eile.

Rachel wiederholte seinen Namen, um absolut sicherzugehen.

»Fotos«, sagte er. »Daher kennen wir uns. Von Mollies Fotos.«

»Was machen Sie hier?« stieß Rachel hervor.

»Dasselbe wie Sie – ich versuche Copeland zu finden. Auf seinem Zimmer ist er nicht, oder? Sonst wären Sie jetzt nicht hier. Sie warten darauf, daß er vorbeiläuft.«

»Er wußte, daß ich kommen würde«, sagte Rachel. »Er hätte hier sein müssen. Seit fast einer halben Stunde ...«

Abrupt wandte Smith sich von ihr ab. Er ergriff den Ellbogen eines stämmigen Mannes, der neben ihn getreten war, und drehte ihn zu sich. Seinen Ausweis hatte er gezückt.

»Was für ein Notfall?«

Der Sicherheitsbeamte des Hotels sah auf den Ausweis und dann wieder auf Smith.

Er hatte genügend Erfahrung, um FBI-Papiere auf den ersten Blick zu erkennen.

»In der Sauna hat es einen Unfall gegeben. Einer der Gäste ...«

»Welcher?« schnitt ihm Smith das Wort ab.

»Sein Name ist Bannister.«

Smith registrierte den von Übelkeit zeugenden Ausdruck auf Rachels Gesicht und führte den Sicherheitsbeamten auf die Aufzüge zu.

»Wie *schlimm* ist es?« flüsterte er.

Der Beamte warf einen Blick über Smiths Schulter zu Rachel, die wie zu Stein erstarrt schien.

»Das kann ich noch nicht sagen. Ein Putzmann ist ohnmächtig geworden. Der andere schrie irgendwas von kochendem Blut in der Sauna.«

Dritter Teil

18

Den widerlich süßlichen Gestank angesengter Haare kannte Rachel noch von Army-Manövern, wenn die Verteidiger richtige Flammenwerfer benutzt hatten und die Angreifer unachtsam gewesen waren. Den anderen Geruch, durchdringend und Übelkeit erregend, konnte sie nicht identifizieren, bis sie Steven Copeland durch die halbgeöffnete Tür der Sauna erblickte. Sein Körper war über die weißglühenden Kohlen drapiert worden. Rachel hörte ein Zischen und erkannte schlagartig, daß es sich um schmelzendes Fett handelte.

Mittlerweile befanden sich vier Personen im Bad. Ein Mann mittleren Alters mit spanischem Aussehen kniete am Rand des Swimmingpools und wiegte sich vor und zurück, während er in das Wasser würgte. Der Sicherheitsbeamte, der zusammen mit ihr und Smith in das Bad geeilt war, war so abrupt stehengeblieben, als sei er gegen eine unsichtbare Wand gelaufen. In vorgebeugter Haltung hatte er sich abgewandt und ein Taschentuch vor seinen Mund gepreßt. Rachel hörte, wie Smith tief Atem holte, bevor er schnell die Sauna betrat, Copelands Leichnam von den Kohlen zog und ihn auf den gefliesten Boden fallen ließ.

Er trat wieder heraus. »Rachel, sind Sie noch da? Sie kippen doch nicht um, oder?«

Smith stand, das Gesicht von der Hitze gerötet, nur wenige Zentimeter vor ihr. Seine Stimme klang okay, angespannt, jedoch gleichmäßig, wie die eines Notarztes an einem Unfallort.

»Ich bin in Ordnung«, hörte sie sich sagen. Zur Bestätigung sah sie ihm in die Augen.

»Schließen Sie die Türen ab. Aufsehen können wir jetzt nicht gebrauchen. Und rufen Sie dann die Notfallnummer an. Die Rezeption soll Special Agent Abbot über seinen Pager informieren. Er müßte in der Halle sein. Lassen Sie mich wissen, wenn er in der Leitung ist.«

Rachel nickte, trat einen Schritt zurück und blieb stehen. Sie konnte ihren Blick nicht von dem dampfenden Schlachthof wenden.

»Sie haben alles für ihn getan, was Sie konnten«, vernahm sie Smiths Stimme. »Wenn Sie weiterhin helfen möchten, tun Sie genau das, was ich sage. Es kann noch nicht lange hersein. Dieser Hurensohn ist vielleicht noch in der Nähe.«

»Der Kurier«, sagte Rachel. »So hat Mollie ihn genannt.«

Sie spürte Smiths Hand auf ihrer Schulter, die sie wegschob. »Los jetzt.«

Der Angestellte an der Rezeption war etwas durcheinander. Rachel schnitt ihm das Wort ab und gab ihm Anweisung, Abbot ausfindig zu machen und ihn auf die Leitung zu legen. Als Abbot sich meldete, nannte sie ihren Namen und bat ihn, für Smith in der Leitung zu bleiben.

»Schaffen Sie die Reinigungskräfte und den Wachmann aus dem Weg«, sagte Smith, als er an ihr vorbeifegte. »Bringen Sie sie in den Übungsraum. Der Putzmann könnte Probleme mit der englischen Sprache haben. Wie sieht's mit Ihrem Spanisch aus?«

»Es dürfte reichen.«

»Gut. Finden Sie heraus, was er gesehen hat.«

Smith sprach gedämpft und bat Abbot, ein paar Leute ins Schwimmbad zu schicken, um den Tatort abzusichern und zu bewachen. Die anderen sollten das Personal befragen. Der Täter war sicher nicht mehr im Hotel, aber vielleicht konnte sich einer der Pagen oder Gepäckträger an jemanden erinnern, der ein wenig nervös oder auffallend eilig das Hotel verlassen hatte, und eine Personenbeschreibung geben.

Schließlich sollte Abbot dafür sorgen, daß die Presseleute zurückgehalten würden, die vermutlich noch vor den Cops eintrafen.

Und Abbot sollte über die örtliche Polizei den Coroner anfordern.

Rachel stand nur wenige Schritte von dem Putzmann entfernt, der noch immer am Pool kniete und leise stöhnte. Sie wollte ihm gerade eine Hand auf die Schulter legen, als sie innehielt und noch einmal zu Smith trat. Mit dem Hörer am Ohr wandte er sich zu ihr.

Rachel griff in ihre Jackentasche und hielt ihm ein Blatt Papier entgegen.

»Das ist er.«

Smith warf einen Blick auf die Beschreibung und sah dann wieder Rachel an. »Bleib mal einen Moment dran«, sagte er zu Abbot.

Er griff nach der Beschreibung und studierte sie genauer. »Wer ist das?«

»Einen Namen habe ich nicht. Die Phantomzeichnung habe ich von dem diensthabenden Sergeant der QRT in Baltimore. Das ist der vorgebliche Kurier, der das Tonband der QRT über den Einsatz Dunn gestohlen hat. Ich weiß, daß Ihnen das jetzt nichts sagt. Aber Mollie glaubte – und das tue ich auch –, daß er derjenige ist, der hinter Copeland und Underwood her ist.«

»Aber Sie sind nicht sicher.«

»Ich habe ihn nie gesehen!«

Rachel bemerkte ihren schrillen Tonfall und zwang sich, Ruhe zu bewahren. Smith hatte nicht ihre Hintergrundinformationen, aber es war jetzt nicht der richtige Zeitpunkt, sein Defizit auszugleichen.

»Es ist das einzige Phantombild, das wir haben und das

nach den Angaben eines Mannes gezeichnet wurde, der ihn aus der Nähe gesehen und mit ihm gesprochen hat. Allerdings müssen Sie wissen, daß der Sergeant von einer Tarnung ausgeht – vielleicht eine Perücke, und der Schnauzer und der Bart können auch falsch sein.«

»Wenn ich das auf die Fahndungsliste setze, enden wir unter Umständen bei der Suche nach dem völlig falschen Mann.«

»Also lassen Sie den Bart außer acht, und stellen Sie ihn sich in angemessener Kleidung vor. In Baltimore mimte er einen Motorradlieferanten, aber so ist er hier sicherlich nicht aufgetaucht.«

Smith wandte sich ab und starrte auf das leise plätschernde Wasser des Swimmingpools.

»Auf Ihre Verantwortung«, sagte er und sprach dann wieder ins Telefon. »Chris? Ich habe hier eine mögliche Beschreibung aufgrund eines Phantombildes aus Baltimore. Sorge dafür, daß deine Leute es unter den Angestellten herumzeigen. Sie sollen mit denen an der Tür anfangen, mit jedem, der ihn kommen oder gehen gesehen haben könnte. Um die anderen werden wir uns kümmern, sobald die Verstärkung eingetroffen ist. Bist du soweit? Bei dem Verdächtigen handelt es sich um eine weiße männliche Person, fünfunddreißig bis vierzig Jahre alt, etwa ein Meter achtzig groß und zirka neunzig Kilo schwer, braune Augen, braune Haare. Gepflegte Erscheinung, könnte wie ein Beamter im mittleren Dienst oder ein Vertreter aussehen. Außer Frage steht jedenfalls, daß er mit einem Wagen gekommen ist – er wäre nicht das Risiko eingegangen, hier herumzustehen und auf ein Taxi zu warten. Befrage vor allem auch den Typen vom Parkdienst, vielleicht bekommen wir ein Kennzeichen und seine Abfahrtszeit. Jeder, der vor zwanzig bis fünfundzwanzig Minuten weggefahren ist, kommt in Frage.«

Rachel hatte unterdessen den Putzmann zu einem der Clubsessel geführt. Sie reichte ihm ein sauberes Handtuch von dem Stapel an der Theke und eine Flasche Evian aus dem Eiskübel. Der Sicherheitsbeamte kam herüber und gesellte sich zu ihnen.

»Wie heißen Sie, mein Junge?« fragte Smith.

Der Wachmann ließ sich auf den gepolsterten Sitz einer Universal-Trainingsmaschine fallen und sah Smith an.

»Hogan. Bobby Ray.«

»Okay, Bobby Ray, das ist wirklich eine schlimme Sache, aber ich bitte Sie, mir jetzt zu helfen.«

Rachel war beeindruckt, wie Smith seinen Tonfall dem von Hogan anpaßte. Er stammte nicht aus dem Süden, klang nun aber durchaus so – die Imitation war gut.

»Wie viele waren Sie in Ihrer Schicht, Bobby Ray?«

»Sechs.«

»Und Sie haben den Anruf bekommen. Haben Sie gerade Ihre Runde in der Lobby gemacht?«

»Nein, Sir. Ich war im Büro hinter dem Empfang. Hatte gerade mein Abendessen beendet und einen Kaffee getrunken. Da blinkte das Alarmsignal im Poolbereich auf, und ich bin sofort los.«

»Und Sie haben nichts Ungewöhnliches bemerkt, als Sie aus dem Büro kamen? Jemanden, der es eilig hatte? Einen nervösen Typen?«

»Nein, Sir. Aber da war auch schon dieses aufgeregte Gequäke im Funk.« Hogan machte eine Kopfbewegung zu dem Putzmann. »Aman-uel schrie irgendwas von 'nem Gast mit 'nem grauenhaften Unfall und Blut überall ...« Er sah über den Pool hinweg in Richtung Sauna und erschauerte.

»Unten haben Sie mir gesagt, daß der Name des Opfers Bannister sei. Woher wußten Sie das?«

Hogan blickte kurz zu dem Putzmann. »Er hat's mir gesagt ... er stammelte so, daß ich kaum ein Wort verstanden hab.«

Er deutete auf das Clipboard, das über dem Tisch mit den Handtüchern hing. »Er muß es auf der Anmeldeliste gelesen haben.«

»Können Sie das Opfer identifizieren, Bobby Ray?«

Hogan schüttelte den Kopf. »Er war nur ein Name auf der Buchungsliste.«

»Sie haben nie mit ihm gesprochen? Er hat nie Probleme gemacht oder besondere Wünsche geäußert?«

»Nein, Sir.«

»Und Sie haben niemanden gesehen oder nie gehört, daß jemand nach ihm gefragt hat?«

»Ich habe gehört, daß Wendy Prince – die Immobilienmaklerin – ihn einmal oder zweimal abgeholt hat.«

Rachel fing Smiths ungläubigen Blick auf. Warum, zum Teufel, hätte Copeland sich für örtliche Immobilien interessieren sollen? War er auf diese Weise aus dem Hotel gelockt worden? Selbst wenn, gab es keinen Grund, ihn zum Hotel zurückzubringen, um ihn zu erledigen. In der Gegend um Buckhead gab es jede Menge einsamer, dunkler Schluchten.

Rachel drehte sich um, als sie ein eindringliches Klopfen an der Tür hörte. Smith legte Bobby Ray die Hand auf die Schulter.

»Bleiben Sie bitte eine Minute hier. Mein Partner wird gleich bei Ihnen sein.«

Rachel sah Smiths Handzeichen und folgte ihm zur Tür. Er schloß auf, und ein freundlicher Mann mit dem Aussehen eines Buchhalters quetschte sich hindurch. Rachel hielt ihn für einen Hotelmanager, bis Smith ihn vorstellte.

»Hat die Beschreibung irgend etwas ergeben?« fragte Smith.

»Noch nicht, und das ist auch nicht sehr wahrscheinlich. Da unten geht es unglaublich zu. Ich könnte froh sein, wenn sich irgendwer daran erinnerte, wie seine Mutter aussieht, von einem Fremden ganz zu schweigen. Und mit den Presseleuten hattest du recht: Sie sind gleichzeitig mit den Cops eingetroffen.«

»Hast du einen guten Draht zu ihnen? Die Polizei von Atlanta wird sich doch nicht wegen der Zuständigkeit aufspielen?«

»Die Jungs von der Mordkommission sind okay. Wir haben schon früher zusammengearbeitet.«

Abbot schnüffelte, ging dann zur Sauna hinüber und sah hinein. Als er zurückkam, war sein Gesichtsausdruck so heiter, als sei er gerade aus einem Beichtstuhl getreten.

»In diesem Fall wird sich *niemand* aufspielen, Logan«, sagte er sanft. »Wie gehen wir vor?«

Smith nickte mit dem Kopf zu dem Putzmann und dem Sicherheitsbeamten. »Deine Leute müssen die Aussagen aufnehmen. Die Mordkommission soll sich das übrige Personal vorknöpfen, abgesehen von den Gepäckträgern und Portiers. Ich hoffe noch immer, daß wir einen guten Tip kriegen.«

Abbot öffnete die Schwimmbadtür und rief einige Namen. Ein Mann und eine Frau traten ein, redeten kurz mit Abbot und gingen dann zu dem Putzmann und dem Sicherheitsbeamten. Abbot holte sein Funkgerät hervor und sprach mit seinen Leuten unten in der Halle. Rachel sah Smith an, der, die Hände tief in die Hosentaschen vergraben, auf den Fußboden starrte.

»Ich muß sehen, was er mit Copeland gemacht hat«, sagte sie.

Smith brauchte eine Sekunde, bevor er den Blick hob. Rachel spürte, daß er ihr Leid und ihren Schmerz mit einem imaginären Zollstock zu messen versuchte.

»Warum?«

»Weil er bis jetzt nur ein mordendes Phantom ist. Wenn ich sehe, wie er vorgeht, macht ihn das ... zu etwas anderem.« Sie hielt inne. »Wenn ich es sehe, werde ich es vielleicht merken, wenn er es auf mich abgesehen hat.«

»Wie geht es Ihrem Magen?«

»Bisher noch ganz gut.«

Smith nickte und ging auf die Sauna zu. Sie hielt mit ihm Schritt und holte tief Luft, bevor sie näher trat. Ab jetzt würde sie durch den Mund atmen.

Smith kniete neben der Pfütze gerinnenden Bluts nieder und deutete auf einen Einschnitt an Copelands Hals. »Ihr Mann hat schnell und präzise gearbeitet. Er hat das Messer angesetzt, aber nicht durchgeschnitten.«

»Er hätte weitergehen können«, meinte Rachel, »die Kehle ganz durchschneiden können. Warum hat er aufgehört?«

»Weil er Copeland glauben machen wollte, er würde ihn leben lassen. Er hat zwei Finger auf die Wunde gehalten, um ihm das zu zeigen.«

»Copeland hat ihm geglaubt«, sagte Rachel leise. »Er wußte nicht, daß er bereits im Sterben war.«

»Aber warum wollte er ihn am Leben halten? Das war ein großes Risiko. Die Türen zum Schwimmbad waren nicht verschlossen. Jederzeit hätte jemand reinkommen können.«

»Der Kurier brauchte etwas«, fiel Rachel ihm ins Wort. »Etwas, das nur Copeland ihm sagen konnte.«

Smiths Kopf fuhr hoch. »Kannte Copeland den Aufenthaltsort der zweiten Informantin?«

Rachel schloß die Augen und nickte. Sie leistete keinen Widerstand, als Smith sie hochriß.

»Wo?«

»Arizona. Dort wollten Copeland und ich hin.«

Smith packte sie wie ein Cop am Ellbogen und führte sie zum anderen Ende des Swimmingpools. Er zog die gläsernen Schiebetüren auf, und sie traten auf die Terrasse hinaus. Die kühle Nacht war erfüllt von dem Gemurmel der Menge, die sich drei Stockwerke tiefer auf dem Parkplatz des Hotels versammelt hatte. Das Blaulicht der Polizeifahrzeuge huschte über die Landschaft.

»Ich muß das jetzt wissen«, sagte Smith und umklammerte das Geländer. »Wer ist Mollies zweite Informantin, und wo ist sie – genau?«

»Ihr Name ist Beth Underwood. Sie ist in Carefree in Arizona.«

Smith nickte, mehr für sich selbst als zur Bestätigung der Information. »Haben Sie mit ihr gesprochen? Wissen Sie, ob sie jetzt noch lebt?«

»Ich habe nicht mit ihr gesprochen. Ich habe ein einziges Mal angerufen, aber da war die Leitung besetzt. Sie sprach mit Copeland ...«

Rachel unterbrach sich. Es gab zu vieles, das Smith nicht wußte, zu vieles, das sie erklären mußte, damit er alles verstehen konnte. »Sie lebt«, beendete Rachel ihren Satz. »Sie *muß* noch leben.«

Als Smith sie ansah, verhüllten die Schatten der Außenlampen sein Gesicht. Sie sah lediglich das Glitzern seiner Augen und das Schimmern seiner Zähne, als er sprach.

»Warum? Was macht Sie so sicher, daß Copeland die *erste* Station des Kuriers war?«

Smith ging wieder in das Schwimmbad zurück. Rachel beobachtete, wie er sich neben Bobby Ray, den Sicherheitsbeamten, hockte. Sie dachte noch immer über die Frage nach, die Smith ihr gestellt hatte, als er wieder auf die Terrasse herauskam.

»Es gibt einen Hinterausgang hier«, sagte er und hielt einen Schlüssel hoch.

Er schloß das Tor am anderen Ende der Terrasse auf, und Rachel sah, daß es zu einer Stahltreppe führte, die seitlich an dem Gebäude verschraubt war. Sie stiegen ins Erdgeschoß hinunter bis vor eine weitere Tür, die sich mit demselben Schlüssel öffnen ließ. Sie standen im Maschinenraum neben den Betonkästen, in denen die Klimaanlagen des Hotels untergebracht waren. Sie folgte Smith über einen mit Zementplatten ausgelegten Weg, der zum Ausgang auf den Parkplatz führte. Rachel schaute zurück und sah, daß die Einfahrt mit Polizeifahrzeugen zugestellt war. Zwei neu eingetroffene Kastenwagen parkten wie zufällig auf der Ausfahrtspur unter dem Säulengang und hinderten die Gäste am Wegfahren.

»Haben Sie noch etwas im Hotel?« fragte Smith, während sie um die Ecke zu dem anderen Parkplatz hasteten.

»Meinen Seesack. Man hat ihn bei meiner Ankunft hineingetragen.«

»Brauchen Sie irgend etwas daraus?«

»Die Dunn-Akte. Sie werden sie sehen wollen.«

Ohne sein Tempo zu verlangsamen, kramte Smith sein Handy hervor und instruierte Chris Abbot, den Seesack unverzüglich zu dem Parkplatz bringen zu lassen. Er öffnete Rachel die Beifahrertür des Chevy Lumina, setzte sich hinter das Steuer und wandte ihr sein Gesicht zu.

»Warum glauben Sie, daß Underwood noch lebt?«

»Hätte der Kurier gewußt, wo Mollie die beiden versteckt hat, hätte er Copeland schon längst erledigt und wäre weitergereist. Copeland war seit drei Tagen hier, ein leichtes Ziel.«

»Wenn der Kurier also nicht wußte, wo Copeland war ...«

Rachel sah durch ihr Spiegelbild hindurch aus dem Fenster. Unter den orangefarbenen Flutlichtern sahen die Autos wie finstere riesige Insekten aus.

»Er muß mir gefolgt sein. Das ist die einzige Möglichkeit, wie er ihn gefunden haben kann. Nein, falsch. Er kannte mein Ziel *schon im voraus* und war noch vor mir hier.«

Diese Einsicht ließ Rachels Herz schneller schlagen. Auf der Straße spürte eine Frau jederzeit, wenn sie angestarrt wurde – anerkennend oder gierig, das machte keinen Unterschied. Im Normalfall dauerte dieses Gefühl nur wenige Sekunden. Der Kurier aber war lange Zeit in ihrer Nähe gewesen, und sie hatte ihn nicht bemerkt, seine Anwesenheit noch nicht einmal gerochen oder gespürt.

Gerade danach fragte Smith sie jetzt. Hatte sie sich irgendwann beobachtet gefühlt oder vielleicht den Blick eines sich schnell abwendenden Gesichts aufgefangen? Rachel mußte zuerst ihre Angst bekämpfen, bevor sie ihm eine negative Antwort geben konnte.

»Sie haben doch das gleiche gemacht, oder?« sagte sie und sah starr geradeaus. »Mich verfolgt, meine ich. Daher sind Sie jetzt hier.«

Smith schwieg, und Rachel hakte nicht nach. Zumindest jetzt nicht.

»Das bedeutet jedenfalls, daß der Kurier, falls er aus ihm herausgeholt hat, was er wissen wollte, nun auf dem Weg nach Arizona ist, während wir hier sitzen.«

Die Bitterkeit, die in ihren Worten mitschwang, beunruhigte Smith. Er hatte erlebt, wie ein Versagen Menschen zu verzweifelten Maßnahmen greifen ließ, die ihrerseits wiederum zu Fehlern verleiteten. Rachel Collins war von Copelands Tod schwer getroffen. Das hatte ihren Zorn und ihre Rachegelüste geschürt. Und es würde sie umbringen, wenn sie es zuließe.

»Wir können auch etwas unternehmen, während wir hier sitzen«, sagte Smith. »Kennen Sie Unterwoods genaue Adresse?«

Rachel konnte ihn nicht ansehen. »Ein Postfach auf dem Land. Underwood muß Mollie den genauen Ort oder das Haus genannt haben, als sie in Phoenix das Flugzeug verließen. Copeland wußte vermutlich auch Bescheid.«

»Wie kommen Sie darauf?«

»Er und Underwood steckten von Beginn an gemeinsam in dieser Sache. Sie waren einander verbunden …«

»Sie hatten ein Verhältnis«, sagte Smith ohne Umschweife.

Rachel nickte.

»Davon können Sie mir später erzählen«, meinte Smith. »Sie haben Underwood angerufen, richtig? Die Telefongesellschaft wird die Nummer zuordnen können. Geben Sie sie mir.«

»Sie sollten Beth sofort anrufen«, sagte Rachel. »Sie brauchen nichts zu sagen, lassen Sie mich nur ihre Stimme hören. Zumindest wissen wir dann, daß sie noch lebt.«

Smith schüttelte den Kopf. »Das würde ihr nur angst machen. Im Moment wüßte ich nicht, was ich ihr sagen sollte, Sie etwa? Wir warten besser, bis wir ihr etwas Handfestes mitteilen können. Was hier passiert ist, wird nicht vor einer Stunde in den nationalen Nachrichten gesendet werden. Wenn wir Glück haben, hat Underwood dort draußen weder Kabelfernsehen noch eine Satellitenschüssel.«

Rachel sah ihn an. »Ich muß wissen, ob es ihr gutgeht. Bitte.«

Smith zögerte. »Na gut. Geben Sie mir ihre Nummer.«

Er wählte und hielt den Hörer so, daß sie beide das Läuten hören konnten. Nach sechs Klingelzeichen schloß Rachel die Augen und schüttelte den Kopf.

»Das heißt gar nichts. Vielleicht hat sie keinen Anrufbeantworter. Dort drüben ist nun später Nachmittag. Vielleicht ist sie ausgegangen, um sich etwas zu essen zu besorgen.«

Rachel schob die anderen, alptraumartigen Bilder beiseite.

»Da kommt jemand«, sagte sie.

Smith sah in den Rückspiegel. »Einer von Abbots Leuten. Gehen Sie ihm entgegen, okay.«

Er sagte es beiläufig, aber Rachel verstand den Hinauswurf. Sie stieg aus und ging dem Agent, der ihren Seesack trug, schnell entgegen.

»Danke. Ich nehme ihn schon.«

Der Agent sah sie unfreundlich an, als sie ihm den Sack aus der Hand riß, die hintere Tür der Limousine öffnete und ihn auf den Rücksitz warf. Smith beobachtete sie über die Schulter, das Handy am Ohr. Dann legte er es wortlos beiseite. Rachel ließ sich wieder auf den Beifahrersitz fallen.

»Mollie hat mir erzählt, daß Sie für die Innere Sicherheit arbeiten. Aber hier geht es nicht um Terrorismus. Im Moment arbeiten Sie nicht für diese Einheit, sondern Sie sind auf der Jagd.« Sie hielt inne. »Ich muß wissen, was vor sich geht.«

Smith rieb seine Nase zwischen Daumen und Zeigefinger. »Dies ist ein Ein-Mann-Auftrag. Mollies ... ihr Tod hat gewisse Folgen.«

»Für wen arbeiten Sie?« fragte Rachel ruhig.

»Für das Weiße Haus.«

»Du lieber Himmel ...«

»Hören Sie mir zu. Ich muß sofort etwas wegen Underwood unternehmen. Aber Sie haben nie gehört, was ich Ihnen jetzt sage.«

Rachel nickte. Smith betätigte eine der Schnellwahltasten und holte tief Luft, bevor er zu sprechen begann.

»Lucille? Nein, fragen Sie nichts. Atlanta war ein Reinfall. Copeland ist tot. Wer auch immer hier aufräumt, er war vor uns hier. Collins geht es gut. Sie ist jetzt bei mir. Es gibt einige Dinge zu erledigen. Sind Sie bereit? Beth Underwood ist in Arizona, in einem Ort namens Carefree. Ich gebe Ihnen die Adresse und Telefonnummer. Sie brauchen dort nicht anzurufen – ich habe es versucht, aber es hebt niemand ab. Ich hoffe, daß sie gerade nur eine Tüte Milch kauft. Trommeln Sie ein Drei-Mann-Team der Kampfeinheit zusammen. Sagen Sie ihnen, sie sollen die Lockheed-Deckung benutzen. Ich möchte nicht, daß sie als *Federals* in einer Gegend auftreten, wo die Leute glauben, die Regierung habe ihr Trinkwasser gepanscht, um sie in Demokraten zu verwandeln.«

Rachel beobachtete, wie er vermutlich einer Reihe von Fragen lauschte, die die Frau am anderen Ende der Leitung stellte.

»Nein, ich habe keine Beschreibung, aber Collins hat eine. Ich gebe sie Ihnen jetzt.«

Smith reichte Rachel das Handy und sagte: »Sprechen Sie mit Lucille.«

»Hallo?«

»Schießen Sie los«, antwortete eine sanfte Stimme.

Rachel konzentrierte ihre Gedanken auf Beth Underwood, wie sie am National Airport aus Copelands blauem Jetta ausstieg, wie sie im Flugzeug mit Copeland flüsterte. Sie war bereit.

»Beth Underwood ist zirka eins fünfundsiebzig. Üppig, aber nicht korpulent oder dick. Langes hellbraunes Haar mit Strähnchen. Braune Augen. Ein Schönheitsfleck oder Muttermal links unterhalb ihrer Unterlippe. Sie trug eine braune Hose, ein grünes T-Shirt und eine leichte Segeljacke.«

Rachel dachte noch einmal angestrengt nach, schüttelte dann den Kopf und gab Smith das Telefon zurück.

»Underwood arbeitete in Washington«, sagte Smith. »Setzen Sie sich mit der dortigen Verkehrsbehörde in Verbindung. Auch in Virginia und Maryland. Und in Arizona, für alle Fälle. Faxen Sie ihr Bild an die Kampfleitung und zu mir ins Flugzeug. Die Kampfeinheit soll sie nur finden, aber keinen Kontakt zu ihr aufnehmen. Ich möchte nur eine vollständige Abdeckung, das ist alles.«

Er legte eine kurze Pause ein. »Lucille, sagen Sie den Jungs, sie sollen vorsichtig sein. Der Kerl, der mit Copeland kurzen Prozeß gemacht hat, ist absolut rücksichtslos. Wenn sie jemanden bemerken, der sich Underwood nähert, eine kurze Warnung und dann ein schneller Zugriff.«

Es wurden noch weitere Fragen gestellt, aber Smith schnitt sie ab. »Ich muß jetzt zum Flughafen. Die Feinheiten der Operation besprechen wir vom Flugzeug aus. Vielleicht gibt es noch andere Dinge, die wir tun können, ich weiß es noch nicht.«

Er steckte das Telefon in die Aufladestation am Armaturenbrett und steuerte den Wagen vom Parkplatz auf die Auffahrt zur Lenox Road. Dort ließ er die Fensterscheibe hinunter, setzte das Blaulicht auf das Dach und schaltete die Sirene ein. Als sie die I-85 erreichten, rief Smith den Piloten des Jets an und wandte seine Aufmerksamkeit anschließend wieder Rachel zu.

»Jetzt schlägt die Stunde der Wahrheit«, sagte er, während er sich auf den Verkehr konzentrierte. »Sie müssen mir alles erzählen, und zwar ganz genau. Alles, was Sie wissen.«

Rachel widerstrebte das, da ihr klar war, was passieren würde. Sobald sie ihm alles gesagt hatte, würde er sie nicht mehr brauchen. Aber sie durfte nichts verheimlichen.

Sie begann mit dem Einsatz in Baltimore, erzählte ihm von Dunn, seinen letzten Worten und von der Wirkung, die sie auf Mollie gehabt hatten. Sie gab sich Mühe, alles so zu schildern, als sei sie lediglich ein unbeteiligter Beobachter der Ereignisse. Zweimal fing sie Smiths Blick auf, als sie berichtete, was im Greenbrier geschehen war, und erzählte, wie sie zu Dunns Akte gelangt war. Die Lichter des Flughafens waren schon in Sicht, als sie ihr letztes Gespräch mit Steven Copeland zusammenfaßte.

Smith nahm die Ausfahrt zum Privatfliegerbereich des Atlanta International. Vor dem Tor bremste er, hielt dem Wachbeamten seinen Ausweis unter die Nase und fuhr dann an den Hangars vorbei, in denen Firmenflugzeuge gereinigt und überholt wurden. Auf dem Rollfeld sah Rachel eine glänzende Maschine mit blinkenden Außenlichtern, deren Turbinen bereits warmliefen. Der Copilot wartete am Fuß der Gangway. Smith streckte die Hand nach der Wagentür aus, als Rachel ihn zurückhielt. »Mal sehen, ob ich das jetzt richtig verstehe. Ich habe Ihnen alles gesagt, was ich weiß. Jetzt werden Sie sich in diesen Flieger setzen, und ich soll vermutlich den nächsten Shuttlebus nach Washington nehmen, in Belvoir Bericht erstatten und mir meinen Tritt in den Hintern abholen. Richtig?«

Smiths Stimme klang sanft, beruhigend. »Ich kenne Sie von Fotos«, sagte er. »Und Mollie hat mir von Ihnen erzählt. Sie sind in diese Sache hineingerutscht und weitergegangen, als Sie durften. Dieser Kerl war Ihnen auf den Fersen, hatte Sie vielleicht sogar im Visier – und er ist sehr gut. Aber das waren Sie auch – zu gut und zu schnell, um ihn zum Zug kommen zu lassen. Und Sie hatten Glück, Rachel, das sollten Sie nicht vergessen.«

»Schicken Sie mich nicht fort«, sagte sie leise. »Ich habe Ihnen nicht erzählt, was ich weiß, weil Sie mich danach gefragt haben, sondern weil ich glaube, daß es hilft, ihn zu finden. Also benutzen Sie mich bitte nicht so, wie er es getan hat. Lassen Sie mich Ihnen helfen, das zu Ende zu bringen, was Mollie nicht mehr konnte.«

Dann gab sie ihr letztes Geheimnis preis. »Sie sind hier, weil das Weiße Haus glaubt oder zumindest vermutet, daß Griffin North ermordet wurde. Der politische Skandal – der ist mir völlig egal, um was auch immer es gehen mag. Aber Sie müssen wissen, warum *Mollie* getötet wurde. Sie war Norths Geliebte. Sie starb, weil sie nicht daran glaubte, daß North bei einem Unfall ums Leben kam.«

Rachel sah, wie er zusammenzuckte, der Schmerz und der Schock waren deutlich von seinen Augen abzulesen. Logan Smith hatte nie eine Verbindung zwischen seiner Schwester und dem toten Nationalhelden vermutet.

Die Maschine steuerte bereits auf die Startbahn zu, bevor Rachel ihren Sitz erreichte. Sie war dankbar, daß Logan nicht versuchte, sie zurückzuhalten, als sie zu dem winzigen Waschraum ging. Sie schaffte es gerade noch, die Tür zu verriegeln, bevor sie auf die Knie fiel und den Toilettendeckel hochklappte. Sie verharrte in dieser Position auch noch, als der Jet über den Asphalt raste und auf dem Heck zu stehen schien, während er an Höhe gewann.

Das Medizinschränkchen war gut bestückt. Sie schluckte vier Aspirin und trank einen Becher Wasser. Dann putzte sie sich die Zähne, wusch sich das Gesicht und bürstete ihr Haar. Ein kurzer Blick in den Spiegel zeigte ihr, daß sie nichts weiter für ihr Aussehen tun konnte.

Smith arbeitete an seinem Laptop, den er auf einem Klapptisch zwischen zwei Sitzreihen aufgestellt hatte. Rachel blickte ihm über die Schulter und sah die Dateien der Verkehrsbehörden über den Bildschirm flimmern.

»Setzen Sie sich in den hinteren Bereich«, sagte er. »Ich komme gleich.«

Der Sessel, der vor der hinteren Trennwand stand, hatte die Größe eines kleinen Sofas. Rachel sank in die Kissen, zog die Beine hoch und lehnte sich zurück. Sie wollte sich nicht ausstrecken, aber die dicke Armlehne fühlte sich gut in ihrem Nacken an, und das Dröhnen der Backbordmaschinen vibrierte hypnotisch durch ihren Körper. Außer den Lampen über Smiths Arbeitsbereich war es im Flugzeug völlig dunkel. Sie starrte aus dem Fenster auf den orangefarbenen Mond, der durch die Wolken schimmerte, dann jedoch verschwand und die Sterne mit sich forttrug.

Smith saß noch weitere fünfzehn Minuten an seinem Computer, obwohl seine Arbeit bereits erledigt war. Er wollte sich nicht rühren, bevor er nicht sicher war, daß Rachel schlief. Vorsichtig stand er auf und blickte zurück. Es fiel genügend Licht in den hinteren Teil der Kabine, so daß er ihren leicht geöffneten Mund und das gleichmäßige Heben und Senken ihrer Brust sah. Er griff nach der Decke neben sich, überlegte es sich dann jedoch anders. Das Militär produzierte leichte Schläfer. Statt dessen regulierte er die Kabinenheizung. Rachel atmete tief, und die warme Luft würde die gleiche Wirkung wie die Decke haben. Smith ging zu einem der vorderen Sitze, drehte an dem Knopf für das Deckenlicht und wählte Los Angeles an.

»Sie hören sich ziemlich geschafft an«, meinte Lucille. »Wann ist Ihre voraussichtliche Ankunftszeit in Phoenix?«

»In dreieinhalb Stunden.«

»Sie fliegen wohl mit Zusatzschub.«

»Könnte man so sagen.«

Smith hatte den Piloten angewiesen, alles aus der Maschine herauszuholen und die schnellste Route zu ihrem Zielort zu nehmen. Es hatte Probleme gegeben, da ein Teil der Strecke durch beschränkten Luftraum führte. Smith hatte den Bereitschaftsdienst der amerikanisch-kanadischen Luftverteidigung in Cheyenne Mountain anrufen und warten müssen, bis man dort seine Freigabe mit Washington abgeklärt hatte, bevor ein Flugkorridor eingerichtet wurde.

»Wo ist die Kampfeinheit?« fragte er.

»Auf dem Weg. Sie werden in dreißig Minuten in Sky Harbor landen. Ich habe Ihre Warnung weitergegeben.«

»Was ist mit den Verkehrsbehörden?«

»Schauen Sie mal auf Ihr Fax.«

Smith ging zu seinem behelfsmäßigen Schreibtisch zurück und zog ein farbiges Blatt Papier aus dem Faxgerät, das in einem Schrank verstaut war. Das Foto war nicht gerade schmeichelhaft, aber die Frau darauf paßte zu Rachel Collins' Beschreibung.

»Sieht brauchbar aus«, sagte er. »Aber es ist ein Führerschein aus Washington. Nichts von Arizona?«

»Da gibt es jede Menge Underwoods, aber keine, die diesem Mädchen auch nur im entferntesten ähnlich sieht. Zumindest hat die Kampfeinheit nun ein Gesicht.«

»Vielleicht können wir ihnen noch ein wenig mehr geben. Rufen Sie beim Bundesluftfahrtamt an, und erkundigen Sie sich nach allen Privatmaschinen und Linienflügen, die von Atlanta nach Sky Harbor gestartet sind.«

Lucille brauchte eine Sekunde, um das zu verarbeiten.

»Wollen Sie damit sagen, daß unser Mann einen Vorsprung haben könnte?«

»Überlegen Sie mal: Copeland wurde fünfundzwanzig bis dreißig Minuten ermordet, bevor Collins und ich ihn fanden. In dieser Zeit könnte der Mörder gerade Atlanta International erreicht haben. Die Frage ist nur, würde er einen Linienflug nehmen oder hat er eine eigene Maschine? Ich kann mir nicht vorstellen, daß er einen Linienflug riskieren würde. Überbuchungen, technische Probleme, Startverzögerungen – alles Dinge, die er nicht vorhersehen oder beeinflussen könnte.«

»Um diese Zeit wird es nicht mehr viele Flüge nach Sky Harbor geben«, überlegte Lucille. »Sollen wir einen kleinen Notfall inszenieren und den Flughafen schließen?«

»Dafür würden wir zu viele Personen brauchen. Und wenn der Kerl Schiebung vermutet, wird er fliehen. Oder Schlimmeres.«

»Ich könnte ein zweites Team zur Überwachung des Flughafens losschicken und ihnen das Phantombild mitgeben, das Sie geschickt haben.«

»Ich traue diesem Bild nicht. Wer weiß, ob der Kerl tatsächlich so aussieht? Wenn die Kampfeinheit auf den falschen Mann losstürmt, wird sich die örtliche Polizei einmischen.«

»Gut. Wie wäre es denn, wenn wir, falls eine verdächtige Maschine landen sollte, uns diese anschauen, *nachdem* ihr Passagier den Flughafen verlassen hat? Er muß ja schließlich wieder zurückkommen, oder? Das ist sein Fluchtweg.«

»Nur, daß es nun unser Köder ist ...« Smith dachte kurz darüber nach. »Das ist gut. Lassen Sie mich überlegen, wie es laufen könnte, und besorgen Sie mir in der Zwischenzeit die Flüge beim Luftfahrtamt.«

»In zwanzig Minuten haben Sie sie.« Lucille zögerte. »Logan, wer ist dieser Mann?«

»Collins nannte ihn ein Phantom. Aber vielleicht wird er

das nicht mehr lange bleiben. Jedenfalls nicht, wenn wir Underwood finden, sie schützen und erfahren, was sie weiß.«

»Collins ist bei Ihnen, oder?«

»Sie weiß vieles, Lucille. Dinge, die mir bisher unbekannt waren. Ich konnte sie nicht zurücklassen.«

»Ich werde mich mit Jessup oder dem Diensthabenden in Belvoir in Verbindung setzen und ihm mitteilen, daß es ihr gutgeht und sie als wichtige Zeugin unter der Obhut des Bundes steht. Das wird die Militärpolizei besänftigen, und sie werden ihren Namen von der Fahndungsliste streichen.«

»Sie sind mir mal wieder um Lichtjahre voraus.«

»Dann tun Sie mir einen Gefallen.«

»Und der wäre ...?«

»Wenn Sie Underwood haben, halten Sie Collins im Hintergrund. Ich würde das Mädchen eines Tages wirklich gerne kennenlernen.«

19

Telefonische Anfragen des FBI an die Bundesluftfahrtbehörde führen stets zu einer raschen Antwort.

Lucille Parkers Anruf wurde unverzüglich an den wachhabenden Sicherheitschef in Washington weitergeleitet. Er machte diese Arbeit seit vierzehn Jahren und konnte die richtigen Knöpfe im Schlaf drücken. Gleichzeitig gingen Anrufe nach Atlanta und Phoenix hinaus. Die Inspektoren der Luftverkehrskontrolle ließen alles stehen und liegen, womit sie gerade beschäftigt waren, um die Informationen zu sammeln, auf die der Chef wartete. Die Leitungen zwischen den drei Städten blieben offen, und die Inspektoren arbeiteten schnell. Jeder von ihnen hatte bei praktischen Übungen wie Flugzeugentführungen oder Bombendrohungen mitgemacht. Unter den örtlichen Zentren gab es eine Art Wettstreit, und bisher hielt die Denver-Gruppe den Geschwindigkeitsrekord. In jener Nacht jedoch wurde er gebrochen. Atlanta meldete sich in weniger als zwölf Minuten mit einer Liste der Linienflüge und Privatmaschinen mit Zielort Phoenix zurück. In Phoenix brauchte man weitere dreißig Sekunden, um die Informationen gegenzuprüfen und zu bestätigen.

In ihrem Büro im siebzehnten Stockwerk des Federal Building in Los Angeles breitete Lucille die Papierausdrucke auf ihrem alten Schreibtisch aus. Sie war ein äußerst ordentlicher Mensch – eine Eigenschaft, die sie sehr schnell machte.

Sie konzentrierte ihre Aufmerksamkeit auf die Privatflugzeuge. Bei zweien handelte es sich um Firmenjets, wobei der eine einer internationalen Erfrischungsgetränke-Gesellschaft, der andere einem multinationalen Landwirtschaftskonzern gehörte. Drei andere waren von ihren Besitzern selbst genutzt worden: einem Plattenmanager, der einen Rockstar zu einem Konzert in Phoenix begleitete, einer dreifach geschiedenen Country-Western-Diva und dem Medien-Tycoon, der vor einigen Jahren den ersten Nachrichtensender des Landes gegründet hatte.

Lucille überprüfte die Passagierlisten sehr sorgfältig, fand jedoch nichts Ungewöhnliches. Sie rief erneut beim Luftfahrtamt in Atlanta an und bat um die Akten der Piloten und Crews auf diesen Flügen. In weniger als zwanzig Minuten lagen sie ihr vor. Die Leistungs- und Hintergrundberichte waren makellos.

Lucille sah das Material noch ein zweites Mal durch, nur um sicherzugehen, daß sie nichts übersehen hatte. Dann lehnte sie sich zurück, starrte auf die Papierstapel und ließ ihren Instinkt in den Einzelheiten herumschnüffeln. Aber es gingen keine Alarmglocken los, nicht einmal ein leises Klingeln.

Als sie schließlich Smith anrief, war sie beinahe sicher, daß Copelands Mörder nicht auf dem Weg nach Phoenix war, zumindest nicht per Flugzeug. Was sie nicht wußte und auch nicht ahnen konnte, war, daß man bereits einen Fehler gemacht hatte – nicht bei den Informationen selbst, sondern bei der Art und Weise, wie diese Informationen angefordert worden waren. Logan Smith hatte nach Auskünften über Privatmaschinen gefragt, die Hartsfield Atlanta International mit Zielflughafen Sky Harbor in Phoenix verließen. Diese Nachricht hatte Lucille an die Inspektoren in Atlanta weitergegeben, die sich ihrerseits ausschließlich auf zwei Punkte konzentrierten: Atlanta und Phoenix – nicht jedoch auf die Lakeland Air Force Base zweiundzwanzig Meilen vor Phoenix. Die Inspektoren waren berechtigterweise in dem Glauben, daß sie nach einer Maschine suchen sollten, die einen *Zivilflughafen* ansteuerte. Da in der Anfrage nichts von einem möglichen militärischen Landeplatz gesagt wurde, war es auch nicht nötig, den Businessjet, eine Gulfstream IV mit Zielort AFB Lakeland in dem Bericht nach Los Angeles zu erwähnen.

Die Maschine befand sich vierzig Minuten vor Lakeland und wurde von den Fluglotsen der Air Force weitergeleitet. In den letzten beiden Stunden hatte der Techniker geschlafen. Nun sprach er über Funk mit dem verantwortlichen Commander der Basis, um sich zu vergewissern, daß die endgültige Landeerlaubnis erteilt worden war.

Zwischen dem Techniker und diesem speziellen Officer gab es eine Vorgeschichte. Sie hatten sich sechs Monate zuvor in einer Gegend Nevadas namens Groome Lake kennengelernt, die offiziell nicht existierte. Zusammen waren sie durch befestigte Bunker an Ausrüstungen vorbeigeschlendert, die der Kreativität futuristisch denkender Köpfe entsprungen waren, und hatten in aller Ruhe gewisse mögliche

Operationen auf der asiatischen Theaterbühne besprochen. Der Colonel kannte die Stellung des Technikers in der CIA und war stolz auf seine Verbindung zu ihm. Als der Techniker sagte, er werde Lakeland auf seinem Weg nach Groome Lake einen kurzen Besuch abstatten, hatte er keinerlei Fragen oder Bedenken gehabt. Da alle Gespräche zwischen dem Jet und dem Personal der Air Force verschlüsselt wurden, mußte sich der Techniker über neugierige Zivilinspektoren keine Gedanken machen, die seine Unterhaltung mit hörten.

Der Techniker beendete seinen Schwatz mit dem Colonel, dankte ihm für den persönlichen Gefallen und begab sich ins Heck des Flugzeugs, um zu packen. Es ging ihm jedoch nicht um Kleidung. Die Gulfstream transportierte Waffen, Munition, Sprengstoffe und Tarnausrüstungen – alles, was ein auf sich gestellter Feldagent unter Umständen brauchte, um an jedem beliebigen Ort, von den Tropen bis zur Tundra, effektiv zu arbeiten. Der Techniker überblickte den Bestand, traf seine Auswahl und war komplett ausgerüstet, als der Pilot zur Landung ansetzte.

Die Gulfstream rollte an einem F-18-Geschwader vorbei, das für nächtliche Manöver vorbereitet wurde, und kam an einem kleinen Hangar in der Nähe des Kontrollturms zum Stehen. Der Techniker trat mit einer kleinen Leinentasche in der Hand hinaus und ging auf den Colonel zu, der neben seinem Privatwagen stand, einem Jeep Cherokee mit Zivilkennzeichen und Air-Force-Aufklebern hinter der Windschutzscheibe. In der kühlen Wüstennacht tauschten die beiden Soldaten einen leisen Gruß. Der Colonel fragte seinen Besucher nicht nach dem Grund seiner Visite oder warum er kurzfristig ein ziviles Landbeförderungsmittel benötigte. Der Gedanke nachzufragen, was der Techniker in der Gegend von Phoenix zu erledigen hatte, kam ihm nicht in den Sinn.

In einem Polizeifahrzeug der Air Force folgte der Colonel seinem Gast und begleitete ihn bis zu den Außentoren. Er sah, wie ihm ein Arm zuwinkte, als der Cherokee den Wachposten passierte, und schaute dem Wagen nach, bis die roten Rücklichter von der Dunkelheit der Sonora-Wüste verschluckt wurden.

Der Techniker bog nach rechts auf den Highway ab und hielt sich exakt an die Geschwindigkeitsbegrenzung. Er hatte keine Eile und legte keinen Wert darauf, die Aufmerksamkeit eines Streifenpolizisten auf sich zu ziehen. Angesichts der Air-Force-Aufkleber würde er ihm zwar keinen Strafzettel verpassen, aber der Techniker würde während der Überprüfung des Fahrzeugs und der Kennzeichen Zeit verlieren.

Der Techniker fuhr in Richtung Südwesten, vorbei an schlafenden Gemeinden hinter Durchfahrtsschranken, die überall in Phoenix wie giftige Pilze aus dem Boden schossen. Er passierte Einkaufszentren, L-förmige, in Pastellfarben gestrichene Komplexe mit roten Ziegeldächern und eine hell erleuchtete Tankstelle mit einem angegliederten 7-Eleven. Sein Fenster hatte er heruntergelassen, und er genoß es, die herbe Wüstenluft einzuatmen, so rein und frisch, daß er sich an andere Zeiten an anderen heißen, öden Orten erinnerte. Vor ihm tauchte ein Hinweisschild auf, dessen Plastikreflektoren die Namen der nächsten drei Ausfahrten anzeigten. Bei der zweiten Abzweigung steuerte er den Cherokee sanft in die Kurve. Unten in dem niedrigen Tal schimmerten die Lichter von Carefree.

Die drei breitschultrigen Männer, die in Sky Harbor aus dem Bell Ranger Helikopter stiegen, sahen wie gut ausgerüstete Touristen aus. Sie trugen teure, dick besohlte Marschstiefel, weite Hosen und braune Baumwollwesten mit zahlreichen Taschen. Der Sicherheitsbeamte des Flughafens, der herausgekommen war, um ihre flüchtige Überprüfung vorzunehmen, war von ihrer Ausrüstung beeindruckt und sogar ein wenig neidisch: große Rucksäcke mit Aluminiumrahmen, auf denen leichte Schlafsäcke festgeschnallt waren, und lange Holzkästen mit Messingbeschlägen, die, wie er vermutete, teure Jagdgewehre enthielten.

Der Sicherheitsbeamte hielt sie für einen schwatzhaften Haufen, da sie über einen Kollegen namens Bob lachten und Witze machten, weil er den Trip nicht mitmachen konnte, da er mit seiner Frau nach Hawaii fahren mußte. Er schnappte Bemerkungen über entfernte Jagdgebiete in Idaho und Alaska auf und hörte, wie sie über die tatsächliche Größe des Dickhornschafs diskutierten, das einer von ihnen im vorigen Jahr in den Kaskaden erlegt hatte.

Der Sicherheitsbeamte freute sich, ihnen behilflich sein zu können, als sie ihn fragten, wo man in der Gegend ein gutes Steak essen könne und wie lange die Fahrt nach Sedona, ihrem ersten Stop, dauern würde. Beeindruckt zeigte er sich auch von dem Chevy Suburban, der, so sagten sie, einem Freund gehörte, der gerade auf Geschäftsreise war.

Der Officer dachte darüber nach, während er beobachtete, wie sie den Wagen beluden. Für so kräftige Männer bewegten sie sich sehr flink, sicher und leise, eine Kombination, die ihm Unbehagen bereitete. Er wagte, sie zu fragen, wo genau sie in Los Angeles arbeiteten. Einer der Männer grinste und klappte sein Portemonnaie auf. Während er nach einer Visitenkarte suchte, konnte der Officer einen kalifornischen Führerschein und den Ausweis eines Lockheed-Angestellten erkennen. Die Visitenkarte, die ihm gereicht wurde, trug ebenfalls das Lockheed-Logo und wies den Mann als stellvertretenden Leiter der Forschungs- und Entwicklungsabteilung aus.

Als der Fahrer den Motor anließ, wünschte ihnen der Officer viel Glück und sah dem Suburban nach, der den Windungen der Zufahrtsstraße zum Flughafen folgte. Erst auf seinem

Weg zurück zum Terminal wurde ihm klar, daß sie mit keinem Wort gesagt hatten, wo sie hinfuhren oder was sie eigentlich jagten.

Die als Wochenend-Jagdgesellschaft getarnte FBI-Kampfeinheit ließ Phoenix hinter sich und folgte der Interstate in Richtung Norden. Sie nahmen die Abfahrt nach Carefree und fuhren über eine frisch planierte zweispurige Asphaltdecke in ein niedriges Tal.

»Scheint eine Gegend für Neureiche zu sein«, murmelte der Fahrer.

Das Tal und die Hügel waren von orangefarbenen Lichtflecken gesprenkelt. Das Team fuhr an zwei Meter hohen Steinmauern vorbei, die auch die noch nicht fertiggestellten Anwesen vom Nachbarn abgrenzten. Jedes verfügte am Eingang über ein Sicherheitshäuschen, und auf den Steinmauern waren die Namen des jeweiligen Anwesens zu lesen: Desert Hawk, Windhaven, Painted Desert. In einigen Fällen befand sich hinter den Steinmauern nichts als freies Gelände und Bauwagen.

Hinter dem unbebauten Gelände lagen die Landsitze. Die hell angestrahlten Häuser wirkten herrschaftlich, mit sorgfältig bepflanzten Gartenanlagen auf vier- bis achttausend Quadratmeter großen Grundstücken.

»Hier kommt eine Kreuzung«, sagte der Fahrer. »Rechts oder links?«

Der Beifahrer hatte eine Kopie des Bebauungsplans auf seinem Schoß und hielt eine kleine Taschenlampe darüber. »Rechts«, sagte er.

Die nächsten beiden Grundstücke waren unbebaut. Es folgte ein Anwesen im Tudor-Stil und dann, am Ende der Sackgasse, eine auffällig moderne Konstruktion aus Stein und Glas. Im ersten Stock brannte Licht.

»Das muß es sein«, meinte der Fahrer.

Der Beifahrer verglich die auf den Betonbordstein aufgemalte Adresse mit derjenigen, die Southwest Bell ihnen genannt hatte. »Volltreffer.«

Der Fahrer verlangsamte und ließ den Suburban dahinkriechen. Zu beiden Seiten der Villa lagen unbebaute Grundstücke, auf denen verstreut Bulldozer, Löffelbagger, Kräne und Planierraupen standen. Das Problem war, daß die Sackgasse in einem Wendekreis endete. Der Fahrer konnte nicht unbemerkt vor dem Haus parken, aber er mußte im Umkreis von hundert Metern bleiben.

Der Beifahrer deutete zurück auf das protzige Tudorgebäude. »Das Haus leuchtet wie ein Christbaum. Ich habe sieben Fahrzeuge gezählt.« Er schwieg kurz. »Scheint eine Hauseinweihungsparty zu sein. Und wahrscheinlich ist keiner der Gäste mehr in der Lage, nach Hause zu fahren. Warum stellen wir uns nicht einfach dazu?«

Der Fahrer wandte sich an den dritten Mann, »Commo«, den Kommunikationsexperten.

»Was meinst du?«

»Das wird geh'n«, stimmte Commo zu.

Während der Fahrer den Wagen zu dem Tudorhaus zurücksteuerte, löste Commo seinen Sicherheitsgurt und zog eine in das Dach des Suburban eingelassene Klappe auf. Nachdem er sie arretiert hatte, öffnete er einen der Rucksäcke und montierte schnell eine tragbare Antenne, wobei er die Aluminiumstangen des Rucksacks zu einem Dreibein zusammensetzte. Der zweite Rucksack enthielt elektronische Empfänger und Signalgeräte, die er am Rahmen des Wagens befestigte. Commo setzte sich Kopfhörer auf, fuhr die Antenne aus und stellte sie mit Hilfe eines Steuerhebels so ein, daß die Empfangsschüssel direkt auf die erleuchteten Fenster des Hauses am Ende der Sackgasse ausgerichtet war. Er regelte den Bereich und die Frequenz, dann die Lautstärke.

Zunächst waren nur kratzende Geräusche wie das Picken von Hühnern zu vernehmen. Nachdem der Filter verstärkt worden war, wurden sie zum Kratzen langer Fingernägel auf trockener Haut. Die Stimmen kamen deutlich genug herüber. Später würde das Band elektronisch gereinigt werden, um die Qualität zu verbessern, aber Commo hielt das nicht für notwendig. Er hörte einem Mann und einer Frau beim Liebesspiel zu. Dem Stöhnen und Schreien nach zu urteilen waren sie in vollem Gange.

»Ein Mann, eine Frau«, berichtete er den anderen. »Intime Situation. Ihr könnt Smith anrufen und ihm sagen, daß sich die Zielperson im Haus befindet.«

Die Männer der Kampfeinheit hatten geglaubt, nur ein Problem überwinden zu müssen: die Entfernung zwischen dem Haus und der Empfangsantenne. Jetzt nahmen sie zu Recht an, es gelöst zu haben.

Aber es gab noch ein anderes.

Das Team hatte zwar die Maschinen registriert, die auf den unbebauten Grundstücken verstreut standen, ihnen jedoch keine Bedeutung beigemessen. Sie schienen ein natürlicher Bestandteil der Landschaft zu sein wie die Steine und die Kakteen. Hätte einer von ihnen den Cherokee entdeckt, dann hätten sie vielleicht beschlossen, ihn zu überprüfen. Aber der Wagen mit Allradantrieb stand neben einer Planierraupe und wurde von der hohen Kabine und dem langen Motorgehäuse verborgen.

Der Techniker befand sich auf halbem Weg die Böschung hinunter und bewegte sich auf das Haus zu, als er die Scheinwerfer des Suburban bemerkte. Er ging hinter der Schaufel eines Bulldozers in Deckung und beobachtete, wie das Fahrzeug die Sackgasse entlangfuhr. Durch sein Nachtsichtgerät konnte er deutlich sehen, wo der Suburban schließlich abgestellt wurde und was danach passierte. Der Techniker zeigte sich von der Ausrüstung beeindruckt, die das FBI mitgebracht hatte, obwohl sie sich beim geplanten Lauf der Dinge als überflüssig erweisen würde.

In gebückter Haltung setzte der Techniker seinen Weg fort. Vor jedem Schritt testete er den Untergrund mit dem Fuß, bevor er sein ganzes Gewicht darauf verlagerte. Die Erde war trocken, an vielen Stellen weich und durchzogen von den Furchen tiefer Reifen. Zum Teil gab es plötzliche Vertiefungen von nahezu einem halben Meter, wo die Erde für Wasserrohre ausgehoben worden war. Für die Tiefenwahrnehmung auf kurze Entfernung war das Nachtsichtgerät nicht sonderlich geeignet; ein verstauchter Knöchel oder ein verdrehtes Knie würde ein deutlicher Nachteil sein. Der Techniker gelangte zu der Steinmauer, die sich auf der Rückseite des Hauses erstreckte. Der Wind hatte nachgelassen; er roch das Chlor des Swimmingpools, vermischt mit dem feuchten Geruch frisch ausgelegten Torfs. Die automatisch regulierten Rasensprengler mußten früher am Abend eingeschaltet gewesen sein.

Leichtfüßig kletterte er an der Mauer hoch und ließ sich in die Hocke fallen, als er auf den rutschigen Grasboden hinuntersprang. Er bahnte sich seinen Weg wie ein Schlittschuhläufer über einen zugefrorenen Teich. Als er die geflieste Terrasse erreichte, griff er nach einem Sitzkissen und trocknete sorgfältig die Sohlen seiner Stiefel ab.

In den neunzig Sekunden, die Steven Copeland noch zu leben gehabt hatte, hatte er wertvolle Details über Beth Underwoods Aufenthaltsort preisgegeben. Die exakte Adresse war nur das erste gewesen. Underwood hatte ihm auch erzählt, daß das Haus recht abgelegen in einem Neubaugebiet stand. Seines Wissens nach war es an kein Hausüberwachungssystem angeschlossen. Dies überprüfte der Techniker jetzt. Neben dem Schuppen gab es einen Schaltkasten. Er öffnete ihn und sah das Emblem des Hausüberwachungsdienstes Guardsman; der Kabelwirrwarr war jedoch nicht an das Hauptsystem angeschlossen.

Da es sich um ein zweistöckiges Gebäude handelte, hatte der Techniker flexibel planen können. Bei einer solchen Bauweise lagen die Schlafzimmer fast immer im ersten Stock. Das bedeutete, daß er das Schloß an der Hintertür zur Garage vermutlich knacken konnte, ohne gehört zu werden.

Im Haus war es kühl, fast kalt. Der Techniker trat durch eine Tür in die Küche und hielt inne, ließ das Haus zu sich sprechen. Er hörte das Summen einer Tiefkühltruhe und das leise Ticken einer Wanduhr. Der Geruch nach Essen – chinesisches Fast food, urteilte er – hing in der Luft. Die Kachelböden waren kürzlich geschrubbt worden und rochen nach Pinie. Einen Mülleimer oder den Geruch eines Tieres konnte er nicht wahrnehmen. Copeland hatte erzählt, daß Underwood hier kein Tier hielt, in Washington jedoch eine Katze hatte.

Die Haupträume im Erdgeschoß hatten große Fenster, durch die das Mondlicht auf den neuen Teppich fiel. Der Techniker achtete darauf, sich von dem Lichtschein fernzuhalten, während er auf die Treppe zum ersten Stock zuschlich. Auf den oberen Absatz fiel ein Lichtstrahl, und die Geräusche, die er vernahm, konnten nur aus einem der Schlafzimmer kommen. Der Techniker lauschte und lächelte. In seiner Todesangst hatte Steven Copeland viel erzählt, unter anderem von seiner Liebe zu Beth Underwood. Und jetzt ließ sie hier die Bettfedern mit einem anderen quietschen. Der Techniker wußte, daß sich das Observierungsteam des FBI auf das beleuchtete Schlafzimmer konzentrierte. Bei der ersten ungewöhnlichen Bewegung würden sie losrennen. Er war nicht sicher, ob es ihm gelingen würde, das Schlafzimmer zu betreten und zwei Personen zu erledigen, ohne Aufmerksamkeit zu erregen.

Der Techniker dachte noch einen Augenblick darüber

nach, beugte sich dann vor und preßte seine Hand auf die nächste mit Teppich ausgelegte Stufe. Ein leises Knacken war zu hören. Er hatte mit einer Treppe aus unbearbeitetem frischem Holz gerechnet. Hätte sein Opfer geschlafen, hätte er vielleicht riskiert, schnell hinauf und in das Schlafzimmer zu laufen. Jetzt jedoch würde er einen anderen, einen spektakulären Weg einschlagen.

Im Flur, im Eßzimmer und im Wohnzimmer im Erdgeschoß standen Öfen – Gasöfen, hinter deren Keramikblöcken blaue Zündflammen tanzten. Der Techniker löschte die Flammen in allen dreien und öffnete die Gashähne vollständig. Dann huschte er zu dem Temperaturregler an der Wand im Flur und schaltete die Klimaanlage aus. Der Rückluftstrom würde das Gas nicht absaugen. Er öffnete die Tür zu dem Wirtschaftsraum neben der Küche und machte sich an den Gasleitungen der Waschmaschine und des Trockners zu schaffen.

Sechs Minuten später stand der Techniker wieder am Fuß der Treppe. Er klebte ein flaches Paket Plastiksprengstoff an die Wand und ein zweites an das Geländer in der Höhe der zweiten Stufe. Ein dünner Kunststoffaden, wie ihn Angler für Fliegenköder bevorzugen, da er nahezu unsichtbar ist, spannte sich fünf Zentimeter über der Stufe zwischen den Paketen. Die losen Enden wickelte er um einen federgelagerten Sprengzünder, der seinerseits mit einer Sechsvolt-Batterie verdrahtet war. In der Vorstellung des Technikers würde, sobald Beth Underwood und ihr Liebhaber zu Ende gebumst hatten, einer von ihnen – oder vielleicht auch beide – den Gasgeruch bemerken. Allein oder gemeinsam würden sie, müde und ausgelaugt von ihren Leibesübungen, hinuntergehen, um nachzusehen. Das Treppenlicht würde nicht funktionieren. Im Halbdunkel war der gespannte Draht nicht wahrzunehmen, bis ein Fuß ihn berührte. Damit würde sich der Kreis schließen, die Plastiksplitter würden freigesetzt und die unteren Gliedmaßen abreißen. Die anschließende Gasexplosion würde ein übriges tun.

Der Techniker ging alles noch einmal in Gedanken durch, während er durch die Küche in die Garage und dann hinausschlich. Er gab dem Liebespaar noch zwanzig Minuten. Falls dann die Explosion aus irgendeinem Grunde noch nicht ausgelöst war, waren sie vermutlich erschöpft eingeschlafen. Dann wäre ein Weckanruf nötig.

»Das war die Kampfeinheit.«

Rachel stützte sich vorsichtig auf einen Ellbogen. Sie hatte sich im Schlaf gedreht und spürte nun ihren schmerzhaft steifen Hals. Sie griff sich in den Nacken und massierte die verkrampften Muskeln.

Sie war schon ein paar Minuten wach und hatte beobachtet, wie Smith in der engen Kabine herumlief, Papiere einsammelte und Taschen und Aktenmappen verstaute. Seine vorsichtigen Bewegungen ließen vermuten, daß er sie nicht wecken wollte, eine Rücksichtnahme, die sie rührte. Als sie genug gesehen hatte, räusperte sie sich, damit er zu ihr schaute.

Nun saß er ihr gegenüber, die Ellbogen auf die Knie und den Kopf in die Hände gestützt. Das grelle Kabinenlicht verschärfte die Ringe unter seinen Augen und die Falten auf seiner Stirn. Er hatte wenig geschlafen, wenn überhaupt, und ertrug seine Erschöpfung, als sei sie ihm zur Buße auferlegt. In seinen Augen, die sicherlich sanft und freundlich blicken konnten, brannte jedoch das Feuer, das ihn antrieb. Es verweigerte ihm eine Ruhepause, fraß ihn auf und nährte ihn gleichzeitig.

Rachel richtete sich auf und bewegte ihren Kopf wie ein Athlet bei Lockerungsübungen. Sie erhaschte einen Blick durch das Fenster und erkannte, daß sie im Landeanflug waren.

»Die Kampfeinheit?« wiederholte sie.

»Aus L. A. Sie haben Underwoods Haus gefunden und observieren es jetzt.«

Rachel beugte sich abrupt vor und stieß beinahe mit Smith zusammen. »Ist sie dort? Wissen sie das sicher?«

»Sie und noch jemand.«

Rachel spürte sein Zögern und erkannte die Verlegenheit dahinter.

»Sie ist mit jemandem im Bett. Das Team meinte, sie seien recht ... energisch.« Smith blickte sie scharf an. »Irgendeine Idee, wer das sein könnte?«

Rachel schüttelte den Kopf. »Das paßt nicht zu ihr. Daß sie dort einen Liebhaber hat, meine ich. Seit Mollie sie abgesetzt hat, schien sie dort allein zu sein. Copeland hat sie regelmäßig angerufen. Er will – wollte alles hundertprozentig unter Kontrolle haben. Er hätte gemerkt, wenn sie versucht hätte, ihn anzulügen oder zu hintergehen. Außerdem wartete sie auf ihn.«

Das Fahrwerk quietschte, als es einrastete.

»Wie auch immer«, meinte Smith. »Sie ist dort, und jemand ist bei ihr.«

Rachel war im Waschraum, als der Jet den Boden berührte. Sie griff nach der Stange über der Toilette, um das Gleichgewicht zu halten. Als die Maschine ihre Parkposition erreicht hatte, stand sie mit ihrem Seesack in der Hand an der Tür.

Der Leiter des FBI-Außenbüros Phoenix erwartete sie mit einem Wagen. Er begrüßte Smith mit angemessener Höflichkeit, aber Rachel entging die Verstimmung hinter der Freundlichkeit nicht. Die Leute in Phoenix wußten, daß etwas Großes auf ihrem Territorium im Gange war und daß man sie zu der Party nicht eingeladen hatte.

Smith stellte Rachel nicht vor. Er forderte sie mit einer Kopfbewegung auf, ihr Gepäck zu verstauen. Er sprach noch mit dem Agenten, als Rachel entschied, daß es Zeit war. Sie lud Smiths Sachen in den Kofferraum und schlug ihn so heftig zu, daß das Auto wackelte.

»Sie haben es wohl eilig«, meinte Smith, als er hinter dem Steuer Platz nahm.

»Kann die Kampfeinheit nicht stürmen und Underwood herausholen?«

»Dazu haben sie keine Anweisung. Warum?«

»Irgend etwas stimmt nicht. Sie sollte nicht dort drin sein ... jedenfalls nicht so.«

»Sie möchten, daß man sie in flagranti erwischt?«

»Ich möchte, daß sie überlebt.«

»Das Observierungsteam ist sehr gut. Jeder, der versucht, sich dem Haus zu nähern, müßte an ihm vorbei. Und das wäre eine schlechte Idee.«

Die Worte sprudelten aus Rachel heraus, bevor sie es verhindern konnte. »Ich wünschte fast, er würde es versuchen.«

Smith steuerte den Wagen auf die Interstate und gab Gas. Rachel nahm an, daß das Außenbüro in Phoenix die Polizei von Arizona angewiesen hatte, nicht einzugreifen. Smith griff nach dem Funkgerät und sprach mit dem Leiter der Kampfeinheit, der berichtete, daß alles in Ordnung und ruhig sei. Smith teilte ihm mit, daß sie in vierzig Minuten vor Ort wären.

Rachel hatte das Funkgespräch bruchstückhaft mit angehört. Sie erwartete beinahe, daß Smith ihr einen Blick von der Sorte »Ich habe es Ihnen doch gesagt« zuwarf.

»Sie sagten, die Dunn-Akte sei wichtig«, sagte Smith statt dessen. »Warum?«

Rachel erklärte, daß die Akte Mollies Ausgangspunkt gewesen war – gewesen wäre. Sie faßte die Einzelheiten von Dunns Lebenslauf zusammen und kam dann zu seinem Fachwissen bei der Flugzeugwartung und seinem Einsatz als Norths Fahrer.

»Es existiert kein Bericht darüber – zumindest keiner, von

dem wir wissen –, daß Dunn jemals die C-12 gewartet hat, mit der North unterwegs war«, sagte Smith.

»Ich weiß. Aber die Zufälle sind zu offensichtlich. Ich meine, warum sollte Dunn seinen Urlaub opfern, um als Fahrer eines Generals einzuspringen?«

»Wurde er beordert, oder hat er sich freiwillig gemeldet?«

»Das geht aus der Akte nicht hervor. Und was ist mit Norths regulärem Fahrer? In dem Bericht der Militärpolizei heißt es, es sei ein Fall von Fahrerflucht gewesen. Das konnte genausogut Absicht gewesen sein.«

»Um einen freien Posten zu schaffen? Möglich.«

»Ich denke, wir sollten den Fahrer überprüfen und die Unterlagen zu dem Unfall durchsehen.«

»Da stimme ich Ihnen zu.«

Rachel warf einen Blick auf die Uhr am Armaturenbrett. Sie hatte keine Ahnung, wo sie waren, aber der Uhrzeit nach konnte Carefree nicht mehr weit entfernt sein.

»Sie haben mir noch nicht gesagt, was ich tun soll, wenn wir bei Underwood sind«, sagte sie.

»Das gleiche, was Sie bei Copeland getan haben«, erwiderte Smith. »Schaffen Sie Vertrauen. Nur Sie kennen die Einzelheiten, wissen, wie Mollie mit ihr umgegangen ist. Darauf wird Underwood reagieren. Wenn sie Ihnen vertraut, wird sie vielleicht auch mit mir sprechen.«

»Ist das alles, was ich tun soll – sie dazu bewegen, mit Ihnen zu sprechen?«

»Das hängt davon ab, was sie uns zu sagen hat.«

Rachel war klar, daß Smith sich nicht weiter festlegen würde.

»Wenn wir sie haben, was passiert dann mit ihrem Freund oder wer immer er ist?«

»Das Team wird sich um ihn kümmern, bis Sie mit Underwood fertig sind. Sollte sich herausstellen, daß er schauspielert ...« Er mußte den Gedanken nicht beenden. So oder so würde es ein arger Schock und eine lange Nacht für diesen Romeo werden.

Smith griff wieder nach dem Funkgerät und teilte der Kampfeinheit mit, daß sie in drei oder vier Minuten dort seien. Ob es etwas Neues gebe? Die Antwort war negativ. Die Straße lag ruhig und verlassen, abgesehen von der Party in dem Tudorhaus. Der Teamleiter hielt den Lärm für eine gute Deckung. Smith gab Anweisungen für einen heimlichen Einstieg, mit der Option auf ein schnelles, nicht tödliches Eingreifen.

»Betäubungsgranaten und CS-Gas?« fragte Rachel.

»Von Underwood ist vermutlich keine Gegenwehr zu erwarten. Von ihrem Freund wissen wir es nicht.«

Sie bogen in die Sackgasse ein. Das hellerleuchtete Haus, in dem die Party stattfand, war auffallend wie ein Goldzahn im Mund eines alten Weibes.

»Wegen des Kuriers hat Sie niemand angerufen«, sagte Rachel.

»Doch, Lucille im Flugzeug. Sie haben geschlafen. Wir haben jede Privatmaschine überprüft, die auf dem Flugplan Atlanta-Phoenix stand. Alle Passagiere und Crewmitglieder sind echt.«

»Was, wenn er eine falsche Fährte gelegt hat? Wenn er Tucson oder Flagstaff als Bestimmung angegeben hat, um dann in der letzten Minute nach Phoenix weiterzufliegen?«

»Das wäre der dämlichste Schachzug, oder nicht?«

»Auch, wenn er einen Notfall deklariert?«

»Dann würde *er* zum Notfall werden. Und das, was ihn dann am Boden erwarten würde, wäre nicht sonderlich ermutigend.«

Sie erreichten den Suburban der Kampfeinheit, der durch die Antenne, die aus dem Dach herausragte, unschwer zu erkennen war. Smith ließ das Fenster auf Rachels Seite herunter, beugte sich über sie und wies den Leiter des Teams leise an, ihm zu folgen. Rachel ließ das Fenster offen, während sie zum Ende der Sackgasse fuhren. Die Lichter in einem Schlafzimmer im ersten Stock waren noch immer eingeschaltet. Nun ging ein weiteres, schwächeres Licht an, eine Dielen- oder Badezimmerlampe.

»Da tut sich etwas«, sagte sie.

»Bei uns auch.«

Die Parkleuchten der Limousine brannten noch, als sich die Hintertüren des Suburbans öffneten. Die Männer in hautengen Militäranzügen aus schwarzer Baumwolle, schwarzen Stiefeln mit tiefen Profilsohlen und mit schwarzen Kapuzen mit ultraleichten Lichtton-Kopfhörern sprangen heraus. Die Kapuzen deckten die Gesichter bis auf Augen und Nase vollständig ab. In einer Ecke des Kastenwagens lag ein Haufen Sportkleidung. Zwei der Männer trugen schallgedämpfte Maschinenpistolen schräg vor dem Körper, der dritte setzte ein Nachtsichtgerät auf ein Scharfschützengewehr. Jeder von ihnen hatte drei Granaten und ein Messer am Gürtel. Sie würden sich auf klassische Weise Zutritt verschaffen: Ein Mann käme von der Rückseite durch die Garagentür, ein zweiter würde über die Veranda in die Küche eindringen. Der Scharfschütze würde in erhöhter Position auf der Kabine eines Bulldozers Stellung beziehen, der auf dem angrenzenden Grundstück stand. Er hatte die Gegend ausgekundschaftet und Smith versichert, daß er aus dieser Position geradewegs in das Wohnzimmer, das Eßzimmer und die Schlafzimmer im ersten Stock sehen konnte. Zudem hatte er freie Schußbahn auf jeden, der versuchen würde, durch die Vordertür zu entkommen.

»Was machen wir?« fragte Rachel, während sie das Team in der Dunkelheit verschwinden sah.

Smith setzte seinen Kopfhörer auf, sprach leise in das Mikrofon und schien mit dem Ergebnis zufrieden.

»Wir geben ihnen fünfundvierzig Sekunden, um in Position zu gehen«, antwortete er. »Soviel Zeit brauche ich, um zur Vordertür zu gelangen.«

Smith schaltete das Autoradio ein und drehte an dem Knopf, bis er einen Musik-Sender gefunden hatte. Er reichte Rachel sein Handy und machte eine Kopfbewegung in Richtung des Tudorhauses.

»Wir nutzen unsere Möglichkeiten. Underwood und ihr Freund sind noch wach. Sie wissen, daß nebenan gefeiert wird. Jetzt bekommen sie einen Anruf, weil der Partygesellschaft das Eis ausgegangen ist. Sie entschuldigen sich für die Störung, aber bitten sie dringend, ihnen auszuhelfen. So wird Underwoods Hausfreund keinen Verdacht schöpfen, wenn sie zur Haustür geht.«

»Wo ich dann stehe.«

»Mit mir.«

»Was, wenn Romeo aufmacht?«

»Wir überwältigen ihn und gehen hinein. Das wäre am besten, jedenfalls besser, als ihn ins Visier zu nehmen – falls das nötig ist –, sobald wir Underwood haben.«

Smith sah sie scharf an. »Sie schaffen das, nicht wahr?«

Rachel nickte. »Am besten gehen Sie jetzt.«

Sie beobachtete, wie er schnell, sich im Schatten haltend, die verlassene Straße hinunterging. Als er vor dem Haus war, wählte Rachel Underwoods Nummer, hörte das erste Klingeln und drehte die Lautstärke auf. Die Rolling Stones forderten Sympathie für den Teufel.

»Hallo?«

Die Stimme klang neugierig, weder nervös noch verärgert.

»Beth? Ist dort Beth Underwood?«

»Wer ist denn da? Was ist das für ein Krach?«

»Beth ...«

»Sind Sie das von nebenan?«

Rachel unterbrach sie. »Ja. Hören Sie, tut mir leid, daß ich Sie stören muß. Ich weiß, daß es schon spät ist, aber unser

Eisfach ist völlig leer. Könnte ich wohl kurz hinüberkommen und mir ein wenig Eis bei Ihnen holen?«

Rachel hörte eine männliche Stimme im Hintergrund etwas rufen. Die Frau antwortete: »Kenny, das sind die Leute von nebenan. Sie brauchen Eis.«

»Sag ihnen, sie können 'ne Ladung kriegen, wenn sie dafür 'n paar Bier mitbringen. Ach, und Shel? Nicht dieses beschissene Amstel Light.«

Shel?

Der Techniker hatte in einer Kurve geparkt, von wo aus er das Geschehen unten im Tal vollständig im Blick hatte. Er hatte geduldig darauf gewartet, daß die Früchte seiner Arbeit reiften und vom Baum fielen. Statt dessen blieb alles ruhig. Er seufzte. Mittlerweile mußte es im Erdgeschoß stark nach Gas riechen, aber offensichtlich hatten sie es oben noch nicht wahrgenommen. Er mußte die Sache beschleunigen.

Der Techniker wählte Beth Underwoods Nummer. Er würde etwas von einer defekten Gasleitung erzählen, weshalb sie unverzüglich das Haus verlassen müsse.

Die Nummer war besetzt.

Der Techniker sprang aus dem Cherokee und stellte sein Nachtsichtgerät auf die Sackgasse ein. Er zählte sechs Wagen vor dem Haus, in dem die Party lief. Schön. Und den großen Wagen der Feds. Aber diese Limousine ... es sah aus, als ob jemand hinter dem Steuer sitze – jemand, der auch noch auf diese Entfernung eindeutig als Warrant Officer Rachel Collins zu erkennen war. Sie telefonierte.

Der Techniker warf den Kopf zurück und brach in schallendes Gelächter aus, das von den Jahrtausende alten Felsen zurückprallte, bis es schließlich in der Dunkelheit verhallte. Er hatte das Echo noch im Ohr, als er wieder in den Cherokee sprang und wegfuhr.

Shel?

Rachel flog die Straße hinunter und schrie nach Smith.

»Das ist nicht Underwood dort drin! Sie ist es nicht!«

Sie war nahe genug, um zu sehen, daß er herumwirbelte und sich zögernd zwei Schritte von der Haustür entfernte. Sie blieb abrupt stehen, als er auf sie zulief, das Gesicht vor Ärger verkrampft.

»Was, zum Teufel, machen Sie hier?«

»Sie ist es nicht!« keuchte Rachel. »Die Frau dort drin ...«

Die Explosion traf sie wie eine Betonfaust. Rachel registrierte Smiths ungläubigen Blick, dann flog er mit rudernden Armen und Beinen an ihr vorbei. Die Wucht der Detonation schleuderte sie gegen die Ziegelmauer, die das Grundstück vom Bürgersteig abtrennte.

Rachels Finger gruben sich in den feuchten Torf, als sie versuchte fortzukriechen. Bei der zweiten Explosion fühlte sie, wie sie weggetragen wurde, sorglos und unbekümmert.

20

Schreiend trat Rachel wild um sich, obwohl sie ihre Stimme nicht hören konnte. Ihre Kehle fühlte sich wie ein Stück rohes Fleisch an. Jeder Atemzug brannte in ihren Lungen, als atme sie Feuer ein.

Irgend etwas Hartes und Kaltes berührte ihr Knie, und schlagartig kehrte ihr Bewußtsein zurück. Sie hob einen Arm und spürte, wie ihre Fingernägel über eine sandige Oberfläche kratzten. Rachel zwang sich, die Augen zu öffnen, und sah, daß sie die hüfthohe Mauer am Ende des Rasens umklammerte.

»Nicht bewegen.«

Zwei Hände mit knallroten Handgelenken und Knöcheln

schoben sich unter ihre Achseln, und sie hörte ein leises Stöhnen, als Smith sie hochzog.

»Können Sie sagen, ob etwas gebrochen ist?«

Über Smiths Gesicht, von Erde und Asche völlig verschmutzt, zogen sich dicke Spuren von etwas Schwarzem.

»Sie bluten«, sagte sie.

»Die Glassplitter. Sie sind hier überall verstreut. Sie haben ein paar im Haar.«

Automatisch hob Rachel ihre Hand, aber Smith ergriff ihr Handgelenk. »Wir müssen hier weg.«

Rachel klammerte sich an ihn, als er ihr half, über die Mauer zu klettern. Unter ihren Absätzen knirschte Glas. Plötzlich fühlte sie die Hitze hinter sich und drehte sich um.

»Oh, mein Gott...«

Es war sehr wenig übriggeblieben, was einem Haus ähnelte. Das Inferno schien sich zur Rückseite des Hauses zu bewegen. Der Nachthimmel war erfüllt von Funken und dem wütenden Krachen einstürzender Träger. Der Wind drehte sich, und der Rauch zog auf sie zu.

Smith hatte sie auf die Straße geschafft, wo sie sich gegenseitig stützten und auf die Leute zutaumelten, die ihnen entgegenrannten. Ein untersetzter Mann mittleren Alters mit einer Ginfahne erreichte sie als erster.

»Jesus Christus! Was ist passiert? Sind Sie in Ordnung?«

Smith zog seinen Ausweis des Justizministeriums hervor. »Bundesbeamter«, krächzte er. »Wie heißen Sie?«

»Jerry. Jerry Pabst. Mir gehört das Haus...«

»Hat jemand 911 angerufen?«

»Selbstverständlich. Aber die Feuerwehr wird gute zwanzig Minuten hierher brauchen. Die neue Zweitstation ist noch nicht besetzt...«

»Jerry, halten Sie die Leute zurück. Gehen Sie wieder ins Haus.«

Pabst wandte sich um und hob die Arme. »Okay, Leute.

Das hier ist ein Bundesbeamter. Wir sollen wieder ins Haus, okay?«

Schreie und Fragen ertönten, und einige Frauen stellten sich auf die Zehenspitzen, um Pabst über die Schulter zu spähen. Smith blickte auf die brennende Ruine.

»Die Kampfeinheit. Wir müssen sehen, ob …«, sagte Rachel.

Er schüttelte den Kopf. »Sie waren drinnen, außer dem Scharfschützen.«

Er wischte sich mit dem Ärmel übers Gesicht, und als er ihn wegzog, sah Rachel, daß Tränen den Schmutz und das Blut verschmierten.

»Der Kurier«, sagte Smith so leise, daß Rachel ihn kaum verstehen konnte. »Er weiß alles … alles.« Er hustete, straffte dann seine Schultern und holte tief Luft. »Aber das kann nicht alles gewesen sein. Er *weiß* zuviel! Und er kann zuviel *tun*!«

Weiter vorn trieb Jerry Pabst seine widerstrebenden Gäste zu seinem Haus zurück. Er blickte sich zu Smith um, der zu ihm hinüberging. Rachel hörte nicht, was Smith sagte, aber sie sah Pabsts Gesichtsausdruck. Er ließ den Kopf hängen und trabte seinen Gästen hinterher; Rachel wußte, daß Smith ihm gesagt hatte, wieviel Menschen bei der Explosion ums Leben gekommen waren.

Sie stand bereits wieder am Wagen, als Smith zurückkam. Irgendwo in der Ferne heulten und hupten Feuerwehrautos. Am Horizont waren rote Blinklichter zu sehen.

»Diesmal hat der Kurier Scheiße gebaut, stimmt's?« meinte Smith.

Rachel nickte. Sie wollte unbedingt wissen, wer die Frau gewesen war. Shel … und ihr Romeo, der Eiswürfel gegen frisches Bier eintauschen wollte. Was hatten sie in dem Haus zu suchen, in dem sich Beth Underwood aufhalten sollte? Wer waren sie? Freunde?

»Wo ist sie?« sprach Rachel ihre Gedanken laut aus. »Warum hat sie das Haus verlassen? Wohin ist sie gegangen?« Sie blickte Smith verstört an. »Hat er sie erwischt? Hatte sie Freunde gebeten, ihr Gesellschaft zu leisten, aber er ist ihnen zuvorgekommen und hat sie mitgenommen, bevor er den Sprengsatz legte?«

Smith legte ihr eine Hand an die Wange. »Wir werden es herausfinden.« Er hielt inne. »Wären Sie nicht losgerannt, hätte ich noch an der Tür gestanden …«

Rachel schloß die Augen, als er sie in die Arme schloß, und spürte sein Zittern, als sei ihm sehr kalt, aber seine Lippen brannten wie ein Brenneisen auf ihrer Stirn.

Die Feuerwehr raste heran, erledigte ihre Arbeit vorschriftsmäßig und brachte das Feuer unter Kontrolle. Smith führte mehrere Gespräche über das Autotelefon, daher nahm Rachel den Einsatzleiter beiseite und ging die Einzelheiten mit ihm durch. Als sie ihm von den Männern der Kampfeinheit berichtete, wandte er sich ab und fluchte leise.

Er schaute zu dem Scharfschützen, der, mit dem Gewehr zwischen den Beinen, im Gras saß und wie betäubt vor sich hinstarrte. »Was, zum Teufel, haben Sie hier zu suchen?« fragte er. »Die Army, die Feds …«

Rachel deutete zu Smith. »Er wird Ihnen alles erklären.«

Der Einsatzleiter schnaubte. »Ja, mir irgendeine blödsinnige Geschichte auftischen.«

»Er hat zwei seiner Männer verloren«, rief ihm Rachel frostig ins Gedächtnis.

Wütend stapfte der Einsatzleiter seinen eigenen Leuten hinterher.

Rachel setzte sich auf die Stoßstange des Rettungswagens, und der Notarzt zog die Glassplitter aus ihrer Kopfhaut. Als Smith zu ihnen trat, eilte ein zweiter Arzt auf ihn zu.

»Wir müssen Brandsalbe auf Ihre Wunden auftragen«,

sagte er schnell und beäugte ihn kritisch. »Irgend etwas gebrochen?«

»Nein.«

Smith hockte sich neben Rachel. »Die Polizei von Phoenix hat Sky Harbor abgeriegelt. Niemand kommt dort hinein oder hinaus, bevor nicht jede Privatmaschine überprüft wurde. Das Problem ist nur, daß während der letzten Stunde niemand von dort starten wollte.«

»Das ergibt keinen Sinn«, meinte Rachel. »Sicher hat der Kurier nicht vor, mit dem Wagen irgendwohin zu fahren.«

»Lucille hat für alle Fälle die Streifenpolizisten informiert.« Er schwieg einen Moment. »Die örtlichen Bombenspezialisten sind auf dem Weg hierher, zusammen mit den Experten der Brandstiftung.«

»Wem gehört das Haus?« fragte Rachel. »Wir müssen Pabst fragen ...«

»Das kann ich Ihnen sagen«, ließ sich der Notarzt vernehmen. Er rieb gerade Smiths Hände mit Salbe ein. »Der Typ, dem dieses Haus gehört, ist der Bauunternehmer hier. Ich weiß das, weil wir schon einige Male hiergewesen sind – illegale mexikanische Arbeiter, die hier für sechs Dollar die Stunde ohne Sicherheitsschuhe schuften und dann in Nägel treten, die aus Brettern herausstehen.«

Das Dröhnen eines leistungsstarken Motors und das Quietschen von Bremsen ließen ihn über die Schulter blicken.

»Mr. Qualitätsbau persönlich«, murmelte der Notarzt.

Der Mann, der aus dem Pickup sprang, war klein und krummbeinig, mit breiter Brust und dicken, kräftigen Armen. Hastig setzte er einen ausgefransten Stetson aus Stroh auf seine schwindende Haarpracht, während er auf den Rettungswagen zueilte.

»Sehen Sie sich das Logo auf der Wagentür an«, sagte Rachel leise.

Smith sprang auf. Das Logo war ein riesiger grüner Kaktus. In dicken gelben Lettern stand darüber: UNDERWOOD BAU- UND PLANUNGSGESELLSCHAFT.

»Mr. Underwood?«

Mit offenem Mund starrte Underwood auf die Brandruine. Er zog ein verknittertes rotes Taschentuch hervor und fuhr sich damit über die Stirn.

»Scheiße, ich glaub das nicht.« Er wirbelte zu Smith herum. »Wer sind Sie?«

Rachel beobachtete die Reaktion des Mannes auf Smiths Ausweis. Sie rutschte von der Stoßstange des Rettungswagens und ging zu den beiden Männern.

»Sie sind Roy Underwood?«

»Das habe ich Ihnen doch gerade gesagt.«

»Sie sind der Bauunternehmer?«

»Zum Teufel noch mal, ja! Das ist mein verdammtes Modellhaus. War mein Modell ...«

»Wissen Sie, wer sich darin aufhielt?«

»Es *sollte* sich niemand darin aufhalten.«

»Ein Mann und eine Frau. In Aktion.«

Underwood richtete seinen Blick zum Himmel und fluchte. »Wahrscheinlich Kenny Lassiter, mein Vorarbeiter. Ich habe gehört, daß er manchmal hierherkommt. Aber ich habe ihn gewarnt ...«

»Wer war die Frau?«

»Irgendeine Kellnerin, die Kenny diese Woche bumste.«

Rachel hatte genug gehört. Sie trat näher, roch das Listerin in Underwoods Atem und sah die Schweißtropfen an seinen Schläfen. Sie stellte sich vor, wie er den Anruf wegen der Explosion erhalten, seine Kleider in der Dunkelheit zusammengesucht und geflucht hatte, während er sich Wasser ins Gesicht spritzte, um wach zu werden.

»Im Haus gab es ein angeschlossenes Telefon. Wir wissen, daß Ihre Tochter Beth es benutzt hat. Sie hat sich in dem

Haus aufgehalten. Wo ist Beth, Mr. Underwood? Jetzt, im Moment?«

Rachels Gesichtsausdruck ließ ihn zurückweichen.

»Was, zum Teufel, glauben Sie, wo sie ist?« polterte er los. »Zu Hause, in ihrem Bett, und schläft vermutlich.«

Egal, was ihre Ausweispapiere sagten – Roy Underwood war davon überzeugt, daß der Fed und die Army-Maus verrückt waren. Als er ihnen von Beth erzählte, sahen sie einander an, als hätten sie gerade das große Los gezogen.

Underwood protestierte, als sie ihn in ihren Wagen scheuchten, nach dem schnellsten Weg zu seinem Haus fragten und ihn dann baten, den Mund zu halten.

Als sie in Mesa Hills, seinem ersten Bauvorhaben, eintrafen, sah Underwood, daß die Straße durch zwei im rechten Winkel zueinander stehende Autos abgesperrt wurde. Die Männer, die daneben standen, hätten gut und gerne im Angriff der Phoenix Cardinals spielen können. Sie trugen M-16-Gewehre mit Doppelladestreifen. Auf dem kleinen Stück Land, auf dem ein Park angelegt werden sollte, stand ein Helikopter, dessen Rotorblätter sich noch drehten. Auf den Rasenflächen und Zugangswegen der teuren Häuser tummelten sich Underwoods Nachbarn in hastig über die Pyjamas geworfenen Morgenmänteln. Einige riefen ihm etwas zu, als sie ihn aus dem Wagen steigen sahen.

»Den Rest gehen wir zu Fuß«, sagte Smith.

Underwood sah noch mehr bewaffnete Männer weiter hinten in der Straße, die sein hell erleuchtetes Haus umstellten. »Wer sind diese Kerle?« fragte er.

»FBI-Marshalls aus Phoenix.«

»Sagen Sie mir jetzt sofort ...«

»Sobald wir im Haus sind, Mr. Underwood.«

»Nein! Ich muß wissen, ob Connie und Beth in Gefahr sind!«

Ohne seinen Schritt zu verlangsamen, wandte sich Smith zu ihm um. »Jetzt nicht mehr.«

In der Haustür war in Augenhöhe ein großer Fächer aus mattem Glas in das Holz eingelassen. Er verzerrte die Züge der dahinter stehenden Frau, die, so mutmaßte Rachel, Underwoods Frau sein mußte. Underwood gab ihr ein Zeichen und mußte erst ihren Namen rufen, bevor sie die Tür aufschloß.

»Roy, was geht hier vor? Wer sind diese Leute?«

Underwood legte den Arm um sie, aber sie drehte sich weg, um über seine Schulter blicken zu können. Die Augen und das Gesicht Connie Underwoods waren noch vom Schlaf geschwollen. Als sie Rachel sah, fuhr sie sich mit einer Hand durchs Haar und versuchte die Strähnen zu glätten.

»Wir müssen mit Beth sprechen, Mrs. Underwood«, sagte Rachel sanft.

»Mitten in der Nacht? Sie platzen hier herein und führen sich auf, als seien wir ... Drogenhändler oder so was ...«

»Mom, das ist schon in Ordnung.«

Rachel blickte hoch. Am Ende der großzügigen Eingangshalle aus Kalkstein war eine Treppe, auf der Beth Underwood stand. Sie trug ein langes Baumwollnachthemd und wie Hasengesichter geformte Pantoffeln mit Disneyfiguren darauf. Ihr gerötetes Gesicht schien frisch geschrubbt, und ihr Haar glänzte, als hätte sie es lange gebürstet.

»Sie sind Rachel Collins«, sagte sie.

Rachel trat vor. »Ja, die bin ich.«

»Sie haben mit Mollie – Major Smith – zusammengearbeitet.«

»Ja, das ist richtig.«

»Sie ist tot.«

Beth holte tief Luft und starrte durch die großen Bogenfenster neben der Eingangstür. Rachel folgte ihrem Blick und sah die rotierenden Lichter der Polizeiwagen.

»Steven ist auch tot, nicht wahr?«

»Beth, kommen Sie runter, weg von den Fenstern. Bitte...«

Rachel streckte ihr die Hand hin wie einem verwundeten, verängstigten Tier, das nicht weiß, ob es Zutrauen fassen oder davonlaufen soll.

»Er ist vor ein paar Stunden ermordet worden«, sagte Rachel. »Es tut mir leid, Beth. So wahnsinnig leid.«

Beths Unterlippe zitterte, und zwei dicke Tränen rollten über ihre Wangen. Ihre Stimme brach, als sie sprach.

»Er hat mir erzählt, daß Sie kommen. Er sagte, er habe mit Ihnen gesprochen und er würde morgen mit Ihnen hierherfliegen, und dann wären wir wieder zusammen. Aber Steven machte sich Sorgen.« Erstickt lachte sie auf. »Er hat sich immer Sorgen um mich gemacht. Er meinte, ich wäre hier schon zu lange allein. Er wollte nicht, daß ich länger in dem Haus bleibe.«

»*Du* warst in dem Haus?« unterbrach ihr Vater sie.

Rachel brachte ihn zum Schweigen, aber das wäre nicht nötig gewesen. Es schien, als habe Beth ihn gar nicht gehört.

»Deshalb bin ich letzte Nacht hierher gegangen...«

Sie sank auf die mit Teppich ausgelegte Stufe und starrte auf Rachel hinunter. »Werden Sie mir helfen? *Können* Sie mir helfen? Oder wird er mich auch umbringen?«

Die Underwoods wären zum Problem geworden, hätte Beth sich nicht um sie gekümmert. Sie führte Rachel und Smith in das Zimmer ihres Vaters und sprach dann noch kurz mit ihren Eltern. Roy Underwood stierte Rachel an, bevor Beth die Tür zu dem Zimmer schloß.

Der Raum war groß, halb Arbeitszimmer, halb ein Pub im englischen Stil mit einer Bar, Hockern, mit Flaschen und Gläsern gefüllten Regalen, einer Dartscheibe und einem Billardtisch. Am Fenster stand Roy Underwoods Schreibtisch vor einem Alkoven mit eingebauten Schränken und Bücherregalen.

»Ich muß mal kurz das Telefon benutzen«, sagte Smith zu Beth.

Sie nickte geistesabwesend und schaltete eine Kaffeemaschine ein. Aus einem kleinen Kühlschrank unter der Bar holte sie zwei Krüge mit Milch und Sahne und stellte sie auf die Theke. Die Kaffeemaschine gurgelte.

Rachel zog die Vorhänge vor die großen Fenster, die auf die hintere Terrasse und den Pool hinausgingen. Sie wandte den Blick keinen Moment von Beth, während diese den Kaffee einschenkte. In einer Bar gab es immer Schälmesser und andere scharfe Instrumente. Sie war froh, daß Beth beide Hände benötigte, um die drei Becher zu dem Kaffeetisch vor dem Ledersofa zu tragen. Rachel sah zu Smith hinüber, der noch immer telefonierte.

»Ich möchte Ihnen sagen, wer wir, Inspector Smith und ich, sind«, sagte sie. »Und was bisher geschehen ist. In Ordnung?«

Beth nickte. Sie sank auf die Couch und umfaßte ihren Becher mit beiden Händen. Ihr leerer Gesichtsausdruck machte Rachel Sorgen. Der Schock setzte sich. Sie mußte Beth zum Reden bringen.

Schnell erklärte Rachel Smiths und ihre eigene Beziehung zu Mollie. Als sie erwähnte, daß Smith Mollies Bruder war, blickte Beth überrascht auf. Dann konzentrierte Rachel sich auf die Ereignisse der letzten Tage: Wie sie Mollie geholfen hatte, Beth und Copeland fortzuschaffen, und alle Einzelheiten ihrer Nachforschungen, die sie und Smith nach Carefree geführt hatten. Die Details, wie Mollie und Steven gestorben waren, ließ sie aus.

Smith legte den Hörer auf, und Rachel sah ihn an. Er schüttelte den Kopf, was sie als Zeichen interpretierte, daß alles andere warten konnte.

Smith setzte einen kleinen Kassettenrecorder auf den Kaffeetisch. »Wir brauchen eine Aufnahme«, sagte er freundlich zu Beth. »Stört Sie das?«

Beth starrte ihn an. »Nein. Solange Sie mich nicht anlügen.« Sie wandte sich wieder an Rachel. »Steven sagte, Sie hätten ihm erzählt, daß Mollie bei einem Bandenüberfall ermordet wurde, daß es ein entsetzlicher Zufall sei ... Er glaubte Ihnen nicht. Er glaubte, daß der Mann, der hinter uns her ist, Mollie umgebracht hat.«

Rachel schloß die Augen. Sie hatte diese Lüge aus der Luft gegriffen. Als sie sie jetzt überdachte, erschien sie ihr wie blanker Unsinn.

»Ich wußte nicht, was ich Steven hätte sagen sollen«, antwortete sie. »Ich hatte zu dem Zeitpunkt keine Ahnung, wer hinter Ihnen hersein könnte, und ich war nicht sicher, daß es sich um denselben Mann handelte, der Mollie ermordet hat.«

»Aber jetzt sind Sie es?«

»Oh ja. In Atlanta haben wir ihn buchstäblich um ein Haar verpaßt. Er hat schnell und sehr clever gehandelt und war noch vor uns bei Steven.«

»Und hier war er auch vor Ihnen.«

»Ja, das war er.«

»Wissen Sie, wer er ist?«

»Wir haben eine allgemeine Beschreibung, aber keinen Namen. Das ist nicht viel – deshalb haben wir all diese FBI-Marshalls draußen alarmiert. Ich denke, er glaubt, Sie sind tot. Er hat sicher gewartet, bis das Haus in die Luft flog.«

»Also wird er es noch einmal versuchen, wenn er erfährt, daß ich nicht tot bin.«

Rachel zögerte, fing Smiths warnenden Blick auf, ignorierte ihn jedoch. »Wenn er eine Möglichkeit sieht. Und die werden wir ihm nicht geben.« Sie schwieg kurz. »Deshalb müssen wir erfahren, was Sie wissen. Mollie hat ihr Bestes getan, Sie zu schützen. Jetzt müssen wir das machen. Deshalb müssen wir wissen, was sie von Ihnen und Steven erfahren hat.«

Beths Augen füllten sich mit Tränen. Langsam stellte sie den Kaffeebecher ab und wischte sie mit dem Ärmel ihres Nachthemds fort. Sie stemmte ihre Füße gegen die Lederkissen und kauerte sich tief in die Sofaecke.

»Steven und ich haben uns geliebt«, sagte sie leise. »Alles begann damit, daß wir uns ineinander verliebt haben ... und weil Steven betrogen wurde.«

»Von wem?« hakte Smith sofort nach.

Beth wickelte eine Haarsträhne um ihren Zeigefinger. »Er hatte einen großartigen Job bei Bell and Robertson, der großen Anwaltskanzlei. Er hat dort viel geleistet, wirklich hart gearbeitet, bis zu dieser Sache mit PSX.« Sie sah Rachel an.

»Die Eisenbahngesellschaft?«

»Sie haben Konkurs gemacht, oder?«

»Am Ende, ja. Aber die Umorganisation von PSX war Stevens Aufgabe. Er hatte keine Ahnung, daß seine Chefs und die Direktoren von PSX ihn nur benutzt hatten, um sich selbst zu bereichern und die Firma zu ruinieren.«

Rachel sah Smith nicken. Über den PSX-Skandal war monatelang in den Nachrichten berichtet worden. Vielleicht brachte er ihn nun mit Copeland in Verbindung, aber Rachel sah den Zusammenhang noch nicht.

»Steven wurde beschuldigt, die PSX hintergangen zu haben«, fuhr Beth fort. »Am Ende blieb ihm nur noch eine Person, an die er sich wenden konnte. Und so habe ich ihn kennengelernt.«

»Wer war das, Beth?«

»Simon Esterhaus.«

Rachel hörte, wie Smith scharf die Luft einzog. In der Befürchtung, er könnte Beths Redefluß mit weiteren Fragen unterbrechen, fuhr sie hastig fort.

»Woher kannte Steven Esterhaus?«

»Der Richter war einer seiner Professoren in Georgetown gewesen. Er und Steven haben sich gut verstanden.«

»Und Sie kannten Esterhaus, weil ...?«

»Ich war seine Sekretärin.«

Beth schilderte, wie wütend Steven nach seinen Besuchen bei Esterhaus gewesen war. Dann hatte sich etwas geändert, und er hatte sich ein wenig beruhigt.

»Wollte Esterhaus ihm helfen?« fragte Rachel.

»Ja. Er und Steven sind alles durchgegangen, was Steven für PSX getan hatte. Der Richter meinte, es sei skandalös, was man mit ihm mache. Er versprach, einen Weg zu finden, um ihm zu helfen.«

»Und zu diesem Zeitpunkt haben Steven und Sie sich ineinander verliebt?«

»Viele Leute mochten ihn nicht«, sagte Beth in verteidigendem Tonfall. »Aber sie haben ihn oder das, was er durchmachte, nicht verstanden. Steven konnte arrogant und gedankenlos wirken – sogar ich habe das manchmal gedacht. Bis mir klar wurde, daß er nur Angst hatte. Das ist schwer zu verstehen, wenn man nicht weiß, wie hart er gearbeitet hat und daß er sich stets an die Regeln gehalten hat. Er erwartete eine Belohnung dafür, und er hätte sie verdient. Als das nicht passierte, wußte er nicht, was er tun oder wie er reagieren sollte. Er sah keine andere Möglichkeit, als um sich zu schlagen.«

»Hat er Ihnen jemals weh getan?« fragte Rachel leise.

»Nein, nein – ich meinte das nicht wörtlich. Es war sein Gemüt und sein Naturell, das Mißtrauen, das er den Menschen entgegenbrachte. Die Verbitterung war wie Gift für ihn.«

»Aber Sie sagten doch, daß Esterhaus ihm helfen wollte.«

»Ich habe auch gesagt, daß er betrogen wurde«, erinnerte Beth sie.

Einen Moment lang entstand Schweigen, dann sagte Smith: »Aber Esterhaus ... Esterhaus hat sich nie für ihn eingesetzt. Im Gegenteil, er hat einen vertraulichen Bericht verfaßt, der die Behauptungen von PSX und Bell and Robertson bestätigte: Daß Steven es darauf angelegt hatte, PSX auszunehmen.«

Er sah Rachel an. »Das Justizministerium hat den Fall damals verfolgt und ausführliche Berichte erstellt.« Er wandte sich wieder an Beth. »Nachdem Esterhaus ihn ausgeschaltet hatte, kam Steven zu Ihnen. Was wollte er, Beth?«

»Rache«, antwortete sie leise. »Er konnte nicht glauben, daß der Richter ihm so in den Rücken gefallen war. Er war völlig außer sich und sagte, er werde einen Weg finden, ihn zu ruinieren.«

»Er hat Sie gebeten, ihm zu helfen, weil Sie Esterhaus' Sekretärin waren. Sie waren mit seinem Leben – in privater sowie in beruflicher Hinsicht – bestens vertraut. Steven wollte einen dunklen Punkt finden, etwas, das er gegen Esterhaus verwenden konnte.« Beth nickte. Sie kramte in der Tasche ihres Morgenmantels und zog ein verknülltes Papiertaschentuch hervor.

»Worum hat Steven Sie gebeten, Beth?« fragte Rachel. »Esterhaus' Privatsphäre zu verletzen?«

»Es war der einzige Weg.«

»Aber Sie haben für Esterhaus gearbeitet. Hatten Sie jemals Probleme mit ihm?«

»Nein! Der Richter hat mich immer gut behandelt. Er war streng, aber fair, so wie mein Vater. Aber als ich gesehen habe, was er Steven angetan hat ...«

»Haben Sie ihn danach gefragt?«

»Er meinte, es ginge mich nichts an. Er wurde wütend, weil ich es angesprochen hatte.«

»Und da haben Sie beschlossen, Steven zu helfen. Weil Esterhaus ein falsches Spiel mit ihm getrieben hatte.«

Beth wandte sich ab und begann leise zu weinen. Rachel blickte Smith an und sah, daß er es akzeptierte. Sie waren so weit gekommen, hatten so lange gewartet und einen hohen Preis bezahlt. Nun konnten sie sich auch ein paar Minuten länger gedulden.

Beth schluchzte und putzte sich die Nase. »Ich muß mich frisch machen.«

Rachel ergriff ihre Hand. »Was war es, Beth?« flüsterte sie. »Was haben Sie und Steven über Esterhaus herausgefunden?«

Beth starrte sie ausdruckslos an.

»Womit hat alles angefangen, Beth?« drängte Rachel. »Was hat Mollie und Steven das Leben gekostet?«

»Woher hätten wir das wissen sollen?« schrie Beth.

»Das konnten Sie nicht wissen. Aber jetzt müssen Sie uns sagen, was Sie und Steven rausgefunden haben, damit wir die letzten Teile des Puzzles zusammensetzen können. Wenn wir das schaffen, werden wir den Mörder finden.«

Beth ballte die Hände zu Fäusten und rieb sich die geschwollenen Augen wie ein Kind. »Steven meinte, er wäre wahrscheinlich nicht der erste, den Esterhaus betrogen hätte«, murmelte sie. »Er sagte, es müsse noch andere geben. Danach habe ich in den Akten nach einem Fall wie PSX gesucht.«

»Sie hatten freien Zugang zu Esterhaus' Berichten?« fragte Smith. »Sogar zu seinen persönlichen?«

»Ich habe sein persönliches Paßwort zufällig gefunden. Er wußte nicht, daß ich es kannte.«

»Haben Sie irgend etwas in den Computerdateien entdeckt?« fragte Rachel.

»Nein, dort nicht. Aber in den alten Aktenstapeln, Zeug, das seit Jahren aufbewahrt wurde.«

»Was, Beth?«

»Die Akte über North.«

»General North?«

Beth nickte. »Zuerst dachten wir, es hätte etwas mit dem Flugzeugunglück in der Wüste zu tun. Daß es sich um einen Teil des Kommissionsberichts handelte, an dem der Richter arbeitete, der aus Versehen bei den alten Akten gelandet war. Aber das stimmte nicht. Die Akte war alt, mit einer Menge handschriftlicher Notizen. Notizen des Richters. Der Rest sagte mir nichts.«

Beth holte tief Luft. »Der Richter wußte alles über North, kannte sein ganzes Leben. Es gab auch einige Seiten über die Reise nach Kalifornien, wann der General abfliegen sollte, mit welchem Jet, einem Wartungsbericht der Maschine ...«

»Einem Wartungsbericht«, wiederholte Rachel. »Enthielt er die Namen der Mechaniker, die das Flugzeug gewartet hatten?«

Beth schüttelte den Kopf. »Nur einen – irgendein Sergeant wurde erwähnt.«

»Dunn?« unterbrach Smith sie. »War das der Name?«

Beth hob ihr Kinn. »Ja, ich glaube schon.«

»Und was an dieser Akte hat Sie mißtrauisch werden lassen?«

»Das ist ganz klar, wenn Sie sie lesen: Der Richter hat General North jahrelang beobachtet.«

Rachel war verblüfft. »Beth, hören Sie mir zu. Gab es in diesem Material irgendwelche expliziten Drohungen von Esterhaus gegen North? Denken Sie bitte ganz genau nach. Erzählen Sie mir nur, was sie tatsächlich gesehen oder gelesen haben.«

Beth senkte den Blick. »Es gab eine Seite mit dem Reiseplan für General Norths Aufenthalt in Kalifornien. Alle Absätze nach dem ersten – mit der Abflugzeit des Generals in Washington – waren mit einem roten Stift durchgestrichen. Quer über die Seite hatte jemand ›Annulliert‹ geschrieben.«

Rachel verschlug es den Atem. »Die Akte, Beth. Haben Sie Mollie die Akte gezeigt?«

»Nein. Steven meinte, wir sollten sie dort lassen, falls Esterhaus danach schauen würde. Er wollte vermeiden, daß der Richter Verdacht schöpfte; er glaubte, daß Esterhaus wissen würde, wer sie mitgenommen hat. Steven sagte, wir könnten sie immer noch holen, wenn wir sie brauchten – daß der Richter sich nicht die Mühe gemacht hätte, sie zu verstecken, wenn er sie nicht aufbewahren wollte. Ich meine, er hätte sie ja auch einfach vernichten können.«

»Und Sie haben keine Kopie gemacht?«

»Dazu hatte ich keine Möglichkeit.«

»Okay. Erzählen Sie mir jetzt bitte, warum sie Mollie darüber informiert haben. Enthielt die Akte irgend etwas über sie – irgendeinen Hinweis darauf, daß sie General Norths Geliebte war?«

»Ja.«

»Deswegen nahmen Sie an, daß sie die einzige Person sei, der Sie und Steven vertrauen konnten. Sie gehörte der Army an. Und weil sie die einzige war, die vor nichts zurückgeschreckt wäre, um die Wahrheit herauszufinden.«

»Es tut mir so leid«, flüsterte Beth. »Wenn wir das nicht getan hätten, wäre ihr nichts passiert.«

Smith streckte seine rote, mit Brandmalen überzogene Hand aus und berührte ihren Arm. Er hielt den Kopf gesenkt und wagte nicht aufzuschauen.

»Beth«, fuhr Rachel fort, »*bevor* Sie sich an Mollie gewandt haben, haben Sie und Steven versucht, noch mehr in Erfahrung zu bringen?«

Beth nickte. »Nur ein einziges Mal. Ich saß am Computer des Richters und sah die privaten Dateien durch, als das System plötzlich abstürzte. Danach haben wir es nie wieder versucht.«

Beth entzog sich Smiths Berührung und stand auf. Sie ging, die Arme um ihren Körper geschlungen, auf und ab. Als sie zu sprechen anfing, drehte sie sich nicht um.

»Das ist alles, was ich weiß. Sonst nichts. Und es macht absolut keinen Unterschied, oder? Weil es wohl kaum der Richter sein kann, der Mollie und Steven umgebracht hat.«

Im Haus war nun zu dieser späten Stunde Ruhe eingekehrt. Roy Underwood und seine Frau hatten sich oben in ihr Schlafzimmer zurückgezogen. Auf Zehenspitzen war Rachel hinaufgestiegen und hatte sie hinter der Doppeltür reden hören.

Beth war unten und ruhte sich im Gästezimmer neben Underwoods Raum aus. Vor der Tür hatte ein bewaffneter FBI-Marshall Stellung bezogen.

»Sie wird es schaffen«, sagte Rachel mehr zu sich selbst als zu Smith.

»Das glaube ich auch«, erwiderte Smith. »Sie hatte verdammt viel Glück, daß sie sich nicht mehr in dem Haus aufhielt.«

Die Underwoods waren völlig überrascht gewesen, als Beth bei ihnen zu Hause auftauchte. Aufgrund von Mollies Warnungen hatte sie nicht die Absicht gehabt, ihre Eltern aufzusuchen. Statt dessen hatte sie den Neubau vorgeschlagen, und Mollie war einverstanden gewesen. Es gab dort alles, was Beth brauchte – einschließlich eines Telefons. Am Tage hielten sich dort viele Menschen auf – Bauarbeiter, Immobilienmakler –, und in der Nacht waren die Nachbarn in der Nähe. Es war ein sicheres, kluges Versteck gewesen. Nur daß Copeland davon gewußt und es preisgegeben hatte.

»Sie irrt sich«, sagte Smith. »Über Esterhaus.«

Rachel sah ihn an und fragte sich, woher er die Kraft nahm weiterzumachen.

»Sie sagten, daß der Kurier alles wisse«, meinte sie. »Daß er uns immer einen Schritt voraus ist. Und jetzt wollen Sie behaupten, daß Esterhaus den Killer losgeschickt hat?«

»Zumindest ergibt das einen Sinn«, antwortete Smith.

Seine Stimme klang rauh, und er nahm einen Schluck Wasser aus einer Plastikflasche, die er hinter der Bar gefunden hatte. »Nur so ergibt es überhaupt einen Sinn.«

Rachel verstand seine Qualen und sein Schuldgefühl. Er hatte ihr bereits von seinem Treffen mit dem Präsidenten und von der Anweisung berichtet, ausschließlich Esterhaus Bericht zu erstatten: Esterhaus, der jede Entscheidung, die Smith traf, prüfte und hinterfragte, alle Einzelheiten sammelte und hortete und sich vergewisserte, daß Smith ihm nichts vorenthielt ... und es dann zu seinem Vorteil ausnutzte.

»Warum?« fragte Rachel. »Warum sollte Esterhaus Norths Tod gewollt haben? Wo ist die Verbindung zwischen ihnen?«

»Das sollten wir den Richter fragen«, erwiderte Smith.

»Und wie er entdeckt hat, daß Beth und Copeland eine Gefahr für ihn darstellten.« Rachel schwieg. »Glauben Sie nicht, wir sollten mehr darüber in Erfahrung bringen, bevor wir eingreifen?«

»Sicher, aber wir haben keine Zeit, in der Vergangenheit herumzuwühlen. Auch wenn wir sie hätten und es versuchten, würde Esterhaus Wind davon bekommen.«

»Was ist mit der Akte? Glauben Sie, daß sie noch dort ist, wo Beth sie gefunden hat?«

»Er hat keinen Grund, sie fortzuschaffen. Zumindest jetzt noch nicht.«

»Aber Sie werden ihm bald einen Grund dazu geben. Denn schließlich wartet er auf Ihren Bericht, und Sie können ihm nicht vorenthalten, was hier passiert ist.«

Smith fuhr sich mit Daumen und Zeigefinger über die Nasenwurzel. Als er die Hand wegzog, waren rote Druckstellen auf der Haut zu sehen. »Es geht nicht darum, was Esterhaus weiß«, sagte er. »Der Mann am Abzug ist der Schlüssel. Was glauben Sie, was *er* weiß?«

Rachel ging müde ihre Gedanken noch einmal durch. »Er

hat beobachtet, wie das Haus in die Luft flog. Mit Sicherheit war er geblieben, um es mit eigenen Augen zu sehen.«

»Weil er glaubte, daß Beth drin war.«

»Genau. Was hätte er sonst glauben sollen? Copeland hatte ihn nicht angelogen.«

»Was also wird er nun tun?«

»Versuchen, Land zu gewinnen. Er wird Esterhaus anrufen, von unterwegs.«

»Und dann?«

»Auftrag erfüllt. Zeit für einen Schlummertrunk und wohlverdienten Schlaf.«

Rachel war sich bewußt, daß ihre Wut sie verbittert klingen ließ. Aber die Vorstellung, daß der Kurier entkommen könnte, brachte sie zur Weißglut.

»Ich denke, Sie haben recht«, sagte Smith. »Ich glaube, genau das wird er tun: Bericht erstatten und sich dann ein wenig Ruhe gönnen. Kein Grund mehr, an Carefree zu denken, jedenfalls nicht nach diesem Feuerwerk.«

Rachel fiel etwas ein. »Hoffentlich schaut er sich nicht die Nachrichten an!«

»Das können wir nur hoffen, denn das ist unsere einzige Chance. Esterhaus wird heute nacht ruhig schlafen, da er benachrichtigt wurde. Der Vollstrecker – Ihr Kurier – tut das gleiche, weil er gesehen hat, was sich hier abspielte. Er hat keine Eile, seine nächsten Schritte zu planen, wenn es solche überhaupt gibt ...«

»Und Esterhaus wird nicht lange wach bleiben, um auf Ihren Anruf zu warten. *Weil er genau weiß, was Sie ihm berichten werden.*« Smith schaute auf seine Uhr. »Es ist jetzt fünf Uhr morgens in Washington. In zwei, drei Stunden wird Esterhaus aufstehen. Lassen wir ihm noch ein wenig mehr Zeit, bevor er anfängt, sich zu wundern, warum ich mich nicht gemeldet habe.«

»Weil Sie die Akte suchen werden. Sie wollen ihn auf seiner

ungeschützten Stelle angreifen, bevor er auch nur Zeit hat, darüber nachzudenken.«

»Unterschätzen Sie ihn nicht«, warnte Smith. Er machte eine Kopfbewegung in Richtung des Badezimmers, das sich an Underwoods Raum anschloß. »Zwei Minuten zum Frischmachen und Umziehen. Dann bin ich dran, und anschließend machen wir uns auf den Weg.«

»Was ist mit Beth?«

»Sagen Sie ihr, sie soll das Haus nicht verlassen. Die Beamten werden die Medien fernhalten, damit sie ein wenig Privatsphäre hat.«

Rachel griff nach ihrem Seesack, den einer der Polizisten aus Smiths Wagen geholt hatte, und hastete in das Badezimmer. Beim Schließen der Tür erhaschte sie einen Blick auf Smiths Spiegelbild in dem großen Spiegel über dem Waschbecken. Er hatte wieder zum Telefon gegriffen und stützte seinen Kopf auf einer Faust ab. Rachel hörte die Worte »tot« und »Transport der Air Force« und wußte, daß er Lucille sagte, sie solle nicht darauf warten, daß er seine ermordeten Männer auf ihrem letzten Weg nach Hause begleitete.

21

Das private Eßzimmer liegt im hinteren Teil des Weißen Hauses zwischen dem Raum für Staatsdinners und der Cross Hall.

Die derzeitige First Lady hatte es neu gestalten lassen in dem Versuch, so dachte Pamela Esterhaus, ihm den Anstrich eines herrschaftlichen Landhauses zu geben. Die Tapete trug ein grünweißes Streifenmuster, das Lilien verzierten; der Tisch, die Stühle und das Sideboard waren aus Kirschholz, das unter dicken Schichten Möbelpolitur glänzte. Ficusbäume in großen Kupferkübeln ließen einen an das Wohnzimmer einer Bed-and-Breakfast-Pension denken.

Auf dem Tisch standen eine Warmhalteplatte mit Haferbrei, ein Ständer mit Neunkorntoast, Schälchen mit Honig und Marmelade, ein Krug Orangensaft in zerstoßenem Eis und Kaffee in einer silbernen Kanne. Die Bediensteten hatten unauffällig serviert und überließen es nun dem Präsidenten und dem Ehepaar Esterhaus, sich zum zweiten Mal selbst zu bedienen.

Pamela Esterhaus war bereits einige Male zuvor hierher zum Frühstück eingeladen worden. Der Präsident war ein Morgenmensch; sogar an den Wochenenden verwendete er die frühen Stunden gern für ein formloses Brainstorming – vermutlich war das der Grund, warum die First Lady ihnen nie Gesellschaft geleistet hatte. An diesem Tag stand die jüngste Welle von Überläufern hochrangiger Militärs auf der Tagesordnung.

»Der Verteidigungsminister berichtete mir, daß das Pentagon Probleme mit diesen Leuten hat«, sagte der Präsident. »Wenn sie gemolken sind, wissen sie nicht mehr, was sie mit ihnen anfangen sollen.«

Aus den Augenwinkeln sah Pamela, wie ihr Ehemann sein Zahnfleisch mit der Zunge abtastete. Einige Krümel des Neunkorntoasts hatten sich wohl zwischen dem Zahnfleisch und seiner Brücke verfangen. Sie wünschte, er würde sich entschuldigen und das Badezimmer aufsuchen.

»Mr. President«, sagte sie, »ich zweifle nicht daran, daß das Pentagon alles aus diesen Leuten herausgeholt hat – soweit es militärische Belange betrifft. Aber diese Menschen haben auch einen genauen soziologischen und psychologischen Einblick in ihre Kultur, vor allem in die militärischen Strategien und Konzepte. Warum überlegt man nicht, sie in zivilen Positionen einzusetzen, vielleicht als Ausbilder in West Point oder der Zitadelle?« Sie legte eine kurze Pause ein. »Das würde es auch einfacher machen, sie zu überwachen und die Möglichkeiten, als Doppelagent durch das Schutzraster des Pentagon zu schlüpfen, einschränken.«

Der Präsident beäugte sie über einem Löffel Haferbrei. »Sie trauen nicht vielen Menschen, nicht wahr?«

»Vertrauen ist nicht der springende Punkt, Sir, sondern Vorsicht. Im Justizministerium waren wir sehr erfolgreich darin, unter Schutz stehende Zeugen in ein akademisches Umfeld zu verpflanzen.«

»Ich weiß, deshalb habe ich nachgefragt.«

Der Präsident schluckte den Rest seines Haferbreis hinunter, trank einen Schluck Kaffee und lehnte sich zurück. »Nehmen Sie das in die Hand, Pamela«, sagte er kurz.

Er verschränkte die Finger und sah einen Augenblick lang aus dem Fenster. »Kennen Sie Sam Peterson von der CIA?«

Pamela nickte. »Er ist der hiesige Spezialist für Überläufer – leitet die Spiegelglas-Operationen. Ich habe schon mit ihm gearbeitet.«

»Vielleicht möchten Sie ihn in diese Sache einbeziehen.« Der Präsident wandte sich an Esterhaus. »Simon, soll ich Ihnen die Nummer meines Zahnarztes geben?«

Simon Esterhaus unterbrach abrupt die Höhlenforschung mit seiner Zunge. Der Präsident lächelte ihn gut gelaunt an.

»Entschuldigung, Sir. Manchmal ...«

Der Präsident wischte die Entschuldigung mit einer Handbewegung weg. »Mein Bruder hat das gleiche Problem.« Er sah auf seine Uhr. »Was haben Sie von Logan Smith gehört?«

»Heute noch nichts, Sir.«

Esterhaus hielt den Atem an. Er wartete auf ein Zeichen, ob der Präsident etwas von dem Anschlag in Atlanta gehört hatte. Esterhaus hatte ihm nicht davon berichtet, da es seiner Meinung nach besser war, den Präsidenten erst zu informieren, wenn der Tod *beider* Informanten bestätigt war ... Dann könnte er vorschlagen, Logan Smith von seinem

Auftrag zu entbinden, da es nichts mehr für ihn zu tun gäbe. Eine weitergehende Untersuchung von Norths Tod ohne schlüssige Anhaltspunkte oder handfeste Beweise der Informanten käme einem Umherwaten in politischem Treibsand gleich. Und sollte der Präsident anderer Ansicht sein, wollte Esterhaus seine Trumpfkarte ausspielen: Er würde behaupten, daß er neue Informationen erhalten hätte, die besagten, daß Mollie Smith Norths Geliebte gewesen war. Wie verläßlich konnten die Behauptungen einer liebenden Frau sein, die von Kummer überwältigt war.

Esterhaus glaubte, der Präsident werde die Untersuchung dann sofort abschließen. Logan Smith hingegen wäre schwerer zu überzeugen. Aber Esterhaus würde ihn wieder ins Weiße Haus bringen und den Präsidenten die Angelegenheit offiziell beenden lassen. Smith würde das nicht gefallen. Er würde argumentieren und um mehr Zeit bitten, aber letzten Endes seinen Job nicht aufs Spiel setzen und sich an seinen Gehorsamsschwur erinnern. »Rufen Sie mich sofort an, sobald Smith sich gemeldet hat«, sagte der Präsident und erhob sich. »Diese Sache muß in jedem Fall geregelt sein, bevor Ihre Senatsanhörungen beginnen.«

Esterhaus wollte dem gerade beipflichten, als ein Butler leise den Raum betrat und ihm eine Notiz reichte.

»Ein dringender Anruf für Sie, Sir.«

Der Präsident deutete auf einen Telefonapparat auf dem Sideboard. »Ich bin spät dran, aber Sie finden den Weg ja auch alleine, Simon. Pamela, möchten Sie mich begleiten?«

»Nein, besser nicht.« Sie rollte effektvoll die Augen. »Wir sind heute abend zu einer Cocktail-Party eingeladen, und ich möchte es lieber sofort wissen, wenn Simon unabkömmlich ist.«

Esterhaus wartete, bis der Präsident den Raum verlassen hatte, bevor er den Hörer abnahm. »Smith?«

»Das hätten Sie wohl gern.«

Esterhaus wandte seiner Frau den Rücken zu. »Was, zum Teufel, fällt Ihnen ein, mich hier anzurufen? Wo sind Sie?«

Die Stimme des Technikers klang so nah, als befände er sich im Nebenzimmer. Was natürlich unmöglich war...

»Smith hat sich noch nicht gemeldet, richtig?« fragte der Techniker.

»Nein, ich warte noch...«

»Ich glaube nicht, daß er Sie jetzt schon anrufen wird. Er ist momentan ziemlich beschäftigt damit, gegen Washington zu reiten.«

»Das verstehe ich nicht.«

»Smith ist Ihnen auf den Fersen.«

»Das kann nicht sein!« flüsterte Esterhaus. »Sie haben doch gesagt...«

»Es gab ein kleines Problem in Phoenix. Underwood lebt noch. Aber ich weiß, was Smith und Collins vorhaben. Es wird alles glattgehen.«

Esterhaus suchte nach Worten, fand jedoch keine.

»Wenn Smith Sie anruft, akzeptieren Sie alles, was er sagt – was nicht viel sein wird. Denken Sie daran, er hat mit Underwood gesprochen. Er weiß jetzt so viel über Ihre Rolle in der North-Geschichte wie sie.«

Der Richter schloß die Augen. Er hörte nicht, wie seine Frau hinter ihn trat. »Rufen Sie mich in meinem Büro an«, sagte er. »Ich werde in zwanzig Minuten dort sein. Ich muß wissen, was in Phoenix passiert ist. *Bevor* Smith anruft.«

»Das ist vielleicht nicht möglich. Es geht jetzt alles ziemlich schnell. Smith und Collins sind unterwegs und werden in wenigen Stunden landen. Und bevor Sie jetzt noch etwas sagen, vergessen Sie nicht, daß Smith nichts gegen Sie in der Hand hätte, wenn Sie dieses Erinnerungsstück vernichtet hätten.«

Esterhaus hörte ein abruptes Klacken, dann das Freizeichen. Er stand noch immer dort, mit dem Hörer in der Hand, als er die Finger seiner Frau drängend auf seinem Arm spürte, die ihn zwangen aufzulegen. Sie faßte ihn an den Schultern und drehte ihn zu sich herum.

»Es wird Zeit, Simon. Erzähl mir von Phoenix. Von allem.«

Der Techniker schwenkte seinen Drehstuhl herum und starrte aus den Fenstern seines Büros in dem grünen Glaskubus. Es war Sonntag; der Parkplatz war fast leer. Das Laub verfärbte sich langsam rostbraun. Die Friedlichkeit des Augenblicks wirkte beruhigend auf den Techniker, sog die bitteren Tropfen der Wut und Frustration aus seiner Seele und ließ seine Gedanken wie feinen Bodensatz in altem Wein zur Ruhe kommen.

Der Wunderland-Jet hatte gerade den Mississippi überflogen, als der Techniker bei einer kleinen Mahlzeit den Bericht über seinen knisternden Kopfhörer vernahm. Die Nachrichten-Radiostation aus Phoenix schilderte die Explosion und das Feuer in Carefree. Vier Menschen waren ums Leben gekommen, ein Mann und eine Frau, die in einem Schlafzimmer im ersten Stock des Hauses schliefen, sowie zwei FBI-Agenten, die sich im Erdgeschoß aufhielten. Der Techniker nickte und steckte sich eine weitere grüne Weintraube in den Mund. So weit, so gut – bis der Sprecher sagte, daß die beiden Opfer im Schlafzimmer der Vorarbeiter einer Baufirma und die Kellnerin aus einer örtlichen Bar seien. Der Eigentümer des Hauses war ein gewisser Roy Underwood; seine Tochter Beth hatte sich bis gestern abend ebenfalls in dem Haus aufgehalten, war aber zum Zeitpunkt der Explosion im Haus ihrer Eltern gewesen. Derzeit wurde Miss Underwood von mehreren FBI-Marshalls vernommen. Da eine absolute Nachrichtensperre verhängt worden war, gab es momentan keine weiteren Einzelheiten zu berichten.

Der Techniker seufzte, stand auf und betrat seinen Privatlift. Er verließ den grünen Glaswürfel und ging quer über den

Parkplatz zu einer Limousine neuesten Modells. Er wußte genau, wonach Smith suchte und daß Underwood ihm gesagt hatte, wo er es finden würde. Er wußte auch, daß Rachel Collins ihn begleiten würde – unter keinen Umständen würde sie sich das von Smith ausreden lassen. Beide waren mit Sicherheit ein wenig aus dem Gleichgewicht, ungeduldig, aber wachsam, müde, aber aufgeputscht von Adrenalin.

Der Techniker schaute in den Himmel. Entfernt hörte er Kirchenglocken läuten, die die Gläubigen zum Gebet riefen. Er hörte dieselben Glocken für Smith und Collins läuten, die sie an diesem makellosen Morgen nach Baltimore führten, ihrem Tod entgegen.

Der Pilot piepte Smith zum dritten Male an. Der Rückenwind war stärker als erwartet; in vierzig Minuten würden sie auf dem Baltimore-Washington International landen.

Rachel verlagerte ihr Gewicht und zog die Sonnenblende herunter. Der Tag war noch nicht alt, aber das Sonnenlicht stach ihr in die Augen, als es auf die Kratzer aus Plexiglas fiel. Nach dem Start hatte Smith ihr eine Schlaftablette angeboten, aber sie hatte abgelehnt. Sie wollte einen klaren Kopf behalten und wachsam bleiben, um ihm zu helfen.

Während des Fluges war das Fax ununterbrochen in Betrieb gewesen und hatte Landkarten, Kopien und Gebäudepläne ausgespuckt. Die Anordnung der Räume war peinlich genau ermittelt worden; zudem berücksichtigten die Berichte äußere Gegebenheiten wie die Höhe der angrenzenden Gebäude, die Breite der Straße und die Fahrzeuge, die dort plaziert werden konnten. Zuletzt tickerte die Vorgehensweise für das Eindringen und die Suche durch, wurde geprüft, überarbeitet und schließlich festgelegt. Nun stand Smith neben ihrem Sitz und reichte ihr einen Becher Orangensaft. Sie trank ihn gierig und hielt ihm den Becher zum Nachfüllen hin. Sie beobachtete ihn und versuchte die Gedanken hinter seinen harten, unerbittlichen Augen zu erraten, aber es gelang ihr nicht. Die Frage, die seit Stunden an ihr nagte, wurde zu drängend, um sie länger zurückzuhalten.

»Warum haben Sie nicht die schnelle Einsatztruppe des FBI angefordert?«

Smith blickte nicht auf, während er den Saft einschenkte. Die Hand, in der er die Safttüte hielt, blieb absolut ruhig. »Warum hätte ich das tun sollen?«

»Das wissen Sie ganz genau.« Sie schwieg. »Was, wenn der Kurier noch einen letzten Botengang zu erledigen hat? Wenn Beth weiß, wo sich die Akte befindet, wußte es auch Copeland. Also …«

»Der Kurier weiß ebenfalls, wo sie ist.«

»Und will sie sich vielleicht gerade jetzt holen«, drängte Rachel. »Verstehen Sie denn nicht? Die Akte ist die letzte Bedrohung für Esterhaus. Wenn der Kurier sie in die Finger bekommt …«

Er verstand sehr gut. Rachel begriff das, als sie versuchte, ihre Aufregung zu unterdrücken und sich auf die kaum merkliche Veränderung zu konzentrieren, die von Smith Besitz ergriffen hatte. Für den Bruchteil einer Sekunde erlaubte er ihr, hinter seine Augen zu blicken und einen Blick auf die grausame, unbarmherzige Wahrheit zu werfen.

In diesem Moment begriff Rachel, daß Logan Smith alles wußte, was sie wußte, und noch weitaus mehr. Er wollte, daß sie das selbst herausfand. Und er wollte sehen, was sie daraus machte.

»Ich kann das Außenbüro in Baltimore verständigen«, sagte er. »Die QRT kann in dreißig Minuten vor Ort sein. Aber es ist Sonntag. Die Docks werden verlassen sein. Das Risiko wäre zu hoch, daß das Team entdeckt wird.« Er schwieg einen Augenblick. »Zeit für Ihren Anruf, Rachel.«

Sie fröstelte plötzlich. Der Plastikbecher glitt ihr aus der Hand und rollte unter den Sitz. Sofort war Smith bei ihr. Er zog seine Jacke aus und legte sie ihr um die Schultern. Rachel kuschelte sich hinein und dann gegen ihn, als er sich neben sie setzte. Er legte seinen Arm um ihre Schultern, und sie spürte seinen starken, stetigen Herzschlag. Sie hörte das Blut in ihren Ohren rauschen.

In diesem Augenblick wußte Rachel, daß sie Smith nicht bitten würde, für sie anzurufen. So mußte es enden: Nur sie drei, sie und Smith und Mollies Mörder, der noch einen letzten Botengang zu erledigen hatte.

Smith hatte sich bereits telefonisch angemeldet und seinen Wagen von der Andrews Air Force Base zu einem überwachten Parkplatz am Baltimore-Washington International Airport bringen lassen. Die Schlüssel waren im Auspuffrohr hinterlegt worden. Rachel nickte, als sie den Inhalt des Kofferraums sah; solch ein Waffenarsenal hatte sie erwartet.

Smith zog eine kugelsichere Weste hervor. »Das zuerst. Danach können Sie sich aussuchen, was Ihnen zusagt.«

Rachel kroch auf die Rückbank, kämpfte sich mühevoll aus ihrem Rollkragenpullover und hatte noch mehr Schwierigkeiten, die Weste an ihren BH-Trägern einzuhaken. Als sie wieder ausstieg, zog sie den Rolli straff nach unten. Dennoch bedeckte er nur knapp das untere Ende der Weste.

Smith wartete auf sie. Sein Brustkorb war so ausgeprägt wie der eines Bodybuilders. Rachel nahm schnell den Inhalt des Kofferraums in Augenschein und entschied sich für die Neunmillimeter-H-K-Maschinenpistole. Sie stopfte drei zusätzliche Ladestreifen in ihre Taschen und befestigte zwei Tränengasbomben an den Ringen ihres Gürtels. Smith wählte das Mossberg-Gewehr, Zusatzmunition und zwei Blendgranaten.

Der sonntagmorgendliche Verkehr floß spärlich, und sie kamen zügig auf dem Baltimore-Washington Parkway voran. Den Stadtkern mieden sie und benutzten die I-95, fuhren bei McComas ab und steuerten in Richtung des Nordwest-Hafens.

Rachel blickte aus dem Autofenster. Im Tageslicht sah die Szenerie völlig anders aus. Die Seite an Seite stehenden Lagerhäuser wirkten müde wie Raufbolde, die sich auf der Suche nach Halt aneinanderlehnten. Die Laderampen waren leer, die Stahltüren heruntergelassen und mit Vorhängeschlössern gesichert. Neben den überquellenden Müllcontainern stand eine Reihe grüner und oranger Abfalltüten, ebenfalls vollgestopft mit Müll. Der Wind, der durch den öden, von Menschenhand geschaffenen Korridor blies, spielte mit dem Abfall.

Smith fuhr im Schrittempo über das holprige Kopfsteinpflaster. Rachel öffnete ihr Fenster und ließ ihren wachsamen Blick über jede Laderampe und jeden Müllcontainer schweifen, auf der Suche nach einem ungewöhnlichen Schatten oder einer Bewegung. Die Sonne täuschte sie und ließ sie Dinge sehen, wo es nichts zu sehen gab.

»Dort drüben ist es«, murmelte Smith.

Rachel sah nach links auf ein sechsstöckiges Lagerhaus. Mit seiner verrosteten Metallblechverkleidung und den hohen von einer Schmutzschicht überzogenen Fenstern hatte es eine starke Ähnlichkeit mit demjenigen, in dem Charlie Dunn gekämpft und den Tod gefunden hatte.

Die Worte »LAGER McHENRY« standen in verblichenen schwarzen Buchstaben über der Laderampe. Smith fuhr langsam weiter, und Rachel mußte sich umdrehen, um die Lagerhalle durch das Rückfenster im Auge zu behalten.

»Sie hat ein elektronisches Schloß«, sagte sie.

»Und wir haben den Code.«

Lucille hatte die Wachmänner des McHenry-Lagers gebeten, ihr mit den Kopien der Lagerhauspläne den Code für den Haupteingang und das interne Alarmsystem zu übermitteln.

»Wir bekommen Gesellschaft«, sagte Smith.

Der Wagen einer privaten Sicherheitsfirma rauschte um die Ecke. Rachel legte ihre Waffe in den Fußraum und schob sie so weit wie möglich unter den Sitz.

Die beiden Fahrzeuge waren nun auf gleicher Höhe. Smith ließ sein Fenster herunter und zückte seinen Ausweis.

»Irgendwas nicht in Ordnung, daß Sie beide hier am Sonntag morgen herumkurven?« fragte der Wachmann.

»Wir sind auf der Suche nach möglichen Observierungsposten«, antwortete Smith. »Sieht alles ruhig aus. Bisher auch?«

»Die ganze Nacht schon.«

Der Fahrer war ein junger Mann mit einem mageren, fuchsartigen Gesicht und dunklen, mißtrauischen Augen.

»Wir werden uns noch eine Weile hier in der Gegend aufhalten«, sagte Smith. »Sie brauchen das nicht über Funk durchzugeben.«

Rachel entging das Grinsen des Wachmanns nicht.

»Klar, habe verstanden. Tun Sie Ihren Job, und machen Sie sich aus dem Staub.«

Der Dienstwagen fuhr langsam weiter.

»Denken Sie, das geht in Ordnung?« fragte Rachel.

»Solange er uns nicht in die Quere kommt.«

Sie blickte die enge Straße hinunter. »Wir sollten noch einmal eine Runde drehen und die Dächer überprüfen.«

Der Wagen setzte sich wieder in Bewegung, ebenso langsam wie zuvor. Rachel drehte den Kopf, so daß sie die Dächer der Lagerhäuser sehen konnte, vermied jedoch, ihn aus dem Fenster zu halten.

»Manchmal hasse ich die Stille«, sagte sie.

Smith machte kehrt, fuhr bis zur Laderampe des McHenry-Lagers und stellte den Wagen neben dem Gebäude so ab, daß er von der Straße aus nicht zu sehen war.

»Mit Licht oder ohne?« fragte er.

»Mit«, antwortete Rachel. »Wenn er drin ist, hat er ein Nachtsichtgerät. Mit Licht nehmen wir ihm diesen Vorteil.«

Smith nickte und zog das Mossberg aus dem Fußraum hervor. Mit der anderen Hand fuhr er Rachel leicht über die Wange.

»Halten Sie sich dicht hinter mir.«

Gleichzeitig sprangen sie aus dem Wagen und liefen schnell die Stufen der Laderampe hinauf unter das Vordach. Rachel gab Smith Rückendeckung, während er den Zugangscode eintippte.

Das Schloß summte. Er sprang zu einer Seite, Rachel zu der anderen, so daß keiner von ihnen direkt vor der Tür stand. Er drehte den Knauf und trat die Tür auf. Sie war schwer und schwang nur halb auf, aber das reichte. Rachel zwängte sich hinter ihm hindurch in das Halbdunkel. Die Sonne hatte die hohen Fenster über ihr noch nicht erreicht. Sie lief nach rechts und preßte sich gegen die Wand. Sie hörte Smiths Atem und die leisen *Plings,* als er den Deaktivierungscode für den Alarm eingab.

»Schützen Sie Ihre Augen«, flüsterte er.

Rachel blickte auf ihre Füße. Sie hörte ein Klacken und blinzelte in den plötzlich grell erleuchteten Raum.

Wenn er hier ist und auf uns wartet, wird er jetzt die Gelegenheit nutzen.

Das Geräusch des einrastenden Schalters hallte durch die Luft und verebbte. Rachel sah eine Nische neben sich, griff Smith am Ärmel und zog ihn mit sich. Die Ziegelmauer in ihrem Rücken gab ihr ein gutes Gefühl.

»Nicht, was es von außen vermuten ließ«, sagte Smith leise.

Das heruntergekommene Äußere täuschte. Das Innere des Lagerhauses – drei Ebenen von jeweils der Länge und der Breite eines halben Fußballfeldes – war auffallend modern. Der Boden bestand aus glattem Beton. Eine lange hüfthohe Theke trennte den Eingangsbereich vom Rest der Halle ab. Darauf standen vier Computer, über die Plastikschutzhüllen gestülpt waren.

Hinter der Theke bildeten fünf Zentimeter dicke Stahlrohre, waagerecht und senkrecht angeordnet, gradlinige Würfel oder Fächer. Jedes Fach hatte einen Metallboden und etwa die Größe eines Überseekoffers. Sie lagen in einem Abstand von etwa einem halben Meter übereinander und waren vollgestopft mit Pappkartons. Eine Wendeltreppe, die im Betonboden verankert war, führte zu den anderen Ebenen. Bis auf den Boden, der aus ineinandergreifenden Stahlgitterplatten bestand, unterschieden sie sich durch nichts von der ebenerdigen. Durch die Gitterplatten hindurch konnte Rachel hinauf bis zu den Stützbalken sehen, die das Dach trugen. An der Decke hingen riesige Flutlichtröhren, deren Licht von den weißgetünchten Betonwänden reflektiert wurde. Sie bemerkte auch die unzähligen Rohre, die über jeder Ebene verlegt waren, und sah das Schimmern der kupferfarbenen Sprinklerdüsen.

»Ihr Eindruck?« sagte Smith.

»Es ist kühl. Die Klimaanlage muß eingeschaltet gewesen sein, bevor wir kamen.« Sie hielt inne. »Dieses Knacken scheint von einer Lichtröhre zu kommen, die gleich durchbrennt. All dieses Papier – riecht ein bißchen wie Hefe.«

Sie sah Smith an. »Ich weiß nicht, ob er hiergewesen ist. Ich kann es nicht sagen.«

Er starrte auf das Gewirr aus Fächern und Regalen. Überall konnte ein potentieller Scharfschütze sitzen. Er dürfte nicht zu lange darüber nachdenken, sonst würde ihn das Risiko, das mit einer Bewegung verbunden war, lähmen.

»Es ist auf der ersten Etage, sechs Reihen nach hinten, drittes Regal. Wir nehmen die Treppe. Ich gehe vor, Sie geben Deckung.«

Gebückt rannte Smith zur Treppe. Er war auf der vierten Stufe, als Rachel ihn einholte. Das Klacken ihrer Schritte auf dem Metall prallte von den Wänden ab. Wenn der Kurier hier war, konnte er sich nun bewegen, ohne daß sie es hörten.

Rachel hielt ihre Maschinenpistole im Anschlag und deckte mit dem Lauf ein Schußfeld von hundertachtzig Grad ab. Ihr Gesäß drückte sie gegen das Treppengeländer, so daß sie rückwärts hinaufsteigen konnte, ohne schauen zu müssen, wohin sie trat.

Smith erreichte den Treppenabsatz und sprang nach rechts. Er richtete das Mossberg in den engen Gang zwischen zwei Regalen und trat dann vor. Der Gang war leer. Rachel befand sich dicht hinter ihm und tastete mit den Augen die Decke ab. Sie rannte in Smith hinein, als dieser plötzlich stehenblieb.

Die Kartonseiten waren sowohl handschriftlich als auch mit Computer-Strichcodes gekennzeichnet. Smith lehnte sein Gewehr gegen die unterste Reihe und begann zu suchen. Rachel hörte das Geräusch seiner Hand auf Pappe, als er einen der Kartons nach vorne zog.

»Ich habe ihn.«

Mit der Hand fuhr Smith über die Unterkante des großen Kartons. Rachel warf einen raschen Blick auf seine Finger und sah die Staubschicht auf ihnen.

»Sieht aus, als sei er lange nicht mehr angefaßt worden«, sagte Smith.

Dennoch zog er den Karton äußerst behutsam auf sich zu, nahm ihn auf die Schulter, ging langsam in die Knie und setzte ihn vorsichtig ab.

»Sie haben kleinere Finger«, sagte er. »Checken Sie ihn. Ich gebe Ihnen Deckung.«

Rachel reichte ihm die Maschinenpistole und kniete sich neben den Karton. Der Deckel war lose, durch kein Klebeband befestigt. Sie konnte ihn hochheben, wenn sie wollte.

Noch nicht.

Sie fuhr mit den Fingerspitzen unter den Deckelrand und tastete langsam alle vier Seiten ab. Kein Stolperdraht oder Sensor, der einen Sprengsatz auslöste. Aber es konnte etwas an der Unterseite des Deckels befestigt sein.

»Soweit sauber.«

Smith gab ihr ihre Waffe zurück. »Treten Sie zwei Meter zurück.«

Sie wußte, was er vorhatte: Er wollte sich selbst zwischen sie und den Karton stellen und dann den Deckel anheben. Sollte eine Überraschung auf sie warten, würde er den Hauptteil der Explosion abbekommen.

»Jetzt machen Sie schon«, sagte er. »Gehen Sie zurück.«

Aus dieser Entfernung konnte Rachel ihm nicht über die Schulter blicken, um seine Hände zu sehen. Sie begann zu zählen, wie man es ihr in der Ausbildung beigebracht hatte: 1.001, 1.002, 1.003 ... Sie war bei 1.015 angelangt, als Smith sich umdrehte, den Deckel in den Händen haltend. Er war sauber.

Rachel trat wieder neben ihn. Der Karton war mit Akten vollgestopft. Beth hatte gesagt, daß Norths Akte einen Lederumschlag hatte.

»Er könnte den Karton ausgeleert, einen Draht über den Boden gezogen und dann wieder alles hineingelegt haben«, sagte sie. »Wenn Sie die Akten durchgehen ...«

»Beth sagte, sie sei gekennzeichnet«, murmelte Smith. »Eine Markierung mit rotem Stift auf dem Schild.«

Rachel versuchte, das Rascheln des Papiers unter Smiths Fingern zu ignorieren. Sie kontrollierte das Sichtfeld, ließ den Blick durch die Regale schweifen, wobei sie mit den entferntesten anfing. Besonders sorgfältig beäugte sie die langen, breiten Träger, die sich kreuz und quer unter dem Dach entlangzogen, auf der Suche nach irgendwelchen Schatten.

»Rote Markierung.«

Sie sah seine Finger zwischen den Akten verschwinden.

»Ich kann nichts fühlen ... ich ziehe sie jetzt heraus. Treten Sie zurück.«

Rachel tat, wie ihr geheißen, hatte diesmal jedoch nicht die Zeit, lange zu zählen. Sie hörte, wie Smith Luft holte und fluchte. Die Akte lag aufgeschlagen in seinen Händen. Sie war leer.

Der Techniker hatte sie von dem Augenblick an beobachtet, als sie die Straße entlanggefahren kamen. Er lag auf dem Wellblechdach einer vierzig Meter von dem McHenry-Lager entfernten Lagerhalle. Die Sonne wurde nun stärker, und die Hitze des Metalls drang langsam durch seinen Springeranzug mit Tigerstreifenmuster. Er dachte an den Moment zurück, als er Rachel Collins auf einem anderen Dach hatte liegen sehen. Damals war es auch heiß gewesen. Er stellte sich vor, wie die Hitze durch ihre Kleidung gekrochen und durch ihre Haut gedrungen war.

Der Techniker hatte gewußt, daß Smith und Collins nicht die Zeit haben würden, die Gegend sorgfältig abzusuchen. Es würde ihnen nicht auffallen, daß die hohen Fenster des McHenry-Lagerhauses jemandem, der sich auf diesem Dach hier befand, einen direkten Blick in das Innere erlaubten, auf allen drei Ebenen in exakt vier Gängen zwischen den Regalen. Smith und Collins waren im dritten Gang in zweiundsiebzig Metern Schußweite, und sie trennte nur eine millimeterdünne Fensterscheibe von einer 55er Bleiladung.

Der Techniker hatte auch gewußt, daß Smith und Collins mit seiner Anwesenheit vor Ort rechneten, beziehungsweise daß er vor ihnen dort gewesen war. Aber er hatte sie nicht zu schnell enttäuschen wollen. Er beobachtete ihre Bewegungen in der Lagerhalle. Durch das Visier seines Gewehrs hatte der Techniker die Schweißperlen auf Smiths Stirn gesehen, als er den Karton öffnete. Die Sorge, die Collins unbewußt für ihn gezeigt hatte, war wirklich rührend. Dann hatte Smith nach seinem Preis gegriffen, die Lederakte vorsichtig aus dem Karton gezogen, sie aufgeschlagen …

Der Techniker sah, wie Smith die Lippen bewegte. Er atmete aus und feuerte. Smiths Kopf wurde zurückgerissen, ein

Blutstrahl schoß aus seinem Hals. Der Techniker senkte den Lauf um zwei Grad, feuerte erneut und beobachtete, wie Rachel torkelte, als sei sie von einem Faustschlag getroffen worden.

Rachel hatte Smith fluchen gehört, als er die Akte aufschlug. Sie hatte darauf gestarrt, als sie das Splittern von Glas vernahm und spürte, wie etwas Heißes ihr Ohr streifte und sie ein brennender Schmerz durchfuhr. Smiths Faust hatte sie getroffen, um sie den Bruchteil einer Sekunde, bevor er umgerissen wurde, aus dem Schußfeld zu nehmen. Dann bohrte sich etwas noch stärker in ihre Schulter, raubte ihr den Atem und wirbelte sie herum. Sie stolperte und schlug im Fallen mit dem Kopf gegen die Kante eines Stahlträgers.

Der Techniker beobachtete die Szene durch das Visier. Er hatte das Blut aus Smiths Hals fließen sehen, ein Anzeichen für einen soliden Treffer. Blut war auch an Collins' Kopf, sickerte durch ihr Haar und rann ihre Wange hinunter.

Er hätte es dabei belassen können, aber der Techniker hatte aus seinem Fehler mit Beth Underwood gelernt. Er klappte das Gewehr auseinander, griff in seine Jackentasche und holte eine Fernbedienung hervor. Eine halbe Sekunde später wurde das McHenry-Lager von vier Explosionen erschüttert, jeweils einer in jeder Ecke. Das Gebäude erzitterte, brach jedoch nicht zusammen. So hatte der Techniker es beabsichtigt. Er wollte Feuer und dicken, beißenden Rauch. Es hatte ihn weniger als fünfzehn Sekunden gekostet, die hochmodernen Feuerlöschsysteme zu deaktivieren, die die Lagerfirma installiert hatte.

Die Explosionen holten Rachel jäh wieder ins Bewußtsein zurück und zwangen sie, die Augen zu öffnen. Das erste, was sie fühlte, waren die scharfen Metallkanten des Gitterbodens, die sich in ihre Wange drückten. Sie rollte sich herum, um sich von ihnen zu lösen, und ihre Beine stießen gegen etwas. Sie hob den Kopf und sah Smith dort liegen.

Sie umklammerte eine der Stahlstützen, zog sich daran hoch und lehnte sich einige Sekunden dagegen, bis sie ihr Gleichgewicht gefunden hatte. Jetzt drang ihr der Rauch in die Nase. Er kroch durch den Gitterboden, aber sie konnte keine Flammen sehen. Sie blickte zu den roten Rohren und den Sprinklerdüsen hoch und realisierte, daß sie außer Funktion waren. Und sie realisierte auch, was sie zu tun hatte.

Rachel kniete sich neben Smith. Sein Hals und seine Schulter waren blutüberströmt. Sie riß seine Jacke auf und löste die Klettverschlüsse der Kevlarweste. Als sie sie öffnete, entdeckte sie einen aus gehärtetem Polymer geformten Halsschutz, der aussah wie ein Priesterkragen. Eine tiefe Furche zog sich darüber, dort, wo die Kugel eingeschlagen, gesplittert war und eine tiefe Wunde gerissen hatte, die sich von der Kieferpartie bis zum Ohr hochzog. Rachel schob den Ärmel seiner Jacke hoch, zerriß den Ärmel seines Hemdes und benutzte den Stoffstreifen als Aderpresse. Sie schaffte es, die Blutung unter Kontrolle zu bringen, rollte ihn dann herum und zog ihm Jacke und Weste aus.

Der Qualm wurde dicker, brannte in ihren Augen und zwang sie, flacher zu atmen. Irgendwo vernahm sie das Knistern von Flammen. Ein tiefer Schluchzer entrang sich ihrem zitternden Körper, als sie sich auf Knien und Händen abstützte. Ihr Brustkorb zog sich schmerzhaft zusammen.

Sie kämpfte sich wieder auf die Füße, drehte Smith erneut herum, so daß er auf dem Rücken lag, packte ihn dann unter den Armen, zog ihn hoch und stemmte ihren Körper gegen seine Brust. Mühevoll hievte sie ihn auf ihre Schulter.

Rachel brach unter dem Gewicht beinahe zusammen. Breitbeinig wankte sie zu der Treppe, griff nach dem Geländer und stieg langsam Stufe um Stufe hinab. Im Erdgeschoß angekommen, taumelte sie auf der Suche nach Halt gegen die Theke.

Jetzt sah sie die Flammen, die aus der Ecke an der Tür züngelten und den Sauerstoff auffraßen. Sie hielt den Atem an. Die Tür nach draußen war nur ein paar Schritte entfernt, nur ein paar ... Sie streckte ihren Arm aus und stieß sie auf.

Keuchend stolperte sie in den Morgen hinaus. Sie stand auf der Laderampe; dort hinten waren die Stufen zur Straße. Jemand rief ihr etwas zu.

Wer?

Plötzlich wurde eine Zentnerlast von ihr genommen. Ihre Beine sackten zusammen und sie schlug hart auf. Als sie ihren Kopf wieder hob, sah sie, wie der Wachmann Smith zu der offenstehenden Hecktür seines Wagens trug und ihn auf die Rückbank legte. Mit angespanntem Gesicht kam er wieder zu ihr herüber.

»Sind Sie in Ordnung?«

Seine Worte schienen sich den Weg in ihr Bewußtsein in Zeitlupentempo zu bahnen.

Rachel starrte ihn an und fragte sich, warum er eine solch blöde Frage stellte. Sie sah, wie er an sein rechtes Ohr faßte und dann auf sie deutete. Rachel hob ihre Hand. Sie berührte etwas, das einen stechenden Schmerz auslöste, der ihr durch den ganzen Körper fuhr. Der Wachmann half ihr zu seinem Dienstwagen hinüber. Zuerst sah sie Smith, dann ihr Spiegelbild in der Fensterscheibe. Die eine Seite ihres Gesichts war blutverschmiert. Ihre Fingerspitzen verharrten in der Leere, wo eigentlich ihr Ohrläppchen sein sollte.

22

Rachel wich Logan Smith nicht von der Seite, bis der erste Notarztwagen mit heulenden Sirenen die Straße heruntergeschossen kam. Als die Sanitäter bei ihm waren, rannte sie zu ihrem Auto und fuhr es hinter einen Müllcontainer. Als sie zum Schauplatz des Geschehens zurückkehrte, waren die Feuerwehrleute bereits in Aktion getreten. Der Wachmann brüllte etwas und ruderte mit den Armen, bevor der Einsatzleiter der Feuerwehr ihn zurückdrängte. Rachel stieg in den Krankenwagen und zog die Türen hinter sich zu. Smith lag auf einer Tragbahre, zwei Notärzte kümmerten sich um ihn. Auf den Edelstahlschienen der Bahre glänzte Blut.

»Wird er wieder gesund werden?«

Einer der Ärzte grunzte und arbeitete weiter; der andere wandte sich zu ihr um. Rachel bemerkte, wie er auf ihre Hüfte starrte. Sie blickte an sich hinunter und sah, daß die Granaten noch immer an den Ringen ihres Gürtels hingen.

»Wird er es schaffen?« drängte sie.

»Er hat sehr viel Blut verloren. Die Kugel hat zwar die Halsschlagader nicht getroffen, aber sie ist zersplittert. Ich kann noch nicht beurteilen, wieviel Schaden sie angerichtet hat.« Er schwieg kurz. »Haben Sie die Aderpresse angelegt?«

Rachel nickte.

»Wenn er überlebt, sollte er Ihnen einen Drink spendieren. Aber jetzt wollen wir uns mal um Sie kümmern.«

Sie spürte die Kälte der in Alkohol getauchten Tupfer auf ihrem Gesicht, konnte ihren Blick jedoch nicht von Smith wenden. Sein Hals war dick bandagiert worden, und man hatte ihn an ein Beatmungsgerät angeschlossen. Der zweite Arzt zog die Haltebänder der Tragbahre an.

Der Sanitäter, der sie behandelte, stieß einen Pfiff aus. »Ihr Ohr ...«

»Ich weiß. Wie schlimm ist es?«

»Sieht schlimmer aus, als es ist. Eigentlich nur eine Fleischwunde. Die Kugel hat das Ohrläppchen weggerissen.«

Rachel erblickte ihr Spiegelbild in einer Edelstahlschale. Der Sanitäter hatte gute Arbeit geleistet und das Blut und den Schmutz aus ihrem Gesicht gewaschen.

»Wo bringen Sie ihn hin?« fragte sie.

»Zum St. Mary's.«

Rachel schüttelte den Kopf. »Er ist FBI-Beamter. Der Ausweis steckt in seiner Jackentasche. Bringen Sie ihn zum Johns Hopkins.«

»Das ist nicht meine Anweisung ...«

»Er wird bewacht werden.«

Der Notarzt sah sie schweigend an und nickte. Er kannte die Vorschriften. »Ruf JH an«, sagte er seinem Kollegen. »Wir sind auf dem Weg, Code zwei.«

Er blickte zurück und meinte: »Sie sollten sich besser anschnallen«, bevor er bemerkte, daß Rachel verschwunden war.

Rachel wich Feuerwehrmännern und dicken Schläuchen aus, die sich über die Straße schlängelten. Das Kopfsteinpflaster war rutschig vom Wasser. Inzwischen war auch die Polizei von Baltimore eingetroffen, und der Wachmann schilderte einem Streifenpolizisten seine Version des Geschehens: Ihr war klar, daß er dem Officer von ihr erzählen würde.

Sie lief um die Ecke zu dem Müllcontainer und schlüpfte auf den Beifahrersitz von Smiths Wagen. Dort schälte sie sich aus der kugelsicheren Weste und zog ihren Rollkragenpullover über, löste die Granaten von ihrem Gürtel und verstaute alles im Fußraum. Der Notarztwagen raste an ihr vorbei. Rachel schaute hinüber, sah ihn aber nicht wirklich.

In ihrem Ohr pochte es, aber selbst dieser Schmerz konnte das tiefe Gefühl der Ruhe, das sie ergriffen hatte, nicht zerstören. Alles schien sehr still und sehr klar zu sein, so wie in einem besonders realistischen Traum. Sie begriff, daß Logan Smith vielleicht sterben würde. Daher wußte sie, wohin sie mußte und was sie dort zu tun hatte. Das Phantombild des Kuriers erschien vor ihrem inneren Auge.

Sie glitt hinter das Steuer. »Jetzt sind es nur noch du und

ich, Sportsmann«, sagte sie laut zu einem Mann, den sie nie gesehen hatte.

Die Räder drehten durch auf dem nassen Kopfsteinpflaster. Rachel holte den Notarztwagen bei McComas ein und hielt sich hinter ihm. Als sie die I-95 erreichten, griff sie nach dem Handy und wählte 001, Lucille Parkers Code.

Richter Simon Esterhaus saß in dem teakholzgetäfelten Zimmer seines Stadthauses an der Cooke's Row. Der Fernseher lief so leise, daß er die Bodenbretter knarzen hörte, wenn seine Frau im ersten Stock umherging. Er lehnte sich in seinem gepolsterten Ledersessel zurück und starrte durch die Glastüren auf die kleine Terrasse und den Garten. Vorsichtig massierte er seinen Kiefer. Sein Zahnfleisch war immer noch stark entzündet, obwohl er die Zahnprothese sofort, als er nach Hause gekommen war, herausgenommen hatte.

Aber dieser Schmerz war nichts im Vergleich zu der Angst, die sich wie eine Geschwulst in ihm ausbreitete. Der Techniker – vermeintlich unbesiegbar und unfehlbar – hatte versagt. Smith und Collins wußten nun, wo Esterhaus seine Geheimnisse verborgen hatte. Der Techniker hatte versprochen, sich um sie zu kümmern. Aber genauso hatte er versprochen, Beth Underwood aus dem Weg zu schaffen. Auf dem Heimweg vom Weißen Haus hatte seine Phantasie ihm Visionen von Logan Smith beschert, der mit Handschellen in der Hand vor seinem Haus auf ihn wartete.

Esterhaus erschauerte. Sein Blick flog durch das Zimmer und blieb kurz auf den gerahmten Auszeichnungen, Orden und Fotografien hängen, den sichtbaren Beweisen seiner langen, ruhmreichen Karriere. Die Macht und der Ruf, von welchen sie zeugten, waren eine Art Rüstung. Keine Bedrohung, Anschuldigungen oder Andeutungen hatten sie jemals durchdringen können. Bis jetzt …

Jetzt konnte ihn nur noch die Grausamkeit des Mannes

retten, den er verachtete. Esterhaus kannte sich selbst kaum noch; das Gesicht, welches er im Spiegel sah, war das eines Fremden, das ihn abstieß.

»Na, sonnst du dich in altem Glanz?«

Pamela Esterhaus stand im Türrahmen des Zimmers. Sie trug noch immer das eierschalenfarbene Seidenkostüm und die smaragdgrüne Bluse, die sie für das Frühstück im Weißen Haus angezogen hatte. Auf dem rechten Krawattenrevers steckte eine Nadel von Elsa Peretti, eine goldene Rose mit Diamanten und Smaragden in den Blumenblättern. Esterhaus erinnerte sich genau daran, wo und wann er sie gekauft hatte – bei Tiffany's in New York zu ihrem fünfzehnten Hochzeitstag. Sie hatten im *Rainbow Room* zu Abend gegessen, und er hatte sie ihr zum Dessert überreicht. Er erinnerte sich auch noch daran, wie ihre Augen aufgeleuchtet hatten, nicht freudig überrascht, sondern gierig.

»Was willst du, Pamela?«

»Daß du aufhörst, Trübsal zu blasen. Es langweilt mich. Du langweilst mich ...«

»Ich warte nur darauf, daß ...«

Sie sah, wie er erstarrte und seine Hand nach der Fernbedienung schnappte. Der Fernseher plärrte los.

Es war der Bericht eines lokalen Nachrichtensenders. Eine Reporterin stand vor einem Feuerwehrauto. Hinter ihr richteten Männer in Schutzanzügen den Wasserstrahl auf ein Lagerhaus. Der Name LAGER McHENRY war trotz des Qualms zu lesen. »Zu früher Stunde wurde diese Lagerhalle an den Docks von einer Explosion erschüttert«, fuhr die Reporterin atemlos fort. »Fünf Beamte haben das Feuer nun unter Kontrolle gebracht, berichten jedoch von mindestens zwei Verletzten.«

Ein neues Bild flimmerte über den Bildschirm: Die Notaufnahme des Johns Hopkins, ein Notarztwagen mit offenstehenden Türen, zwei Sanitäter, die eine Trage ausluden.

Esterhaus keuchte, als die schwankende Kamera Smiths Gesicht einfing. Im Hintergrund war weiterhin die Stimme der Reporterin zu vernehmen.

»Eines der Opfer wurde als FBI-Beamter identifiziert. Er befindet sich in kritischem Zustand. Bei dem zweiten Verletzten handelt es sich vermutlich um eine Frau, die bisher noch nicht gefunden werden konnte.«

Pamela schaltete den Fernseher aus, packte ihren Mann an den Schultern und schüttelte ihn. »Es wird gut ausgehen, hörst du? Das hat nichts mit dir zu tun! Du mußt nur den Mund halten!«

Esterhaus entwand sich ihr gewaltsam und schüttelte ihre Hände ab. »Bist du verrückt?« wisperte er rauh. »Smith lebt noch! Und das Mädchen ...«

»Smith wird sterben, bevor er auf dem Operationstisch liegt! Und was das Mädchen betrifft, so hat sie es wahrscheinlich nicht aus dem Lagerhaus heraus geschafft. Aus, vorbei! So wie es schon in Arizona hätte sein sollen.«

Esterhaus starrte seine Frau ungläubig an. »Es wird alles herauskommen«, stöhnte er.

Sein Kopf flog zur Seite, als ihre flache Hand ihn hart auf die Wange traf. »Nur, wenn du es zuläßt!«

Die dreistimmige Türglocke erklang. Sie sah ihren Ehemann an, zusammengesunken in seinem Sessel, hastete aus dem Zimmer und zog die Tür hinter sich zu. Vor dem kunstvoll gerahmten Spiegel in der Eingangshalle blieb sie stehen. Es war eine instinktive Geste; sie wußte, daß sie gut aussah.

»Guten Morgen, Pamela.«

Der Techniker trug die Sonntagskleidung der Bewohner von Georgtowns: Turnschuhe, Stonewashed-Jeans, ein weites Sweatshirt mit einem *Redskins*-Schriftzug über der Brust.

»Sam. Was für eine nette Überraschung.«

Sie warf einen Blick über ihre Schulter.

»Vielleicht ein schlechter Zeitpunkt«, sagte er.

»Nein, komm doch rein.«

Er trat an ihr vorbei und wartete in der Halle, bis sie die Tür geschlossen hatte. Der Luftzug fing ihr Parfum ein und trug es zu ihm. Als er sich umdrehte und sah, wie sie ihn anschaute, lächelte er. Ihre Blicke trafen sich. Er fühlte, wie das Begehren in ihm aufstieg.

»Ist es das?« fragte Pamela und deutete auf den dicken Papierumschlag in seinen Händen.

»Ein kleines Geschenk. Aber eines, das du nicht aufbewahren solltest.«

Pamela griff nach dem Umschlag und streifte dabei seine Fingerspitzen. Die Berührung tanzte wie elektrischer Strom durch ihren Körper. Sie öffnete die Metallklammern, schlug die Lasche auf und zog die Aktenmappe heraus – jedoch nur halb. Sie wußte, worum es sich handelte.

Der Techniker blickte zu der geschlossenen Tür des Arbeitszimmers hinüber.

»Er hat Smith in den Nachrichten gesehen«, sagte Pamela. »Und Rachel Collins wird vermißt.«

»Im Johns Hopkins heißt es, daß Smith nicht durchkommen wird. Er liegt im Koma. Auch wenn er es schafft, werden nur Maschinen ihn am Leben halten. Und was Collins betrifft – sie ist abgehauen und versteckt sich. Ohne das hier …«, er deutete auf die Akte, »hat sie keinen Beweis für ihre Behauptungen.«

»Du willst sie davonkommen lassen?«

»Das habe ich nicht gesagt. Aber im Moment mache ich mir mehr Sorgen um Simon. Er dreht durch, stimmt's?«

»Ja.«

Der Techniker öffnete die Tür zum Arbeitszimmer und spähte hinein. Esterhaus saß hinter seinem Schreibtisch und starrte ausdruckslos auf die Trophäenwand. Leise zog der Techniker die Tür wieder zu.

»Er ist tatsächlich in übler Verfassung. Schlecht zu sagen, ob es noch schlimmer wird.«

Pamela zuckte mit den Schultern. Ihre Augen glitzerten, und zwischen ihren leicht geöffneten Lippen drang ihre Stimme eisig hervor. »Das können wir nicht zulassen.«

»Du hast recht. Darf ich mal kurz das Badezimmer benutzen?«

»Du weißt, wo es ist.«

Der Techniker stieg die Bogentreppe zum ersten Stock hinauf. Er ging durch die mit Teppich ausgelegte Diele am Schlafzimmer vorbei bis zu einem Gästezimmer. Von dort aus betrat er das in Glas und Marmor gehaltene Badezimmer und erblickte Esterhaus' Toilettenartikel, die auf der Granitablage aufgereiht waren. Eine Zahnbürste und Rasierzeug, Pflegeserien und kleine Flacons mit teurem Eau de Cologne. Daneben stand ein Glas mit einer klaren Lösung, in der auf dem Boden ein Zahnersatz schwamm. Aus seiner Hosentasche zog der Techniker einen kleinen Kunststoffbehälter, der aussah wie ein Fläschchen Nasenspray, schraubte den kindersicheren Deckel ab und drückte fünfzehn Tropfen einer milchigen Flüssigkeit in das Glas. Er schraubte die Flasche zu und schob sie wieder in seine Tasche, nahm ein Wattestäbchen und rührte die Lösung um. Dann knickte er das Wattestäbchen in der Mitte und spülte es die Toilette hinunter.

Pamela wartete auf ihn, als er die Treppe wieder herunterkam. Er deutete auf den Umschlag, den sie neben ihre Schlüssel und ihr Portemonnaie auf den niedrigen Dielentisch gelegt hatte. »Du solltest das besser nicht hier herumliegen lassen. Es hat schon genug Ärger verursacht.«

Sie warf den Kopf zurück, und er sah, wie sich gurgelndes Gelächter den Weg durch ihren langen, schlanken Hals bahnte.

»Was wollte er?«

»Ich soll dir sagen, daß du dir keine Sorgen zu machen brauchst.« Esterhaus beobachtete seine Frau, die sich vor den Kamin hockte und den Schutzschirm zurückzog. Mit einem Schürhaken stocherte sie in den Resten des verkohlten Holzes auf dem Feuerrost herum, legte Papier und Anmachholz darauf und schob einen Umschlag tief in den Stapel hinein. Sie zog einige Birkenscheite aus dem Weidenkorb und plazierte sie vorsichtig auf dem Anmachholz.

»Pamela ...«

Mit einem Streichholz in der Hand drehte sie sich um.

»Hol mir meine Tabletten. Bitte ... der Schmerz bringt mich um.«

»Sobald das hier erledigt ist«, erwiderte sie ruhig. Sie zündete das Streichholz an und hielt die Flamme an die Zeitung und das Anmachholz. Beides fing sofort Feuer. Sie schloß die Glastüren, trat zurück und fuhr mit der Hand über die Wange ihres Ehemannes. »Bin sofort wieder da.«

Die Schmerztabletten lagen in der Küche. Es dauerte weniger als eine halbe Minute, sie zusammen mit einem Glas Wasser zu holen. Als sie in das Arbeitszimmer zurückkam, saß Esterhaus noch immer in seinem Sessel, die Augen leicht geschlossen. Sie sah, wie seine Hände zitterten, als er sie nach der Medizin ausstreckte.

»Ich habe einen Termin«, flüsterte sie. »Ich will, daß du dich ausruhst. Denk daran, was der Präsident gesagt hat: Alles muß erledigt sein, bevor du vor den Senatsausschuß trittst.« Sie schwieg kurz. »Und das wird es auch.«

Auf ihrem Weg nach draußen warf Pamela noch einen Blick auf den Kamin. Es war ein schönes Feuer, die Birkenscheite bogen sich und knackten. Darunter kroch eine Flamme über den Umschlag und ließ auf ihrem Weg nur Asche zurück.

Als Pamela Esterhaus eine halbe Stunde später auf die Cooke's Row hinaustrat, schenkte sie der beigen Limousine, die auf der gegenüberliegenden Straßenseite parkte, keine Beachtung. Rachel sah, wie sie den Reißverschluß ihrer bunten Segeljacke zuzog und sich Richtung Wisconsin Avenue aufmachte.

Rachel war erleichtert, daß sie das Haus verließ. Sie hatte den Wohnsitz der Esterhauses seit fünfzehn Minuten beobachtet und durch die halb geöffneten Vorhänge einen Blick auf den Richter als auch auf seine Frau erhascht. Somit hatte sich die Frage ergeben, wie sie Pamela dort herausholen konnte, ohne Esterhaus mißtrauisch zu machen.

Rachel legte die Maschinenpistole auf den Beifahrersitz und deckte sie mit einem Tuch zu, das sie im Kofferraum gefunden hatte. Sie hielt es für wahrscheinlich, daß der Kurier Esterhaus nach den Ereignissen im Lagerhaus aufsuchen würde. Bis jetzt hatte er das allerdings noch nicht getan. Rachel war sicher, daß er nicht vor ihr hiergewesen sein konnte. Mit Sicherheit hatte er Zeit benötigt, um sich von einem Killer wieder in einen Normalbürger zu verwandeln.

Oder vielleicht liegt auch er auf Beobachtungsposten und wartet darauf, daß die Ehefrau das Haus verläßt ...

Rachel drehte sich um und sah durch das Rückfenster. Es war bereits Vormittag, und dennoch war die Straße ruhig. An den Bordsteinen reihten sich die Autos aneinander. Sie hatte Glück gehabt, daß gerade jemand ausparkte, als sie kam. Der Kurier mußte sich also zu Fuß nähern. Sie behielt die Leute im Auge, auf der Suche nach jemandem, der nicht in das Bild der Passanten und Jogger, der Lebensgefährten und Ehemänner paßte, die mit Milchtüten und der Sonntagszeitung von Starbucks zurückkehrten.

Rachel ließ die Straße nicht aus den Augen, während sie Lucille Parkers Nummer wählte. »Ich bin's, Rachel.«

»Hallo, Schätzchen. Alles klar?«

Lucille hörte sich besorgt an, jedoch besser als eine Stunde zuvor, als Rachel sie zum ersten Mal angerufen hatte.

»Mir geht es gut. Ich stehe vor dem Haus der Esterhauses.«

»Ist er allein?«

»Jetzt ja.«

»Ich habe ein paar Verbindungen spielen lassen. Er und seine Angetraute waren zum Frühstück beim Präsidenten.«

»Das wird die letzte anständige Mahlzeit sein, die er bekommen hat«, meinte Rachel kalt. Dann: »Irgend etwas Neues von Logan?«

Sie hörte, wie Lucille versuchte ihre Stimme unter Kontrolle zu halten, genauso wie zuvor, als Rachel sie mit der Bitte angerufen hatte, ihr zu helfen und sie über Logan Smith auf dem laufenden zu halten, damit sie es nicht aus den Nachrichten erfahren mußte.

»Die Ärzte haben mit unverständlichen Fachausdrücken um sich geworfen, schade, daß ich ihnen nicht persönlich gegenüberstand. Ich denke, er ist soweit okay ... ich bete darum, daß er es ist.«

»Ich auch«, flüsterte Rachel.

»Hören Sie zu. Denken Sie noch einmal scharf nach über das, was sie vorhaben. Es gibt keinen Grund in der Welt, warum Sie in dieses Haus hineingehen müssen. Ich habe die HRT, die FBI-Sondereinheit für Geiselnahmen, auf Abruf alarmiert. Geben Sie den Leuten zwanzig Minuten, und sie werden in das Leben dieses Bastards eindringen wie der Zorn Gottes.«

Rachel verstand Lucilles Sorge. Wären ihre Positionen umgekehrt, hätte sie das gleiche gesagt.

»Es gibt Dinge, die Esterhaus weiß«, sagte sie. »Wenn ich ihn überrasche, wird er sie vielleicht ausplaudern. Wenn die HRT ihn überwältigt, müssen sie ihm seine Rechte verlesen. Ich hingegen muß das nicht, weil ich nicht vorhabe, ihn zu verhaften.«

Rachel wußte, daß Lucille nur zu gern gefragt hätte, was sie denn sonst vorhabe. Aber sie würde es ihr nicht sagen. Es war besser, wenn Lucille auch unter Eid schwören konnte, daß sie keine Ahnung gehabt hatte, was Warrant Officer Rachel Collins zu tun beabsichtigte.

»Ich würde mich weitaus besser fühlen, wenn wir in Verbindung bleiben könnten«, meinte Lucille.

»Ich mich auch.«

»Dann setzen Sie eine Frist, die Ihnen angemessen erscheint. Wenn sie verstrichen ist, werde ich die Kavallerie losschicken.«

Rachel überlegte kurz. »Dreißig Minuten«, sagte sie schließlich.

»Rachel, das ist furchtbar lang ...«

»Ich gehe bewaffnet hinein. In der Hinsicht wird er mir nicht zuvorkommen. Ich brauche Zeit, ihn zum Reden zu bringen. Wenn er sich taub stellt und nicht reagiert, rufe ich Sie an.«

Lucilles Schweigen sprach Bände. In diesen wenigen Sekunden jedoch fiel Rachel etwas ein, das sie über den Schrecken der letzten sechsunddreißig Stunden beinahe vergessen hatte.

»Lucille, könnten Sie eine Telefonnummer für mich zurückverfolgen? Die Vorwahl ist 703, es muß sich also um einen Anschluß in Virginia handeln.« Sie kramte die Zahlen aus den Windungen ihres Gedächtnisses hervor.

»Verstanden«, sagte Lucille. »Was hat sie mit Esterhaus zu tun?«

Rachel erklärte, daß sie die Nummer in Dunns Akte gefunden hatte.

»Es gab keinen Anschluß mehr unter dieser Nummer, daher konnte ich nicht herausfinden, wem sie gehört. Ich bin nicht sicher, ob sie zu Esterhaus führt, aber wir könnten erfahren, wem Dunn Bericht erstattet hat.« Rachel sah auf die Uhr. »Bei mir ist es jetzt Viertel vor elf. Geben Sie mir eine halbe Stunde.«

»Keine Minute länger. Rachel? Passen Sie auf sich auf!«

Rachel checkte die Straße noch ein letztes Mal ab. Es waren jetzt mehr Autos auf der Suche nach einer Parklücke unterwegs. Einige hielten ihr Fahrzeug an, als sie sie hinter dem Steuer sitzen sahen, und gestikulierten wild, wenn sie abwinkte.

Rachel zog ihre Bulldog hervor und überprüfte die Trommel. Die Patronenhülsen glänzten wie neue Penny-Stücke. Sie hatte die Splittergeschosse gegen Airport-Patronen ausgetauscht, 225er Hohlkugeln, die sich beim Aufschlag erweiterten, normalerweise aber nicht weiter bewegten. Es war die Munition, die in engen Räumen bevorzugt wurde.

Rachel warf einen letzten Blick auf Esterhaus' Haus. Sie hatte den Türgriff bereits in der Hand, als das Telefon klingelte. Das mußte Lucille sein. Aber wie konnte sie die Telefonnummer so schnell herausgefunden haben?

Eine belegte, rauhe Stimme flüsterte: »Ich habe Sie beobachtet.«

23

Die Finger von Rachels freier Hand umklammerten den dicken Griff der Bulldog, als sie sich auf ihrem Sitz umdrehte. Hektisch blickte sie über ihre Schulter. Auf dem Bürgersteig war niemand, und es kam auch niemand die Straße herunter. Kein Wagen war leise neben ihren gerollt.

Du Hurensohn, wo bist du?

Die rauhe Stimme erklang wieder an ihrem Ohr. »Sind Sie noch da, Rachel Collins?«

Sie mußte raus aus dem Auto. Hinter all diesem Glas saß

sie wie auf dem Präsentierteller. Er konnte neben ihr auftauchen, den Lauf gegen die Scheibe drücken und ihr Gehirn wegpusten.

Vielleicht ist er nicht so nah. Er bevorzugte eine lange Schußdistanz. Vielleicht hat er nicht den richtigen Winkel und will, daß ich aussteige, damit er mich ins Visier nehmen kann …

»Rachel?«

»Wer sind Sie?«

»Ach ja, ich vergaß, daß wir uns noch nie begegnet sind. Das können wir jetzt nachholen, wenn Sie genau tun, was ich sage.«

Rachel versuchte ihre Angst zu unterdrücken. »Ich werde verdammt noch mal gar nichts tun, bevor Sie mir nicht sagen, wer Sie sind.«

»Selbstverständlich. Mein Name ist Simon Esterhaus, *Richter* Esterhaus.«

Rachel fiel in ihren Sitz zurück. Fast hätte sie die Waffe fallengelassen, doch dann schoß ihr ein Gedanke durch den Kopf: *Du hast Esterhaus noch nie gesehen. Du weißt nicht, wie er aussieht oder wie sich seine Stimme anhört. Der Kurier steht mit Esterhaus in Verbindung. Er kann Esterhaus dazu benutzen, dich in seine Schußzone zu locken.*

»Sie wollen mich sehen«, sagte Rachel tonlos.

»Sehr gerne. Das ist nur natürlich … nach all dem, was geschehen ist. Es muß sein.«

»Sie haben eine Nummer gewählt, die nicht meine ist.«

»Logan Smith ist derzeit wohl nicht zu sprechen.«

Rachel schloß die Augen. »Aber Sie wußten, daß ich es bin.«

»Ich kann Sie von meinem Haus aus im Wagen sitzen sehen.«

»Warum kommen Sie nicht heraus?«

Sie hörte ein kurzes, lautes Auflachen. »Das hatte ich eigentlich nicht vor. Genausowenig wollte ich vorschlagen, daß Sie hereinkommen. Das würden Sie sowieso nicht tun, nicht wahr? Nicht jetzt jedenfalls ...«

Verdammt richtig! »Vielleicht können wir uns ...«

»Wir treffen uns am Tidal Basin. Gegenüber der Gravur- und Druckanstalt kann man Ruderboote mieten. An einem Tag wie heute sind dort viele Leute. Das sollte Sie beruhigen.«

Rachel dachte kurz darüber nach. Sie hätte keinen besseren Ort auswählen können. »Wann?«

»In zwei Stunden. Sie fahren jetzt, und ich werde mich auf den Weg machen.« Eine Pause entstand. »Kaufen Sie eine heutige Ausgabe der *New York Times.* Im Magazin finden Sie ein Bild von mir, auf Seite vierzehn.«

Die Verbindung wurde abgebrochen. Rachel sah zu den Fenstern von Esterhaus' Wohnsitz hinüber. Sie glaubte zu sehen, wie sich ein Vorhang bewegte. Aber vielleicht war es auch nur Einbildung.

Pamela entdeckte den Techniker an einem Ecktisch im Hof des French Market auf der Wisconsin Avenue. Sie fand, daß er zum Anbeißen aussah, schlank und gebräunt, mit dichtem Haar, in dem der Wind spielte, und Designer-Sonnenbrille. Bei dem Gedanken an ihr Verlangen, ihn zu vernaschen, mußte sie lächeln.

Sie bahnte sich den Weg durch die Menschen, die den Markt mit Picknickkörben voller Feinkostspezialitäten verließen. »Ist dieser Platz noch frei?«

Der Techniker lächelte und wies schweigend mit der Hand auf den Stuhl. Er hatte den Kopf nicht gehoben, aber Pamela wußte, daß er sie den ganzen Weg die Straße entlang mit Blicken verfolgt hatte. Sie waren beide aus demselben Holz geschnitzt, hochbegabte Profis, die ihre berufliche Vorsicht niemals ablegten.

Pamela beobachtete, wie der Techniker sich umschaute.

Fast sofort stand eine junge Kellnerin an seiner Seite. Diese Wirkung, die er auf Frauen ausübte, amüsierte sie. In seiner Gegenwart war sie sich jedoch ihrer eigenen, ähnlichen Reaktionen durchaus bewußt.

Nachdem er ihr einen Kaffee bestellt hatte, sagte sie: »Und jetzt?«

»Jetzt warten wir.«

Seine Stimme klang nur leicht über dem Geräuschpegel, der in dem lauten Hof herrschte.

»Glaubst du wirklich, daß Simon versuchen wird, mit dem Mädchen Kontakt aufzunehmen? Oder daß sie zu ihm gehen wird?«

»Von ihm kann ich das nicht sagen, aber ihr bleibt keine andere Wahl. Alles, was Collins gesehen und gehört hat, führt zu ihm. Und jetzt hofft sie, daß er, wenn sie ihm auf den Leib rückt, den Mörder preisgibt.« Er sah auf den Bürgersteig hinaus. »Auf gewisse Weise hat sie Simon abgehakt«, fuhr er leise fort. »Natürlich will sie ihn immer noch ans Kreuz nageln. Aber in Wirklichkeit ist es die Person hinter ihm, hinter der sie her ist. Denn die ganze Zeit hat sie einen Schatten gejagt ... einen Schatten, der ihre beste Freundin und vielleicht einen künftigen Geliebten umgebracht hat.«

Pamela mußte lachen. »Collins und Smith? Du machst Witze!«

»Dasselbe könnten die Leute über uns sagen. Und wenn du es dir recht überlegst, unterscheiden wir uns von ihnen gar nicht so sehr.«

»Wir überleben«, sagte Pamela.

»Ja. Aber nicht unbedingt, weil wir besser sind.«

»Warum dann?«

»Weil wir nicht an Tugendhaftigkeit glauben, daran, daß einige Dinge gut sind und andere böse.« Er lächelte. »Konsequenz. Das ist das einzige, was wir als gegeben nehmen und woran wir glauben.«

Pamela ergriff seine harte braune Hand und führte seine Finger an ihre Lippen. »Wenn du weiter so redest, fange ich an zu glauben, daß du dich selbst in sie verliebt hast.«

»In Collins? Nein. Aber man muß sie bewundern. Sie ist mit Mut und wenigen Mitteln sehr weit gekommen.«

»Und du glaubst wirklich, daß sie die Geschichte zu Ende führen wird, koste es, was es wolle?«

»Koste es, was es wolle«, wiederholte der Techniker ihre Worte. »Weil es für sie von Beginn an eine persönliche Sache war. Mollie Smiths Tod hat sie dazu gemacht. Sie wird weitersuchen, weil sie mir ins Gesicht sehen muß, und wenn es auch nur für ein, zwei Sekunden ist. Vorher kann – und wird sie nicht sterben.«

Pamelas Kaffee wurde gebracht. Sie riß ein Tütchen Süßstoff auf. »Und danach?« fragte sie mit der Tasse an ihren Lippen.

Der Techniker beugte sich vor und strich eine Haarsträhne aus ihrer Stirn. Sie spürte seinen Atem auf ihrer Haut.

»Dann ist es vorbei, und du wirst endlich das haben, was du wolltest.«

Esterhaus schwenkte seinen Cognac; hinterließ einen Film von dunkler Honigfarbe in dem Kristallglas. Den entsetzlichen Schmerz in seinem Mund hatte die Medizin langsam gelindert. Der Drink hatte ihn beruhigt und seine Gedanken in Gang gesetzt, die sich spiralförmig zurück zur Quelle seiner Erinnerungen bewegten. Dort hausten die Dämonen, dort ruhten die Entscheidungen, die er getroffen, die Panik, die er unterdrückt hatte, die Demütigungen. Sie alle befanden sich dort, jetzt allerdings machtlos, und schwirrten wie Motten um eine leuchtende Glühbirne.

Der Drink hatte ihm außerdem den Mut gegeben, Rachel Collins anzurufen. Esterhaus wußte, daß er seinen Entschluß immer noch ändern konnte. Nichts zwang ihn dazu, zu dem

Treffen am Tidal Basin zu gehen. Nichts außer seinem Gewissen.

Unverwandt starrte der Richter in die Flammen, die im Kamin tanzten. Er hob den Cognacschwenker an die Lippen und nahm noch einen kleinen Schluck. Das Bild von Logan Smith erschien vor seinem inneren Auge, und Esterhaus konnte es nicht fortschieben. Er stellte sich vor, wie Smith nun aussehen mußte, blutüberströmt und schwer verletzt.

Dann kamen andere Bilder, von den FBI-Beamten, die in Arizona ihr Leben gelassen hatten. Und von Mollie Smith. Und von General Griffin North... Eine ununterbrochene Kette, deren Glieder er selbst geschmiedet hatte.

Ein Bild war darunter, das eines Mannes, der ein Freund gewesen war, der ihn um Hilfe gebeten und ihm vertraut hatte; ein Mann, dessen Vernichtung Esterhaus als zweckdienlich angesehen hatte. Von dem Moment an, als Steven Copeland durch seine Tür getreten war, hatte Esterhaus gewußt, daß er dem jungen Mann unmöglich das geben konnte, was er wollte. Der Richter war von Copelands Arbeitgebern vorgewarnt worden, denen er selbst sehr viel verdankte: Copeland mußte so lange bei Laune gehalten werden, bis Bell and Robertson und PSX die »Beweise« zusammengetragen hatten, die ihn an den Galgen bringen würden.

Esterhaus hatte eingewilligt. Etwas anderes war ihm nie in den Sinn gekommen. Steven Copeland schuldete er nichts, aber er mochte ihn. Seine Schuld den anderen gegenüber war materieller Art, aber nicht zu beziffern.

Hätte ich ihn nicht ruiniert...

Dann wären die Dinge natürlich anders verlaufen. Copeland wäre nicht sein Feind, das Feuer seiner Rache niemals geschürt worden. Vielleicht hätten er und Beth Underwood sich trotzdem ineinander verliebt, aber nie hätte sie es gewagt, in den Geheimnissen des Richters herumzustöbern.

Die North-Akte wäre nie gefunden worden, und nie wäre das Werkzeug der Vergeltung in die Hände eines gebrochenen, instabilen Mannes geraten.

Ich hätte sie alle retten können. Auch Steven ... sogar mich selbst.

Diese Einsicht kam zu spät, kam ihm erst jetzt, wo er nichts mehr ändern konnte. Es blieb ihm nur eine einzige Wiedergutmachung. Die Videoaufnahme von Logan Smith, dessen Leben aus ihm herausblutete, hatte endlich das Gewissen von Richter Esterhaus geweckt.

Er setzte das Glas auf dem Couchtisch ab, ging durch das stille Haus nach oben in sein Badezimmer und wusch sein Gesicht mit kaltem Wasser. Er vermied es, in den Spiegel zu schauen. Er wollte nicht sehen, was ihm daraus entgegenstarrte. Er kämmte sein Haar und griff seufzend nach dem Glas mit seiner Zahnprothese. Er konnte auch ohne sie recht passabel sprechen, tat dies jedoch nur vor seiner Frau. Als Mann präziser Wortwahl und geschliffener Rede wäre es ihm nie in den Sinn gekommen, dies vor jemand anderem zu tun. Bei seiner Unterredung mit Rachel Collins würde er weder stammeln noch undeutlich sprechen.

Nachdem er die Prothese eingesetzt hatte, wusch er sich die Hände, nahm eine leichte Windjacke aus dem Schrank und ging wieder die Treppe hinunter. Unten in der Halle blieb er einen Moment lang stehen und schaute sich objektiven, kritischen Auges um. Sein Zuhause, dachte er, war weiß Gott nicht so, wie er es sich immer erträumt hatte.

Ein kleines Mädchen mit hellblonden Haaren starrte Rachel mißtrauisch an, als das Handy klingelte. Sie zog es aus ihrer Jackentasche und lächelte dem Kind zu, das ihr die Zunge herausstreckte und dann zu seiner Familie zurückrannte.

»Wo sind Sie?« fragte Lucille. »Hört sich an wie ein Kinderspielplatz.«

»Ich bin unten am Tidal Basin.« Rachel blickte sich um. »Kennen Sie den Ruderboot-Verleih?«

»Sicher.«

»Hier wimmelt es von Leuten. Wegen des schönen Wetters machen viele Familien Ausflüge. Vielleicht wollte Esterhaus sich gerade aus diesem Grund hier treffen, weil es hier laut und überfüllt ist und es viele Möglichkeiten gibt zu verduften, wenn man es eilig hat.«

»Können Sie ihn sehen?«

»Noch nicht.« Rachel warf einen Blick auf das *New York Times Magazine,* das vier Dollar gekostet hatte. »Aber ich weiß, nach wem ich Ausschau halten muß.«

»Nach einem durchtriebenen Bastard«, murmelte Lucille. »Er kann Sie sehen, *alles* sehen. Keine Chance, daß er eine Falle oder Undercover-Leute nicht bemerkt.«

»Ich glaube nicht, daß er mich reinlegen will. Dann hätte er einen anderen Ort und eine spätere Tageszeit gewählt. Lucille, wir müssen schnell machen.«

»Richtig. Die Nummer, die Sie mir gegeben haben, gehörte zu einer Firma namens Wunderland-Spielzeuge, die ihren Hauptsitz im TransDulles Center draußen beim Flughafen hat. Sagt Ihnen das irgend etwas?«

Rachel kramte in ihrem Gedächtnis nach irgend etwas, was Mollie oder Logan Smith ihr berichtet hatten oder was sie in den Unterlagen gelesen hatte.

»Nein, gar nichts.«

»Ich sehe auch keinen Zusammenhang.«

»Sind Sie sicher, daß es sich um Wunderland-Spielzeuge handelt?«

»Ich habe es von Bell Atlantic zweimal überprüfen lassen.«

Welche Verbindung könnte Dunn zu einer Spielzeugfirma gehabt haben?

»Wissen Sie sicher, daß es eine Spielzeugfirma ist?« fragte Rachel. »Mit einem Namen wie Wunderland ...«

»Mir kam derselbe Gedanke«, antwortete Lucille. »Ich habe gerade eine Überprüfung bei der Bundessteuerbehörde veranlaßt.«

Rachel drehte ihren Kopf, da ihr die Sonne in die Augen stach. Eine Bewegung im Park erregte ihre Aufmerksamkeit: Einige Kinder, die an einem Springbrunnen gespielt hatten, stoben wie Tauben vor einem Falken auseinander. In diesem Augenblick sah sie ihn in einer Entfernung von etwa fünfzig Metern auf sie zu schlendern.

»Er ist hier«, sagte sie zu Lucille. »Wenn Sie in einer halben Stunde nichts von mir hören, geben Sie eine Fahndung nach dem Mistkerl heraus. Ich werde dafür sorgen, daß uns einige Leute, wie zum Beispiel ein Hot-dog-Verkäufer, hier zusammen sehen, damit er nicht behaupten kann, er sei nie hiergewesen.«

Er hatte sie entdeckt und kam nun geradewegs auf sie zu. Rachel entfernte sich von zwei Familien, die gerade ihre Lunchkörbe auspackten, und steuerte auf eine Gruppe von College-Studenten zu, die Touch Football spielten. Die Mädchen sahen zu und kreischten und applaudierten, wenn einer ihrer Freunde einen Touchdown erzielte. Hinter ihnen stand eine dicke Eiche. Ohne Esterhaus aus den Augen zu lassen, ging Rachel zu dem Baum hinüber und preßte ihren Rücken gegen die harte, knorrige Rinde. Ihre rechte Hand schlüpfte in ihre Jacke und umklammerte die Waffe. Die Sonne stand hinter ihr und versetzte sie in die vorteilhaftere Position.

Der Richter sah anders und weniger imposant aus als auf dem Foto im *Times Magazine,* auf dem er einen eleganten grauen Anzug mit einer weinroten Krawatte trug. Das Gesicht war dasselbe, aber als er näher kam, sah Rachel seine eingefallenen Züge und seine trotz der Sonne und der Brise bläßliche Haut. Er trug eine marineblaue Windjacke, eine graue Hose und polierte Slipper. Rachel war erleichtert, daß alle Reißverschlüsse an seiner Jacke zugezogen waren. Esterhaus hielt seine Arme mit offenen Händen vom Körper ab. Aus einer Entfernung von anderthalb Metern nahm sie den Alkoholgeruch wahr und bemerkte den Schleier über seinen rotgeränderten Augen, der vermuten ließ, daß ein Alkoholtest des Richters momentan positiv ausfallen würde. Rachel blickte über ihre Schulter, aber es war kein neues Element in der Szenerie aufgetaucht.

»Rachel Collins.«

In ihrer Zeit beim CID hatte Rachel viele Kriminelle gesehen, kleine und große Verbrecher. Aber sie hatte nie jemandem gegenübergestanden, dessen Seele so völlig verdorben war. Sie wußte, daß die Faszination, die sie verspürte, eine natürliche menschliche Reaktion auf das Böse war. Sie rüstete sich dagegen. Später, wenn Esterhaus hinter Schloß und Riegel sein würde, wollte sie vielleicht noch einmal zu ihm gehen und ihn in der Sicherheit einer Zelle mustern.

»Ihr Abscheu vor mir ist Ihnen deutlich anzusehen«, sagte Esterhaus. »Eine schlechte Haltung, wenn Sie verhandeln wollen.«

»Es gibt nichts zu verhandeln.« Sie fand, daß sie sich ganz okay anhörte. Ihre Stimme klang weder rauh noch zittrig. Aber sie konnte nicht widerstehen, ihm einen Stich zu versetzen. »Weil sie alle tot sind.«

Esterhaus wandte seinen Blick ab, so, als schaue er zu einem entfernten Horizont. Rachel hatte den Eindruck, daß er geistig wegdriftete.

»Sie sagen das, weil Sie es nicht besser wissen«, murmelte er. »*Zu viele* – aber nicht alle sind tot. Das muß jetzt ein Ende haben.«

Er griff nach dem Reißverschluß vorne an seiner Jacke.

»Lassen Sie das.«

»Dann werden Sie nicht zu sehen bekommen, was ich Ihnen mitgebracht habe«, antwortete er. »Ich bin nicht bewaffnet.«

Angesichts der weitgeschnittenen Windjacke war dies schwer zu beurteilen. Rachel hatte den Arm in einem Gipsverband vor ihre Brust gelegt. Sie beobachtete, wie Esterhaus den Reißverschluß langsam aufzog und beide Jackenseiten aufschlug. In das Futter waren zwei Taschen eingenäht. Aus einer von ihnen ragte ein Bündel Papiere.

»Nur Papier. Darf ich?«

Rachel wußte, daß sie ihre Waffe in Sekundenbruchteilen ziehen konnte. Selbst wenn Esterhaus schnell war, waren seine Bewegungen durch den Alkohol und die Medikamente verlangsamt.

»Machen Sie schon.«

Esterhaus zog die Papiere heraus. Sie waren in einer Ecke zusammengeheftet. Es schienen mehr als zwanzig zu sein.

»Was ist das?«

»Können Sie sich das nicht denken? Sie haben doch mit Beth geredet. Hat sie Ihnen nichts von der Akte erzählt?«

Rachel wollte ihm die Papiere aus den Händen reißen, zwang sich jedoch, es nicht zu tun. Statt dessen trat sie an seine Seite. Sie waren etwa gleich groß, so daß sich der Lauf ihrer Waffe in seine rechte Niere bohrte. Sie konnte problemlos über seine Schulter blicken und es kurz und schmerzlos machen, weil sie genau wußte, wonach sie fragen mußte.

»Norths Reiseplan.«

Esterhaus nickte, und Rachel dachte, daß er vielleicht gelächelt hätte, wäre er dazu in der Lage gewesen. Er blätterte durch die Seiten, bis er diejenige gefunden hatte, die er suchte.

Es war der getippte Plan für Norths Reise nach Kalifornien. Mit dickem roten Filzstift war eine Linie quer über die ganze Seite gezogen worden. In großen Blockbuchstaben hatte jemand das Wort »ANNULLIERT« darüber geschrieben.

»Ich glaube, ich höre Ihr Herz klopfen«, sagte Esterhaus. »Obwohl das natürlich unmöglich ist. Aber ich spüre Ihren Atem. Sie wissen, was das ist, nicht wahr?«

Rachel trat um ihn herum und stand wieder mit dem Rücken zum Baum. »Ja. Beth hat davon gesprochen.« Sie starrte ihn an. »Warum haben Sie das nicht vernichtet? Was darin steht, reicht Jahre zurück. Warum haben Sie es aufbewahrt?«

»Sie sind Ermittlungsbeamtin und verfügen über psychologisches Hintergrundwissen. Vielleicht bin ich wie der übliche Kriminelle, der den Zwang verspürt, zum Schauplatz des Verbrechens zurückzukehren, obwohl er damit rechnen muß, genau deswegen überführt zu werden.«

Diesmal lächelte er tatsächlich, ein krankhaftes Grinsen, das blendendweiße Zähne offenbarte, die aussahen, als seien sie gerade poliert worden.

»Die Wahrheit ist, daß ich die Akte einfach nicht vernichten konnte. Sie sind jung, aber wenn Sie sie lesen, werden Sie mich vermutlich verstehen. Ich hielt mich für sehr clever – ich glaubte wirklich, daß niemand sie jemals finden würde, daß es für immer und ewig mein Geheimnis bleiben würde. Aber ich habe die Hybris nicht bedacht. Wissen Sie, was das ist?«

»Stolz ... zuviel davon.«

Esterhaus nickte und zuckte zusammen, als er mit der Hand über sein Kinn fuhr. Rachel sah, daß er sein Fleisch massierte, als habe er Zahnschmerzen. Er wischte sich über den Mund, und als er die Hand wegzog, bemerkte sie eine dünne weiße Spur auf seiner Handfläche.

»Sie müssen ihn preisgeben«, sagte sie.

Esterhaus starrte sie an.

»Den Killer, den Sie engagiert haben. Sie müssen mir seinen Namen sagen.«

»Ja, das muß ich.«

Sie beobachtete, wie er erneut sein Kinn rieb und dann seinen Unterkiefer von einer Seite zur anderen bewegte.

»Ich nehme Sie hiermit fest«, sagte Rachel. »Geben Sie mir die Papiere, aber langsam.«

Esterhaus fügte sich. Rachel entriß sie ihm und steckte sie in ihre Jackentasche.

»Ich werde Ihnen sagen, wer der Techniker ist«, sagte Esterhaus. »Aber Sie werden ihn niemals fassen.«

Rachel blickte sich im Park um und suchte nach einem Durchgang in der Menge, durch den sie gehen konnten.

»Ist er hier?« fragte sie.

»Ich habe ihm nicht gesagt, daß ich Sie treffen werde.«

»Warum glauben Sie, daß wir ihn nicht fassen werden?«

»Er ist kein Mann, der sich fassen läßt. Das werden Sie einsehen, wenn ich Ihnen von ihm erzähle.«

Für Rachel ergab dies keinen Sinn. Mit genügend Zeit und Mitteln konnte jeder gefunden werden. Und sie hatte beides reichlich.

Es ergibt keinen Sinn ... genausowenig wie ...

»Ich weiß Bescheid über Wunderland-Spielzeuge«, platzte sie heraus.

Esterhaus' Augen weiteten sich vor Überraschung. Grimmige Freude stieg in Rachel hoch. Sie hatte einen Trumpf gezogen, mit dem Lucille weiterarbeiten konnte.

»Wieso wissen Sie das?«

Die Worte wurden wie ein Krächzen ausgestoßen. Esterhaus zog eine Grimasse und keuchte. Seine Hände fuhren an den Mund, als seine Knie einknickten und er wie ein Epileptiker zitternd auf den Boden fiel. Rachel schrie auf, während Esterhaus' ganzer Körper sich in einem einzigen entsetzlichen Krampf vom Boden abhob. Sie ging in die Knie, streckte seinen Brustkorb und schaffte es, seine Arme festzuhalten. Sein Kopf schnellte ruckartig von der einen zur anderen Seite und schlug auf den Boden.

Ihr Schrei hatte Aufmerksamkeit erregt. Sie hörte, wie Menschen ihr etwas zuriefen, dann heranlaufende Schritte.

»Rufen Sie 911 an!« schrie sie über die Schulter.

Plötzlich wurde Esterhaus' Körper schlaff. Rachel wühlte in ihrer Jackentasche nach dem Handy und warf es einem der Studenten zu, die Touch Football gespielt hatten.

Esterhaus' Augäpfel rollten hin und her, sein Mund bewegte sich wild, als kaue er auf etwas Lebendigem herum. Rachel riß sein Hemd auf und preßte ihre Finger auf seinen Brustkorb. Sein Herz raste.

»Pamela ...«

Der Name wurde in einem entsetzlich erstickten Flüstern ausgestoßen, gefolgt von einem heiseren Gurgeln, als Esterhaus nach Atem rang.

Rachel beugte sich nah über die hellroten Lippen, blutig von der zerbissenen Zunge.

»Sagen Sie mir seinen Namen!«

Esterhaus starrte sie wirr an. Seine Lippen bewegten sich, um die Worte zu formen, aber er konnte nur den Namen seiner Frau wiederholen. Wieder überrollte ihn ein Schauder, und sein Kopf schlug zurück.

»Pamela kennt ihn!« stieß er hervor.

»Sie werden mir nicht wegsterben«, wisperte Rachel verzweifelt. »Nicht jetzt!«

Sie setzte die Herzmassage fort, eine flache Hand über der anderen, preßte stark, ließ los, preßte, ließ los. Sie wollte jeden Funken ihres Willens in ihn einströmen lassen, aber er zeigte keine Reaktion. Die Menschenmenge hinter ihr war verstummt, bis jemand rief: »Machen Sie doch eine Mund-zu-Mund-Beatmung!«

Rachel griff nach Esterhaus' Mund, um ihn zu öffnen. Ein Strom weißer milchiger Flüssigkeit kam über seine Lippen und vermischte sich mit dem Blut zu einem rötlichen Brei. Sie wußte, daß sie niemals ihren Mund darauf pressen konnte.

Langsam wandte sie sich ab. Einen Augenblick lang verharrte sie mit gebeugtem Kopf auf den Knien. Jemand trat neben sie und reichte ihr ein Tuch. Sie nahm es und legte es Esterhaus über das Gesicht und den Brustkorb.

Mühsam erhob sie sich und suchte die Menge mit den Augen ab, bis sie den Football-Spieler entdeckte, der ihr Telefon hatte. Er schreckte auf, als er ihren Blick spürte.

»Ich habe angerufen«, sagte er. »Der Notarzt ist unterwegs.«

Rachel zeigte ihm ihren Ausweis und nahm das Telefon wieder an sich. »Bitten Sie die Leute zurückzutreten, okay? Und bleiben Sie hier, bis der Notarzt eintrifft.«

»Ja, klar.«

Während er und seine Freunde begannen, die Menge zurückzuschieben, schlüpfte Rachel hinter die Eiche und wartete, bis weitere Menschen an ihr vorbeiliefen. Sie blickte um den Baum herum, sah, wie sie sich in einem engen Kreis an der Stelle sammelten, an der Esterhaus lag, und rannte in entgegengesetzter Richtung davon.

24

Rachels Gedanken zügelten ihren unbändigen Drang zu laufen.

Esterhaus ist tot. Der Mann, den er den Techniker nannte – der Kurier –, hat ihn irgendwie erwischt. Esterhaus sagte: »Pamela kennt ihn.« Sie weiß, was Esterhaus mir nicht mehr sagen konnte, bevor er starb: den Namen des Technikers.

Ein Notarztwagen heulte die Straße entlang. Passanten blieben stehen und starrten ihm nach; Rachel lief weiter. Irgend jemand aus der Menschenmenge – wahrscheinlich der Football-Spieler – würde den Ärzten und der Polizei von einer Frau berichten, die bei dem Toten gestanden hatte, versucht hatte, ihn wiederzubeleben und dann verschwunden war. Rachel konnte nicht zulassen, daß ihr die Washingtoner Polizei in die Quere kam. Sie spurtete über die Straße, sprang über den Bordstein auf einen begrünten Mittelstreifen und lief weiter zu ihrem Wagen, den sie am Raoul Wallenberg Place abgestellt hatte.

Sie schlug die Tür hinter sich zu und umklammerte das Lenkrad mit beiden Händen. Einige Sekunden lang blieb sie stocksteif sitzen und lauschte dem Pochen ihres Blutes an den Schläfen. Dann sah sie ihre Augen im Rückspiegel. Sie funkelten vor Wut. Sie zog das Telefon aus ihrer Jackentasche. »Lucille?«

»Ihre Zeit ist beinahe abgelaufen. Sind Sie in Ordnung?«

»Esterhaus ist tot – sah nach einem Herzinfarkt aus. Ich vermute, daß ihm irgendein Nervengift verabreicht wurde. Lucille, hören Sie zu. Er hat mir alles gegeben, fast alles jedenfalls. Der Mörder – er nannte ihn den Techniker. Als ich Wunderland-Spielzeuge erwähnt habe, ist er beinahe aus den Schuhen gekippt. Sie haben einen Volltreffer gelandet.«

»Ich weiß. Beim Zentralfinanzamt hat man mir jede Auskunft verweigert. Sieht so aus, als ob alle Informationen über Wunderland-Spielzeuge unter Verschluß gehalten werden.«

»Unter Verschluß?«

»Sie können das nicht wissen, aber Logan und ich haben so etwas schon öfters erlebt. Wunderland-Spielzeuge ist nur Fassade, die Scheinfirma eines gewissen Geheimdienstes der Regierung, der drüben in Langley sitzt.«

»Der CIA?«

»Exakt.«

Rachels Gedanken rasten. »Also könnte der Techniker für die CIA arbeiten.«

»Haben Sie seinen Namen?«

»Esterhaus ist gestorben, bevor er ihn mir nennen konnte.«

»Dann wird es einige Zeit dauern, diesen Kerl zu finden.«

»Vielleicht nicht. Esterhaus sagte: ›Pamela kennt ihn.‹ Pamela ist seine Frau.«

»Wissen Sie, wer sie noch ist? Ein hohes Tier im Justizministerium: sie ist Leiterin des Zeugenschutzprogramms.«

Rachel zögerte. »Ich verstehe nicht, was das für eine Rolle spielen sollte, Lucille. Aber vielleicht ist sie die letzte Person, die den Mörder ans Messer liefern kann. Wenn er sie nicht schon erwischt hat.«

»Rachel, ich weiß, worauf Sie hinauswollen. Aber jetzt hören Sie zu, und zwar genau. Nachdem ich beim Finanzamt angerufen hatte, hat jemand mit mächtig viel Einfluß mit dem Direktor gesprochen. *Meinem* Direktor. Er ist beinahe übergeschnappt, als er hörte, was Logan passiert ist, und jetzt ruft ihn die Steuerbehörde an und behauptet, ich würde jemanden von der CIA auffliegen lassen. Er hat gebrüllt und Erklärungen gefordert. Ich habe versucht ihn hinzuhalten, aber er sagte, er wisse alles über Sie, und ich würde Ihnen helfen, sich selbst umzubringen.«

Lucille schwieg kurz, um Luft zu holen. »Tatsache ist, daß ich das Büro des Direktors über unser Gespräch informieren muß. Sein Befehl lautet, daß Sie ihn unverzüglich anrufen sollen ...«

»Ich bin keiner seiner Leute. Er kann mir überhaupt nichts befehlen.«

»Er wird sich an Ihren Boß wenden, Rachel. Vielleicht hat er das sogar schon getan.«

»Richten Sie Ihrem Direktor bei allem Respekt aus, daß, wenn er oder jemand anders sich jetzt einmischt, Pamela Esterhaus wahrscheinlich sterben wird. Schinden Sie Zeit für mich, Lucille. Erzählen Sie ihm von Esterhaus, bevor er es aus den Nachrichten erfährt. Halten Sie zu mir. Wir sind im Endspiel ... halten Sie zu mir.«

Eine kurze atmosphärische Störung krachte an Rachels Ohr.

»Was haben Sie vor?« fragte Lucille.

»Pamela Esterhaus finden, bevor der Techniker dies tut. Und sie in Sicherheit bringen.«

»Wohin?«

»In die erste Polizeiwache oder das erste Bundesgebäude, das ich sehe.« Sie schwieg. »Dann kann der Direktor meinen Kopf haben.«

»Wie lange brauchen Sie?«

»Ich weiß es nicht. Aber ich verspreche Ihnen, sollte ich vor eine Wand laufen, werde ich Sie anrufen, damit Sie die Jungs von der HRT losschicken können.«

»Okay, Mädchen«, sagte Lucille sanft. »Finden Sie sie. Aber Sie wissen, daß ich dem Direktor über Ihr Vorhaben Bericht erstatten muß.«

»Machen Sie ihm vor allem klar, daß sie, sollte er sie vor mir finden, unter Quarantäne zu stellen ist.«

Durch den Verkehr und die Bäume sah Rachel das Blaulicht des Polizeiwagens. Das Heulen der Sirenen drang laut durch das Autofenster. Sie wählte die Nummer der Esterhauses.

Vier Klingelzeichen und noch immer keine Antwort. Dann war die Stimme einer Frau in der Leitung.

»Guten Tag. Justizministerium.«

»Pamela Esterhaus?«

»Nein, aber Sie sind mit Ihrem Büro verbunden.«

Rufweiterleitung.

»Mein Name ist Collins, Warrant Officer vom Army-CID, Fort Belvoir. Ich muß mit Mrs. Esterhaus sprechen. Es ist dringend.«

»Einen Moment bitte.«

Das Warten schien endlos. Rachel trommelte mit den Fingern auf das Lenkrad. Sie blieb so lange in der Warteschleife, daß sie sich bereits fragte, ob die Verbindung unterbrochen worden war. »Hier spricht Pamela Esterhaus.«

Die Stimme klang scharf und geschäftsmäßig. Rachel wurde schlagartig bewußt, was sie dieser Frau mitteilen mußte.

»Mrs. Esterhaus, mein Name ist Rachel Collins.« Sie ratterte ihren Rang und die Nummer ihres Ausweises herunter, um eine Vertrauensbasis zu schaffen.

»Was kann ich für Sie tun, Officer Collins?«

Rachel rüstete sich und erklärte Pamela Esterhaus, daß sie zur Witwe geworden war. Sie schwieg kurz, als sie den leisen Aufschrei hörte, und erzählte ihr dann, wann und wo der Richter gestorben war.

»Collins, sagen Sie die Wahrheit?«

Rachel schloß die Augen. »Ja, Ma'am, das tue ich.«

»Und Sie waren bei meinem Mann, als das ... das passierte?«

»Ja.«

»Aber jetzt sind Sie nicht bei ihm. Warum rufen Sie mich an und nicht der Notarzt oder die Polizei?«

»Ihr Mann ist an einem Herzanfall gestorben, Mrs. Esterhaus. Zumindest machte es den Anschein. Aber ich weiß, daß er ermordet wurde. Und jetzt ist der Killer hinter Ihnen her.«

»Simon ist ermordet worden? Sind Sie verrückt?«

»Erkundigen Sie sich bei der Polizei, Mrs. Esterhaus. Man wird Ihnen den Ort und den Zeitpunkt bestätigen. Man wird Ihnen auch sagen, daß eine Frau mit ihm zusammen gesehen wurde. Das war ich. Aber niemand außer mir kennt die Gefahr, in der Sie sich befinden. Ich habe Beweise dafür. Ich kann Ihnen alles erklären. Das Justizministerium ist etwa zehn Minuten von hier entfernt ...«

»Ich bin nicht im Ministerium.«

»Was?«

»Ich bin im Capitol. Ihr Anruf ist weitergeschaltet worden.«

Das ist nicht gut, überhaupt nicht gut!

»Mrs. Esterhaus, wo genau sind Sie?«

»Im Lesesaal der Kongreßfrauen.«

»Ist jemand bei Ihnen?«

»Nein. Die Personen, mit denen ich verabredet war, sind gerade gegangen.«

»Sicherheitsdienst?«

»Hören Sie, es reicht mir jetzt. Ich kenne Sie nicht, habe nie von Ihnen gehört.«

»Ich komme sofort zu Ihnen.«

»Ich werde jetzt einhängen, Officer Collins – falls Sie das wirklich sind. Ich werde die Polizei anrufen …«

»Dann rufen Sie mich unter dieser Nummer zurück, sobald Sie wissen, daß ich Sie nicht belogen habe. Bitte …«

»Na gut. Geben Sie mir die verdammte Nummer!«

Rachel tat dies und hörte dann ein scharfes Klacken, gefolgt vom Freizeichen.

Sie sank mit dem Rücken gegen die Sitzlehne. Das »hohe Tier« Pamela Esterhaus hörte sich an wie ein Straßenmädchen.

Was glaubst du, wie du reagieren würdest, wenn dir jemand eine solche Geschichte auftischt?

Rachel schob den Ärger beiseite. Das Wichtigste war, daß sich Pamela Esterhaus sicher im Capitol befand. Sogar der Techniker würde es nicht wagen, ihr dort aufzulauern. Die Umgebung war zu unübersichtlich, die Sicherheitsvorkehrungen waren zu streng.

Rachel zog die Papiere hervor, die Esterhaus ihr gegeben hatte. Sie wog sie in den Händen, fühlte die Struktur des Papiers und bemerkte die Altersverfärbungen einiger Seiten. Kurz erlaubte sie sich das Gefühl der Genugtuung und des Triumphs.

Mit dem Reiseplan beginnend, blätterte sie rasch durch die Seiten. Sie hatte nur Zeit, sie zu überfliegen, aber das war genug. Was hatte Beth Underwood in Arizona zu ihr gesagt? *Alles ist klar, wenn Sie sie lesen: Der Richter hat General Norths Wege jahrelang verfolgt ...*

Das stimmte. Es war nicht nur offensichtlich, sondern auch beunruhigend, weil die Seiten einiges enthielten, bei dem Rachel der Zusammenhang nicht klar war, einiges, das über das hinausging, was Beth ihr erzählt hatte.

Ein Streifenwagen fuhr die Straße entlang. Die Beamten hatten vermutlich eine Beschreibung von ihr. Sie fuhren langsam. Rachel reihte sich in den Verkehr ein und fuhr in Richtung der Independence Avenue, die sie bis zum Capitol bringen würde. Krampfhaft überlegte sie, was sie tun mußte, und wünschte, daß sie mehr Zeit hätte. Sie kam zum Luft- und Raumfahrtmuseum und war nur noch wenige Minuten von ihrem Ziel entfernt. Rachel nahm das Telefon und hielt es unschlüssig in der Hand. Ihre Schlußfolgerungen schienen verrückt zu sein; noch verrückter wäre es, sie laut auszusprechen.

Wenn du es nicht tust und stirbst, wäre es überhaupt nicht verrückt gewesen. Richtig?

Rachel rief Lucille an und schilderte ihr alles.

»Ich halte Sie überhaupt nicht für wahnsinnig«, war Lucilles Meinung.

Rachel fand eine Parklücke gegenüber dem botanischen Garten. Zu ihrer Rechten ragte das Capitol wie eine Festung auf, das bronzene Freiheitssymbol krönte seine Kuppel. Zu ihrer Linken lag der kleinere der beiden Reflecting Pools der Stadt. Normalerweise war er überlaufen, die Menschen saßen Schulter an Schulter und ließen ihre Füße im Wasser baumeln. Der Blick die Mall hinunter war atemberaubend. Heute jedoch waren nur wenige Touristen unterwegs. Rachel vermutete, daß sich die meisten am Potomac aufhielten, bevor es dafür zu kalt werden würde.

Sie konzentrierte sich auf die ausladende Treppe, die zum Capitol hinaufführte. Angesichts von Pamela Esterhaus' Position würden ihre Anrufe bei den Behörden sehr schnell beantwortet werden. Mittlerweile mußte sie wissen, in welches Krankenhaus ihr Mann gebracht worden war und daß keine Notwendigkeit bestand, an seine Seite zu eilen. Der Schmerz und der Schock würden ihr Handeln noch verlangsamen. Rachel war schnell gewesen. Pamela Esterhaus müßte noch hiersein, im Lesesaal der Kongreßfrauen. Ihre letzte Aufgabe war es, hineinzugehen und sie zu holen.

Rachel hastete auf die breite Treppe des Capitols zu, als ihr Telefon klingelte.

»Officer Collins, Pamela Esterhaus hier.«

Der harte Tonfall der Frau war verschwunden, durch den Schmerz war ihre Stimme brüchig geworden.

»Wo sind Sie?«

Pamela Esterhaus schien die Frage nicht zu hören. »Sie haben die Wahrheit gesagt ... über meinen Mann. Man hat ihn zum Bethesda Naval Hospital gebracht.« Die Worte kamen langsam. »Der Arzt sagte, es sähe aus wie ein Schlaganfall, obwohl es einige Anomalien gibt. Was, zum Teufel, soll das heißen? Einige der Zeugen im Park haben der Polizei die Beschreibung einer Frau gegeben. Ich nehme an, daß Sie das waren.«

»Mrs. Esterhaus, lassen Sie mich Sie abholen. Ich stehe direkt vor den Türen.«

»Ich habe einen Spaziergang gemacht. Ich habe es drinnen nicht mehr ausgehalten, deshalb ...«

»Wo sind Sie?«

»Am Spring Grotto.«

»Den kann ich von hier aus sehen.« Rachel verfiel in Trab, das Telefon ans Ohr gepreßt. »Reden Sie einfach weiter.«

»Ich glaube, das kann ich nicht. Ich fühle mich ... ich weiß es nicht. Was soll ich tun? Officer Collins, bitte beeilen Sie sich.«

Rachel nahm die Beine in die Hand und sprintete los. Denk ans Training, sagte sie sich selbst. *Die Knie immer hoch anziehen und immer gleichmäßig atmen. Behalte den Preis im Auge. Dreihundert Meter, ein Stück Kuchen. Und zum Teil geht es bergab ... Bleib wachsam. Hier stehen Bäume. Es ist sonnig, also halte nach der Reflexion eines Waffenlaufs Ausschau.*

Der Grotto war ein kleiner künstlich angelegter Teich mit einer dichten halbrunden Baumgruppe dahinter. Es war ein abgeschirmter, abseits gelegener Ort, den Touristen unbekannt. Rachel lief einen niedrigen Hügel hinauf und überblickte ihn atemlos aus einer Entfernung von fünfzig Metern. Dort, am Steinufer des Teichs, saß eine Frau in Rock und Blazer, den Kopf nach vorn gebeugt, und zog mit der Spitze eines Schuhs Linien im Kies. Sie saß völlig ungeschützt und bot ein perfektes Ziel für einen Schuß aus größerer Distanz.

Das Bild von Logan Smith, der die Hand nach ihr ausstreckte und dann von der Kugel umgerissen wurde, fuhr wie ein Blitz durch Rachels Gedanken. Sie zog den Reißverschluß ihrer Jacke auf. Sie flatterte, während sie weiterlief, aber auf diese Weise konnte sie die Hand an der Waffe halten. Als sie sah, daß Pamela Esterhaus aufschaute, zog sie ihren Ausweis hervor und hielt ihn vor sich, bis sie den Teich erreicht hatte.

Mit stechenden Lungen schnappte Rachel nach Luft, ohne den Blick von der Frau abzuwenden. Sie wirkte ziemlich derangiert. Ihr feines Kostüm schien an ihrem Körper zu hängen; Tränen hatten Wimperntusche und Rouge verschmiert. Sie schaute Rachel abschätzend von oben bis unten an. Irgend etwas in diesen Augen machte Rachel angst.

Pamela Esterhaus streckte die Hand nach Rachels Ausweis aus und studierte ihn. »Das erklärt die Waffe«, sagte sie. »Das erklärt einiges. Sie sind wirklich sehr gut.«

»Mrs. Esterhaus, lassen Sie uns zu den Bäumen hinübergehen, ja? Sie sitzen hier zu exponiert.«

»Zu exponiert für was, Officer Collins?«

»Ma'am, *bitte*!«

»Nein. Zuerst erzählen Sie mir, was hier eigentlich gespielt wird und was das mit dem Tod meines Mannes zu tun hat. Oder seiner Ermordung, wie Sie behaupten.«

»Ihr Mann hat mir den Namen seines Mörders genannt. Ich muß in Ihrem Adreßbuch nachschauen.«

»*Was?*«

»Er sagte, Sie trügen stets ein kleines Adreßbuch bei sich. Aus Leder, glaube ich. Geben Sie es mir bitte, dann werde ich Ihnen *zeigen,* wovon ich spreche.«

Pamela Esterhaus zögerte und griff in ihre Handtasche. Das Adreßbuch mit Hermès-Muster hatte die Größe eines Taschenbuchs. Rachel schlug unter B, dann unter H, P und W nach. Die Namen waren in ausgeprägter Schönschrift eingetragen. Tränen traten Rachel in die Augen.

»Officer Collins, wären Sie so freundlich, mir Ihre Hände zu zeigen? Bitte.«

Es lag etwas widerlich Klebriges in dieser Stimme, wie der verführerische Tonfall eines Fremden, der einem Kind einen Lutscher anbietet. Dennoch tat Rachel, worum die Stimme gebeten hatte, und ließ das Adreßbuch fallen.

Pamela Esterhaus bückte sich, schnappte danach und trat einen Schritt zurück. »Töte sie«, sagte sie.

Rachel drehte sich um. Dort stand er: der große Mann mit dem dunklen lockigen Haar und dem *Redskins*-Sweatshirt. Sie wünschte, sie könne seine Augen hinter der Sonnenbrille sehen. Der 22er Woodsman-Colt schien eine natürliche Verlängerung seiner Hand zu bilden.

»Jetzt die Waffe bitte. Ich muß Ihnen ja nicht sagen, wie Sie das machen müssen.«

Mit Daumen und Zeigefinger ihrer linken Hand zog Rachel die Bulldog heraus und ließ sie zu Boden fallen.

»Erschieß sie!« sagte Pamela Esterhaus wieder, wobei ihre Stimme nun ein wenig schrill klang.

»Sie macht dir Probleme, nicht wahr?« sagte der Techniker im Plauderton. »Sie macht *mir* Probleme, das kann ich dir sagen ... Weißt du, Pamela, sie hat dich durchschaut.«

Pamela wirbelte zu ihm herum. »Was, zum Teufel, soll das heißen?«

Der Techniker hatte den Blick nicht von Rachel gewandt und sprach jetzt zu ihr.

»Die Geschichte mit dem Adreßbuch. Sie haben gar nicht nach einem Namen gesucht, nicht wahr, Rachel? Der Richter hat Ihnen keinen genannt. Hätte er es getan, hätten Sie mich mittlerweile damit angesprochen.« Er wartete. »Sie brauchten das Buch, um Pamelas Handschrift zu sehen und zu überprüfen, ob sie mit der Schrift auf den Papieren in Ihrer Tasche übereinstimmt. In den Notizen des Richters, stimmt's?«

Rachel starrte Pamela Esterhaus an, deren Züge vor Wut verzerrt waren.

»Es ist dieselbe Schrift, nicht wahr?«

»Ja«, sagte Rachel.

»Und Sie haben die Papiere gelesen.«

»Die meisten.«

»Haben Sie sie verstanden?«

Rachel drehte sich zu Pamela Esterhaus um und ersparte ihr nichts. »Ihr Mann hatte nichts mit dem Mord an North zu tun, zumindest anfangs nicht. Sie waren diejenige, die den Tod des Generals wollte. Sie waren seine Geliebte gewesen, recht lange, nehme ich an. Aber er hat Ihnen den Laufpaß gegeben. Ihr Mann wußte die ganze Zeit über von der Affäre. Sie sollten lesen, was er geschrieben hat. Sein Schmerz war echt. Trotz allem, was sie ihm angetan haben, hat er nie aufgehört, Sie zu lieben, auch nicht, als Sie zur Mörderin wurden.«

Rachel legte eine kurze Pause ein und sprach dann weiter, um soviel Zeit wie möglich zu gewinnen.

»North hat Sie verlassen, und das konnten Sie nicht akzeptieren. Dann hat er sich in Mollie verliebt, in einen Niemand aus der Army. Wie *konnte* er Ihnen das antun? haben Sie sich gefragt. Ehrlich gesagt, Sie hätten bloß in den Spiegel schauen müssen.

Aber das ist nicht Ihre Art, nicht wahr? Die Welt lag Ihnen immer zu Füßen, und Sie konnten sich alles, was Sie wollten, herauspicken. In Ihren Augen waren *Sie* das Opfer. Sie schworen Rache und waren bereit, alles dafür zu tun.

Aber wie bringt man einen Nationalhelden zu Fall? Ohne sich selbst die Hände schmutzig zu machen? Man muß jemanden wie den Techniker finden, jemanden, der der Beste in seinem Metier ist. So beginnt das Morden. Aber dann läuft etwas schief. Zuerst wird einer zuviel in die Sache hineingezogen, dann zwei zuviel, und schon ist alles außer Kontrolle. Aber selbst dann liebt Ihr Mann Sie noch. Er würde alles tun, um Sie zu schützen … es sogar so aussehen lassen, als wäre er hinter North her.«

Rachel schwieg. »Eines muß ich wissen: Warum mußte Mollie sterben? Warum haben Sie sie ins Visier genommen, nachdem North tot war?«

Pamela Esterhaus sah sie mit fiebrigen Augen an.

»Sie *mußte* nicht sterben!« schrie sie. »Aber Simon, dieser Idiot, konnte ja nicht nachgeben. Er konnte es nicht ertragen, Griffin und mich zusammen zu wissen. Dieser blöde, selbstmitleidige Märtyrer mußte uns auf Schritt und Tritt verfolgen, herausfinden, wo wir waren und wie lange wir blieben. Manchmal habe ich mich gefragt, ob er irgendwo draußen stand und uns beobachtete. Hat ihn vielleicht sogar angemacht.«

»Ich denke, ihr habt nun genug geplaudert, meine Damen«, schaltete der Techniker sich ein.

Aber Pamela Esterhaus war noch nicht fertig. »Alles, selbst sein krankhafter Voyeurismus war völlig harmlos, bis Copeland und Underwood seine Aufzeichnungen entdeckt haben. Dann hat Copeland mit seinen Rachegelüsten Mollie hineingezogen. Wenn sie klug gewesen wäre, hätte sie sich aus allem herausgehalten.«

»Nachdem Sie North umbringen ließen?« fragte Rachel. »Glauben Sie tatsächlich, daß Mollie das hätte auf sich beruhen lassen können?«

»Manchmal, meine Liebe, ist Kummer das einzige, was uns bleibt. Ich habe Mollie Smith dafür gehaßt, daß sie mir meinen Mann genommen hat. Keiner kannte die Pläne, die ich für ihn hatte. Ich war diejenige, die sein Potential erkannt hat. Mit meinen Kontakten hätte ich ihn zu einem Führer formen können. Er hätte das Weiße Haus erobert. Er hätte nur zulassen müssen, daß ich ihm zeige, wie er dorthin gelangt.«

»Vielleicht haben Sie das getan«, höhnte Rachel. »Vielleicht erkannte North Sie als das, was Sie sind – ein machthungriges, seelenloses Flittchen –, und beschloß, daß er nicht Ihre Marionette sein wollte. Er war ein starker Mann, nicht wahr? Es kann nicht einfach für ihn gewesen sein, sein Verlangen nach Ihnen zu unterdrücken. Schlimmer als nach Heroin ...«

Pamela lächelte feindselig. »Er war der erste Mann, der mein Bett verlassen hat, ohne hinausgeworfen zu werden. Sie können sich nicht vorstellen, wie sehr mich das verletzt hat. So etwas kann ich nicht vergessen – oder vergeben. Ich wollte, daß sein Flittchen auch leidet. Ich hätte Mollie in Sekundenschnelle töten lassen können. Aber ich wollte, daß sie litt. Sie war die Art Frau, die die Fackel trägt. Die, die ich ihr gereicht habe, würde für lange, lange Zeit brennen.«

Rachel drehte sich zu dem Techniker um. »Copeland und

Underwood mußten ausgeschaltet werden, weil sie die Aufzeichnungen des Richters gefunden haben«, sagte sie. »Diese Notizen vermittelten den Eindruck, daß er derjenige war, der Sie angeheuert hat – daß die Verfolgung von North seine Idee gewesen war. Nachdem Sie die Aufzeichnungen gelesen hatten, glaubten Sie, sich um nichts weiter kümmern zu müssen. Der Richter hat nie einen Fehler gemacht, nicht einmal durchschimmern lassen, daß jeder seiner Schritte nur dazu dienen sollte, seine Frau zu schützen.

Dann betritt Dunn, Ihr Flugzeugmechaniker, die Bühne. Ein Risikofaktor, der zuviel trinkt und gerne prahlt. Mit seinen Taten mir gegenüber. Das habe ich Mollie erzählt, also standen wir beide auf der Abschußliste. Mollie haben Sie erwischt. Copeland haben Sie erwischt. Underwood leider verpaßt, aber sie ist jetzt unwichtig. Aber es gibt immer noch eine Zielscheibe, die getroffen werden muß, richtig?«

Der Techniker nickte. »Eines möchte ich Ihnen jedoch sagen, Rachel. Eine Menge Leute haben versucht, mich zu fassen. Keiner von ihnen ist mir nur annähernd so nah gekommen wie Sie. Ein Schnitzer hier und dort, und die Dinge wären vielleicht anders gelaufen.«

Aus dem Augenwinkel sah Rachel, wie Pamela Esterhaus sich straffte und ihre Lippen sich erwartungsvoll öffneten. Sie konzentrierte sich auf die Hand des Technikers, die die Waffe hielt, sie sah, wie Pamela sich langsam hob, bis sie spürte, daß der Lauf auf die Mitte ihrer Stirn gerichtet war.

Die nächste Bewegung war kaum wahrnehmbar, der Schuß ein leiser Knall. Pamela Esterhaus zuckte zusammen, als hätte sie ein Stromkabel berührt. Etwas Hartes traf Rachel an der Wange, und sie erkannte, daß es ein Stück von Pamelas Schneidezahn war. Der Techniker hatte gesehen, wie sie ihren Mund öffnete, hatte auf die Zähne gezielt und die Kugel zwischen ihre Lippen in den Hals gefeuert. Die Frau war schon tot, bevor ihr Körper den Boden berührte.

Rachel hatte gewußt, daß das passieren würde. Kurz bevor der Techniker den Schuß abgab, war es ihr klargeworden. In den Millisekunden, in denen sein Blick auf Pamela Esterhaus gerichtet war und sein Finger den Abzug bewegte, lag ihre einzige Chance.

Rachel duckte sich leicht, spannte ihre Oberschenkel an und sprang in den Teich. Das Wasser war sehr kalt und nur knapp einen Meter tief. Aber der Techniker hatte nur die .22er. Die Kugeln würden nur schwer das Wasser durchdringen.

Um sich tretend und schlagend, suchte sie ihren Weg über den glitschigen Boden und erwartete, den Schmerz einer Eintrittswunde zu spüren. Da erreichte sie das andere Ende des Teichs und tauchte auf, um Luft zu holen.

Der Techniker stand sechs Meter von ihr entfernt und schaute sie an. Die .22er hatte er fallen lassen und statt dessen die Bulldog genommen, die Rachel ihm hingeworfen hatte. Sie umklammerte den Rand der Teicheinmauerung, zog sich auf die Füße hoch und zitterte, während sie im Wasser stand und ihn ansah. Seine Augen zuckten wie die Zunge einer Schlange über ihren Körper.

»Sie haben sie angelogen«, rief er. »Es gab noch zwei Zielscheiben. Sie wußten das. Warum haben Sie das getan? Wollten Sie ihr den Schock ersparen?«

Rachel antwortete nicht. Sie legte ihren Kopf in den Nacken und gab Hals und Brust frei. Sie wußte, daß er diese Geste kannte. Die Beute, die sich, beinahe zu Tode gehetzt, dem Jäger ergibt. Sie fragte sich, ob er hören konnte, was sie hörte, und, wenn ja, ob er ihre Wut darüber spüren würde, daß das, was kam, zu spät kam.

Hubschrauber waren kein ungewöhnlicher Anblick über Washington. Der Techniker schenkte dem Geräusch keine Aufmerksamkeit, bis er merkte, daß es zu nah und zu tief war, um von einem Rundflughelikopter zu stammen. Das

Knacken, das er hörte, kam von dem Gewehr eines Scharfschützen, dessen Kugel einen Meter von ihm entfernt am Feldsteinrand des Teiches abprallte. Der zweite Schuß schlug näher ein. Der Techniker wußte genau, was ablief. Der Pilot konnte keine gleichmäßige Fluglinie einhalten, so daß der Scharfschütze an Bord von einem unstabilen Untergrund aus zielen mußte.

Er blickte über seine Schulter, dann wieder dorthin, wo Rachel gestanden und sich ergeben hatte, ihn gerade lange genug abgelenkt hatte, um kostbare Sekunden zu gewinnen. Jetzt war sie wieder abgetaucht. Der Techniker schoß die Kammer der Bulldog leer, Wasser spritzte auf.

Der Helikopter kam immer näher. Der Techniker schleuderte die Waffe in den Teich und verschwand zwischen den Bäumen. Er kannte sich mit der Vorgehensweise der HRT bestens aus. Sie mußten sich aus der Luft nähern. Das bedeutete, daß er noch eine Chance hatte.

25

Für Rachel hörten sich die harten, knallenden Geräusche an wie explodierende Feuerwerkskörper. Das Wasser dämpfte die gewaltige Schlagkraft der Bulldog und verringerte die Geschwindigkeit der Kugeln. Sie straffte ihren Körper gegen die unvermeidlichen Treffer, aber sie blieben aus, und die Geräusche erstarben.

Rachel kraulte zum anderen Ufer des Teichs, schleppte sich aus dem Wasser und brach auf dem Kiesweg zusammen. Das Donnern des Hubschraubers hämmerte in ihren Ohren. Mühsam rappelte sie sich auf und sah drei schwarz gekleidete Gestalten mit den Waffen im Anschlag, die auf sie gerichtet waren. Der erste, der sie erreichte, legte seinen Arm um ihre Schultern und drehte sie auf den Rasen. Er ließ sich auf sie fallen und schirmte ihren Körper mit seinem eigenen ab, während die anderen beiden in die Knie gingen und ihre Maschinenpistolen auf die Bäume richteten.

»Sind Sie okay? Alles in Ordnung?«

Rachel schmeckte das Gras in ihrem Mund. »Er hat mich nicht getroffen. Lassen Sie mich los!«

Das tat er jedoch nicht, bis der Rest des Teams aus dem Hubschrauber gesprungen war. Sie hörte Stiefel im Gehölz krachen und Männer »Klar!« rufen, während sie das Gebiet sicherten. Das Gewicht wurde von ihr genommen, und eine behandschuhte Hand zog sie auf die Füße. Rachel starrte auf den kräftigen Hals eines HRT-Agenten. Als sie in sein Gesicht schaute, glaubte sie, ein Lächeln unter der Tarnschminke zu sehen.

Der Agent gestikulierte in Richtung des Helikopters, der mit drehenden Rotorblättern in dreißig Metern Entfernung auf der Lichtung stand. »Sind Sie bereit?«

»Haben Sie ihn erwischt? Er ist ins Gebüsch gelaufen ...«

»Wir werden ihn finden. Für den Kerl ist Code eins angeordnet. Er hat keine Chance.«

Rachel sah in seine harten Augen. »Sie kennen ihn nicht.«

»Und er kennt uns nicht.«

Rachel drehte sich um und sah Pamela Esterhaus auf dem Boden liegen. Sie hielt so abrupt inne, daß der Agent, der sie noch immer abschirmte, in sie hineinlief.

»Ihr kann keiner mehr helfen«, sagte er.

Rachel stolperte zu dem Hubschrauber. Ein Agent in der Kabine streckte ihr eine Hand entgegen und half ihr beim Hineinklettern. Er schnallte sie auf einem Sitz fest und wickelte eine Decke um sie. Rachels Magen zog sich zusammen, als der Helikopter abhob.

Aus der Luft sah sie die Männer, die im Park ausschwärmten. Schwarze HRT-Laster und Verfolgungswagen sperrten die Straße ab. Rachel setzte einen Kopfhörer auf und hörte den Funksprüchen zu. Sie suchten noch immer. Die Minuten verrannen, und der Techniker war noch nicht gesichtet worden. Ein entsetzliches Gefühl der Niederlage und der Nutzlosigkeit überfiel sie.

Rachel klopfte dem Agenten auf die Schulter, der sie gedeckt hatte, und er hob eine Seite seines Kopfhörers an.

»Ich brauche eine Beweismitteltüte«, schrie sie.

Er zog einen Korb unter seinem Sitz hervor und reichte ihr eine Plastiktüte. Vorsichtig holte Rachel Esterhaus' Aufzeichnungen hervor. Über die nassen Seiten zogen sich Flecken verlaufender Tinte. Aber das spielte keine Rolle. In den Labors des FBI konnte man sie trocknen. Das Testament des Richters würde erhalten bleiben.

Neben dem Hubschrauberlandeplatz auf dem Dach des Hoover Building warteten mehrere Ärzte. Die HRT-Agenten wimmelten sie ab und führten Rachel zu einem Treppenschacht, der zwei Etagen tiefer endete. Sie folgte ihnen durch eine Halle in einen großen Raum, der einer Hotelsuite ähnelte.

»Dort ist eine Dusche.« Der Agent deutete auf die Tür. »Und dort drüben hängen Marine-Overalls. Sie werden bestimmt einen finden, der paßt.« Er sah sie prüfend an. »Sind Sie sicher, daß Sie sich nicht von einem Arzt untersuchen lassen wollen?«

»Ich möchte sofort benachrichtigt werden, wenn Sie ihn festgenommen haben. Oder wenn er tot ist.«

»Ich werde es Ihnen persönlich mitteilen. Vermutlich sollten Sie sich beeilen. Der Direktor ist verständigt worden. Er stirbt vor Neugier, Sie kennenzulernen.«

»Woher will er wissen, daß ich sein Typ bin?«

Der Agent grinste. »Lady, nach dem zu urteilen, was ich

über Sie gehört habe, möchte ich nicht alleine mit Ihnen in einem Raum sein.«

»Werden Sie die Papiere ins Labor bringen?«

»Ich werde Sie persönlich dort abliefern.«

Rachel war bereits im Badezimmer und riß sich ihre nassen Sachen vom Leib, bevor sie hörte, wie die Tür ins Schloß fiel. Das Wasser war dampfend heiß, Shampoo und Seife teuer. Am liebsten wäre sie für immer darunter stehengeblieben, aber sie konnte ihre Gedanken und ihre verzweifelte Ungeduld nicht abschalten.

In einen Veloursmantel gehüllt, trottete sie zu dem Schlafzimmerschrank. Sie fand Springeranzüge in verschiedenen Größen sowie T-Shirts, Unterwäsche für Herren und Damen und Leinenslipper in mehreren Größen. Angekleidet ging sie in das Badezimmer zurück und trocknete sich schnell die Haare.

In dem vorderen Zimmer gab es vier Telefonapparate. Rachel sank in einen bequemen tief gepolsterten Sessel und rief in Los Angeles an.

»Ich habe gehört, daß man Sie in die Suite des Direktors gebracht hat«, sagte Lucille.

»Das hier ist die Suite des Direktors?«

»Er benutzt sie in Krisensituationen, wenn er das Gebäude nicht verlassen kann.«

»Ich könnte mich daran gewöhnen. Irgendeine Rückmeldung?«

»Dieser Bastard ist so etwas wie ein Geist. Sie haben ihn noch nicht gesichtet, suchen aber mit allen Mitteln nach ihm.«

»Er wird ihnen entkommen, Lucille.«

»Keine Chance. Der Direktor hat bereits den Präsidenten informiert, der, wie Sie sich vorstellen können, mehr als nur ein wenig überrascht war. Ich habe gehört, daß der Secret Service sich auf seinen Befehl hin unverzüglich in Bewegung gesetzt hat. Das Weiße Haus hat in Langley angerufen und Anweisungen gegeben, sich auf eine Heimsuchung vorzubereiten. Wir werden alles auffliegen lassen, Rachel – die ganze Wunderland-Operation. Der Techniker kann davonlaufen, aber nicht weit und nicht schnell genug. Wir bekommen jetzt alle Informationen über ihn, sogar ein Foto.«

Rachel ließ sich das durch den Kopf gehen und fragte dann: »Logan?«

Lucilles Stimme nahm einen sanften Tonfall an. »Er wird gesund werden. Für eine Weile stand er auf der Kippe, aber er hat die Operation gut überstanden. Die Ärzte sagen, daß er jetzt vor allem Ruhe braucht.«

Tränen traten Rachel in die Augen, und sie legte den Kopf in den Nacken. »Gott sei Dank ...«

»Ich muß jetzt Schluß machen, meine Liebe. Ich glaube, wir sind bereits im Landeanflug oder so etwas.«

Rachel horchte überrascht auf. »Ich dachte ...«

»Ich habe L.A. vor *Stunden* verlassen. Man hat Sie in das Flugzeug umgestellt. Wir sehen uns bald. Rachel, Sie haben erstklassige Arbeit geleistet ... wirklich.«

Rachel hielt den Hörer noch lange fest, nachdem Lucille eingehängt hatte. Sie hielt ihn noch immer in der Hand, als es an der Tür klopfte.

Der Mann, der eintrat, sah wachsam aus, so als betrete er den Käfig eines exotischen Tieres und wisse nicht, was ihn erwarte. Er trug einen grauen Anzug guter Qualität und eine teure Krawatte, seine Schuhe waren auf Hochglanz poliert. Sie schimmerten beinahe so wie sein dunkles, aus der Stirn gekämmtes Haar und seine Augen, die wie glänzende Kohlen glitzerten.

»Sie sind also Rachel Collins.« Aus den Worten sprach Neugier. »Ich bin Charles Skinner, der Direktor.«

»Ja, Sir«, sagte Rachel.

Zögernd gaben sie sich die Hand.

»Man hat mir gesagt, Sie seien okay und unverletzt.«

»Ja, Sir.«

Skinner stand mit verschränkten Armen gegen die Rückenlehne des Sofas gelehnt. »Wir haben ihn noch immer nicht – den Mann, den Sie den Techniker nennen. Einer der Männer von der HRT hat mir berichtet, daß Sie glauben, er werde uns entkommen.«

»Er ist sehr gut in dem, was er tut, Sir. Mich zum Grotto zu bestellen, kann nicht Pamela Esterhaus' Idee gewesen sein. Das hat sicher alles er arrangiert. Und das bedeutet, daß er einen Fluchtweg hatte, falls irgend etwas schieflaufen sollte. Er denkt zwei oder drei Schritte voraus und überläßt nichts dem Zufall.«

»Haben Sie mit Lucille Parker gesprochen?«

»Ja, Sir. Sie hat gesagt, daß sie in wenigen Minuten landet.«

Skinner versuchte schroff zu klingen, brachte es jedoch nicht zustande. »So, wie sie sich benimmt, glaubt sie wohl, daß Logans COSMIC-Freigabe auch für sie gilt.«

»Sir? Darf ich Sie fragen, wie Sie mit Ihren Nachforschungen bei Wunderland-Spielzeugen vorankommen?«

Skinners Miene verdüsterte sich. »Parker hat über Langley geplaudert. Ach, zum Teufel, ich denke, es spielt keine Rolle. Momentan wissen Sie vermutlich mehr über die ganze Sache als ich. Ich werde dieses ganze Wunderland mit dem Einverständnis des Präsidenten auseinandernehmen.«

Er schwieg kurz und sah auf seine Hände. »Logan und ich kennen uns seit langem. Was Sie für ihn getan haben ... danke.«

»Ist es möglich, daß ich ihn besuche, Sir?«

»Ihr Name steht auf der Besucherliste. Parker kann sie begleiten.« An der Tür hielt Skinner inne und drehte sich noch einmal um. »Wie immer es ausgehen mag – Sie wußten, was Sie taten, nicht wahr?«

»Ich glaube schon, Sir.«

Bill Rawlins wußte, daß die Flugzeit vom Zentrum Washington nach Langley etwa zwanzig Minuten betrug. Der Techniker hatte ihn vor einer halben Stunde angerufen und ihm mitgeteilt, daß FBI-Direktor Skinner unterwegs sei. Er hatte dreißig wertvolle Sekunden darauf verwendet, präzise zu erklären, was für ein Feuersturm auf die CIA zurollte. Rawlins hatte um keine Erklärung gebeten. Die Zeit mußte zur Begrenzung des Schadens genutzt werden.

Seine Sekretärin kam herein und teilte ihm mit, daß der FBI-Helikopter gerade gelandet sei. Skinner war schnell, aber die CIA-Computer waren ihm um Längen voraus.

Rawlins sah sich im Büro um, in das Sam Peterson, der Techniker, nie wieder einen Fuß setzen würde. Sein Blick blieb auf der einzigartigen Modelleisenbahn haften. Von allen Dingen, die der Techniker aufgeben mußte, dachte Rawlins, war diese Anlage das einzige, was er vermissen würde.

Die Türen des Büros flogen auf. Dort stand Skinner, flankiert von drei Agenten und einer uniformierten CIA-Eskorte. Einer der drei stürmte an Rawlins vorbei zum Computer auf dem Schreibtisch des Technikers.

»Hallo, Bill.«

»Charlie. Ich wünschte, wir würden uns unter erfreulicheren Umständen treffen.«

Skinner betrachtete sein Gegenüber von oben bis unten. Er selbst war in New Yorks Hell's Kitchen aufgewachsen und hatte sich seinen Weg bis ganz nach oben erkämpft. Rawlins hingegen stammte aus der wohlhabenden Upper Class Philadelphias. Skinner hoffte, daß Rawlins ihm einen Anlaß bieten würde, ihn in die Knie zu zwingen.

»Du solltest nicht hiersein, Bill. Dies hat nichts mit dir zu tun.«

»Ganz im Gegenteil. Ich bin der stellvertretende Direktor und der Beobachter vor Ort. Wie du weißt, haben wir Anspruch auf die Anwesenheit eines solchen.«

Skinner zuckte mit den Schultern, wandte sich dann an seine beiden Männer und nickte. Sie begannen den Inhalt der Schreibtischschublade in große Kartons zu leeren, die sie aus dem Postraum mitgebracht hatten.

»Einen Moment mal. Was ist das für eine Scheiße?«

Skinner eilte zu seinem Mann am Computer. »Was gibt's denn?«

»Schauen Sie sich das mal an, Sir. Ich habe den übergeordneten Code eingegeben, der den von Peterson ausschaltet, aber seine Dateien sind alle leer.«

Vom Bildschirm blinkte Skinner das Wort »GELÖSCHT« entgegen. Er wirbelte zu Rawlins herum.

»Bill, du weißt, daß ich auf Anweisung des Präsidenten handele. Wenn du jetzt Scheiße baust ...«

Rawlins hielt seine Hände abwehrend in die Höhe. »Ich habe das verdammte Ding nicht angerührt.«

»Er frißt gerade alle persönlichen Dateien von Peterson!« rief der Agent. »Jetzt passiert etwas anderes.« Seine Finger flogen über die Tasten. »Ein Virus vielleicht. Oder jemand arbeitet an einem anderen Terminal irgendwo.«

»Können Sie das nachvollziehen? Verhindern?«

»Vielleicht.«

Der Agent arbeitete wie besessen, aber jedes Mal erschien das gleiche Wort auf dem Bildschirm, als wolle man sich über ihn lustig machen: GELÖSCHT. Ununterbrochen fluchte er leise vor sich hin.

»Es hat keinen Zweck. Was immer die Dateien auffrißt, ich kann es nicht stoppen.«

Skinner stand dicht vor Rawlins. »Ich brauche ein Foto von ihm, Bill. Ich brauche Fingerabdrücke, Ausweisnummern, Bankverbindungen und den vertraulichen Bericht. Auf der Stelle!«

»Ich würde es dir gerne geben«, erwiderte Rawlins. »Aber es ist alles im Computer, *Charlie.*«

Skinner wünschte sich plötzlich, Rawlins wäre der große Punchingball, den er so gerne im Trainingscenter bearbeitete. Vielleicht hätte er ihm einen Schwinger versetzt, hätte man ihm in diesem Moment nicht ein Handy zugeworfen.

»Skinner. Ich höre.«

Die Stimme am anderen Ende gehörte dem leitenden Agenten des Teams, das zum TransDulles Center geschickt worden war, um Wunderland-Spielzeuge auseinanderzunehmen.

»Sir, sieht aus, als gäbe es Ärger hier.«

»Details bitte.«

»Es scheint, daß jemand hier eingebrochen ist. Die Schlösser an den Eingangstüren sind mit einem Brecheisen aufgebrochen worden, den Alarm hat man überbrückt. Obwohl alles andere unberührt aussieht. Jedenfalls ist nichts durcheinandergebracht worden oder so. Das Merkwürdige ist aber, daß die Computer laufen. Das könnte ...«

»Schalten Sie sie aus!« brüllte Skinner.

»Sir?«

»Ausschalten! Ziehen Sie die verdammten Stecker raus, wenn's nötig ist!«

Skinner drehte sich wieder zu Rawlins um. »Du weißt über Wunderland-Spielzeuge Bescheid, oder?«

»Nur sehr beschränkt, wenn überhaupt. Es gibt hier sehr verschiedene Abteilungen, wie du weißt.«

»Aber du bist Petersons Boß. Du überprüfst seine abgelegten Fälle. Du erstellst die Wochenpläne. Du mußt über diese Firma Bescheid wissen.«

»Worauf willst du hinaus, Charlie?«

»Ich denke, daß das, was Petersons Dateien auffrißt, nicht von hier aus gesteuert wird. Jemand ist bei Wunderland eingedrungen, und zwar jemand, der wußte, wie der Alarm überbrückt werden kann. Jemand, der offenbar nichts gestohlen, sondern nur die Computer eingeschaltet hat. Ich vermute, daß *sie* diejenigen sind, die die Dateien, die ich sehen will, vernichten.«

»Davon weiß ich nichts. Wirklich nicht.«

Skinner trat zurück und musterte Rawlins von Kopf bis Fuß, so als wolle er für die Galgenschlinge Maß nehmen.

»Ich hoffe bei Gott, daß du mich nicht verarschst, Bill. Weil ich mir jetzt *deine* Akten ansehen werde, insbesondere deine jüngsten Aufgaben. Sollte ich irgendeine Verbindung finden …«

Rawlins' Haltung zeigte keine Unsicherheit. Aber er konnte die kleinen Schweißperlen nicht unterdrücken, die plötzlich auf seine Stirn traten. Ihr Anblick ließ Skinner warm ums Herz werden.

In Rachel keimte neue Hoffnung, als eine FBI-Agentin mit einem Laptop unterm Arm die Suite betrat. Ebenso schnell war sie wieder zunichte, als sie sich als Zeichenspezialistin vorstellte. Der Direktor benötigte ein Phantombild des Verdächtigen. Sofort.

Rachel verschwendete keine Zeit damit, Fragen zu stellen. Sie unterdrückte ihre Frustration und ließ ihre Gedanken zurückschweifen. Dort stand sie bis zur Hüfte im Teich, der Techniker mit der Bulldog geduldig und kaltblütig vor ihr. Sie konzentrierte sich auf den Ausschnitt, in dem sie nur sein Gesicht sah, und begann mit der Beschreibung.

Die Zeichnerin war sehr gut, und nach zwanzig Minuten starrte sie ein verblüffend ähnliches Gesicht vom Monitor an. Es war weitaus besser getroffen als jenes, das die QRT von Baltimore erstellt hatte. Rachel versuchte sich einzureden, daß es nützlich wäre, daß der Techniker keine Zeit hatte, in eine andere Tarnung zu schlüpfen.

Aber er hatte Zeit, seine persönlichen Dateien zu vernichten. Sie haben kein Foto von ihm gefunden, sonst würden sie das hier nicht brauchen …

»Sieht ihm das ähnlich?«

Rachel nickte und drehte sich dann zu der schwarzen Frau mittleren Alters um, die leise ins Zimmer getreten war. Sie trug einen kamelfarbenen Hosenanzug und einen wild gemusterten rotgrünblauen Schal. Als sie lächelte, wußte Rachel sofort, wer sie war.

Die Zeichnerin packte ihren Laptop zusammen. Lucille sah sich um, trat dann zu Rachel und umarmte sie innig.

»Sie sind noch ein ganz junges Ding, richtig?« flüsterte sie. »Logan hat mir das nie erzählt.«

Lucille nickte in Richtung der Zeichnerin, die gerade das Zimmer verließ. »Was hat das zu bedeuten?«

»Skinner wollte nach Langley. Wahrscheinlich hoffte er, die Datei des Technikers mit Fotos und dem ganzen Kram zu bekommen. Aber es hat wohl nicht funktioniert.«

»Die CIA kocht stets ihr eigenes Süppchen. Das war schon immer so.« Lucille griff nach einem der Telefone. »Unten ist ein Krisenstab eingerichtet worden. Mal sehen, was die Hotline hergibt.«

Rachel hörte Lucille bei ihrem Gespräch zu und sah ihre verärgerte Miene.

»Skinner hat nichts erreicht«, teilte sie Rachel mit. »Er wird in Langley von einer Stelle zur nächsten verwiesen und kann nichts dagegen tun. Er sei dem Wahnsinn näher als ein Tiger im Käfig.«

»Er wird ein Flugzeug nehmen«, sagte Rachel dumpf. »Der Techniker verläßt das Land.«

»Wohin?«

»Das weiß ich nicht. Aber ich glaube, daß er einen Notplan hat, vermutlich schon lange vorbereitet. Wenn Skinner ihn nicht in den CIA-Computern finden kann, dann deshalb, weil der Techniker sie präpariert hat, seine Dateien zu vernichten, falls es soweit kommen sollte. Bei seiner Zugriffsebene dürfte das nicht so schwierig gewesen sein. Und ich gehe jede Wette ein, daß er drei oder vier neue Identitäten vorbereitet hat, perfekt, mit allem, was nötig ist.«

»Wissen Sie, wer er ist?«

Rachel schüttelte den Kopf.

»Rawlins mußte Skinner etwas geben. Der Name des Technikers ist Sam Peterson – angeblich jedenfalls. Er leitete Spiegelglas, das Zeugenschutzprogramm der CIA für Überläufer. Davor war er in Hongkong stationiert und hat die Agenten in China koordiniert. Aber irgend etwas ist vorgefallen, so daß er den Job aufgeben mußte.«

Wieder schüttelte Rachel den Kopf. Angesichts der Ironie hätte sie heulen können. »Er versteckt Personen. Er ist der Beste darin. Und jetzt läßt er sich selbst verschwinden.« Sie fuhr fort. »Er hat General North für Pamela Esterhaus umgebracht. Wie paßt das ins Bild?«

»Erzählen Sie mir davon.«

Rachel berichtete ihr alles, was sie herausgefunden hatte: Pamela Esterhaus' Bedürfnis, sich an einem Liebhaber zu rächen, der ihr den Laufpaß gegeben hatte; daß sie sich des Technikers bedient hatte, um dies zu erreichen; Simon Esterhaus' Liebe zu seiner Frau und wie er sie geschützt hatte, indem er die Untersuchungskommission über Norths Tod leitete und dafür sorgte, daß sie nie auch nur in die Nähe der Wahrheit kam.

»Hätte der Richter nicht diese Rolle in der Geschichte mit Copeland gespielt, wären sie alle davongekommen, alle.«

»Aber dann war da noch Dunn«, sagte Lucille.

»Das war das einzige Mal, daß der Techniker ein wenig zu elegant sein wollte«, meinte Rachel. »Dunn mußte von der Bildfläche verschwinden, weil er derjenige war, der das Fahrwerk an Norths Flugzeug manipuliert hatte. Und er war ein Schwätzer. Der Techniker hätte ihn sang- und klanglos beseitigen sollen, aber statt dessen hat er Dunns Gier ausgenutzt, um ihn ans Messer zu liefern. Der Techniker war der anonyme Tippgeber, der die QRT in Baltimore in Bewegung gesetzt hat. Er wußte, daß Dunn, einmal in der Klemme, kämpfen und höchstwahrscheinlich dabei sterben würde. Und für den Fall, daß dies nicht passierte, war er selbst vor Ort, um Dunn ins Fadenkreuz zu nehmen. Die Tatsache, daß Dunn noch lange genug lebte, um sich vor mir mit North zu brüsten, hätte absolut nichts bedeutet ohne aussagekräftige Beweise. Ohne die Aufzeichnungen, über die Copeland und Underwood gestolpert waren, hätten Mollies Ermittlungen zu nichts geführt.«

»Das heißt also, daß der Techniker, während er für Langley arbeitete, gleichzeitig ein freiberuflicher Scharfrichter war«, sagte Lucille.

Rachel nickte. »Was immer seine Aufgabe in Hongkong gewesen ist, sie muß ihm sehr gefallen haben. Es gibt Gewohnheiten, die man nicht aufgeben möchte – oder kann.«

Lucille ging zu der kugelsicheren Fensterfront und sah auf die Turmuhr des alten Postamts. »Sie glauben also, daß er ein Flugzeug nehmen wird.«

Rachel trat neben sie. In der Entfernung sah sie die Kondensstreifen einer gerade von Dulles gestarteten Maschine.

»Und zwar jetzt gleich«, sagte sie.

»Skinner hat sämtliche kleine Flughäfen in drei Staaten schließen lassen. Dulles, National und BWI wimmeln von Agenten. An ihnen wird er nicht vorbeikommen.«

»Die Leute haben noch das alte Phantombild«, meinte Rachel. »Und auch mit dem neuen können sie ihn noch übersehen. Lucille, Sie können sich gar nicht vorstellen, wie gut dieser Kerl ist.«

»Worauf wollen Sie hinaus?«

»Sie sagten, er sei ein China-Fachmann. Vielleicht ist das sein Zuhause. Vielleicht will er zu dem einzigen Ort, wo er sich wohl fühlt, Kontakte und eine Geschichte hat, wo er sich ein neues Leben aufbauen kann.«

Lucille ging wieder zum Telefon. Das Gespräch dauerte zehn Minuten.

»In den nächsten drei Stunden gehen ein halbes Dutzend Flüge von Dulles nach Asien«, sagte sie. »Tokio, Taipeh, Hongkong, Bangkok. Skinner läßt sie alle überwachen.«

»Anhand eines Phantombilds werden sie ihn nicht erkennen.« Rachel drehte sich um und blickte Lucille an. »Ich muß seine Augen sehen. Wenn er dort ist und ich seine Augen sehe, können wir ihn fassen.«

Lucille biß auf ihre Unterlippe. »Skinner hat mir befohlen, auf Sie aufzupassen. Wir sollen hier warten und uns nett unterhalten. Abschlußbesprechung, Sie verstehen.«

»Meinen Sie wirklich, daß wir das tun sollten?«

Pan-Asian Airways, der neueste Senkrechtstarter unter den internationalen Fluggesellschaften, war vor vier Jahren von einem zahlungskräftigen Syndikat mit Sitz in Singapur gegründet worden. Die Gesellschaft hatte sich in das Gebiet vorgekämpft, das von den Giganten – United, Cathay Pacific und JAL – kontrolliert wurde, und einen ansehnlichen Marktanteil von siebzehn Prozent erobert. Da viele Amerikaner darauf erpicht waren, auf den rapide expandierenden asiatischen Märkten Fuß zu fassen, bot PAA täglich Nonstopflüge von Dulles nach Hongkong an.

In seinen Büroräumen über der Halle für internationale Flüge wartete der Flugkoordinator darauf, daß der Drucker zu Ende arbeitete. Er zog drei Blätter aus der Ablage und konzentrierte sich auf das oberste. PAA-Flug 66 sollte in sechsundneunzig Minuten starten. Von den 364 gebuchten Plätzen waren dreihundertzwölf in drei Klassen gebucht und bezahlt worden. Zudem würden vierzehn Crewmitglieder an Bord sein. Der Koordinator überprüfte die Namen des Piloten, des Copiloten und des Bordtechnikers. Er kannte sie alle persönlich. Dann sah er die Liste genauer durch und entdeckte die Namen zweier Flugbegleiterinnen, die er intimer kannte.

»Sieht sauber aus«, sagte er zu dem neben ihm stehenden FBI-Beamten. Er reichte ihm die Bordliste und beobachtete, wie der Agent sie durchlas.

Der Koordinator war noch immer über das Auftauchen des FBI-Mannes verärgert, obwohl der Agent ihm versichert hatte, daß es sich weder um eine Bombendrohung noch um einen Entführungsversuch handelte. Der Flüchtige habe Gelder veruntreut und versuche nun, mit einer achtstelligen Lohntüte das Land zu verlassen. Heimlich hatte der Koordinator die entsprechenden Leute bei den anderen Fluglinien angerufen und erfahren, daß die Feds allen die gleiche Geschichte erzählten. Vielleicht stimmte sie ja, obwohl niemand so recht daran glaubte. Nach aktuellen Schätzungen befanden sich mehr als hundert Agenten allein in der Halle für internationale Flüge – ein wenig übertrieben für einen getürmten Buchhalter.

»Was bedeutet das hier?«

Der Stummelfinger des Agenten zeigte auf den Namen »David McFadden«, der mit einem Sternchen und einer Zahlenkennung versehen war.

»Er ist ein Chefstewart mit Freiflug zurück nach Hongkong.«

»Kennen Sie ihn?«

»Sicher. Sein Name steht auf der Crewliste.«

»Lassen Sie uns das trotzdem überprüfen.«

Der Koordinator zuckte mit den Schultern und holte die Personalliste der Firma hervor. Dort stand er: David McFadden, ein Kanadier, der in Hongkong bei der Geschäftseröffnung der Pan-Asian eingestellt worden war. Das Foto zeigte einen gutaussehenden Mann Ende Dreißig mit sorgfältig frisiertem rotbraunem Haar, einem rötlichen Schnauzbart und grünen Augen.

»Das ist er«, sagte der Koordinator.

Diese drei Worte besiegelten den Fehler. Der Agent nahm an, der Koordinator kenne McFadden persönlich, obwohl er ihn in Wirklichkeit nie zu Gesicht bekommen hatte. Er kannte lediglich den Namen, und das nur, weil er ihn bereits auf anderen Crewlisten gelesen hatte. Er konnte nicht wissen, daß David McFadden ein Phantomangestellter war, der nur auf dem Papier existierte und mit Hilfe eines der Gründerinvestoren der PAA geschaffen worden war. Das Firmenprofil über den Chefstewart war vollständig und auf dem neuesten Stand und umfaßte Gehaltsnachweise, Einsatzpläne und Gesundheitsberichte. Bei einer Nachfrage hätte sich jedoch kein einziges Crewmitglied daran erinnern können, McFadden jemals getroffen oder mit ihm zusammengearbeitet zu haben.

»Okay«, sagte der Agent. »Ich muß diese Liste meinen Leuten unten bringen. Sollten irgendwelche Passagiere in letzter Minute auftauchen, lassen Sie es mich sofort wissen. Niemand, dessen Name nicht auf dieser Liste steht, geht an Bord.«

Der Koordinator wollte gerade zum Telefon greifen, um den für Nordamerika zuständigen Geschäftsführer der Pan-Asian anzurufen, als ein Assistent ihm eine Notiz aushändigte. Der Catering-Laster für Flug 66 war nicht planmäßig bestückt; unter Umständen würde es nicht genug Kaviar für die erste Klasse geben. Daraufhin änderte der Koordinator seine Absicht und ließ sich mit der Flugküche verbinden.

Wie der Techniker erwartet hatte, war die Lounge für Mitarbeiter im Einsatz leer. Pan-Asian brachte die Crew in dem neuen Hyatt-Hotel zwanzig Minuten vom Flughafen entfernt unter. Sofern es keine Änderungen in letzter Minute gab, begaben sie sich direkt vom Hotel zum Terminal.

Der Techniker warf einen prüfenden Blick in einen schmalen, hohen Spiegel im Herren-Umkleideraum. Er fühlte sich sauber und erfrischt, nachdem er heiß geduscht und sich sorgfältig rasiert hatte. Er kam zu dem Schluß, daß seine Haarfarbe natürlich genug aussah, und der rötliche Schnauzbart haftete sogar in diesem dampferfüllten Raum fest an seiner Gesichtshaut. Seine Uniform war schick und frisch gebügelt.

Der Techniker ließ seine Gedanken wandern, während er mechanisch seine Krawatte band. Eigentlich hatte er gehofft, die Identität des David McFadden niemals benutzen zu müssen. Sie war seine letzte Möglichkeit; wenn er sie einmal verwendet hatte, konnte er sie nie wieder benutzen. Bevor er seinen ersten freiberuflichen Job übernahm, hatte der Techniker diesen Fluchtweg über Wunderland-Spielzeuge eingerichtet. Während der Dauer der Anstellung erschien David McFaddens Name auf den Listen der PAA-Auslandsflüge als Freiflieger. Daß er niemals auftauchte, hatte keinerlei Folgen. Anschließende Vermerke erklärten seine Abwesenheit als Buchungsfehler. Aufgrund der Arbeitsüberlastung hatte es nie Nachforschungen gegeben.

Der Techniker fühlte sich leicht unbehaglich. Nicht, weil er daran zweifelte, daß die Identität halten würde. Er war sich sehr genau bewußt, daß das FBI mittlerweile diesen und andere Flughäfen abgeschirmt hatte. Er machte sich auch wegen Rawlins keine Sorgen. Selbst wenn er beabsichtigte, mit Charlie Skinner und seiner Truppe zusammenzuarbeiten – was zu bezweifeln war –, konnte Rawlins nichts preisgeben, was er nicht wußte. Und mit Gewißheit hatte er keinen blassen Schimmer von dem McFadden-Deckmantel.

Das Unbehagen hatte einen anderen Ursprung – er bedauerte, daß er eine Operation nicht wirklich beendet hatte, die zunächst in jeder Hinsicht makellos verlaufen war. Er hatte Warrant Officer Rachel Collins eindeutig unterschätzt. Er hätte sie in jener stickigen Nacht in Baltimore durch eine einzige Kugel in den Kopf beseitigen müssen. Dann wäre der Rest genau nach Plan verlaufen.

Ein weiterer Grund für sein Unbehagen lag vielleicht in der Ungewißheit, ob Collins tatsächlich tot war. Es wäre beruhigend gewesen, die genaue Zahl der Todesopfer aus den Nachrichten zu erfahren, aber die Feds hatten eine wasserdichte Nachrichtensperre verhängt.

Der Techniker richtete den Knoten seiner Krawatte ein letztes Mal, schlüpfte in das marineblaue Jackett und befestigte das Chefstewart-Zeichen am Revers. Seinen Firmenausweis klippte er an der Brusttasche fest. Er nahm seine mittelgroße Reisetasche und begab sich zum Gemeinschaftsraum. Es amüsierte ihn, daß er mit weniger Gepäck um die halbe Welt reiste, als andere für eine einzige Übernachtung mitnahmen. Aber in Hongkong und anderswo wartete vieles auf ihn: haufenweise Geld, verschiedene Identitäten und alte Freunde, die er, wenn alles erledigt war, aufsuchen konnte.

Der Techniker rechnete fest damit, daß Bill Rawlins eines Tages in Asien auftauchen würde. Rawlins war ein Überlebenskünstler, und er würde versuchen, den Kontakt zu seinem besten China-Experten wiederherzustellen. Wunderland-Spielzeuge würde auf den Kopf gestellt werden, aber man würde nichts Wesentliches finden. Die Angestellten hatten wasserdichte Alibis für die Zeit des unseligen Einbruchs. Was den Grund betraf, warum der Eindringling die Computer manipuliert hatte, und wozu das geführt hatte ... nun, dafür konnte man sie kaum zur Rechenschaft ziehen. Also würde sein Wunderland-Team die Ermittlungen unbeschadet überstehen, und nach einem angemessenen Zeitraum würde in der *International Herald Tribune* eine harmlose, aber sehr bedeutsame Anzeige erscheinen.

Die Zukunft, so dachte der Techniker, sah äußerst vielversprechend aus.

Lucille stand förmlich auf dem Gas, während sie über die Interstate raste. Rachel hatte den Eindruck, daß sie den Hochgeschwindigkeits-Fahrkurs des FBI mit Auszeichnung absolviert haben mußte. Die Fahrt zum Dulles Airport dauerte weniger als fünfunddreißig Minuten.

»Hinten im Fußraum liegt eine Feldausrüstung«, sagte Lucille. »Ein paar Sachen, die Sie vielleicht brauchen.«

Rachel beugte sich über die Rückenlehne ihres Sitzes, mußte sich abstützen, als Lucille einem Mercedes auswich, und holte dann eine Leinentasche hervor. Darin befanden sich eine blaue Nylonjacke, Handschellen, Pfefferspray und eine Neunmillimeter Sig-Sauer. Rachel wog die Waffe in der Hand und sah Lucille fragend an.

»Standardausrüstung des FBI. Heiße Ladung allerdings. Auf kurze Distanz sollten Sie sich vergewissern, daß niemand hinter Ihrem Ziel steht.«

Rachel schnallte die Waffe um und schlüpfte in die Windjacke, als Lucille auf die PKW-Fahrspur einbog. Sie zückte ihren Ausweis in Richtung eines vorbeifahrenden Wagens der Flughafenpolizei, worauf einer der Beamten seinen Daumen hochhielt.

»Auf geht's, Mädchen.«

Rachel war bereits einige Male von Dulles aus geflogen, aber sie hatte vergessen, wie riesig der Komplex war. Wie die meisten Einwohner der Hauptstadt bevorzugte sie den kleineren National Airport, der weitaus näher am Zentrum Washingtons und an Fort Belvoir lag.

Sonntagnachmittags herrschte stets viel Betrieb in der Halle für internationale Flüge. Rachel hörte mindestens ein Dutzend verschiedener Sprachen, als sie sich unter die Leute mischte. Lucille zog sie zu einem Duty-Free-Shop hinüber und deutete auf die Monitore über ihren Köpfen. Die Flüge nach Asien flogen aus Halle C ab.

»Die Maschine nach Tokio startet als erste«, sagte Rachel.

»Wir schaffen es dorthin, noch bevor der Flug aufgerufen wird. Dann kommen Bangkok und Hongkong.«

Lucille setzte sich in Bewegung und legte einen Schritt vor, der ihrem Fahrstil ähnelte. Rachel folgte ihr in einen langen und breiten Korridor bis auf ein Rollband, wo Lucille sich an den Passagieren vorbeidrängte, die es bevorzugten, stehenzubleiben und sich fahren zu lassen.

Das Boarding Gate der JAL war überlaufen. Am Schalter fertigte Bodenpersonal Spätankömmlinge ab und bearbeitete Anfragen für Plätze in höheren Klassen. Rachel blieb neben dem Schalter stehen und musterte die Gesichter: ausschließlich Japaner. Das gleiche galt für die Flugbegleiter, die gerade eintrafen und miteinander schwatzten, während sie ihre kleinen Gepäckwagen hinter sich herzogen. Die Bordcrew sah geschäftsmäßig und ernst aus. Die beiden hochgewachsenen Weißen, die neben der Tür zur Gangway Stellung bezogen hatten, waren schwerlich zu übersehen. Obwohl sie unauffällig genug gekleidet waren, verrieten sie sich durch ihre umherwandernden Blicke und die fleischfarbenen Hörgeräte.

Rachel drehte sich zu Lucille um. »Niemals würde der Techniker versuchen, diese Maschine zu nehmen«, sagte sie, während sie zwei Gates weiter zu dem Flug nach Thai International hasteten. »Er kann sich nicht unter die Leute mischen.«

»Haben Sie unsere Männer gesehen?«

»Natürlich. Und er hätte sie auch gesehen.«

Rachel ließ ihren Blick über das Meer von Gesichtern schweifen. Die Asiaten sortierte sie sofort aus. Auch wenn der Techniker seine Gesichtszüge verändern konnte, würde ihn seine Größe verraten.

»Zehn Uhr«, murmelte Lucille.

Rachel schaute nach links und sah zwei Männer und eine Frau, die sich ihren Weg durch den Sitzbereich zum Boarding Gate der Thai International bahnten. Sie waren sehr gut und durchquerten den Bereich mit der gelangweilten, leicht ungeduldigen Miene erfahrener Reisender, während sie sich auf weiße männliche Passagiere konzentrierten. Rachel beobachtete, wie die Frau, die Anfang Dreißig sein mochte, den Augenkontakt eines Geschäftsmannes auffing, ihm einen koketten Blick zuwarf und weiterging.

Hier gab es mehr Weiße, überwiegend ältere Männer in Reisegruppen. Auf ihren angesteckten Namensschildchen stand »Oriental Fiesta!« und darunter, mit Filzstift geschrieben, ihr Name in Blockbuchstaben. Rachel musterte sie der Reihe nach. Sich älter zu machen war nicht sonderlich schwer. Eine graue Perücke guter Qualität, das richtige Make-up und vielleicht ein Stock oder ein gestelztes Humpeln.

»Ich weiß nicht«, murmelte Lucille. »Dieser Haufen sieht genauso verheißungsvoll aus wie jeder andere. Aber wenn wir uns hier noch länger aufhalten, verpassen wir den Flug nach Hongkong.«

Rachel warf einen Blick auf den Monitor. Der Pan-Asian-Flug 66 sollte in fünfundzwanzig Minuten starten. Wenn sie sich beeilte, konnte sie noch schnell dort vorbeischauen. Oder sie blieb hier bei Lucille.

»Ich muß diesen Flug sehen«, sagte Rachel. »Hongkong ist seine einzige Verbindung, die wir kennen.«

»Was bedeutet, daß er dort nicht auftauchen wird. Sie können Gift darauf nehmen, daß die Überwachung das überprüft hat.« Sie fing Rachels Blick auf. »Gehen Sie schon. Ich komme in ein paar Minuten nach.«

Rachel schlängelte sich durch die Menge in die Halle zurück. Sie fühlte den dünnen Teppich unter ihren Slippern und versuchte nicht zu laufen und die Ohren gegen das entsetzliche, bösartige Gekicher in ihrem Kopf zu verschließen: *Er wird fliegen, fliegen, wegfliegen …*

Rachel sah, wie sich die Tür zu einer Privatlounge der

Fluggesellschaft öffnete. Der Mann, der heraustrat, trug einen Businessanzug, aber er zeigte die leichte, vielsagende Ausbeulung einer Reservewaffe unten am linken Hosenbein.

Gut. Skinner deckt die Flughafenclubs ab.

Am Ende der Halle gelangte sie in einen großen hufeisenförmigen Bereich mit einem einzigen Gate. Hunderte von Menschen standen hier herum; die Schlange vor dem Schalter war nahezu dreißig Meter lang. Zunächst nahm Rachel diese Schlange in Augenschein, in der Annahme, daß der Techniker erst im letzten Moment einchecken würde. Nichts.

Jetzt kam die Bordcrew, drei große weiße Männer, alle sonnengebräunt und durchtrainiert. Rachel beeilte sich, in ihre Nähe zu kommen, und lief förmlich in den Kapitän, der sie am Arm ergriff. »Immer mit der Ruhe. Kein Grund zur Eile.«

Er hatte einen unüberhörbar australischen Akzent, ebenso wie der Copilot und der Bordingenieur. Rachel trat zur Seite und konzentrierte sich auf die Flugbegleiter. Neun davon waren Frauen, fünf Asiatinnen und vier Weiße; der Rest waren Männer, zwei Asiaten und zwei Weiße. Sie ging einen Schritt auf sie zu und entdeckte einen weiteren FBI-Agenten, der ebenfalls auf sie zutrat. Er hielt die beiden weißen Stewarts an und zog ein Ticket hervor. Die Flugbegleiter hörten höflich zu und deuteten dann auf den Ticketschalter. Der Agent wandte seinen Blick erst von ihnen ab, nachdem er sich bedankt hatte und sie weitergehen ließ. *Fliegen, fliegen, wegfliegen ...*

Der erste Aufruf kam durch die Lautsprecher. Die Passagiere setzten sich in Bewegung und griffen nach ihrem Handgepäck, ihren Taschen und Rucksäcken, die sie auf dem Boden abgestellt hatten. Rachel beobachtete, wie der Duty-free-Wagen herangeschoben wurde. Zwei Männer, beide Mitte Zwanzig, nahmen sich mehrere Plastiktüten mit dem Logo einer Zigarettenmarke herunter. Flüchtig sah sie ihnen nach, als sie sich ihren Weg zu dem Schalter vor der

Gangway bahnten, und schenkte ihnen keine weitere Bedeutung.

Mütter mit Babys auf dem einen Arm und Kleinkindern an der anderen Hand schoben sich Zentimeter um Zentimeter vorwärts. Die Väter lächelten unbeholfen, während sie sich abmühten, die Kinderwagen zusammenzuklappen, und mit den Gepäckwagen kämpften. Die älteren Passagiere schlurften vorwärts. Eine gutgekleidete Frau Mitte Sechzig saß in einem Rollstuhl, der von einem Schwarzen in Flughafenuniform geschoben wurde.

Rachel wollte sich gerade abwenden, als eine herrische Stimme mit britischem Akzent an ihr Ohr drang.

»Junger Mann! Sie da, junger Mann!«

Rachel schaute zurück und sah, wie die Frau in dem Rollstuhl einem PAA-Bediensteten zuwinkte. Er hatte Rachel den Rücken zugewandt, aber sie sah die Manschetten seines Jacketts. Keine Streifen. Ein Chefstewart, der spät dran war.

»Junger Mann!«

Der Chefstewart verlangsamte seinen Schritt, drehte sich jedoch nicht um. Rachel fühlte einen Anflug von Sympathie: *Du mußt dich beeilen, und jammert dir jemand etwas vor ...*

»Junger Mann, sind Sie taub? *Bitte* reichen Sie mir meine Duty-Free-Tasche!«

Rachel sah, wie der Chefstewart zögerte. Er trug eine Uniform. Wie konnte er *nicht* stehenbleiben, um einem Passagier zu helfen?

»Selbstverständlich, Ma'am. Wenn Sie mir bitte Ihre Quittung geben ...«

Rachel erstarrte. Die klebrigsüße Stimme des Kinderschänders. Die Stimme, die sich in ihr Ohr schmeichelte: *»Officer Collins, wären Sie so freundlich, mir Ihre Hände zu zeigen? Bitte.«*

Sie beobachtete, wie der Techniker der Frau die Quittung aus den Händen nahm und sie einem der Duty-Free-Angestellten gab, welcher die Nummer darauf mit dem Kassenbon verglich, der an eine Plastiktüte geheftet war. Die Grifflöcher dehnten sich, als der Techniker die Tüte hochhob. Rachel hörte das Klingen dicken Glases. Schnapsflaschen ...

Jetzt, wenn seine Hände beschäftigt sind.

Mit ausgestrecktem Arm schubste Rachel den Mann neben sich zur Seite, so daß er das Gleichgewicht verlor und gegen die Leute hinter ihm fiel. Mit der anderen Hand griff sie zu ihrer Waffe. Der Techniker hörte den Aufschrei des Mannes. Dann sah er Rachel Collins, die Waffe in ihrer Hand. Er wirbelte herum und schleuderte die Plastiktüte gegen die Wand. Die Flaschen zerbarsten, Alkohol und Glassplitter ergossen sich über den Boden. Der Techniker hatte, was er wollte – einen abgebrochenen Flaschenhals, mit dem er der alten Dame die Kehle durchschneiden würde. In der darauffolgenden Massenpanik konnte er verschwinden. Collins würde niemals in die Menge feuern. Niemals.

Rachel zuckte zusammen, als sie das Splittern von Glas hörte. Sie sah, wie sich der Techniker bückte und den Flaschenhals packte, sah, wie er sein Gewicht auf die Fußballen verlagerte und den Arm mit der Glasscherbe hob. Er fuhr gerade abwärts auf die Frau in dem Rollstuhl zu, als Rachel zweimal abdrückte.

Der Arm des Technikers zuckte in der Luft. Ein Blutschwall ertränkte die Schreie um Rachel. Menschen warfen sich zu Boden, krabbelten auf allen vieren vorwärts, krochen davon, und für einen Moment verlor sie den Techniker aus den Augen. Dann sah sie ihn wieder, aber zwei Leute waren in ihre Schußlinie gesprungen. Sie schrie etwas, dann hatte sie ihn wieder im Visier, den Rücken gegen eine Wand, an der er sich abstützte. Der blutige Arm baumelte an seiner Seite.

Ihre Blicke trafen sich, und sie sah, wie sich seine Lippen zu einer Grimasse verzogen, die ein Lächeln hätte sein können. Seine gesunde Hand griff in die Jackentasche.

»Tun Sie das nicht!« schrie sie.

Er starrte sie an und schwankte vorwärts. Seine heiseren, schmerzgequälten Worte jagten ihr einen Schauer über den Rücken: »Würden *Sie* das nicht auch tun?«

Er kam schneller auf sie zu, als sie es für möglich gehalten hätte. Als nur noch anderthalb Meter zwischen ihnen lagen, feuerte sie erneut. Die Kugel schleuderte ihn herum wie einen Kreisel, bohrte sich durch Fleisch und Knochen und riß ein faustgroßes Loch in die Wand hinter ihm.

Epilog

Vierundzwanzig Stunden nach dem Vorfall im Dulles Airport waren sämtliche Erklärungen gestrickt, lückenlos, schnell und unwiderlegbar.

Das Opfer des Schußwechsels, das die Passagiere des Pan-Asian-Fluges 66 gefährdet und bedroht hatte, wurde als David McFadden identifiziert, ein kanadischer Staatsbürger mit Wohnsitz in Hongkong, der während der letzten fünf Jahre als Bordmeister für die Fluglinie gearbeitet hatte. Die Gesellschaft präsentierte unverzüglich McFaddens Arbeits- und Gesundheitspapiere, um zu zeigen, daß er ein vorbildlicher Angestellter gewesen war. Eine von den Bundesbehörden vorgenommene Autopsie ergab jedoch, daß McFadden an einem walnußgroßen Gehirntumor litt. Sie zogen hilfreiche Vergleiche zu Richard Speck, einem Massenmörder aus Chicago, der an derselben Krankheit gelitten hatte. Es gab eine beeindruckende Zahl von Untersuchungen, die belegten, daß in beiden Fällen der Tumor und der Drang zum Morden unzweifelhaft miteinander verbunden waren.

Die Frau, die McFadden niedergestreckt hatte, wurde als Undercover-Agentin bezeichnet, die mit einem FBI-Team auf der Suche nach einem flüchtigen Betrüger war. Aufgrund des Durcheinanders, das bei der Schießerei entstanden war, waren die Zeugenbeschreibungen von der Agentin vage und widersprüchlich.

Ebensowenig brachten die Medien den Vorfall von Dulles Airport mit dem Mord an der Justizbeamtin Pamela Esterhaus in Verbindung. Das Justizministerium bestätigte, daß die Leiterin des staatlichen Zeugenschutzprogramms bei einer Sitzung mit Abgeordneten im Lesesaal der Kongreßfrauen von der Herzattacke ihres Mannes, Richter Simon Esterhaus, erfahren hatte. Auf ihrem Weg zum Krankenhaus wurde Pamela Esterhaus von einem oder mehreren Gangstern bedrängt. Es gab Anzeichen dafür, daß sie Gegenwehr geleistet hatte und daher ermordet worden war. Als ihr Leichnam gefunden wurde, fehlten Bargeld und Schmuck, einschließlich ihres Eherings.

Die Tragik der Ehefrau, die an die Seite ihres sterbenden Mannes eilen wollte und auf dem Weg dorthin ermordet wurde, wurde von den Medien zu einer Tragödie Shakespeareschen Ausmaßes aufgebauscht. Die Ironie des Schicksals stellte den Tod von Simon Esterhaus, der eines natürlichen Todes gestorben war, etwas in den Schatten. Auf einer hastig einberufenen Pressekonferenz zeigte sich der Präsident schockiert und schwer getroffen angesichts des Verlustes »zweier solch brillanter und treu ergebener Staatsdiener, deren Verdienste um ihr Land noch lange in Erinnerung bleiben und schmerzlich vermißt werden wird«. Der Präsident wollte sich noch nicht dazu äußern, wen er nun anstelle von Simon Esterhaus als Kandidaten für das Bundesgericht nominieren wolle.

Dies alles und mehr erfuhr Rachel, während sie in Fort Belvoir festgehalten wurde. Unmittelbar nach der Schießerei war sie mit einem Hubschrauber dorthin geflogen worden. Sobald die ersten Schüsse fielen, waren sieben Agenten am Boarding Gate in Aktion getreten. Sie hatten sie schon ins Visier genommen, als Lucille heranstürmte und schrie: »Sie ist eine von uns! Von uns!«Rachel war überzeugt, daß anderenfalls einer oder mehrere von ihnen eine Salve abgefeuert hätten. Während drei Agenten sie beide abschirmten, hatte Lucille sie auf die Rollbahn hinausgezogen, wo ein

FBI-Helikopter bereitstand. In Belvoir wurde der Hubschrauber von zwei Militärpolizisten erwartet, die Rachel zu einer BOQ-Einheit fuhren.

»Sind Sie in Ordnung, Officer Collins?«

Rachel hatte ihren Gedanken freien Lauf gelassen. Jetzt lenkte sie ihre Aufmerksamkeit wieder auf Major General Richard Hollingsworth. Er war zweiundsechzig Jahre alt und hart wie Stahl, genoß aber den Ruf, für seine Leute durchs Feuer zu gehen. Rachel fand, daß er müde aussah, wahrscheinlich hatte er nur ein paar Stunden geschlafen.

»Es geht mir gut, Sir. Bitte entschuldigen Sie.«

»Haben die Docs Sie untersucht?«

»Ja, Sir.«

Die Ärzte hatten ihr außerdem ein Beruhigungsmittel gegeben. Nachdem Rachel sich gewaschen hatte, hatte sie die Pille geschluckt. Für eine Weile konnte sie die Alpträume verscheuchen, aber dann war sie schreiend aus dem künstlichen Dämmerschlaf aufgewacht.

»Sie haben die Geschichte gehört, die die Feds verlauten lassen«, sagte Hollingsworth ernst. Hinter seiner edelstahlgerahmten Brille begannen seine Augen gefährlich zu glitzern.

»Ich habe das gehört, was in den Nachrichten gesendet wurde, Sir.«

»Das ist ein und dasselbe. Sie wissen, daß es Blödsinn ist.« Sein Blick wurde sanfter. »Und Sie wissen noch eine Menge mehr, nicht wahr?«

»Ich bin bereit, einen vollständigen Bericht zu schreiben, Sir.«

Hollingsworth warf seinen Stift auf die Lederunterlage auf seinem Schreibtisch, lehnte sich zurück und verschränkte die Arme hinterm Kopf. Rachel folgte seinem Blick durch das Büro. Noch nie zuvor war sie hierhergerufen worden: Der Raum erschien ihr genauso spartanisch wie der Mann.

»Es scheint, als wolle niemand, daß Sie diesen Bericht schreiben, Collins. Das FBI hat keinen angefordert, und vom Pentagon wurde mir vor einer Stunde folgendes mitgeteilt: Da offensichtlich kein Militärpersonal in den Fall verwickelt war, wird kein Bericht angefordert oder erwartet.«

Er schwieg. »Schlucken Sie den Köder?«

»Nein, Sir. Obwohl ...«

»Was?«

»Alle, die in dieser Sache eine wesentliche Rolle gespielt haben, sind tot. Es ist niemand da, der die möglicherweise zu ziehenden Schlußfolgerungen bestätigen oder bestreiten könnte. Mein Bericht, sollte ich einen schreiben, wäre völlig wirkungslos, Sir.«

»Sie sind also mit dieser Vorgehensweise einverstanden?«

»Ich werde tun, was Sie von mir verlangen, Sir. Aber ich denke nicht, daß ein solcher Bericht irgendeinen Zweck erfüllen würde – außer, daß Sie dann wüßten, was genau vorgefallen ist.«

Hollingsworth ließ sich das durch den Kopf gehen. Wenn er den Bericht bekäme, würde er zu einer Art Juckreiz werden, den er niemals würde stillen können. Er wußte, daß Ereignisse einen manchmal überrollen und nur einen bitteren Nachgeschmack hinterlassen. Collins war entweder weitaus klüger, als ihr Alter vermuten ließ, oder sie gab klein bei. Hollingsworth glaubte, einen Weg zu kennen, um dies herauszufinden.

»Warum wehren Sie sich nicht dagegen, Collins?«

Diese Frage hatte Rachel sich selbst bereits mehrfach gestellt. Die Ruhe in ihrer Stimme überraschte sie. Vielleicht hatte sie endlich Frieden gefunden.

»Wir alle haben letzte Rechte, Sir. Das war das einzige Ziel, das ich verfolgte. Die einzige Sache, die je eine Rolle gespielt hat.«

Das war die Antwort, die Hollingsworth erwartet hatte, und sie gefiel ihm. Er beugte sich über den Schreibtisch zu Rachel. »Wenn Sie zurückdenken, *mußten* Sie den zweiten tödlichen Schuß abfeuern, als er auf Sie zukam?«

Rachel wurde klar, daß Hollingsworth mehr wußte, als er zugab; jemand mußte ihm von der Schußfolge im Flughafen berichtet haben. Im Geist durchlebte sie noch einmal jene Sekunden, bevor der Techniker die Augen für immer geschlossen hatte.

»Ja, Sir, das mußte ich. Für Mollies letzte Rechte.«

Hollingsworth nickte. Er verstand diesen ungeschriebenen und unausgesprochenen Kodex, der in das Herz jedes Soldaten eingraviert ist. Manche würden dies verharmlosend als »Wiedergutmachung« bezeichnen. Hollingsworth nannte es das, was es war: Rache.

Der General erhob sich, und Rachel tat es ihm nach.

»Sie können gehen, Rachel«, sagte er freundlich. »Wir sehen uns dort.«

Rachel kehrte zu ihrem vorübergehenden Quartier zurück, vergewisserte sich, daß ihre Uniform perfekt saß, und fuhr dann durch das Pence Gate zum Arlington-Friedhof.

Das Zeremonienkommando, die »Alte Wache«, versammelte sich bereits: sechs Sargtuchträger, sieben Mann mit Gewehren und der einzelne Hornist, der den Zapfenstreich blasen würde. Rachel ließ ihren Blick über die Kreuze schweifen und erinnerte sich, daß sie sie zuletzt aus der Luft gesehen hatte, als sie aussahen wie winzige Blumenknospen. Es war besser, in dieser Weise an sie zu denken.

Dort hinten war der Sarg, von der Flagge verhüllt. Zwei Reihen leerer Stühle standen neben dem Erdhügel, über den eine saubere grüne Plane gebreitet war. Rachel trat an den Sarg, streckte zögernd ihren Arm aus und legte die Hand auf die Stars and Stripes. »Gott segne dich und führe dich zu ihm ...« Sie legte den Kopf in den Nacken und blickte in den Himmel, um ihre Tränen zurückzuhalten. Sie mußte an das letzte Mal denken, als sie mit Mollie ausgegangen war und sie lachen gehört hatte – sie beide kichernd in einem Lokal in Glen Echo mit Blick auf den Potomac –, als sie hinter sich eine leise Stimme vernahm.

»Rachel.«

Logan Smith stand einen Meter hinter ihr, die Hände in die Taschen eines leichten gelbbraunen Mantels vergraben. Ein Rollkragen verdeckte den größten Teil seines bandagierten Halses. Neben ihm stand Lucille, die nun einen Schritt vorwärts machte, Rachel fest an sich drückte und dann zur Seite trat.

Rachel ging auf Logan zu und berührte mit den Fingerspitzen seine Wange. Smiths Gesicht war blaß, aber seine Augen waren hell und wachsam, als sei er hergekommen, Mollie zu umarmen, und nicht, sie zu beerdigen.

Rachel kam die Zeit endlos vor, während er sie ansah und seine Wange an ihre Hand schmiegte. Dann ergriff er ihre Hand und führte sie zu der ersten Stuhlreihe, wo sie, die Finger verschränkt, nebeneinander Platz nahmen und dem Wind lauschten, der über die Gräber strich.

Danksagung

Der Autor möchte Mr. Paul Boyce, dem Leiter der Öffentlichen Angelegenheiten der CID, U. S. Army, dafür danken, daß er ihm seine Zeit und seine Sachkenntnis bei diesem Projekt so großzügig zur Verfügung gestellt hat.

Dank gilt auch Chief Warrant Officer Five, Ray Kangas, für spezifische Details über das Wesen und die Struktur der CID.

Dennoch bleibt dies ein fiktiver Roman. Bestimmte Einzelheiten über Sprengstoffe, Schußwaffengebrauch und das militärische Protokoll wurden abgeändert, um einem Mißbrauch solcher Informationen vorzubeugen.

PHILIP SHELBY